플루타르코스
영웅전 8

플루타르코스 영웅전 8

플루타르코스 지음 | 이다희 옮김 | 이윤기 기획

1판 1쇄 발행 | 2015. 8. 1.

발행처 | **Human & Books**

발행인 | 하응백

출판등록 | 2002년 6월 5일 제2002-113호

서울특별시 종로구 경운동 88 수운회관 1009호

기획 홍보부 | 02-6327-3535, 편집부 | 02-6327-3537, 팩시밀리 | 02-6327-5353

이메일 | hbooks@empal.com

값은 뒤표지에 있습니다.

ISBN 978-89-6078-198-6 04890

ISBN 978-89-6078-102-3 04890 (세트)

Human & Books

PLUTARCH
LIVES

일러두기

I. 이 책은 1914년 출간된 페린(Bernadotte Perrin)의 영역본 『PLUTARCH LIVES』(Harvard University Press)를 바탕으로 번역하였다. 페린의 영역본은 영미권에서 가장 권위 있는 플루타르코스 영웅전 번역본으로 알려져 있다. 이 영역본은 그리스어와 영어가 원전 대비 형태로 편집되어 있다. 따라서 이 책의 번역도 영역을 기준으로 하되, 애매한 부분은 그리스어 표현을 참고하였다.

II. * 표시가 된 부분은 책의 가독성을 위해 생략한 부분을 표시한 것이다. 대부분 언어의 기원, 관습의 유래 등을 설명하는 내용들로 이야기의 흐름에 크게 지장을 주지 않을 부분만 생략했다.

III. 그리스 인명과 신의 이름은 그리스식으로, 로마 인명과 신의 이름은 로마식으로 표기하였다. 지명도 고대식으로 표기하였으며, 설명이 필요한 곳에서는 현대식 표기를 덧붙여 두었다.
ex. 이집트 → 아이귑토스, 아테네 → 아테나이, 피타고라스 → 퓌타고라스

포키온

포키온

I.

안티파트로스와 마케도니아 사람들 마음에 들도록 매사를 처리한 까닭에 아테나이에서 세력이 컸던 연설가 데마데스는 아테나이의 품위와 특성과 상반되는 여러 조치를 제안하고 지지할 수밖에 없었다. 그러면서 난파를 당한 나라의 지휘자로서 어쩔 수 없다고 했다. 이 말은 데마데스가 입에 내기에는 뻔뻔스러울지언정 포키온 체제에 적용해 보면 일리가 있는 것 같기도 하다. 사실 데마데스는 난파를 당한 나라의 지휘자가 아닌 잔해였다. 그가 얼마나 제멋대로 살고 통치했으면 안티파트로스는 늙어버린 데마데스를 두고 마치 제사가 끝난 뒤의 제물 같다고, 즉 혀와 창자밖에 남지 않았다고 했다.

반면 포키온의 덕망은 가혹하고 격렬한 시대를 잘못 만난 탓에 헬라스의 운명에 가려져 희미해졌다. 물론 우리는 덕의 힘을 우습게 보이게 만든 소포클레스를 답습해서는 안 된다. 소포클레스는 이렇게 썼다.

"왕이시여, 자연이 내려준 이성은 불행해진 자들 안에 머물지 않고 타락해 버립니다."

그럼에도 선한 자들과 갈등을 빚는 운명의 여신의 힘을 인정하지 않을 수 없다. 여신은 선한 이들에게 마땅한 영예와 감사를 허락하는 대신 저열한 비난과 비방을 가져오기도 하며 그로써 세상이 그들의 덕에 대해 가진 신뢰를 약화한다.

· 포키온.

II.

민중은 넉넉할 때 선한 사람들에게 더욱 오만하게 군다고 흔히 말한다. 권위와 힘에 도취된 상태이기 때문이다. 그러나 종종 정반대의 일이 벌어진다. 재앙과 맞닥뜨린 사람은 모질고 예민하며 쉽게 화를 내기 때문에 누가 뭐라고 해도 누그러들거나 만족하지 않고 힘이 실린 모든 연설과 말을 불쾌히 여긴다. 잘못을 지적하면 불운을 욕한다고 여기고 거침없이 말을 하면 경멸한다고 생각한다. 헐거나 상처가 생긴 부위에 꿀을 바르면 쓰라리듯 진실하고 냉철한 말은 상냥하고 정중하게 전달하지 않는 한, 딱한 처지에 있는 사람들을 따갑고 짜증나게 한다.

그래서 호메로스는 기분을 좋게 만드는 것들을 메노에이케스영혼을 따르는 것들라고 칭했는데 쾌락을 받아들이는 영혼의 부위를 따르고 맞서 싸우거나 저항하지 않기 때문이다. 눈에 병이 나면 기쁜 마음으로 어둡고 칙칙한 색깔을 찾으며 밝고 강렬한 색깔을 피하는 것과 같은 이치다.

• 호메로스.

이와 같이, 불행한 운명을 만난 도시는 지나치게 허약하고 민감하고 부실해져서 바른 말을 견디어낼 수가 없다. 하필, 저질러진 실수를 만회할 기회가 없는 상황에서 바른 말이 가장 절실할 때 그러하다. 따라서 그러한 도시를 다스리기란 위험하기까지 하다. 오직 환심을 사기 위한 말을 하는 자는 도시와 함께 몰락하고 환심을 얻지 못하는 말을 하는 자는 도시보다 먼저 몰락하기 때문이다.

수학자들이 말하듯 태양은 하늘과 동일하게 움직이지도 않고 정반대로 움직이지도 않는다. 대신 약간의 기울기가 있는 비스듬한 길을 따라가면서 부드럽고 완만한 곡선으로 이루어진 나선 모양을 그리는데 이로써 만물을 보호하고 가장 좋은 온도로 유지한다. 이와 같이, 도시를 꾸릴 때도 매사에 민중의 바람에 역행하면서 똑바로만 나아가는 것은 가혹하고 자비롭지 못하다. 반면 민중의 잘못을 용인하거나 거기 부득이 따른다면 상당히 위험하다. 오히려 민중을 이끌고 다스릴 때 복종의 대가로 한 발 물러서고 민중을 기쁘게 하는 것들을 허용하는 대신 나라에 이익이 되는 것을 민중으로부터 요구한다면 안정을 도모할 수 있다. 민중을 가혹하고 독단적으로 대하지 않는다면 민중은 여러 방면으로, 유익한 도움을 순순히 제공한다. 그러나 이는 고생스럽고 어려운 일이다. 엄격하고 합리적인 태도를 섞어야 하는데 이런 경지에 다다르기는 힘들다. 그러나 이런 경지에 오른다면 그 결과는 모든 장단과 음률의 가장 듣기 좋고 음악적인 혼합과 같을 것이다. 바로 이것이 신께서 우주를 다스리는 방법이라고 한다. 강요하지 않고 설득과 이성을 동원하여 필연적인 것들로 안내하는 방법이다.

III.

이러한 원리는 소小카토가 잘 보여주었다. 카토의 몸가짐은 민중의 마음을 사거나 기쁘게 하지 못했고 그가 공직 생활을 하면서 높은 지지도를 자랑한 것도 아니다. 키케로는 카토가 집정관 선거에서 패했던 이유로 그가 로물루스의 잔재들과 함께 살고 있으면서 플라톤의 국가에 사는 것으로 착각하고 행동했기 때문이라고 했다. 그러나 내 생각에 카토는 때 아닌 철에 열린 열매와 같은 운명을 맞았다. 이런 열매를 우리는 신기하게 여기고 감탄하며 바라보지만 먹지는 않는다. 카토의 고고한 품성 역시 오랜 세월을 건너뛰어 부패한 사람들과 타락한 관습 사이에서 모습을 드러냈고 큰 명성과 평판을 누렸으나, 그 탁월한 품성이 지닌 무게와 위풍은 사람들의 필요에 부합하지 않았고 당대와 균형을 이루지 못했다. 카토의 고향은 포키온의 고향처럼 이미 엎어진 상황이 아니었고 거대한 폭풍과 파도에 맞서 싸우고 있었기 때문이다. 카토는 돛과 밧줄에 손을 대고 영향력이 보다 큰 사람들을 지원함으로써 나라에 도움이 될 수 있었지만 방향타를 잡거나 항로를 안내하는 일에서는 밀려나 있었다. 그럼에도 카토는 운명의 여신과 막상막하로 싸웠다.

운명의 여신이 다른 사람들을 이용해 국가를 사로잡고 뒤엎은 것은 사실이다. 그러나 카토와 카토의 덕으로 인해 거의 승리에 다다른 국가를 매우 힘겹게, 천천히, 그리고 긴 세월 후에야 뒤엎을 수 있었다. 바로 이 덕을 포키온의 덕과 비교할 것인데 둘이 닮은 면이 많기 때문이라기보다 두 사람 모두 선한 사람이었고 나라에 충성했기 때문이다. 한 사람의 용감한 행위는 다른 사람의 용감한 행위와 확연한 차이가 있다. 예를 들면 알키비아데스와 에파메이논다스의 행위가 그렇다. 지혜도 마찬가지다. 테미스토클레스와 아리스테이데스의 지혜가 그렇다. 정의도 그러하다. 누마와 아게실라오스의 정의는 확연히 다르다. 그러나 포키온과 카토의 덕은 궁극적이고 세세한 차이점까지 파헤친다고 해도 두 사람의 본성이 동일한 날인을 지니고 있으며 동일한 빛깔과 모양을 갖고 있음을 보여준다. 말하자면 두 사람 속에는 엄격함과 상냥함, 조심성과 용기, 타인에 관한 염려와 자신에 관한 대담성, 저열함에 대한 신중한 배격과 정의에 대한 적극적인 추구가 똑같이 배합되어 있었다. 따라서 두 사람의 차이점을 포착하고 찾아내기 위해서는 매우 민감한 추리 도구가 필요할 것이다.

IV.

카토의 혈통이 뛰어나다는 사실은 이후 논하겠지만 널리 인정되고 있다. 그러나 포키온의 혈통 또한 아주 비천하지는 않았다. 만약 이도메네우스가 말한 대로 포키온의 아버지가 막자를 만드는 사람이었다면 휘페레이데스의 아들 글라우킵포스가 어느 연설에서 포키온에 대한 온갖 악담을 늘어놓았을 때 포키온의 비천한 출생을 언급하지 않았을 리 없다. 또한 태생이 비천했다면 수염도 나기 전부터 플라톤의 제자가 되고 이후 아카데메이아에서 크세노크라테스에게 배울 만큼 수준 높은 삶을 살며 탄탄한 교육을 받을 수는 없었을 것이다. 또한 애초부터 그토록 고귀한 품행을 갈고닦을 수 없었을 것이다. 실제로 아테나이 사람 중에 포키온이 웃음이나 울음을 터뜨리는 모습, 공중목욕탕을 이용하는 모습을 본 사람은 없었다. 또 두리스가 전하는 말에 따르면 외투를 입을 일이 있으면 절대로 외투 밖으로 손을 빼서 잡지 않았다. 그런데 외투를 입을 일이 많지는 않았다. 적어도 도시 밖에 있을 때나 원정 중일 때에는, 추위가 견디기 힘들 만큼 극심하지 않은 한 언제나 신발을 신거나 외투를 입지 않고 걸어 다녔다. 그래서 병사들은 포키온이 외투를 입으면 혹독한 겨울이 찾아온 신호라고 우스갯소리를 하곤 했다.

V.

포키온은 한없이 부드럽고 상냥한 사람이었지만 표정 때문에 다가가기 어렵고 무뚝뚝해 보였으므로 포키온과 절친한 사람이 아니면 그와 단둘이 대화하는 것을 꺼렸다. 따라서 카레스가 포키온의 찡그린 미간을 언급하며 아테나이 사람들을 웃게 만들었을 때 포키온은 이렇게 말했다.

"내 미간이 여러분에게 무슨 해를 끼쳤습니까? 하지만 이분들의 웃음을 위해 아테나이는 적잖은 눈물을 흘렸지요."

마찬가지로 포키온의 언어는 기발한 표현과 깊은 의미로 가득하여 유익했음에도 워낙 간결했으므로 청중은 그가 건방지고 엄격하다고 생각하고 불편해했다. 철학자는 말을 꺼내기 전에 말을 의미에 적셔야 한다고 제논은 말했다. 포키온의 언어는 이처럼 최소한의 단어에 최대한의 의미를 담고 있었다. 데모스테네스는 누구보다 뛰어난 연설가지만 포키온은 누구보다 설득력 있는 웅변가였다고 했던 스펫토스 사람 폴뤼에욱토스도 동의할 것이다. 고가의 동전이 부피는 적어도 가치는 가장 크듯이 효과적인 말은 적은 단어로도 큰 의미를 전달한다.

한번은 이런 일도 있었다. 사람들이 극장을 채우는 사이, 포키온은 생각에 빠져 무대 뒤를 서성이고 있었다. 그러자 포키온의 친구가 물었다.

"무슨 고민이 있나?"

"있지. 아테나이에 들려줄 연설을 더 짧게 만들 방법이 없을까 고민 중이네."

다른 연설가들을 심하게 우습게 보았던 데모스테네스도 포키온이 연설을 하기 위해 일어서면 동료들에게 낮은 소리로 이렇게 말하곤 했다.

"오늘도 내 연설을 작살내려고 오셨군."

그러나 이것은 포키온의 성품을 시사하는 사례일 수도 있다. 훌륭한 사람의 말 한마디나 고갯짓은 여러 화려한 명문보다 더욱 설득력이 있기 때문이다.

VI.

청년 시절 포키온은 카브리아스 장군을 가까이 따라다니면서 전투 경험을 쌓았고 때로는 장군의 불규칙하고 난폭한 성질을 바로잡기도 했다. 카브리아스는 때때로 둔하고 좀처럼 움직이지 않았지만 전투가 벌어지면 흥분을 가라앉히지 못하고 마구 불타올랐으므로 지나치게 큰 위험을 향해 누구보다 용감한 자들과 함께 뛰어들곤 했다. 아니나 다를까, 실제로 키오스 섬에서 목숨을 아깝게 버렸는데 함선을 가장 먼저 정박하고 억지로 상륙하려다 그렇게 됐다.

부지런하면서도 안전을 추구했던 포키온은 카브리아스가 늑장을 부릴 때 격려했고 때를 모르고 지나치게 힘을 쓸 때 곁에서 말렸다. 그러자 성품이 곧고 훌륭했던 카브리아스는 포키온을 높이 샀고 그에게 여러 임무와 지휘권을 맡겼다. 그렇게 함으로써 헬라스 사람들에게 포키온의 이름을 알렸고 중요한 계기에 거의 항상 그를 기용했다.

특히 낙소스 해전에서 카브리아스는 포키온에게 적지 않은 명예와 명성을 안겼다. 그가 포키온에게 맡긴 좌측 날개가 치열한 전투에 휘말렸고 승패가 신속하게 결정된 것이다. 아테나이 사람들은 도시를 빼앗긴 뒤 처음으로 헬라스의 적과 해전을 벌인 데다 승리까지 거머쥐었으므로 카브리아스를 몹시 치켜세웠다. 또한 포키온을 지휘에 적합한 인물로 보게 되었다. 두 사람은 엘레우시스 제전이 열리는 동안 승리를 얻었으므로 카브리아스는 해마다 보에드로미온 달 열여섯째 날이 되면 제전에 쓰일 포도주를 제공하곤 했다.

VII.

이후 카브리아스가 포키온에게 배 스무 척을 제공하며 섬사람들로부터 조공을 받아오도록 했을 때 포키온은 전쟁을 벌여야 한다면 병력이 더 많이 필요하고 동맹국과 협의를 한다면 배 한 척으로 충분하다고 했다. 결국 자기 소유의 전함 한 척만 끌고 떠난 포키온은 도시의 관리들과 이러저러한 문제들에 대해 대화를 나누며 관리들을 꾸밈없는 태도로 사려 깊게 대했으므로 오히려 배 여러 척을 이끌고 돌아올 수 있었다. 이 배들에는 동맹국에서 아테나이로 보내는 자금이 실려 있었다.

또한 포키온은 카브리아스에게 생전에 끊임없는 관심과 존경을 보냈을 뿐더러 그가 죽은 뒤에도 가족과 친척들을 잘 보살폈다. 특히 아들 크테십포스를 잘 키우고자 신경을 많이 썼다. 포키온은 크테십포스가 말을 잘 듣지 않고 변덕이 심하다는 점을 알았지만 그럼에도 크테십포스의 불명예스러운 행동들을 계속해서 고쳐주고 덮어주었다. 언젠가 포키온과 함께 원정에 나선 크테십포스는 포키온에게 때맞지 않은 질문과 조언을 하며 지적과 지휘를 하려 드는 등 귀찮게 굴었다. 그러자 포키온은 외쳤다.

"장군님, 카브리아스 장군님. 내가 장군님의 아들을 이처럼 꾹 참고 돌보고 있으니 이 정도면 장군님이 베풀었던 우정에 크게 보답하고 있는 겁니다."

포키온은 당시 공직에 있는 사람들이 마치 제비를 뽑은 듯 지휘관과 연설가의 역할을 나누어 가진 것을 보았다. 에우불루스나 아리스토폰, 데모스테네스, 뤼쿠르고스, 휘페레이데스 같은 사람들은 단지 민중 앞에서 연설을 하며 법을 제안한 반면 디오페이테스, 메네스테우스, 레오스테네스, 카브리아스 같은 사람들은 지휘관직에 올라 전쟁을 벌이면서 위로 올라갔다. 따라서 포키온은 두 분야에 골고루 종사하는 방식, 즉 페리클레스나 아리스테이데스, 솔론과 같은 방식으로 공공에 봉사하고 싶었다. 아르킬로코스가 쓴 것처럼 이 사람들은 "전쟁의 신 에뉘알리오스 아레스_{전쟁을 좋아하는} 아레스의 도제이자 무사이 여신들의 사랑이 담긴 선물에도 조예가 깊은" 이들이었다. 포키온은 또한 아테네 여신이 전쟁의 여신이자 치국治國의 여신이며 그렇게 불린다는 사실에 주목했다.

VIII.

이런 입장을 취한 포키온의 정책은 언제나 평화와 고요를 추구했다. 그럼에도 포키온은 당대의 인물들뿐만 아니라 이전의 그 어느 인물보다도 전쟁을 지휘한 횟수가 많았다. 공직을 찾아 나서거나 유세를 하지 않았으나 나라가 부를 때 피하거나 도망치지 않았다. 널리 알려진 대로 포키온이 전쟁을 지휘한 횟수는 마흔다섯 번이다. 그러나 그는 한 번도 지휘관으로 뽑히는 자리에 모습을 드러낸 적이 없었고 민중이 그를 선택하고 호명할 때 항상 거기 없었다.

따라서 생각이 짧은 사람들은 아테나이 시민의 행동에 놀랄 수밖에 없었다. 포키온은 누구보다 민중의 말을 거역하는 일이 많았고 결코 민중의 호의를 얻기 위한 말이나 행동을 하지 않았기 때문이다. 그러나 왕이 만찬이 시작되면 아첨에 귀 기울이듯 아테나이 사람들 또한 기분 전환이 필요할 때 보다 섬세하고 유쾌한 지도자들을 찾았다. 그러나 지휘관이 필요한 순간에는 언제나 냉철하고 진지했으므로 가장 엄격하고 분별 있는 시민을 호출했다. 포키온이 민중의 욕구와 충동에 저항할 수 있는 유일한 사람, 혹은 가장 잘 저항할 수 있는 사람이라고 생각했기 때문이다.

하루는 민회에 델포이 신탁이 도착했다. 신탁에 따르면 아테나이 사람들이 모두 같은 생각을 하고 있는 가운데 단 한 사람만이 다른 생각을 하고 있었다. 그러자 포키온이 나서더니 그 사람이 바로 자신이니 더 이상 찾지 말라고, 아테나이 시민이 하는 모든 일을 하나같이 싫어하는 사람은 자신밖에 없다고 했다.

언젠가는 시민들에게 자기 생각을 전달하다가 호응을 이끌어냈다. 모두가 한목소리로 포키온의 논리를 받아들인 것이다. 그러자 포키온이 동료들에게 물었다.

"혹시 내가 나도 모르는 사이에 말도 안 되는 주장을 하고 있는가?"

IX.

하루는 아테나이 사람들이 시민의 이름으로 제물을 바치기 위해 기부금을 받고 있었다. 모두 기부를 하는데 포키온은 여러 번 부탁을 받고 결국 이렇게 말했다.

"기부는 저런 부자들에게나 받게. 나는 저기 있는 저 사람에게 진 빚이 있는데 어찌 면목 없이 기부를 하겠나."

대금업자 칼리클레스를 가리키며 포키온이 한 말이다.

하루는 청중이 고함을 치며 연단에서 내려오라고 주장하자 포키온은 우화를 하나 시작했다.

"한 겁쟁이가 전장에 나가다가 까마귀 몇 마리가 울자 무기를 내리고 쥐 죽은 듯 있었습니다. 그러다가 다시 무기를 들고 나서려는데 까마귀가 또 울어댔습니다. 겁쟁이는 가던 길을 멈추고 결국 이렇게 말했습니다. '아무리 울어 봐도 날 맛보지는 못할 게다.'"

또 언젠가 아테나이 시민이 포키온에게 적을 향해 이끌어 달라고 요구했으나 그가 거절하자 남자답지 못한 겁쟁이라고 비난했다. 그러자 포키온은 말했다.

"그대들이 아무리 떠들어도 나를 용감하게 만들 수 없고 내가 아무리 떠든다 한들 그대들을 겁쟁이로 만들 수는 없습니다. 하지만 누가 용감하고 누가 비겁한지 우리는 다 알고 있지요."

또 언젠가 위기의 순간에 아테나이 시민이 포키온을 매우 가혹하게 대하며 그가 지휘관으로 재직했던 기간에 대한 결산을 요구하자 포키온은 말했다.

"소중한 친구들, 그대들의 안전부터 챙기십시오."

전쟁 중에는 겁이 많고 겸손하다가 협정이 체결된 뒤 오만해져서는 포키온이 승리를 빼앗아갔다고 비난한 시민들에게는 이렇게 말했다.

"그대들을 이해하는 지휘관을 둔 것에 감사하십시오. 그러지 못했다면 그대들은 이미 오래전에 사라지고 없을 테니."

보이오티아 사람들과 영토 문제에 휘말린 아테나이 사람들이 재판이 아닌 싸움을 통해 문제를 해결하고자 했을 때 포키온은 아테나이가 말에서 뛰어나고 전장에서 약하니 말로 싸우라고 조언했다.

시민들이 포키온의 말을 따르기는커녕 말할 기회조차 빼앗았을 때에는 이렇게 말했다.

"내 의지에 반하는 행동을 강요할 수는 있어도 내 판단에 반하는 말을 강요할 수는 없습니다."

포키온과 대립하고 있던 연설가들 가운데 하나였던 데모스테네스는 포키온에게 이렇게 말한 적이 있다.

"아테나이 시민이 정신이 나간다면 자네를 죽일 수도 있네."

그러자 포키온은 대답했다.

"하지만 정신을 차린다면 자네를 죽일 걸세."

또 언젠가 어느 무더운 날 스펫토스 사람 폴뤼에욱토스가 아테나이 시민 앞에서 필립포스와 전쟁을 벌이라고 권하고 있었다. 폴뤼에욱토스는 몹시 뚱뚱했으므로 심하게 땀을 흘리고 숨을 몰아쉬었으며 물도 자주 들이켰다. 그러자 포키온이 말했다.

"이 사람이야말로 여러분을 전장으로 이끌어 마땅한 사람입니다. 미리 준비해 온 연설을 하는데도 곧 숨이 넘어갈 것 같은 사람이 적의 앞에서 갑옷을 입고 방패를 든다고 생각해 보십시오."

하루는 뤼쿠르고스가 민회에서 포키온에게 온갖 비난을 퍼부었다. 가장 큰 이유는 알렉산드로스가 아테나이 시민 열 명을 요구했을 때 포키온이 그들을 넘겨주라고 조언했기 때문이다. 그러나 포키온은 이렇게 대꾸했을 뿐이다.

"나는 여러 훌륭하고 유익한 조언도 많이 했습니다. 그렇지만 아테나이 시민은 내 말을 듣지 않았습니다."

X.

별명이 '라케다이몬 사람'인 아르키비아데스라는 자가 있었다. 그가 라케다이몬 사람처럼 수염을 아주 덥수룩하게 기르고 짧은 외투를 입은 채 잔뜩 찌푸린 얼굴로 돌아다녔기 때문이다. 어느 날 의회에서 격렬한 반박을 접한 포키온은 바로 이 아르키비아데스를 불러 자신의 주장을 뒷받침할 증언을 부탁했다. 그러나 이자가 자리에서 일어나 아테나이 사람들의 역성만 들자 포키온은 아르키비아데스의 수염을 거머잡더니 말했다.

"이럴 거면 수염부터 밀어 버리지 그랬나!"

민회에서 언제나 호전적인 태도를 보이며 시민들에게 전쟁을 권하곤 했던 고발자 아리스토게이톤이 두 다리에 붕대를 감은 채 지팡이를 짚고 병사들의 소집 장소로 왔을 때 지휘관석에 앉아 있던 포키온은 멀리서 그를 알아보고 외쳤다.

"아리스토게이톤의 이름도 적게. 다리를 못 쓰는 쓸모없는 자들의 목록에."

그러니 이처럼 가혹하고 엄격한 사람이 선자善者라는 별명을 얻은 이유가 궁금할 수밖에 없다.

그러나 한 사람이 온화한 동시에 엄격한 것은 포도주 맛이 그렇듯 어려울지언정 불가능하지는 않다는 게 내 생각이다. 반면에 상냥해 보이지만 상대를 몹시 불쾌하게 만들고 해를 입히기까지 하는 사람도 있다. 휘페레이데스는 시민들에게 이렇게 말했다고도 한다.

"아테나이 시민들이여, 내가 모진 말을 하는지 살피지 말고 내가 모진 말을 하는 대가로 보수를 받는지 살피십시오."

탐욕에 이끌린 민중이 귀찮고 성가신 이들을 두려워하고 공격하는 반면 권력을 이용해 오만함이나 시기심, 분노, 경쟁심을 만족시키는 자들은 내버려둔다는 뜻으로 한 말이다. 그러나 포키온은 적개심을 갖고 동료 시민에게 해를 끼친 적이 없었고, 나라를 위해서 자신에 반대하는 사람을 굴복시켜야 할 필요가 있을 때에만 가혹하고 고집스러우며 거침없이 굴었다. 그 밖의 관계에 임할 때는 항상 온화했고 열려 있었으며 인간적이었다. 심지어 적이라고 해도 곤경에 빠지거나 문책을 당할 위기에 있

20

으면 도움을 주었다.

그가 쓸모없는 인간을 변호한다고 친구들이 잔소리를 할 때면 포키온은 훌륭한 사람은 변호가 필요 없다고 대꾸하곤 했다. 하루는 고발자 아리스토게이톤이 처벌을 받을 위기에 처했다. 그는 포키온에게 사람을 보내 와달라고 부탁했다. 그러자 동료들은 포키온이 가지 못하게 막았고 포키온은 이렇게 말했다.

"아리스토게이톤을 이처럼 즐거운 마음으로 만날 일이 또 있겠는가?"

XI.

동맹국과 섬사람들은 포키온이 아닌 다른 지휘관이 이끄는 아테나이의 사절단을 적으로 간주하여 그들이 온다고 하면 성문에 방어벽을 치고 항구를 막았으며 성밖에 있던 가축, 노예, 아녀자와 어린이들을 성안으로 데리고 들어왔다. 그러나 포키온이 인솔하는 사절단이라고 하면 화환을 걸고 기쁜 마음으로 배를 끌고 나가 맞이했으며 직접 제 집까지 안내했다.

XII.

필립포스가 마케도니아에서 병력을 이끌고 나와 에우보이아를 침략할 때였다. 그는 여러 곳에서 성안의 참주를 통해 성을 차지했다. 에레트리아 사람 플루타르코스는 아테나이 사람들에게 에레트리아를 필립포스의 손아귀에서 구해내 달라고 애걸했다. 포키온은 섬사람들이 선뜻 무기를 잡으리라는 생각에 크지 않은 병력을 이끌고 나섰다. 그러나 역적이 우글거리고 부패로 만연한 섬은 굉장한 위험에 처해 있었다.

따라서 그는 먼저 타위나이 근교의 들판에서 깊은 협곡을 건너면 나오는 언덕을 하나 차지했다. 그리고 이곳에 최고의 부하들을 모았다. 그리고 지휘관들에게 탈영하여 집으로 돌아간 오합지졸의 경솔한 병사들은 마음에 두지 말라고 했다. 진영에 남았다고 해도 절제력 부족으로 싸움에 임하는 병사들에게 도움이 되기는커녕 해를 끼쳤을 테고 오히려 고향에서는 죄책감으로 인해 지휘관을 욕할 가능성이 적었으니 군대가 악의에 찬 비방으로부터 자유로울 수 있다는 이유였다.

XIII.

적이 다가왔을 때 포키온은 자신이 제물을 다 바칠 때까지 부하들에게 무기를 들고 조용히 대기하도록 했다. 그러고도 한참을 기다렸다. 징조가 불길했거나 적이 더 가까이 오기를 바랐기 때문일 것이다. 포키온이 겁을 먹고 지체한다고 여긴 플루타르코스가 제일 먼저 용병 부대를 이끌고 적과 싸우러 나섰다. 이어서 플루타르코스를 본 기병대가 참지 못하고 단숨에 적을 향해 우왕좌왕 어수선하게 내달렸다.

결국 최전방이 무너졌고 곧이어 전체가 산산이 흩어졌다. 플루타르코스는 꽁무니를 뺐고 그 동안 적의 일부는 포키온 측 진영의 방벽에 다다라 포위하는 동시에 방벽을 부수려고 했다. 이미 승리한 것이나 다름없다고 생각했던 것이다.

그러나 이 시점에 희생 의식이 끝났다. 아테나이 군은 터지듯 몰려나와 적을 공격했고 참호에 몸을 숨기려는 적의 대부분을 무찔렀다. 곧이어 포키온은 공격을 중단시키고 보병대에 지시해 이전 싸움에서 흩어진 아군 병사들을 받아주고 지원하도록 했다. 이어서 자신은 정예 부대를 이끌고 적의 몸통을 덮쳤다.

이어진 치열한 싸움에서 모든 아테나이 병사는 열렬하게 그리고 용감하게 싸웠다. 종려나무 잎은 장군의 옆을 지키는 임무를 맡았던, 키네아스의 아들 탈로스와 폴뤼메데스의 아들 글라우코스 차지가 되었다. 그러나 이 전투에서 가장 값진 역할을 한 사람은 클레오파네스였다. 그가 도주하는 기병대를 불러들이고 위험에 처한 장군을 도우라고 큰 소리로 외치며 기를 북돋은 덕분에 기병대는 돌아와 중무장 보병들의 승리를 굳혔다.

이후 포키온은 플루타르코스를 에레트리아에서 추방했고 자레트라를 손에 넣었다. 자레트라는 입지가 뛰어난 요새로 양면을 에워싼 바다에 의해 섬의 폭이 가장 좁아지는 부분에 위치해 있었다. 이어서 포키온은 포로로 잡은 헬라스 사람들을 모두 풀어 주었다. 순간적인 분노에 휩싸인 아테나이의 연설가들이 포로를 잔인하게 취급하도록 민중을 선동할까봐 두려웠기 때문이다.

XIV.

이같은 성과를 거두고 포키온은 본국으로 돌아갔다. 그러자 여러 동맹국은 포키온이 얼마나 청렴하고 정의로웠는지 빠르게 깨달았다. 그리고 아테나이 사람들은 포키온이 보여준 경험과 용맹을 빠르게 인정했다. 다 지휘관직을 이어받은 몰롯소스 덕분이다. 그는 전쟁을 얼마나 형편없이 치렀으면 적에게 생포되는 지경에까지 이르렀다. 그러자 필립포스는 원대한 희망을 품고 온 병력을 이끌고 헬레스폰토스로 갔다. 케르소네소스와 페린토스, 뷔잔티온까지 손에 넣을 생각이었다.

아테나이 민중은 동맹국에게 도움이 되고 싶은 마음이 간절했으나 연설가들은 카레스를 지휘관으로 앉히자고 설득했고 성공했다. 지원을 나간 카레스는 거느린 부하들의 명성에 걸맞은 모습은 조금도 보여주지 못했으며 도시마다 그의 병력이 항구로 들어오지 못하게 막을 정도였다. 오히려 모든 동맹국은 카레스를 의심했으며 동맹국으로부터 돈을 걷으러 돌아다니기나 하는 그를 적은 얕보았다. 아테나이 사람들은 연설가들의 부추김에 카레스에 대한 심한 분노를 표출했으며 뷔잔티온에 원군을 보낸 일을 후회했다. 그러자 민회에 참석하고 있던 포키온은 자리에서 일어나 신뢰를 주지 않는 동맹국을 탓할 게 아니라 신뢰를 받지 못하는 아테나이의 장군들을 탓해야 한다고 힘주어 말했다.

"그 장군들 덕분에 여러분의 도움 없이는 구원 받지 못하는 자들조차 여러분을 꺼려하게 된 것입니다."

포키온의 말에 마음이 움직인 아테나이 사람들은 생각을 바꾸어 포키온에게 추가로 병력을 주었으며 헬레스폰토스의 여러 동맹국을 지원하는 임무를 내렸다. 다른 무엇보다 바로 이 결정이 뷔잔티온을 살리는 데 기여했다. 포키온의 명성은 뷔잔티온에서 이미 자자했다. 뿐만 아니라 누구보다 훌륭한 뷔잔티온 시민으로 소문난 레온은 아카데메이아에 살 당시 포키온과 친한 친구 사이였다. 그런 레온이 포키온의 보증인이 되겠다고 하자 뷔잔티온 사람들은 포키온이 성밖에 진영을 치겠다고 하는데도 허락하지 않았고 성문을 활짝 열고 아테나이 군대를 따뜻하게 맞아주었다.

이러한 신뢰의 표시 덕분에 아테나이 군은 평소에도 신중하고 흠잡을 데 없이 행동했을 뿐 아니라 성을 방어하기 위한 싸움에서 그 어느 때보다 열심히 싸웠다. 결국 필립포스는 헬레스폰토스에서 쫓겨났고 멸시를 당하게 되었다. 싸워볼 수조차 없는 막강한 존재로 여겨지던 필립포스였다. 심지어 포키온은 필립포스의 함대 일부를 사로잡았고 필립포스의 수비대가 남겨진 몇몇 도시도 되찾았다. 또한 필립포스의 영토 여러 곳에 배를 대고 약탈하고 짓밟았다. 포키온은 이곳을 방어하러 달려온 자들에 의해 부상을 입고서야 본국으로 향했다.

XV.

이렇게 되자 메가라도 아테나이로 비밀리에 구원 요청을 보냈고 포키온은 보이오티아가 메가라의 호소를 먼저 눈치채고 아테나이에 앞서 원군을 보낼 것이 두려웠다. 그리하여 아침 일찍 민회를 소집하여 메가라

에서 온 소식을 전달했다. 그리고 필요한 법령이 통과되자마자 나팔수에게 신호를 불게 하고 무장한 부하들과 함께 민회에서 곧장 메가라로 향했다.

메가라 사람들은 포키온을 기쁘게 받아주었고 그는 니사이아 주위로 벽을 쳤다. 이어서 메가라에서 연안항으로 가는 길에 긴 장벽 두 개를 세웠다. 이렇게 성을 바다와 연결시킨 덕분에 메가라는 육지를 통해 공격해오는 적들을 걱정할 필요가 없었고 바다를 통해 아테나이와 좀 더 긴밀히 연결될 수 있었다.

XVI.

곧이어 아테나이와 필립포스가 순수히 적대적인 관계가 되었고 포키온이 없는 사이 다른 지휘관들에게 전쟁이 맡겨졌다. 함대를 이끌고 섬들로부터 돌아온 포키온은 시민을 설득하여 필립포스가 내놓은 협정 조건을 받아들이게 하려고 했다. 필립포스가 평화를 원하는 쪽으로 기울어 있었고 전쟁의 위험을 심히 두려워하고 있었기 때문이다.

그러자 고발자이랍시고 법정에서 살다시피 하던 한 시민이 물었다.

"이미 무기를 든 아테나이 민중의 마음을 감히 돌려놓으려고 하는 겁니까?"

26

그러자 포키온은 대답했다.

"그렇습니다. 전쟁 중에는 그대가 내 지시를 받지만 평화를 되찾으면 내가 그대의 지시를 받으리라는 것을 알면서도."

그럼에도 포키온은 주장을 관철시킬 수 없었고 데모스테네스에게 승리를 내주었다. 데모스테네스는 앗티케에서 가능한 먼 곳에서 필립포스와 맞붙자고 아테나이 사람들을 부추겼다. 그러자 포키온이 말했다.

"어디서 싸울지가 아니라 어떻게 승리할지 물어야 하지 않겠습니까. 승리한다면 전쟁은 멀게 있는 것처럼 느껴지겠지만 패배한다면 공포는 어디 있든 가깝게 느껴집니다."

그러나 패배가 현실이 되자 난폭하고 과격한 시민들은 카리데모스를 지휘관석으로 끌고 와 그에게 전쟁의 지휘를 맡기라고 요구했다. 그러자 아테나이의 으뜸 시민들은 두려움에 가득 찼다. 그리하여 아레이오스 파고스* 회의의 도움을 받아 민회에서 울고불고 애원한 끝에 나라를 포키온의 지도에 맡기도록 마침내 시민들을 설득했다.

포키온은 아테나이가 필립포스의 정책과 우호적인 제안을 받아들여야 한다고 생각하는 편이었다. 그러나 데마데스가 공동의 평화를 위해 아테나이가 헬라스 의회에 참여해야 한다는 제안을 상정했을 때 포키온은 필립포스가 헬라스 사람들에게 어떤 요구를 할지 알기 전에는 찬성할 수 없다고 했다.** 그러나 위기 앞에 포키온의 의견은 지배적이지 못했다. 이어서 아테나이 사람들이 필립포스에게 함선과 기병을 제공하라는 요구를 받고 결정을 후회하자 포키온은 이렇게 말했다.

"내가 여러분의 제안에 반대할 때 바로 이 점을 우려했습니다. 그러나 이미 동의했으니 후회하거나 좌절하지 말기 바랍니다. 우리 선조는 명령

• 한 해 동안 아르콘(지도자)을 역임한 이들로 구성된 회의 기구. 아레이오파고스라고 하기도 한다.
•• 헬라스 국가 간의 의회는 페르시아와 대항하기 위해 마케도니아의 필립포스가 소집한 협의체였다.

을 내리는 위치에 있기도, 명령을 받는 위치에 있기도 했으나 이 두 가지 위치 모두에서 훌륭히 역할을 수행함으로써 나라를 살리고 헬라스를 살렸습니다."

뿐만 아니라 필립포스가 죽은 뒤 시민들이 희소식에 감사하며 제물을 바치자 포키온은 반대했다. 사람이 죽자마자 기뻐하는 것도 점잖치 못한 일이고 카이로네이아에 늘어선 적의 숫자도 고작 하나가 줄었을 뿐이었기 때문이다.

XVII.

데모스테네스가 테바이로 행군하고 있는 알렉산드로스를 향해 온갖 비난을 퍼붓고 있을 때였다. 포키온은 물었다.

"'경솔하다. 왜 이 흉포한 자를 도발하는가?' 흉포할 뿐더러 대승을 거두려고 안달이 난 자라네. 엄청난 불길이 지척인데 부채질을 할 건 무언가? 나는 설령 민중이 원하더라도 민중이 죽어나가게 내버려두지 않을 것이며 그러고자 지휘의 책임을 짊어진 것이다."

또한 테바이가 파괴된 뒤에 알렉산드로스가 데모스테네스와 뤼쿠르고스, 휘페레이데스, 카리데모스, 그리고 그 밖의 사람들을 요구했을 때 민회는 포키온을 바라보며 여러 차례 이름을 불렀다. 그러자 포키온은 자리에서 일어나 동료 한 명을 가까이 오게 했다. 언제나 누구보다 아끼고 신뢰했으며 사랑했던 친구였다.

"몇몇 사람들로 인해 나라는 참으로 곤란한 지경에 처했습니다. 알렉산드로스가 여기 이 친구 니코클레스를 요구한다고 해도 나는 여러분에

• 오뒷세우스가 눈 하나 달린 괴물 퀴클롭스에 대해 동료에게 건넨 말.

게 요구를 들어주도록 권유할 것입니다. 여러분을 대신해 내 목숨을 내놓아야 한다고 해도 나는 그것을 행운이라고 여길 것입니다. 시민 여러분, 나는 테바이에서 이리로 도망온 이들에게도 연민을 느낍니다. 그러나 헬라스의 슬픔은 테바이에서 끝나야 합니다. 아테나이를 위해서도 헬라스를 위해서도 승자를 달래고 설득하는 편이 낫습니다."

전해지는 말에 따르면 아테나이 시민이 통과시킨 첫 번째 법령을 받아든 알렉산드로스는 이를 내던지고 사절을 외면하며 자리를 떴다고 한다. 그러나 두 번째 법령은 받아들였는데 포키온이 가져왔기 때문이며 선왕 필립포스 또한 이 포키온을 존경했다고 마케도니아 원로들이 자주 말했던 까닭이다. 그리하여 그는 포키온을 만나 탄원을 들어보기로 했을 뿐만 아니라 조언을 구하기까지 했다. 포키온은 알렉산드로스에게 고요하길 바란다면 전쟁을 멈추라고 했고 영광을 바란다면 싸움터를 옮겨 무기를 헬라스가 아닌 헬라스 바깥 민족을 향해 겨누라고 했다.

그 밖에도 알렉산드로스의 본성과 욕구에 맞는 여러 가지 조언을 해주었는데 이는 알렉산드로스의 마음을 녹이고 변화시켰다. 그러자 알렉산드로스는 아테나이에게 상황을 주시하라고 권하기에 이르렀다. 자신의 신변에 무슨 일이 생기면 헬라스를 이끌어 나가는 일은 아테나이의 몫이 된다는 이유였다.

사석에서도 알렉산드로스는 포키온을 친구이자 손님으로 대했고 늘 가까이 두고 지내는 친구들보다 더 예우했다고 한다. 아무튼 두리스가 기록한 바에 따르면 알렉산드로스는 대왕의 칭호를 받고 다레이오스를 꺾은 뒤 편지 앞에 "카이레인"이라는 인사말을 쓰지 않았으나 포키온은 예외로 삼았다고 한다. 오직 포키온과 안티파트로스에게만 서두에 "카이레인"이라고 인사했다. 카레스 또한 동일한 주장을 하고 있다.

XVIII.

알렉산드로스가 포키온에게 1백 탈란톤을 선물로 보낸 일도 대체로 사실이라고 여겨진다. 이 돈이 아테나이에 도착했을 때 포키온은 셀 수 없이 많은 아테나이 사람들 가운데 군이 자신에게만 이 많은 돈을 주는 이유를 물었다. 그러자 돈을 가져온 자들은 대답했다.

"알렉산드로스 왕은 오직 당신만이 도리를 알고 자격이 있다고 생각합니다."

"그렇다면 내가 언제나 그렇게 살고 그렇게 여겨질 수 있도록 내버려 두라고 전해 주시오."

그러나 돈을 전달하러 왔던 자들은 포키온이 사는 집까지 찾아가 그의 검소한 생활을 직접 보았다. 포키온의 아내는 빵을 반죽하고 있었고 포키온은 우물에서 제 손으로 직접 물을 길어 발을 씻었다. 그러자 그들은 분개하며 돈을 받으라고 더욱 강권했고 왕의 동료가 그런 가난 속에 산다는 일은 있을 수 없다고 했다.

그러자 포키온은 너절한 외투를 입고 길을 가는 가난한 노인을 보고는 포키온 자신이 그 노인보다 못한가 물었다.

"당치도 않습니다!"

그러자 포키온은 말했다.

"하지만 저 노인은 나보다 가진 게 적은데도 부족함을 모르지 않습니까. 그리고 간단히 말하건대 내가 이 엄청난 돈을 쓰지 않는다면 가지고 있어도 소용이 없을 것이며 쓴다고 하면 나쁜 아니라 왕까지 시민들의 비난을 받는 상황을 초래할 것입니다."

이리하여 선물은 아테나이에 머물지 못했고 헬라스는 그런 큰 선물을 원하지 않는 사람이 선물을 건넨 사람보다 더 넉넉하다는 사실을 깨달았다. 알렉산드로스는 마음이 편치 못했다. 그래서 포키온에게 편지를 보내 자신으로부터 아무것도 바라지 않는 사람을 친구로 여길 수 없다고 했다. 그래도 포키온은 돈을 받지 않았다. 대신 잡다한 혐의를 받고 사르데이스에 감금되어 있던 소피스테스* 에케크라티데스와 임브로스 사람 아테노도로스, 로도스 사람 데마라토스와 스파르톤의 석방을 요청했다. 그러자 알렉산드로스는 이들을 곧바로 풀어 주었다.

이후 크라테로스를 마케도니아로 돌려보내면서 그가 아시아의 네 도시 키오스, 게르기토스, 밀라사, 엘라이아에서 걷은 세금 가운데 한 개 도시의 세금을 포키온에게 골라 갖도록 했다. 그리고 포키온이 받지 않겠다면 화를 낼 것이라고 전보다 더 강경하게 밀어붙였다. 그럼에도 포키온은 세금을 받지 않았고 얼마 지나지 않아 알렉산드로스가 세상을 떠났다. 오늘날까지 멜리테에 포키온의 집이 남아 있는데 집을 장식하고 있는 청동 원반을 제외하면 소박하고 단순하다.

XIX.

포키온의 부인들로 말하자면 첫째 아내에 대해서는 조각가 케피소도토스의 누이였다는 사실 말고는 알려진 게 없다. 그러나 둘째 아내의 신중하고 검소한 태도가 아테나이 사람들 가운데서 누렸던 명성은 포키온의 청렴한 태도가 누린 명성보다 덜하지 않았다.

하루는 아테나이 사람들 앞에서 여러 새 비극 작품이 선을 보였다. 여왕의 역할을 하기로 된 배우는 합창단의 비용을 대는 코레고스에게 값비싼 치장을 한 시녀들이 많아야 한다고 요구했다. 그러나 요구대로 되

---

* 소피스테스는 원래 현자를 일컫는 말이었으나 이후 돈을 받고 문법, 수사, 정치, 수학 등을 가르쳐 주는 사람을 일컫게 되었다. 나중에 궤변론자라는 의미로도 쓰이게 된다.

지 않자 분개했고 등장을 거부하며 관객을 기다리게 했다. 그러나 코레고스 멜란티오스는 이 배우를 관객 앞으로 밀어내면서 외쳤다.

"포키온의 아내는 하녀 하나만 데리고 잘만 외출한다네! 자네가 그렇게 허세를 부리면 우리 여인네들이 배운다고."

멜란티오스의 말은 관객에게 또렷하게 들렸고 관객은 우렁찬 박수로 화답했다.

이 여인은 손님으로 온 어느 이오니아 여인이 금장식과 보석이 박힌 옷깃과 목걸이를 자랑할 때 이렇게 말하기도 했다.

"제 자랑은 올해로 스무 해째 아테나이의 장군을 맡은 남편 포키온입니다."

XX.

아들 포코스가 판아테나이아 축제에 말 잔등 뛰기 선수로 출전하고자 했을 때 포키온은 이를 허락했는데 승리가 욕심이 나서가 아니라 아들이 몸을 가꾸고 훈련시킴으로써 더 나은 사람이 되리라고 여겼기 때문이다. 평소에 이 아들은 술을 좋아하고 생활습관이 불규칙했다. 그러나 포코스는 결국 경기에서 승리했고 포코스의 여러 친구들이 승자와 만찬을 즐기기 위해 그를 집으로 초대했다. 포키온은 단 한 사람의 초대만 승낙하게 했고 모두 거절했다.

만찬장은 전체적으로 매우 호화롭게 차려져 있었고 특히, 입장하는 손님들 앞에 발을 닦기 위한 통이 놓여졌는데 여기 향신료를 첨가한 포도주가 담겨 있었다. 그러자 포키온은 아들을 불러 말했다.

"포코스, 네 친구가 네 승리를 망치게 놔두지 마라."

이뿐 아니다. 아들을 호화로운 생활방식에서 떨어뜨려 놓고자 라케다

32

이몬스파르타으로 데려가 "아고게"[*]라고 하는 교육과정을 따르는 젊은이들과 함께 지내게 했다. 이는 아테나이 민중을 불편하게 했다. 민중은 포키온이 아테나이 전통을 경시하며 폄하한다고 여겼다.

데마데스는 이렇게 말한 적도 있다.

"포키온, 우리 아테나이 시민을 설득해 라케다이몬의 정치 체제를 도입하도록 할까? 자네가 말만 한다면 내가 필요한 법을 만들고 지지하겠네."

그러자 포키온이 대답했다.

"자네다운 발상이네. 어디 그런 외투를 입고 몰약 향기를 진하게 풍기면서 아테나이 민중 앞에서 라케다이몬의 공동 식사 제도를 추천하고 뤼쿠르고스를 찬양해 보시게."

알렉산드로스가 아테나이로 서신을 보내 전함을 요구했을 때 언설가들은 이 요청에 반대했으며 의회는 포키온에게 이 문제에 대해 발언을 부탁했다.

"내 생각은 힘이 세든가 힘 센 자를 친구로 두어야 한다는 겁니다."

당시 아테나이 민중을 상대로 연설을 시작한 지 얼마 되지 않았으나 이미 말이 많고 겁이 없었던 퓌테아스에게 포키온은 이렇게 말했다.

"그 입 좀 다물게. 민중이 새로 사들인 노예일 뿐인 주제에!"

한편 알렉산드로스를 피해 엄청난 돈을 들고 아시아를 떠난 하르팔로스가 앗티케에 상륙했을 때 제 영향력을 돈과 바꾸고자 안달이 난 언설가들은 쏜살같이 그에게 달려갔다. 그러나 하르팔로스는 부를 매우 작은 조각으로 나누어 미끼 삼아 흩뿌렸다. 그런데 포키온에게는 사람을 보내 7백 탈란톤과 그 밖의 가진 것 모두를 제시했으며 제 몸과 전 재산

• 「아게실라오스」편.

을 포키온의 뜻에 맡겼다.

그러나 포키온은 하르팔로스에게 나라를 부패하게 만드는 행위를 멈추지 않으면 후회할 것이라고 거칠게 쏘아붙였다. 그러자 하르팔로스는 부끄러워하며 일단 더 이상 애걸하지 않았다. 그러나 얼마 후 아테나이 민중이 하르팔로스를 어떻게 할 것인지 고민할 때에 그의 돈을 받은 사람들은 뇌물을 받은 사실이 들통날까 봐 오히려 등을 돌려 그를 비난한 반면 한 푼도 받지 않은 포키온은 하르팔로스의 안전과 공익을 두루 고려했다. 이에 하르팔로스는 다시 한 번 포키온에게 굽신거렸다. 그러나 그가 아무리 뇌물을 건네려 해도 포키온은 마치 요새처럼 그 어디서 공격해도 뚫리지 않았다. 반면 하르팔로스는 포키온의 사위 카리클레스를 절친한 동료이자 친구로 삼았고 매사에 그를 신뢰했으며 매사에 이용함으로써 그에게 오명을 씌웠다.[*]

XXI.

예를 들자면 하르팔로스가 뜨겁게 사랑한 첩이었으며 그에게 딸을 낳아 주었던 창부 퓌토니케가 사망했을 때 하르팔로스는 고가의 무덤을 만들어 주기로 결심했다. 그리고 이 일을 카리클레스에게 맡겼다. 이 일은 그 자체로 불명예스러운 일이었으나 무덤이 완성되고 더욱 큰 수치가 더해졌다. 카리클레스는 아테나이에서 엘레우시스로 가는 길목에 있는 헤르모스에 이 무덤을 완성하고 하르팔로스에게 30탈란톤이라는 큰 액수를 청구했는데 전혀 그 값어치로 보이지 않았던 것이다.

한편 하르팔로스가 죽은 뒤 카리클레스와 포키온은 그의 딸을 거두어 정성들여 교육을 시켰다. 그러나 하르팔로스와 거래한 죄로 재판에 부쳐진 카리클레스는 포키온에게 함께 재판정에 들어가 달라고 도움을 간청했지만 포키온은 거절하면서 이렇게 말했다.

"카리클레스, 불의를 저지르자고 자네를 사위 삼은 게 아닐세."

알렉산드로스의 사망 소식을 아테나이 민중에게 가장 먼저 알린 사람은 힙파르코스의 아들 아스클레피아데스였다. 그러자 데마데스는 사망 소식을 무시하라고 민중을 타이르며 그게 사실이라면 온 천지가 이미 시체 썩는 냄새로 진동하고 있으리라고 했다. 그래도 민중이 들고 일어날 조짐을 보이자 이번에는 포키온이 민중을 달래고 제지하려고 했다. 그리하여 시민들이 너도나도 연단에 올라 아스클레피아데스가 가져온 소식이 사실이며 알렉산드로스가 죽었다고 외쳤을 때 포키온은 이렇게 말했다.

"만약 알렉산드로스가 오늘 죽어 있다면 내일도 죽어 있을 테고 모레도 죽어 있을 겁니다. 그러니 일단 진정하고 불안해 하지 말고 논의를 합시다."

XXII.

나라를 라미아 전쟁에 빠뜨려 포키온의 심기를 건드린 레오스테네스는 포키온에게 장군직에 있는 동안 나라를 위해 한 일이 뭐가 있냐고 물은 적이 있다. 포키온은 대답했다.

"적지 않은 공을 세웠습니다. 시민들이 조국 땅에 묻혔으니까요."

한번은 레오스테네스가 민회에서 무모한 허풍을 떨었고 포키온은 이렇게 말했다.

"자네 연설은 마치 사이프러스 나무 같아. 크고 높지만 열매를 맺지 않지."

휘페레이데스는 포키온에게 이렇게 묻기도 했다.

"그러면 아테나이는 언제 전쟁을 벌여야 합니까?"

"젊은이가 기꺼이 전열 속에 서고 부유한 자들이 기부를 하고 손버릇 나쁜 연설가들이 더 이상 공금을 탐하지 않을 때."

여러 사람들이 레오스테네스가 모집한 병력에 감탄하며 포키온에게 전쟁 준비에 대한 의견을 물었다. 그러자 포키온은 대답했다.

"괜찮습니다. 당분간은. 하지만 장기적으로는 문제입니다. 자금도, 함선도, 중무장 보병도 없는 상황이니까요."

포키온의 우려는 현실로 나타났다. 레오스테네스는 초반에는 눈부신 승리를 이어갔다. 전투에서 보이오티아 인들을 정복하고 안티파트로스를 라미아로 몰아넣은 것이다. 그러자 아테나이도 희망에 부풀었다고 한다. 끊임없이 축제를 벌였으며 기쁜 소식에 감사하며 제물을 바쳤다.

사람들은 포키온의 판단이 틀렸다고 생각했고 그가 직접 승리를 이끌었다면 좋지 않았겠느냐고 물었다. 그러자 포키온은 대답했다.

"좋았겠지요. 하지만 내가 했던 조언을 후회하지는 않습니다."

진영에서 보낸 서신, 혹은 전령을 통해 계속해서 낭보가 이어졌고 포키온은 말했다.

"도대체 언제까지 승리만 할 셈인지?"

XXIII.

그러나 레오스테네스는 전사했고 포키온에게 지휘권이 돌아가면 그가 전쟁을 멈추리라 생각했던 사람들은 계략을 짰다. 한 이름 없는 사람을 민회로 보내 그가 포키온의 친구이자 절친한 동료라고 주장하게 만든 것이다. 이 사람은 민중을 향해 부디 둘도 없는 포키온을 전장으로 보내지 말고 아껴두되 대신 안티필로스를 보내자고 제안했다.

아테나이 시민이 여기 찬성하자 포키온은 앞으로 나와 말하기를 자신은 제안을 한 자와 가까이 지낸 적이 없으며 아는 사람도 아니라고 했다.

"하지만 이제부터 내 친구이자 가까운 동료로 삼겠습니다. 내게 유리한 제안을 해주었으니까요."

이어서 아테나이 사람들이 또다시 보이오티아 인들을 상대로 전쟁을 벌이려고 하자 포키온은 처음에는 반대했다. 그러자 동료들은 포키온에게 아테나이 시민을 불쾌하게 했다가는 죽음을 당할 수도 있다고 했다. 포키온은 대답했다.

"내가 시민의 이익을 위해 행동한다면 시민은 불의를 행하게 되고 시민을 기만한다면 정의를 행하게 되겠군."

그러나 이후 민중이 멈출 줄 모르고 계속해서 전쟁을 요구하자 포키온은 60세 이상의 모든 아테나이 시민에게 닷새치 식량을 가지고 민회에서 곧장 출정할 준비를 하라고 전령을 통해 선포했다. 그러자 여기저기서 아우성이었다. 노인들은 벌떡 일어나 불만을 외쳤다.

"그렇게 힘든 일이 아닙니다. 여러분을 지휘할 이 사람도 올해 여든입니다."

그러자 민중은 한동안 잠잠해졌고 목표를 바꾸었다.

XXIV.

그러나 미키온이 마케도니아 군대와 용병 부대를 떼로 이끌고 람노스에 상륙하여 해안을 엉망으로 만들고 인접 영토를 짓밟고 있을 때 포키온은 아테나이 군을 이끌고 나섰다. 행군을 하는 동안 사방에서 병사들이 달려와 포키온에게 이 언덕을 차지하라는 둥 저리로 기병을 보내라는 둥 저 위치에서 적을 공격하라는 둥 이런저런 조언을 했다. 그러자 포키온이 말했다.

"맙소사, 장군은 많은데 병사는 없구나!"

포키온이 중무장 보병을 집결시킨 뒤였다. 병사 하나가 남들보다 먼저 앞으로 나갔다가 적이 다가오자 겁을 먹고 제자리로 돌아갔다. 그러자 포키온이 말했다.

"젊은이, 부끄러운 줄을 알게. 자네는 두 번이나 주어진 임무를 버렸네. 하나는 자네 지휘관이 준 임무이고 하나는 자네 스스로가 맡은 임무."

그럼에도 포키온은 적을 공격해 철저히 무찔렀고 미키온을 비롯해 수많은 적을 죽였다. 또한 텟살리아의 헬라스 군은 레온나토스가 이끄는 마케도니아 군이 안티파트로스와 합류한 후에도 싸워 승리했고 레온나토스는 전사했다. 헬라스 군의 중무장 보병은 안티필로스가, 기병은 텟살리아 사람 메논이 지휘하고 있었다.

XXV.

그러나 얼마 안 가 크라테로스가 대군을 이끌고 아시아에서 건너왔고 크란논에서 또 한 번 정식 전투가 벌어졌다. 헬라스 군은 여기서 패했다. 심한 패배는 아니었고 전사자도 많지 않았으나 젊고 마음 약한 지휘관들에 대한 불복종의 결과였다. 안티파트로스가 헬라스의 몇몇 도시들에 탐나는 제안을 한 까닭에 전력이 약화되었고 군대는 치욕을 모르고 헬라스 해방이라는 대의를 저버렸다.

그리하여 안티파트로스는 곧장 병력을 이끌고 아테나이로 향했고 데모스테네스와 휘페레이데스는 나라를 떴다. 반면 불법적인 조치를 제안한 혐의로 일곱 차례 유죄 판결을 받고 시민으로서의 권리를 박탈당했으며 민회에서도 말을 할 수 없었던 데마데스는 나라에서 부과한 벌금을 일부분도 낼 수 없었음에도 결국 사면을 받았고 안티파트로스에게 전권을 가진 사절을 보내 평화 협정을 맺도록 하는 법안을 제안했다.

그러자 겁을 먹은 시민들은 믿을 사람은 포키온밖에 없다며 그를 사절로 요청했다. 포키온은 말했다.

"일찍이 내 조언을 받아들였다면 여기서 지금 이런 논의를 하고 있지 않았을 것 아닙니까."

법안이 통과된 뒤 포키온은 카드메이아에 진영을 치고 앗티케로 들이닥칠 준비를 마치고 있었던 안티파트로스에게 갔다. 포키온의 첫 번째 요청은 안티파트로스의 진영이 있는 위치에서 협정을 맺자는 것이었다. 그러자 마케도니아의 크라테로스는 적의 땅을 약탈할 기회가 있는데도 마케도니아 군대를 우방국과 동맹국의 영토에 머무르게 만들고자 하는 포키온의 제안이 부당하다고 주장했다. 그러나 안티파트로스는 크라테로스의 손을 잡고 말했다.

"포키온의 이 요청만은 들어주어야 합니다."

그러나 그 밖의 협의 사항에 대해서는 승자의 뜻대로 따르도록 명령했다. 마케도니아 역시 라미아에서 레오스테네스에게 패했을 때 승자의 명을 따랐기 때문이다.

XXVI.

그리하여 포키온은 요구사항을 들고 아테나이로 돌아왔고 민중은 불가피하게 요구를 받아들였다. 이어서 포키온은 아테나이 시민이 사절로 추가 임명한 사람들을 데리고 다시 테바이로 돌아갔다. 철학자 크세노크라테스도 그 가운데 하나였다. 누구나 크세노크라테스의 덕을 매우 높이 평가했고 명망을 우러러보았기 때문이다. 오만하거나 잔인하거나 분노에 찬 사람의 마음도 크세노크라테스를 보기만 하면 존경과 충성심으로 차오를 정도였다.

그러나 이 경우에는 정반대의 결과를 가져왔다. 안티파트로스의 무자비함과 선善에 대한 혐오 때문이었다. 무엇보다 안티파트로스는 다른 사절에게는 인사를 하면서도 크세노크라테스에게는 하지 않았다. 그러자 크세노크라테스는 이렇게 말했다고 한다.

"안티파트로스가 내 앞에서만큼은 아테나이에 대한 무자비한 수작을 부끄럽게 여기는 모양이니 다행일세."

뿐만 아니라 크세노크라테스가 말을 하려고 하자 안티파트로스는 들으려고도 하지 않고 성을 내며 반대했으며 말문을 막아 버렸다. 그러나 포키온이 탄원하자 안티파트로스는 아테나이를 우방국이자 동맹국으로 삼아줄 테니 대신 조건을 충족해야 한다고 했다. 조건에 따르면 아테나이는 데모스테네스와 휘페레이데스를 넘겨야 했고 재산에 따른 참정권 부여를 기반으로 하는 예전의 법을 되돌려야 했으며 무뉘키아에 수비대 주둔을 허락해야 했고 추가로 전쟁 비용과 벌금을 지불해야 했다.

사절단은 이런 조건이 만족스러웠으며 인도적이라고 생각했으나 크세노크라테스만은 생각이 달랐다. 그는 안티파트로스가 아테나이 사람들을 노예로 여긴다면 너그러운 처사이나 자유민으로 여긴다면 가혹한 처사라고 했다. 한편 포키온은 수비대만은 주둔시키지 말아 달라고 간청했고 안티파트로스는 이렇게 응수했다고 한다.

"포키온, 그대의 청이라면 무엇이든 들어주고 싶습니다. 그 청이 그대와 우리의 파멸을 의미하지만 않는다면."

그러나 다른 설도 있다. 안티파트로스는 수비대 문제에서 양보하는 대가로 포키온으로부터 아테나이가 평화 협정을 준수하고 아무 문제도 일으키지 않도록 하겠다는 보증을 바랐다. 그러나 포키온이 입을 다물고 쉽게 대답하지 않자, 칼리메돈이라는 자가 벌떡 일어났다. 사슴벌레라는 별명을 가지고 있었으며 민주정을 혐오했던 오만한 칼리메돈은 이렇게 외쳤다.

"안티파트로스 장군, 저자가 그런 말도 안 되는 보증을 선다고 한들 장군은 저자를 믿고 장군의 계획을 접으시겠습니까?"

XXVII.

이리하여 아테나이 사람들은 마케도니아 주둔군을 받아들일 수밖에 없었다. 주둔군 지휘관 메닐로스는 공정한 사람이었고 포키온의 친구였다. 그럼에도 아테나이 사람들은 이것이 무례한 조치이며 상황의 압박에 따른 불가피한 점령 상태라기보다 거들먹거리기 좋아하는 자들의 힘의 과시라고 생각했다.*

메닐로스의 영향력 덕분에 주둔군은 주민들에게 해를 끼치지 않았다. 그러나 가난으로 인해 참정권을 잃게 된 시민들은 1만 2천 명이 넘었다. 이들 가운데 고향에 남은 시민들은 억울하고 가혹한 시련을 겪은 한편 아테나이를 버리고 트라키아로 이주한 사람들은 마치 고향을 빼앗기고 쫓겨난 사람들처럼 안티파트로스로부터 땅과 도시를 제공받았다.

XXVIII.

뿐만 아니라 다른 곳에 이미 적은 대로* 데모스테네스가 칼라우리아에서 죽고 휘페레이데스가 클레오나이에서 죽자 아테나이 민중은 필립포스와 알렉산드로스를 열렬하다고 할 만큼 그리워하게 됐다. 언젠가 안티고노스가 죽임을 당하고 그를 죽인 자들이 시민을 탄압하고 괴롭혔을 때 프뤼기아의 한 농부는 밭을 갈던 중 무얼 하느냐고 묻는 말에 이렇게 대답했다고 한다.

"안티고노스를 찾는 중입니다."

안티파트로스 때도 사람들은 위대하고 너그러운 필립포스 왕과 알렉산드로스 왕의 분노를 달래는 일이 얼마나 손쉬웠는지 너도나도 말하기 시작했다. 안티파트로스는 보잘것없는 복장을 하고 검소한 생활을 하면서 보통 사람의 가면을 썼지만 실제로 어려움에 빠진 이들에게는 훨씬 부담스러운 폭군이자 주인이었다.

그럼에도 포키온은 안티파트로스에게 탄원하여 여러 사람들의 추방을 막았고 추방을 당한 자들을 위해서는 펠로폰네소스에 거주할 수 있는 특권을 얻어냈다. 포키온의 노력이 아니었다면 그들은 이전에 추방을 당했던 다른 사람들처럼 헬라스에서 쫓겨나 케라우니아 산과 타이나론 곳 저편으로 가야 했을 것이다. 고발자 학노니데스가 그런 경우였다.

뿐만 아니라 포키온이 나랏일을 관대하게, 그리고 법에 따라 관리하자 지식과 교양이 있는 이들에게 언제나 관직이 주어졌다. 한편 남의 일에 참견하기 좋아하고 늘 새로운 것을 추구하는 사람은 관직을 얻지 못한 까닭에 별 볼 일 없는 처지가 되었고 소란을 일으키지 않았다. 포키온은 이런 사람에게 가정을 아끼고 농사를 즐기는 법을 가르쳤다. 한편 크세노크라테스가 외국인 주민세를 내는 것을 보고 포키온은 그를 시민으로 등록해 주겠다고 제안했으나 거절당했다. 사절로 나서서까지 막으려고 했던 지배 체제의 일원이 될 수는 없다는 이유였다.

• 「데모스테네스」편, XXVIII~XXX.

XXIX.

주둔군 지휘관 메닐로스가 포키온에게 현금을 선물하려고 했을 때 포키온은 알렉산드로스의 돈도 받지 않았는데 메닐로스의 돈을 받을 리 있겠느냐고 대답했고 그때 받지 않은 돈을 이제 받을 뚜렷한 이유도 딱히 없다고 했다. 그러나 메닐로스는 아들 포코스를 위해서라도 돈을 받아 달라고 간청했고 포키온은 이렇게 말했다.

"포코스가 정신을 차리고 검소하게 산다면 내가 물려주는 유산으로도 충분할 테지만 지금처럼 산다면 돈이 아무리 많아도 부족할 것입니다."

안티파트로스가 부적절한 부탁을 했을 때에는 이렇게 날카롭게 쏘아붙였다.

"한꺼번에 그대의 친구도 되고 아첨꾼도 되는 것은 불가능합니다."

안티파트로스 역시 이렇게 말했다고 전해진다.

"나는 아테나이에 친구가 둘 있네. 포키온과 데마데스. 한 친구는 아무리 주려 해도 받으려 하지 않고, 한 친구는 아무리 주어도 만족하지 않지."

실로 수차례 아테나이의 장군이었고 여러 왕과 우정을 쌓은 포키온이 노년에 겪은 가난은 그의 덕을 보여준 반면 데마데스는 법을 어기면서까지 부를 한껏 과시했다. 그 예로 당시 아테나이에는 비극 무대의 합창단원으로 외국인을 고용하는 행위를 금지하는 법이 있었고 법을 위반할 경우 벌금은 1천 드라크메였다. 그러나 데마데스는 백 명으로 이루어진 합창단을 모두 외국인으로 구성했고 그와 동시에 벌금을 한 사람당 1천 드라크메씩 극장으로 들여왔다. 아들 데메아스에게 신붓감을 데리고 오면서 이렇게 말하기도 했다.

"내가 네 엄마와 결혼했을 때는 이웃집도 몰랐는데 네 결혼에는 여러 왕과 세력가들이 부조를 하는구나."

아테나이 민중은 안티파트로스를 설득해 주둔군을 철수하도록 해달라고 포키온에게 성가시게 졸라댔다. 그러자 포키온은 안티파트로스를 설득하는 일을 단념했기 때문인지, 시민들이 공포의 영향력 아래 있을 때 더욱 분별 있고 공무를 더욱 질서 있게 처리한다고 생각했기 때문인지는 몰라도 끈질기게 거절했다. 대신 안티파트로스를 설득해 아테나이 시민들이 내야 할 부담금을 연기해 주었다.

그러자 어느새 민중은 데마데스를 졸라대기 시작했다. 그는 기꺼이 임무를 받아들고 아들과 함께 마케도니아로 길을 나섰다. 마치 하늘이 도운 듯 데마데스가 도착할 당시 안티파트로스는 병에 걸려 있었다. 한편 권력을 장악한 카산드로스는 데마데스가 아시아에 있는 안티고노스에게 보냈던 편지를 발견하게 되었다. 낡고 썩은 실 끝에 대롱거리는 헬라스와 마케도니아에 홀연히 나타나 달라는 부탁이었는데 썩은 실은 안티파트로스를 경박하게 지칭한 말이었다.

그래서 카산드로스는 데마데스가 도착하자마자 그를 체포했고 먼저 아들을 죽였다. 이때 아버지가 얼마나 가까이 있었으면 아버지의 겉옷이 아들의 피로 흥건할 정도였다. 이어서 카산드로스는 은혜를 모르고 배신을 꾀했던 데마데스에게 욕설을 퍼부은 뒤 마저 죽였다.

XXX.

안티파트로스가 폴뤼스페르콘을 총사령관으로, 카산드로스를 부총사령관으로 임명하고 죽자 카산드로스는 그 즉시 들고 일어나 정권을 제 손에 넣었다. 그리고 니카노르를 전속력으로 메뉠로스에게 보내 아테나이 주둔군의 지휘권을 넘겨받도록 했다. 이어서 안티파트로스의 사망 소식이 알려지기 전에 무뉘키아를 손에 넣게 했다. 일은 계획대로 진행되었고 며칠 뒤 안티파트로스가 죽었다는 소식을 들은 아테나이 사람들은 포키온을 심하게 탓했다. 그가 미리 사실을 알고도 니카노르를 봐서 입을 다물고 있었다고 여겼기 때문이다.

그러나 포키온은 이런 비난을 조금도 개의치 않고 니카노르와 면담과 회의를 거듭하면서 그가 아테나이 민중을 대체로 너그럽고 친절하게 대우하도록 유도했다. 그리고 무엇보다도 그에게 제전의 기획을 맡겨 여러 호화로운 볼거리를 마련하도록 했다.

XXXI.

한편 왕*을 보호하고 있었던 폴뤼스페르콘은 카산드로스의 계획을 무산시키고자 아테나이 시민에게 편지를 보냈다. 왕이 민주정을 회복시켰으니 모든 아테나이 인이 예전 방식대로 나라를 운영하는 데 동참하여야 한다는 내용이었다. 이는 포키온을 겨냥한 계책이었다. 이후 노골적으로 드러내듯이 폴뤼스페르콘은 아테나이를 제 마음대로 하고자 획책하고 있었고 포키온이 추방당하지 않는 한 그것은 불가능했다. 그러나 만약 시민권을 박탈당했던 이들이 정권을 장악하고 연단이 다시금 민중선동가와 고발자들의 차지가 된다면 포키온이 반드시 추방당하리라는 것이 폴뤼스페르콘의 생각이었다.

폴뤼스페르콘이 보내온 소식에 아테나이 시민이 동요하는 듯했으므로 니카노르는 시민과 직접 소통하고자 했다. 그리하여 페이라이에우스

• 폴뤼스페르콘이 보호하고 있었던 알렉산드로스 왕의 배다른 형제 필립포스 아르리다이오스는 지적 장애를 앓고 있었다고 전해진다. 「알렉산드로스」편 LXXVII.

에 회의체가 구성되자 니카노르는 포키온에게 신변의 보호를 맡기고 시민들 앞에 섰다. 그러나 해당 구역을 관리하고 있던 아테나이 장군 데르킬로스가 니카노르를 체포하려고 시도했고 때마침 사태를 파악한 니카노르는 재빨리 빠져나갔다. 곧이어 니카노르는 분명히 아테나이에 신속한 제재를 가할 태세였다.

그러자 니카노르를 붙잡지 않고 놓아 주었다고 질책을 받은 포키온은 자신은 니카노르를 믿으며 그가 해를 입히지 않을 거라고 했다. 그렇든 말든 불의를 행하느니 불의를 당하는 것이 낫다고도 했다. 이 말은 자신의 처지만을 염두에 둔 사람의 말로서는 명예롭고 고결해 보이지만 나라의 안위를 위험에 빠뜨린 사람, 게다가 그 나라의 총사령관이라는 사람의 말이라고 볼 때 그가 동료 시민들을 대신해 정의를 실현할 더 크고 귀중한 의무를 저버린 게 아닌가 하는 생각이 든다.

포키온이 나라를 전쟁에 빠뜨리고 싶지 않아서 니카노르를 내버려두었다고 볼 수는 없다. 신뢰와 의리를 보여주면 니카노르 또한 의무를 다하여 평화를 유지하고 아테나이 사람들을 건드리지 않을 것으로 생각했다고 보기도 힘들다. 포키온은 실상 니카노르를 지나치게 믿었던 것 같다.

여러 사람들이 포키온에게 니카노르에 대해 경고했고 그가 페이라이에우스를 공격할 계획을 갖고 있다고, 즉 살라미스로 용병을 건너보내고 페이라이에우스 주민들을 매수하고 있다고 고발했으나 포키온은 이런 이야기들을 조금도 듣지도 믿지도 않았다. 람프트라이의 필로멜로스가 법령을 제안하여 모든 아테나이 인을 무장시키고 포키온 장군의 명령만을 기다리게 했을 때에도 포키온은 아무런 신경도 쓰지 않았다. 어느덧 니카노르는 병력을 이끌고 무뉘키아를 출발해 페이라이에우스 주변으로 참호를 파기 시작했다.

XXXII.

일이 이렇게 되고서야 마침내 아테나이 군을 이끌고 전투에 나서기로 마음먹은 포키온은 온갖 비난과 조롱의 대상이 되었다. 이어서 폴뤼스페르콘의 아들 알렉산드로스가 병력을 이끌고 나타났다. 그는 겉으로는 니카노르와 싸우는 시민들을 도우려는 듯했지만 실은 둘로 나뉘어 절망적인 싸움을 하고 있는 아테나이를 사로잡으려는 생각이었다. 아테나이에서 추방되었던 자들이 알렉산드로스와 함께 도시로 들이닥치자 외국인과 시민권을 박탈당한 자들이 합류했고 곧이어 어중이떠중이들이 모인 떠들썩한 민회가 열렸다. 여기서 포키온은 지휘권을 빼앗겼고 여러 다른 지휘관이 선출되었다. 알렉산드로스가 성벽 근처에서 니카노르와 긴밀하게 협의하는 모습을 들키지 않았다면, 그리고 곧잘 반복되었던 이 면담이 아테나이 사람들의 의심을 사지 않았다면 아테나이는 위험을 면치 못했을 것이다.

더욱이 연설가 학노니데스가 포키온을 공격하고 배신자라고 비난했다. 그러자 겁을 먹은 칼리메돈과 카리클레스가 도시를 떠났고 포키온은 신의를 저버리지 않은 동료들과 함께 폴뤼스페르콘이 있는 곳으로 떠났다. 포키온을 봐서 함께 길을 나선 사람들 중에는 플라타이아 출신 솔론, 코린토스 출신 데이나르코스가 있었는데 이들은 폴뤼스페르콘의 절친한 친구이기도 했다.

그러나 데이나르코스가 병에 걸리는 바람에 일행은 엘라테이아에서 여러 날 지체했다. 그동안 아테나이 사람들은 아르케스트라토스가 제안하고 학노니데스가 지지한 법령에 따라 포키온을 고발하기 위한 사절단을 폴뤼스페르콘에게 보냈다. 두 일행은 동시에, 파뤼가이 근방에서 왕과 함께 행군 중이었던 폴뤼스페르콘에게 당도했다. 파뤼가이는 포키스 지방 아크루리온 산기슭에 있는 마을로 오늘날 갈라타라고 한다.

　여기서 폴뤼스페르콘은 황금 천막을 치고 그 밑에 왕과 왕의 동료들을 자리하게 했다. 그리고 데이나르코스가 다가오자 체포하라고 이르고 고문 후 사형할 것을 명했다.* 이어서 아테나이 사람들을 접견했다. 그러나 아테나이 사람들은 아우성을 치며 모여 있는 사람들끼리 서로 비난하기 바빴으므로 마침내 학노니데스가 앞으로 나서 말했다.

　"우리 모두를 한 우리에 가두고 아테나이로 보내주십시오. 거기서 잘잘못을 따지겠습니다."

　그러자 왕이 웃음을 터뜨렸고 곁에 모여 있던 마케도니아 인들과 그밖의 외국인들은 별 다른 용무가 없었으므로 기꺼이 귀를 기울이며 아테나이 사절단에게 포키온을 비판할 기회를 주었다. 그러나 조금도 공정하지 않은 과정이었다. 포키온이 말을 꺼내려고 하면 폴뤼스페르콘이 자꾸 끼어들었기 때문에 포키온은 결국 지팡이로 바닥을 치더니 제자리로 들어가 침묵을 지켰다.

　게다가 헤게몬포키온의 일행은 자신이 아테나이 시민에 대해 선의를 갖고 있다고 주장하며 이를 폴뤼스페르콘도 잘 알고 있다고 했는데 폴뤼스페르콘은 화를 내며 말했다.

　"전하께서 계신 자리에서 감히 거짓말이라니."

　그러자 벌떡 일어난 왕이 창을 들어 헤게몬을 치려고 했으나 폴뤼스페르콘이 재빨리 두 팔로 왕을 껴안았고 모임은 해산되었다.

• 데이나르코스는 펠로폰네소스에서 안티파트로스의 대리인 역할을 수행하고 있었고 폴뤼스페르콘은 세력 유지를 위해 안티파트로스의 동료를 자신의 적으로 여길 수밖에 없었다.

XXXIII.

어느새 포키온과 동료들 주변에 보초병이 세워졌고 멀리서 이 광경을 지켜보고 있던 동료들은 목숨을 부지하고자 얼굴을 가리고 도망쳤다. 포키온과 일행은 클레이토스가 아테나이로 끌고 갔는데 재판에 부친다는 명목이었으나 실은 사형 선고가 내려진 것에 다름없었다.

뿐만 아니라 일행은 수치스러운 모습으로 귀국했다. 클레이토스가 이끄는 수레에 탄 채 케라메이코스를 지나 극장으로 갔는데 관리들이 민회를 소집할 때까지 거기서 머물러야 했다. 민회에는 노예와 외국인들도 참여할 수 있었고 심지어 시민권이 박탈된 사람들, 남녀를 불문하고 모두에게 자유롭게 극장과 연단이 열려 있었다.

＊ 한때 아테나이의 도공들이 살던 거리였던 케라메이코스는 아테나이의 주요 성문 안쪽에 위치해 오가는 사람이 많았다.

극장에서 왕의 서신이 낭독되었다. 피고는 역적 죄인이나 피고의 형벌은 자유의 몸이자, 자치 정부를 이루고 있는 동료 시민들이 결정해야 한다는 내용이었다. 곧이어 클레이토스가 죄인들을 데리고 들어왔다. 최고 시민들은 포키온이 나타나자 손에 얼굴을 묻고 눈물을 흘렸다. 그러나 용기를 내어 이렇게 제안한 사람도 있었다.

"왕께서 이처럼 중대한 사건을 시민들의 손에 맡기셨으니 노예와 외국인은 나가는 게 좋겠습니다."

그러자 군중은 동조하기는커녕 과두제를 원하는 자들, 민중을 혐오하는 자들에게 돌을 던지자고 외쳤다. 이런 상황에서 포키온을 변호하려는 사람은 없었다. 결국 포키온은 매우 힘겹게 스스로 제 입장을 밝혔다.

"우리를 정당한 방법으로 사형에 처하고 싶습니까, 부당한 방법으로 하고 싶습니까?"

그러자 누군가 대답했다.

"정당하게."

"그렇다면 어찌 내 말을 들어보지도 않고 결정을 내리려고 합니까?"

그러나 군중은 여전히 그의 말에 귀 기울이지 않았으므로 포키온은 앞으로 한 발 나아가 말했다.

"나는 내 죄를 인정하며 내 정치적 행위에 대한 처벌로 사형을 받아들입니다. 그러나 여기 나와 함께 있는 이들은 아무 죄도 없습니다. 그런데 왜 처형하려 합니까?"

"당신 친구니까."

여러 사람들이 대답했다. 그러자 포키온은 제자리로 돌아가 입을 다물었다.

학노니데스는 준비해 온 법안을 낭독했다. 유죄라고 생각하는 시민은 손을 들어 투표하고 다수가 손을 들면 죄인에게 사형을 선고한다는 내용이었다.

XXXIV.

법령이 낭독되자 몇몇 시민은 추가 조항을 넣고자 했다. 포키온을 사형하기 전 먼저 고문을 한다는 조항으로 사형집행인을 불러오기 전에 고문대부터 들여와야 한다고 고집한 것이다. 그러나 학노니데스는 클레이토스가 이를 달갑지 않게 여기고 있음을 보았고 자신도 이것이 혐오스럽고 잔인한 조치라고 생각했으므로 이렇게 말했다.

"시민 여러분, 언제가 될지 몰라도 저 사악한 칼리메돈을 잡으면 고문을 해야 할 것입니다. 그러나 포키온의 경우 고문한다는 조항을 추가할 수는 없습니다."

그러자 어느 점잖은 사내가 외쳤다.

"옳소! 포키온을 고문한다면 당신에게 내릴 형벌이 남아 있겠소?"

그리하여 법령은 수정 없이 통과되었고 거수가 진행되자 군중은 하나같이 자리에서 일어났으며 대부분 꽃으로 치장한 모습으로 피고인들에게 사형을 선고했다. 포키온 곁에는 니코클레스, 투딥포스, 헤게몬과 퓌토클레스가 있었다. 팔레론 출신 데메트리오스와 칼리메돈, 카리클레스를 비롯한 여러 사람들도 불출석 상태에서 사형을 선고받았다.

XXXV.

피고인들은 민회가 해산되고 감옥으로 끌려갈 때 가족과 동료들에게 둘러싸인 채 애통해하며 눈물을 흘렸다. 그러나 포키온의 표정은 장군의 신분으로 호위를 받으며 민회를 나설 때와 다름이 없었다. 이를 본 사람들은 포키온의 담담한 모습과 숭고한 기상에 놀라움을 감출 수 없었다.

그러나 포키온의 적은 그를 바짝 따라가며 욕설을 퍼부었다. 심지어 침을 뱉은 자도 있었다. 그러자 포키온은 고개를 들어 관리들에게 말했다.

"이자의 적절치 못한 행동을 좀 제지해 주겠소?"

한편 투딥포스는 감옥에 다다라 사형집행인이 독미나리를 찧는 모습을 보고 분노에 차올라 제 사나운 운명을 슬퍼했다. 그리고 포키온과 함께 죽다니 기가 막히다고 했다. 그러자 포키온이 말했다.

"나와 함께 사형을 당하는 게 조금도 기쁘지 않다는 말인가?"

한 동료는 포키온에게 아들 포코스에게 전할 말이 없냐고 물었다.

"물론 있지. 아테나이 민중에게 어떤 원한도 가지지 않기를 바란다고 전해 주게."

누구보다 의리가 있었던 니코클레스가 먼저 사약을 마시게 해달라고 간청했을 때에는 이렇게 말했다.

"니코클레스, 그대의 요청은 몹시 괴롭고 고통스러운 것이네. 하지만 내 평생 그대의 부탁을 거절해 본 적 없으니 이 또한 허락하네."

그러나 동료들이 모두 사약을 마시자 사약이 그만 떨어지고 말았는데 사형집행인은 사약을 만드는 데 드는 재료값 12드라크메를 받기 전까지 더 만들 수 없다고 버텼다. 사형이 지연되자 포키온은 친구를 불렀다. 그리고 아테나이에서는 돈이 없으면 죽을 특권도 없는지 묻고는 집행인에게 돈을 주라고 부탁했다.

XXXVI.

무뉘키온 달의 열아홉째 날이었고 제우스 신을 기리는 행렬을 이끄는 기병들이 감옥을 지나고 있었다. 몇몇은 화환을 벗었고 몇몇은 그렁그렁한 눈으로 감옥 문을 바라보았다. 시민들은 축제가 끝날 때까지 사형을 연기하지 않고 축제날 집행함으로써 도시를 더럽힌 행위를 불경으로 여겼다. 영혼이 온통 잔인하기 그지없거나 분노와 시기로 타락한 자가 아니라면 모두 같은 생각이었다.

그러나 포키온의 적은 성에 차지 않은 듯 포키온의 시신을 국경 밖으로 가져갈 것, 그리고 아테나이 사람이 그의 장례를 위해 불을 피우지 않을 것을 규정하는 법령을 만들었다. 이 때문에 포키온의 친구라고 해도 감히 포키온의 시신에 손을 대지 않았지만 시신을 화장하는 일을 업으로 하는 코노피온이라는 자가 시신을 엘레우시스 저편으로 옮겼고 메가라 지방에서 불을 가져와 화장했다.

시녀들과 함께 장례를 지켜본 포키온의 아내는 그 자리에서 기념비를 쌓아 올리고 그 위에 헌주했다. 이어서 유해를 품에 넣고 밤을 틈타 숙소로 가져갔으며 헤스티아 여신이 지키는 아궁이 밑에 묻었다.

"헤스티아 여신이여, 그대에게 고귀한 인간의 유해를 맡깁니다. 하지만 아테나이 사람들이 정신을 차리면 이 유해를 조상의 무덤으로 되돌려 놓아 주십시오."

XXXVII.

기도가 이루어지는 데는 오래 걸리지 않았다. 포키온이 죽고 나서 벌어진 일들을 통해 아테나이가 절제와 정의의 뛰어난 수호자를 잃었음을 깨달은 시민들은 그의 동상을 세우고 유골을 다시 장사 지냈다. 뿐만 아니라 포키온을 고발했던 자들도 처벌했다. 시민은 학노니데스를 고발하여 처형했고 포키온의 아들은 도망쳤던 에피쿠로스와 데모필로스를 발견해 복수했다.

포키온의 아들은 그다지 훌륭한 사람으로 자라나지는 못했다. 매음굴에 갇힌 한 소녀를 사랑했던 포코스는 어느 날 뤼케이온에서 무신론자 테오도로스의 강의를 듣게 되었다.

"사랑하는 남자가 풀려나도록 돈을 주는 것이 부끄러운 일이 아니라면 사랑하는 여자라도 마찬가지이다. 남자 동료를 위해 해도 괜찮은 일은 연인을 위해 해도 괜찮다."

테오도로스의 말에 일리가 있다고 여긴 포코스는 돈을 주고 사랑하는 소녀를 데리고 왔다.

포키온의 운명은 헬라스 사람들에게 소크라테스의 운명을 되새겨주었다. 그들은 아테나이가 지은 죄와 겪은 불행이 두 경우 모두 같았다고 생각했다.

카토

카토

I.

처음으로 카토의 가문을 빛낸 사람은 증조할아버지 대人 카토였다. 할아버지 카토의 생애에 대해 이미 적었듯 덕망이 높았던 그는 로마인들 사이에서 누구보다 큰 명예와 영향력을 누렸다. 그러나 어린 카토는 양친을 잃고 형제 카이피오와 누이 포르키아와 함께 고아가 되었다. 카토에게는 아버지가 다른 누이 세르빌리아도 있었다. 이 네 남매는 모두 외삼촌 리비우스 드루수스의 집에서 자랐다. 당시 리비우스 드루수스는 나랏일을 주도하는 역할을 하고 있었다. 누구보다 유력한 연설가였고 평소 극도로 신중했으며 숭고한 목적을 추구함에 그 어느 로마인에게도 뒤지지 않았다.

카토는 매우 어린 시절부터 말과 표정과 놀이에서 완고하고 차분하고 꿋꿋하기 그지없는 본성을 내비쳤다고 전해진다. 나이에 어울리지 않는 열의를 가지고 목적을 추구했으며 과장해서 칭찬을 하는 사람에게는 차갑게 굴며 싫은 기색을 내비치는 한편 겁을 주려는 사람에게는 더욱 당당하게 굴었다. 카토가 큰 소리로 웃는 일은 매우 드물었지만 가끔씩 표

56

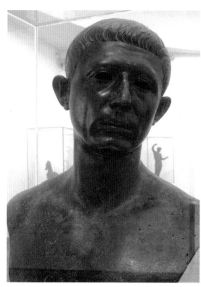

* 카토의 청동 흉상. 모로코 라밧 고고학 박물관.
** 카토. 루브르 박물관.

정을 풀고 미소를 짓는 경우는 있었다. 카토는 또한 쉽게 화를 내지 않
았으나 한번 화가 나면 풀어지지 않았다.

따라서 학업을 시작했을 때 카토는 이해가 빠르지 않고 둔한 편이었으
나 한번 이해하면 좀처럼 잊지 않았다. 자연의 방식이 대체로 이렇다. 머
리가 좋은 사람은 기억을 더 잘 불러오지만 땀과 노력을 통해 배운 것들

은 기억에 더 잘 보관된다. 그렇게 배운 내용은 마치 머릿속에 낙인이 찍히듯 남는다.

뿐만 아니라 카토는 쉽게 설득당하지 않았기 때문에 배움을 얻는 데도 그만큼 힘겨워 했다. 실제로 배움이란 자신에게 어떤 일이 일어나도록 허락하는 행위이며 저항력이 약한 사람은 더욱 손쉽게 설득당하는 것이 당연하다. 따라서 젊은 사람이 나이든 사람보다, 아픈 사람이 건강한 사람보다 더욱 쉽게 설득당한다. 다시 말해 이의를 제기할 능력이 가장 약한 사람이 가장 쉽게 복종한다.

그러나 카토는 가정교사의 말을 잘 들었고 고분고분하게 시키는 대로 했다고 전해진다. 그럼에도 사사건건 그 이유를 알고 싶어 했고 왜냐고 물었다. 다행히 카토의 교사는 교양 있는 사람으로 제자를 혼내기보다 말로 타이를 줄 알았다. 교사의 이름은 사르페돈이었다.

II.

카토가 아직 소년일 적 이탈리아 내 로마의 동맹국 시민은 로마 시민권을 얻어내고자 노력 중이었다. 그 가운데 전쟁 경험이 많고 지위도 가장 높은 폼파이디우스 실로라는 자는 드루수스의 친구로 며칠간 그의 집에 묵게 되었다. 지내는 동안 아이들과 친해진 폼파이디우스는 이렇게 말했다고 한다.

"삼촌께 부탁해서 우리가 시민권을 딸 수 있게 도와주어야 한다."

그러자 카이피오는 미소를 지으며 순순히 그러겠다고 했지만 카토는 아무런 대답도 하지 않고 날카로운 시선으로 외국인들을 뚫어져라 바라보았다. 그러자 폼파이디우스가 말했다.

"그러면 너는? 너는 네 형처럼 우리 외국인 아저씨들 편을 안 들어줄 거냐?"

카토가 한마디도 하지 않고 거절하겠다는 듯한 표정을 지으며 침묵을 지키자 폼파이디우스는 카토를 번쩍 들어올려 도와주지 않으면 마치 창밖으로 던져버릴 듯한 태도를 취했다. 그러면서 목소리를 더 험악하게 하고 아이를 곧 던져 버릴 것처럼 흔들기도 했는데 카토는 조금도 무서워하지 않고 한동안 이를 견디어냈다. 폼파이디우스는 결국 아이를 내려놓고 동료들에게 크지 않은 소리로 말했다.

"이 아이가 아직 어린 게 우리 이탈리아에게 정말 다행이네. 이 아이가 성인이었다면 우리는 찬성표를 단 하나도 얻지 못했을 테니."

하루는 생일을 맞은 친척이 카토와 다른 남자아이들을 저녁 식사에 초대했다. 아이들은 나이와 상관없이 집안 한구석에 한데 모여 놀이를 하게 되었다. 고발과 재판을 하고 죄인을 감옥으로 끌고 가는 등의 놀이였다. 그리하여 놀이 중에 죄인 역할을 하게 된 한 아이가 나이 많은 아이 손에 이끌려 방 안에 갇히게 되었다. 외모가 예쁜 이 아이는 카토에게 도움을 청했다. 카토는 상황을 파악하고 재빨리 문 앞으로 가서, 그 앞을 지키며 카토를 막으려 하는 두 아이를 밀쳐내고 죄인을 꺼낸 뒤 흥분한 상태로 집으로 돌아갔다. 다른 아이들도 카토의 뒤를 따랐다.

III.

카토가 얼마나 유명했는지 보여주는 사례로 이런 일도 있었다. 술라가 '트로이아,' 즉 소년들을 위한 신성한 승마 경기를 준비할 때였다. 술라는 태생이 귀한 남자아이들을 소집한 뒤 우두머리를 맡을 소년 둘을 지명했다. 한 아이는 술라의 아내 메텔라의 아들이었으므로 아이들은 그를 우두머리로 받아들였다. 그러나 나머지 아이, 폼페이우스의 조카 섹스투스는 우두머리로 받아들이려 하지 않았고 섹스투스의 지휘 아래 연습을 하거나 지시에 복종하기를 거부했다. 그러자 술라는 누구의 지시를 받았으면 좋겠냐고 물었고 모두가 "카토"라고 외쳤다. 섹스투스는 카토가 더 뛰어나다고 스스로 인정하고 알아서 물러나 카토에게 우두머리 자리를 양보했다.

술라는 카토와 카이피오 형제의 아버지를 생각해서 형제에게 친절하게 굴었다. 때로는 형제를 불러 이야기를 나누기도 했는데 권력과 힘이 엄청나게 크고 높았던 술라가 좀처럼 베풀지 않는 친절이었다. 따라서 사르페돈은 카토의 명예와 안전에 큰 도움이 되리라고 여겨 틈만 나면 카토를 술라의 집으로 데리고 갔다. 당시 술라의 집은 지옥과 다름없었다. 온갖 사람들이 그리로 끌려와 고문을 당했기 때문이다.

열네 살이 되었을 때 카토는 술라의 집에서, 훌륭하다고 여겨졌던 사람들의 머리가 들려 나가는 것을 보고, 그리고 지켜보는 사람들이 숨죽여 신음하는 소리를 듣고 사르페돈에게 왜 사람들이 술라를 가만 놔두느냐고 물었다. 그러자 사르페돈이 대답했다.

"술라를 증오하는 마음보다 두려워하는 마음이 크기 때문이지."

그러자 카토가 말했다.

"그렇다면 왜 내게 칼을 쥐어주지 않습니까? 저자를 죽이고 나라를 예속에서 해방시킬 수 있도록."

사르페돈은 이 말을 듣고, 그리고 분노와 광기로 가득 찬 카토의 얼굴을 보고 두려움에 사로잡혔다. 그래서 카토가 무모한 행동을 할까봐 걱정된 나머지 그때부터 그를 철저히 감시하고 보호했다.

카토는 소년 시절 가장 사랑하는 사람이 누구냐는 질문을 받으면 "형"이라고 대답했다. 그 다음으로 사랑하는 사람이 누구냐고 물어도 "형"이라고 대답했다. 질문을 하는 사람이 지쳐 떨어질 때까지 카토의 대답은 같았다. 성인이 되어서도 형을 향한 카토의 애정은 변하지 않았다. 스무 살이 되어서도 카이피오가 없이는 저녁을 먹지도, 여행을 떠나지도, 심지어 포룸°에 나가지도 않았다. 그러나 형이 향수를 쓰는 것만큼은 따라 하지 않았다. 카토는 언제나 혹독하고 엄격한 생활습관을 유지했다.

한편 누가 카이피오의 분별력과 자제력에 감탄하고 이를 칭송하면 카이피오는 이렇게 말했다.

"평범한 사람들에 비하면 그런 편입니다. 하지만 카토의 생활에 비교하면 나는 십피우스보다 나을 것이 없습니다."

십피우스는 사치스럽고 나약하기로 소문난 사람이었다.

IV.

아폴로 신전의 사제가 된 뒤 카토는 자기 몫의 유산을 받아들고 집을 구해 나왔다. 유산은 전부 1백2십 탈란톤이었다. 카토는 전보다 더욱 검소하게 살았다. 튀로스 출신 스토아 철학자 안티파트로스와도 가까이 지냈고 윤리적, 정치적 가르침을 공부하는 데 열중했다.

카토는 마치 모든 미덕을 추구하고자 하는 열정에 사로잡힌 것 같았다. 그러나 무엇보다도 자비나 호의에 굽히지 않는 엄격한 정의 추구에서 나오는 형태의 선善이 카토를 가장 기쁘게 했다. 카토는 또한 대중에게 호소력 있는 연설 방식을 택했는데 큰 도시처럼 정치 철학도 전투적인 요소를 갖추어야 한다고 여겼기 때문이다.

그러나 남과 어울려 연습하는 적이 없었고 그가 연습하는 소리를 들어본 사람도 없었다. 한 친구가 이렇게 말한 적도 있다.

• 포룸은 시민들이 모이는 시장이나 광장을 통칭하는 말이나 로마에서 포룸을 이야기할 때는 카피톨리누스 언덕 남쪽, 팔라티누스 언덕 북쪽에 자리한 포룸 로마눔을 의미한다.

"카토, 자네가 입을 열지 않는다고 흉을 보는 사람들이 있어."

그러자 카토는 대답했다.

"내 사는 모습을 흉보는 게 아니라면 내버려두게. 할 말이 무엇이고 안 할 말이 무엇인지 알게 되면 입을 열 테니."

V.

카토의 증조할아버지 대(大)카토는 감찰관 시절 이른바 포르키아 바실리카를 헌정했다. 민중 호민관들은 바로 이곳에서 나랏일을 처리하곤 했는데 기둥 하나가 방해가 된다고 생각한 사람들은 이 기둥을 다른 자리로 옮기기로 결심했다.

바로 이 일로 카토는 원하지 않게 포룸에 서게 되었다. 그는 호민관들을 상대로 반대 주장을 펼친 끝에 고상한 인격과 연설력을 인정받았다. 카토의 연설은 조금도 유치하거나 부자연스럽지 않았으며 직설적이고 주제에 충실한 데다 냉혹했다. 그럼에도 귀를 사로잡는 매력이 그 냉혹한 감정을 희석했고 연설 곳곳에 드러난 카토의 품성 덕분에 엄격한 감정은 마치 상냥한 미소를 띤 듯했다. 이렇게 카토의 연설은 사람들의 마음을 움직였다.

카토의 목소리는 크기가 적당했고 소음을 뚫고 수많은 인파의 귀에도 잘 전달되었다. 또한 꺾이거나 지치지 않는 힘과 긴장감도 갖추고 있었다. 카토는 실제로 지치지 않고 하루 종일 연설을 하기도 했다.

그러나 호민관들을 상대로 승소한 뒤 카토는 다시 침묵을 지키며 공부를 계속했다. 격렬한 운동을 통해 몸을 단련하고 모자를 쓰지 않고도 더위와 추위에 익숙해지도록 연습했다. 또한 계절을 불문하고 언제나 탈 것 없이 걸어 다닐 수 있도록 단련했다. 카토의 동료들은 나라 밖으로 나갈 때 말을 탔지만 카토는 이런 친구들과 동행하며 대화를 나눌 때도 말을 탄 친구 옆을 걸어갔다.

몸이 아플 때도 카토는 뛰어난 인내심과 절제력을 발휘했다. 그 예로 학질에 걸리면 병이 나아 몸이 편안해진 것이 확실해질 때까지 아무도 만나지 않고 홀로 시간을 보냈다.

VI.

저녁 식사 때는 주사위를 던져 이긴 사람이 먼저 무얼 먹을지 선택했는데 이긴 사람이 카토에게 양보할 테니 먹고 싶은 것을 먹으라고 하면 카토는 베누스 여신의 뜻에 반하니 옳지 않다고 했다.[*] 처음에는 식사 후에 술을 한 잔 하고는 자리를 뜨곤 했는데 세월이 흐르면서 양이 늘었고 새벽까지 포도주를 즐길 때도 많았다.

카토의 동료들은 이것이 카토의 공적인 업무 탓이라고 했다. 하루 종일 공무로 바쁘다 보니 학문에 시간을 들일 수가 없었고 밤을 틈타 철학자들과 이야기를 나누었는데 그러느라 술을 마시게 되었다는 것이다. 그래서 멤미우스라는 사람이 남들 앞에서 카토가 매일 밤새 술을 마신다고 했을 때 키케로는 이렇게 대답했다.

"심지어 낮에는 종일 주사위만 던진다고 하지 그러나."

대체로 카토는 시대에 유행하는 생활방식이나 습관에 반대되는 길을 택했다. 당시 유행하던 생활방식과 습관이 바람직하지 않고 크게 변해야 한다고 생각했던 까닭이다. 예를 들어 당시 유행하던 자주색이 지나치게 붉고 선명한 것을 보고 카토는 어두운 자주색을 선택했다. 또한 아침을

• 주사위를 던졌을 때 나오는 가장 높은 점수를 베누스 점수라고 했기 때문이다.

먹은 뒤에는 신발을 신거나 웃옷을 입지 않고 거리로 나가기도 했다. 카토가 유명세를 얻으려고 이처럼 특이한 행동을 한 것은 아니다. 남들의 깔보는 시선을 무시하는 데 익숙해지고 실로 수치스러운 일에만 수치를 느끼기 위함이었다.

한편 사촌 카토가 1백 탈란톤 상당의 유산을 남기자 카토는 이를 현금화해서 돈이 필요한 친구들에게 이자를 받지 않고 빌려주었다. 심지어 친구들에게 땅과 노예를 빌려주어 그들이 이를 담보로 국고에서 돈을 빌릴 수 있도록 도와주었다.

VII.

카토는 결혼할 나이가 되었다고 생각했을 때 레피다와 약혼했다. 그때까지는 여자와 단 한 번도 잠자리를 하지 않았다. 레피다는 메텔루스 스키피오와 혼약을 맺은 적이 있었지만 스키피오가 거절해 파혼한 상태였다. 그러나 카토가 레피다와 결혼하기 전 스키피오가 다시 한 번 마음을 바꾸었고 온갖 노력 끝에 레피다를 아내로 삼았다.

화가 치밀어 격앙된 카토는 법정으로 가고자 했다. 그러나 동료들이 이를 말렸으므로 카토는 분노와 젊은 혈기를 주체하지 못하고 스키피오에 대한 욕을 가득 담은 단장격 시를 지었다. 아르킬로코스 풍의 매서운 어조를 택했지만 그의 파격이나 치기는 담지 않았다.

카토는 결국 세르라누스의 딸 아틸리아와 결혼했다. 아틸리아는 카토가 처음으로 잠자리를 함께한 여인이지만 유일한 여인은 아니었다. 반면 스키피오 아프리카누스의 동료 라일리우스는 더욱 운이 좋았다. 긴 생애 동안 여자라고는 젊을 때 만난 아내밖에 몰랐기 때문이다.

VIII.

스파르타쿠스의 전쟁이라고 불리기도 한 노예 전쟁이 한창일 때 겔리우스가 지휘관직에 있었고 카토는 형을 위해 자진해서 겔리우스를 따라 원정에 올랐다. 형 카이피오는 군사 호민관이었다. 그러나 전쟁의 지휘가 매끄럽지 못했으므로 카토는 의욕과 수양을 원하는 만큼 보여줄 기회를 얻지는 못했다. 그럼에도 이 원정에 오른 사람들의 막심한 나약과 사치 속에서 카토가 보여준 절도와 자제력, 모든 위급한 상황에서의 용맹, 총명함이 얼마나 뛰어났으면 사람들은 그가 대카토에 한 치도 모자람이 없다고 생각했다.

뿐만 아니라 겔리우스는 그의 용맹을 치하하는 상을 내리고 여러 눈부신 명예를 내렸다. 그러나 카토는 받을 자격이 없다고 선언하며 상과 명예를 받지도 허락하지도 않았다. 그 결과 사람들은 카토를 별스러운 사람으로 여겼다. 언젠가 법이 바뀌어 선거에 출마하는 후보가, 곁에 붙어 상대방의 이름을 속삭여 주는 사람을 고용하지 못하게 되자 카토는 군사 호민관 선거에 나서면서 이 법을 따랐지만 법을 따른 사람은 그가 유일했다. 카토는 타인의 도움을 받지 않고 유세 중에 만나는 사람에게 인사를 하고 이름을 불러주었다. 그러나 카토의 행보를 칭송하는 사람조차 카토에게 불쾌감을 느끼지 않을 수 없었다. 카토의 올곧은 습관을 뚜렷이 알게 될수록 그것을 흉내 내는 일이 얼마나 어려운지 깨닫고 괴로웠기 때문이다.

IX.

민중 호민관에 임명되고 나서 카토는 마케도니아로 발령을 받아 법무관 루브리우스 밑에서 복무하게 되었다. 카토의 아내는 슬픔에 빠져 눈물을 멈출 줄 몰랐다고 한다. 그러자 카토의 동료 무나티우스가 말했다.

"아틸리아, 힘내세요. 카토는 제가 잘 돌보겠습니다."

그러자 카토가 외쳤다.

"그럼, 그래야지."

길을 떠난 지 하루가 되었을 때 저녁 식사를 마친 카토는 말했다.

"무나티우스, 아틸리아에게 약속한 대로 낮에도 밤에도 나를 버리지 말아."

그런 뒤 같은 방에 침상 두 개를 놓도록 지시했다. 이렇게 무나티우스는 카토의 익살 덕분에 항상 카토가 지켜보는 아래 잠이 들었다.

카토의 일행은 노예 열다섯, 해방노예 둘, 동료 넷으로 이루어져 있었다. 이들은 모두 말을 타고 이동했으나 카토만은 언제나 걸어서 이동했다. 그럼에도 함께 가는 사람들과 일일이 동행하며 대화를 나누었다. 진영에 다다른 카토에게 1개 군단의 지휘권이 주어졌을 때 카토는 한 개인에 지나지 않는 자신의 덕을 과시하는 행위를 경박하고 하찮다고 여겼으며 부하들이 자신을 닮게 하는 데 그 어디보다 많은 열의를 쏟았다.

그러나 이 과정에서 권위를 약화하는 방법을 쓰기보다 이성의 도움을 받았다. 이성의 도움으로 카토는 부하 병사들을 설득하고 병사들에게 만물에 대해 가르쳤으며 행위에 상벌이 따르게 했다. 그 결과 카토가 부하들을 보다 온화하게 만들었는지, 보다 호전적으로 만들었는지, 보다 열정적으로 만들었는지, 보다 정의롭게 만들었는지 콕 집어 말하기가 힘들었다. 부하들은 적에게는 공포스러웠으나 아군에게는 친절했으며 잘못을 범할 때는 용기가 없었으나 칭송을 얻어내기 위해 열정을 다했기 때문이다.

뿐만 아니라 카토가 가장 무심히 여겼던 것들, 무엇보다 병사들이 보내는 존경과 호의, 넘치는 명예, 친절이 카토에게 잔뜩 굴러들어 왔다. 타인이 진 짐을 나눠 갖는데 거리낌이 없었으며 의복에서나 생활에서나 행군할 때 행동에서나 지휘관보다는 병사의 모습을 했던 까닭이다. 그럼에도 성품, 목적의 숭고함, 연설력에서는 임페라토르와 장군으로 불리는 모든 이들을 뛰어넘었다.

이러한 방법으로 카토는 자신도 알지 못하는 사이 병사들 사이에 자신에 대한 선의를 심었다. 덕을 갖추고자 하는 진실된 욕망은 덕을 보여주는 사람에 대한 완전한 선의와 존경에서 나온다. 반면 훌륭한 사람에게 애정을 갖지 않고 그를 칭송만 하는 사람은 그의 명성을 존경할지언정 그의 덕을 존경하거나 모방하지 않는다.

X.

카토는 스토아 철학에 대한 너른 이해를 가지고 있는 아테노도로스 코르딜리온이 페르가몬에 살고 있다는 소식을 들었다. 아테노도로스는 노년에 접어든 뒤 지방관이나 왕과의 그 어떤 친분이나 우정도 마다하고 있었기 때문에 카토는 전령을 보내거나 편지를 써도 소용이 없으리라고 생각했다. 그래서 법에 따라 주어진 두 달 간의 휴가를 써서 아시아로 배를 몰았다. 카토는 자신이 가진 여러 장점을 잘 이용하면 그를 설득할 수 있으리라 생각했다.

마침내 아테노도로스와 이야기를 나눈 카토는 그의 반대 의사를 모조리 반박하고 다른 목표를 추구하고 있던 그를 설득해 진영으로 데리고 갔다. 카토는 실로 명예로운 방식으로 아테노도로스를 사로잡았다고 생각하고 기쁨에 겨워 한껏 들떠 있었다. 폼페이우스와 루쿨루스가 당시 군대를 앞세워 정복하고 있었던 여러 국가와 왕국보다 더욱 눈부신 대상을 사로잡았다고 자부한 것이다.

XI.

카토가 군 복무를 마치기 전, 아시아로 향하고 있던 카토의 형이 트라키아의 아이노스에서 병에 걸렸고 카토에게 이를 알리는 전갈이 즉각 날아들었다. 바다에서는 심한 폭풍이 몰아치고 있었고 크기가 적당한 선박도 구할 수 없었으나 카토는 굴하지 않고 친구 둘과 하인 셋을 데리고 텟살로니케에서 작은 장삿배를 띄웠다.

카토는 가까스로 수장을 면했고 설명할 수 없는 행운 덕분에 상륙할 수 있었으나 이미 카이피오가 세상을 떠난 직후였다. 형을 잃은 아픔을 겪어내는 과정에서 그가 보여준 열정은 그가 철학에 쏟았던 열정에 비할 바 없었다고 한다. 그는 곡을 하고 죽은 자를 수차례 품에 안았으며 마음 깊이 슬퍼했을 뿐 아니라 장례에 돈을 쏟아부었고 시신과 함께 향료와 값비싼 옷가지를 태우기 위해 온갖 정성을 들였으며 광을 낸 타소스 대리석으로 조각한 8탈란톤 상당의 비석을 아이노스 장터에 세웠다.

일부는 이런 행동이 과시를 꺼리는 카토의 평소 성격과 일치하지 않는다며 트집을 잡았으나 그것은 카토가 쾌락과 공포, 뻔뻔한 청탁에 대해 보여준 강직함과 불굴의 태도에 얼마나 많은 다정함과 애정이 섞여 있었는지 깨닫지 못한 까닭이다.

나아가 여러 도시와 왕이 고인을 기리고자 장례 의식을 위한 여러 선물을 보내왔는데 카토는 그 누구에게도 돈은 받지 않았다. 그러나 향료와 장식물은 받았고 보낸 이에게 그 값을 쳐주었다. 뿐만 아니라 형의 유산이 자신과 형의 어린 딸에게 나누어 돌아갔지만 재산을 분배할 때 장례비용을 묻지 않았다. 카토의 행실이 계속해서 이와 같았음에도 그가 유골을 체로 걸러 녹아내린 금덩어리가 없는지 살펴보았다고 적은 자가 있다*. 이 자는 칼이 아니라 펜을 휘두를 때도 책임과 처벌로부터 자유로운 듯 당당했다.

XII.

카토의 군복무 기한이 끝났을 때 그는 남들처럼 축복과 칭송을 받으며 떠나지 못했다. 오히려 눈물과 아낌없는 포옹을 받았으며 병사들은 카토의 앞길에 겉옷을 깔아주었고 손에 입을 맞추었다. 이는 당시 로마인들로서는 매우 희귀한 행동이었다. 극히 소수의 임페라토르만이 이러한 대접을 받았다.

그러나 카토는 공무에 매진하기 전에 여행을 통해 아시아에 대해 연구하고자 했으며 각 속주의 풍습과 생활방식, 군사력을 직접 보고 싶어 했다. 카토의 아버지에게 신세를 졌었던 갈라티아 사람 데이오타로스가 카토의 방문을 바랐기 때문이기도 하다. 카토는 다음과 같은 방식으로 여정을 계획했다.

새벽이 밝으면 제빵사와 요리사를 그날 밤 머물 도시로 보냈다. 둘은 매우 점잖게 그리고 최대한 조용하게 입성했다. 혹시 그 도시에 카토의 가족의 친구나 지인이 없으면 누구에게도 폐를 끼치지 않고 여인숙에서 그를 맞을 준비를 했다. 여인숙이 없을 경우 관리들에게 신세를 졌으며 어떤 대접이든 기꺼이 받았다.

그러나 두 하인은 종종 의심을 받거나 무시를 당했는데 관리들과 이야기를 나눌 때 소란을 피우지도 않았으며 위협적인 말을 하지도 않았

• 『안티 카토』를 쓴 카이사르를 말한다. 「카이사르」편 LIV.

기 때문이다. 그런 경우에는 카토가 도착해도 숙소가 확보되어 있지 않았고 사람들은 두 하인들보다 카토를 더욱 우습게 보았으며, 짐짝 위에 말없이 앉아 있는 카토가 매우 비천하며 겁 많은 사람이라고 미루어 짐작했다. 그럴 때면 카토는 관리들을 불러 모아 이렇게 말했다.

"딱하고 가련하다. 사람을 이렇게 푸대접해서야 되겠는가. 그대들을 찾아오는 자들이 어찌 다 카토와 같겠는가. 허락 받고 가져갈 수 없는 것들을 힘으로 가져갈 핑계만을 노리는 자의 세력은 친절한 관심으로 누그러뜨려야 하는 법이네."

XIII.

쉬리아에서도 카토는 우스운 일을 겪었다고 한다. 안티오케이아로 들어가려는데 성문 밖으로 난 도로 양편에 군중이 늘어서 있었다. 그중에는 군용 외투를 입은 젊은이들이 있는가 하면 예복을 입은 소년들, 흰 옷을 입고 관을 쓴, 성직자 혹은 관리로 보이는 사람들이 있었다. 카토는 안티오케이아가 자신을 위해 성대한 영접 행사를 준비했다고 생각하고 앞서 보낸 하인들이 이를 막지 못한 것에 성을 냈다. 이어서 일행을 말에서 내리게 하고 함께 걸어서 성으로 향했다. 성문에 다다르자 행사를 진행하며 군중을 통솔하던 나이 지긋한 남자가 한 손에 관, 다른 손에 봉을 들고 카토에게 다가왔다. 그러고는 인사말도 없이 데메트리우스 일행과 언제 헤어졌으며 그가 언제 도착할 예정인지 물었다.

데메트리우스는 한때 폼페이우스의 노예였으나 온 세상이 폼페이우스를 지켜보고 있던 당시 데메트리우스 역시 과분한 관심을 받고 있었다. 폼페이우스에게 상당한 영향력을 행사하고 있었기 때문이다. 카토의 친구들은 이 사실을 알고 폭소를 터뜨렸으며 군중 사이를 걸어가면서도 웃음을 주체할 수 없었다. 그러나 당시 카토는 적지 않은 불쾌감을 드러내며 딱 한마디 했다.

"불행한 도시로다!"

그러나 훗날에는 이 일을 떠올리거나 이야기할 때마다 웃어넘기곤 했다고 한다.

XIV.

반면 폼페이우스 자신은, 잘 모르고 카토를 무시했던 사람들에게 큰 망신을 주었다. 에페소스에 도착한 카토는 폼페이우스에게 예를 갖추려고 갔다. 폼페이우스는 연장자였으며 명성이 훨씬 뛰어났고 당시 그가 지휘하는 병력은 최대 규모였다. 그럼에도 폼페이우스는 카토를 보고 주저하지 않았으며 카토가 올 때까지 앉아서 기다리지 않고 마치 윗사람을 맞이하듯 벌떡 일어나 다가가 손을 내밀었다. 이어서 카토에게 친절과 애정의 표시를 감추지 않으며 카토의 앞에서 그의 덕성을 침이 마르도록 칭찬했는가 하면 자리에 없을 때는 더더욱 칭찬했다. 그러자 사람들은 하나같이 부끄러움을 느끼고 어느새 카토에게 관심을 두기 시작했다. 그리고 예전에는 멸시의 눈으로 바라보던 카토의 성품을 칭송했고 온화함과 도량을 배우고자 했다.

폼페이우스가 우정보다는 자기 이익을 위해 카토에게 관심을 주고 있다는 것은 공공연한 사실이었다. 폼페이우스는 카토가 있을 때는 그를 존경했지만 떠나면 후련해 했고 사람들도 이를 알고 있었다. 폼페이우스는 자신을 찾아오는 모든 젊은이를 휘하로 받아들였고 함께 우정을 나누기를 간절히 원했다고 한다. 반면 카토의 경우 붙잡지 않았고 지휘관 임기 결산에 바쁜 척하며 돌려보내고는 내심 기뻐했다. 그럼에도 폼페이우스는 로마로 돌아가는 사람들 가운데 유일하게 카토에게 자기 처자식을 잘 돌보아 달라고 청했다. 폼페이우스의 처자식이 카토와 친척 관계이긴 했다.

결과적으로 여러 도시는 서로 다투어 카토에게 존경을 표시했으며 카토를 만찬에 초청했다. 그럴 때마다 카토는 친구들에게 자신을 잘 지켜보아 달라고 부탁했다. 쿠리오의 말이 이루어지길 바라지 않았기 때문이다. 쿠리오는 절친한 친구 카토의 엄격한 행동에 질려 물었던 적이 있다.

"제대한 뒤 아시아를 구경할 셈인가?"

"물론이지."

그러자 쿠리오가 대략 다음과 같이 대꾸했다.

"그래, 아시아에 다녀오면 좀 더 온순하고 사근사근해질 거야."

XV.

하루는 갈라티아 사람 데이오타로스가 카토에게 사람을 보냈다. 어느새 노인이 된 데이오타로스는 카토가 자식과 친척을 맡아주기를 바랐다. 그래서 카토가 도착하자 온갖 선물을 바쳤으며 그에게 온갖 유혹과 간청의 말을 했고 이에 질린 카토는 늦은 오후에 도착했음에도 하룻밤만 머물고 다음 날 아침 길을 떠났다. 그러나 길을 떠난 지 하루 만에 펫시노스에 도착한 카토에게, 그가 두고 떠난 것보다 더 많은 선물이 기다리고 있었다. 데이오타로스가 보낸 편지도 있었다. 편지에서 데이오타로스는 카토에게 선물을 갖지 않겠다면 제발 친구들에게 나누어 주라고 했다. 친구들은 카토와의 친분만으로 그러한 혜택을 볼 자격이 충분했고 카토의 재산은 그러기에 충분치 않다는 주장이었다. 이러한 청원에도 카토는 끄덕하지 않았다. 카토는 마음이 약해진 일부 친구들이 자신에게 불만을 갖는 것을 보고도, 선물을 받을 구실을 찾기는 어렵지 않으나 카토의 친구들은 카토가 명예롭고 공정하게 획득한 물건을 나누어 갖는 게 옳다고 말했다. 그러고는 데이오타로스에게 선물을 돌려보냈다.

브룬디시움으로 배를 띄우려고 할 때였다. 친구들은 카이피오의 유골을 다른 배에 실어야 한다고 생각했다. 그러나 카토는 죽기 전에는 형의 유골과 떨어질 수 없다고 선언하고 바다로 나갔다. 우연인지 몰라도 카토의 뱃길은 매우 험난했던 반면 다른 배들은 큰 어려움 없이 여정을 마쳤다고 한다.

XVI.

로마로 돌아온 뒤 카토는 아테노도로스와 함께 집에 머물거나 포룸에서 친구들을 도우며 주로 시간을 보냈다. 재무관 선거에 나갈 자격이 있었지만 카토는 바로 입후보하지 않고 먼저 재무관직에 관련된 모든 법을 읽었고 재무관 경력이 있는 사람들로부터 직책에 대해 상세히 전해 들었다. 그리하여 재무관직의 권한과 범위에 대해 대략적인 개념을 세웠다.

따라서 관직에 오른 직후에는 재무를 담당하는 보좌관과 사무원들로부터 커다란 변화를 이끌어냈다. 이들은 국고와 관련법에 대해 속속들이 알고 있었으므로 타인의 가르침이 없으면 안 되는 경험 없고 무지한 젊은이가 상관으로 올 경우 상관에게 어떤 권한도 내어놓지 않았고 오히려 상관 행세를 하곤 했다. 그러나 카토는 정력적으로 일에 매진했고 명목과 직책상으로 상관이었을 뿐만 아니라 지성과 이성적인 판단력 면에서도 윗사람 몫을 했다. 카토는 사무원이 정해진 대로 보조적인 역할을 하는 게 바람직하다고 생각했다. 때로는 사무원의 옳지 못한 관례를 처벌했고 때로는 경험 부족에서 나오는 실수를 바로잡아 주었다.

그러나 사무원들은 건방진 태도를 버리지 못했고 카토를 상대로 전쟁을 벌이려는 다른 재무관들의 환심을 사고자 했다. 그러자 카토는 그 가운데 최고 사무원을 상속 문제에 관한 배임죄로 제명했고 또 다른 사무원을 사기 혐의로 재판에 부쳤다. 그러자 감찰관 카툴루스 루타티우스가 변호에 나섰는데 그는 감찰관이라는 직책에서 오는 권위도 컸지만 정의로움과 자기 절제에 관한 한 그 어느 로마인보다 뛰어나다고 여겨지는, 덕이 높은 사람이었다. 그도 카토의 생활방식을 칭찬했고 둘은 가깝게 지내는 사이였다.

따라서 증거만을 가지고는 재판에서 이길 수 없게 된 카툴루스가 무죄 판결을 얻어내기 위해 노골적으로 호소했을 때 카토는 이를 막으려고 했다. 그래도 카툴루스는 더욱 끈질기게 호소했고 카토는 말했다.

"카툴루스, 감찰관으로서 우리의 삶을 검열해야 하는 그대가 재판정에서 집행관 손에 끌려 나가면 얼마나 수치스럽겠습니까?"

카토가 이렇게 말하자 카툴루스는 대답을 할 듯 카토를 노려보았으나 아무 말도 하지 않았다. 분노 때문인지 수치 때문인지 몰라도 아무 말 없이 혼란스러운 모습으로 자리를 떴을 뿐이다. 그러나 사무원은 결국 무죄로 풀려났다. 처음에는 유죄표가 무죄표보다 한 표 더 많았다. 그러자 카툴루스는, 몸져눕는 바람에 재판에 참석하지 못한 카토의 동료 마르쿠스 롤리우스에게 사람을 보내 제발 피고를 도와달라고 애원했다. 그리하여 롤리우스는 재판이 끝난 뒤 들것에 실려 왔고 무죄표를 던졌다. 그럼에도 카토는 이 사무원에게 일을 주지 않았고 임금을 지급하지도 않았으며 롤리우스의 무죄표를 절대로 인정하지 않았다.

XVII.

사무원의 콧대를 꺾고 복종하게 만든 결과, 또 원하는 대로 사무를 집행한 결과 카토는 얼마 가지 않아 재무관직을 원로원 의원직보다 더욱 존경받는 자리로 만들었다. 심지어 사람들은 카토가 재무관을 집정관에 맞먹는 자리로 만들었다고 생각했고 그렇게 말했는데 이유는 다음과 같다.

카토는 국고에 케케묵은 빚을 진 사람이 많다는 사실을 발견했다. 뿐만 아니라 국고 역시 여러 사람들에게 빚을 지고 있었다. 카토는 나라가 개인에게 피해를 주고 피해를 입히는 상황을 단번에 끝내고자 했다. 그리하여 채무자로부터는 엄격하고 무자비하게 상환을 요구했고 채권자에게는 서슴없이 신속하게 빚을 갚았다. 그 결과 나랏돈을 꿀꺽하려던 자가 빚을 갚았고 이미 포기해 버린 빚을 돌려받은 사람도 생겼다. 이를 지켜본 시민은 카토에 대한 존경심이 복받쳤다.

뿐만 아니라 과거에는 서류를 꾸며 재무관으로부터 돈을 받아내는 사람도 많았고 특정인의 호감을 얻고자 거짓 명령을 집행한 재무관도 있었는데 카토가 있는 한 이런 일이 생길 수조차 없었다. 그 예로, 어느 날 지급 명령을 검토하던 카토는 이 명령이 원로원의 승인을 거쳤는지 의심스러웠다. 여러 사람이 그렇다고 말을 해주어도 카토는 이를 믿지 않았다. 집정관이 직접 찾아와 명령의 효력이 확실하다고 선서를 할 때까지 명령을 접수조차 하지 않았다.

한편 살생부에 오른 사람을 죽인 대가로, 악명 높은 술라로부터 보상금 1만 2천 드라크메를 받아간 자들이 많았다. 시민은 하나같이 이 오염되고 저주받은 무리를 혐오했으나 처벌할 용기가 없었다. 그러나 카토는 이들을 한 명씩 불러들여 부당한 방법으로 공금을 받아간 죄를 물었으며 돈을 토해내게 했고 이들이 범한 불법적이고 불경한 행위를 세차게 꾸짖었다.

그러고도 모자라 이들은 살인으로 기소되었으며 판결은 이미 내려진 것이나 다름없었지만 어쨌든 판관 앞으로 불려나가 다시 한 번 처벌을 받았다. 이에 온 시민이 기뻐했고 살인자들의 죽음과 함께 과거의 독재가 마침내 진화되었다고, 술라 자신이 시민 앞에서 벌을 받았다고 여겼다.

XVIII.

뿐만 아니라 군중은 카토가 지치지 않고 쉴 새 없이 주어진 임무를 수행하는 모습에 매료되었다. 카토는 누구보다 먼저 일터에 나왔고 누구보다 늦게 일터를 떠났다. 뿐만 아니라 민회나 원로원 회의에도 단 한 번도 빠지지 않았다. 빚이나 세금을 면제해 주는 방법으로, 혹은 넘치는 선물을 주는 방법으로 민중의 환심을 사고자 하는 이들을 가까이에서 감시하기 위해서였다. 이렇게 카토는 직업적인 고발자들이 국고에 접근하거나 국고를 더럽히는 일을 막고 국고를 돈으로 가득 채움으로써 시민을 농락하지 않고도 나라가 부유해질 수 있다는 사실을 가르쳐 보였다.

카토의 동료들은 처음에는 카토를 불쾌하고 성가신 존재로 여겼다. 그러나 카토가 공금을 쉽게 내어주거나 불공정한 결정을 내리지 않음으로써 발생하는 모든 증오를 홀로 짊어졌으며 과한 부탁을 밀어붙이려는 사람들에 대한 대처법을 마련해 두었기 때문에 동료들은 차차 카토를 인정하게 되었다. 대처법이란 이런 것이었다.

"불가능하네. 카토가 동의하지 않을 거야."

임기 마지막 날, 카토가 거의 모든 시민의 호위를 받으며 집으로 돌아갔을 때 마르켈루스의 여러 동료와 영향력 있는 시민들이, 납부해야 할 돈을 내지 않고 감면을 요구하며 마르켈루스를 괴롭히고 있다는 소식이 들려왔다. 마르켈루스는 소년 시절부터 카토의 친구였고 카토와 함께 행동할 때면 누구보다 탁월한 관리였다. 그러나 홀로 있을 때는 간청을 해오는 사람들의 말에 따르려는 복종심에 지배당했고 어떤 청이든 들어주려는 경향이 있었다.

그래서 카토는 즉각 되돌아갔고 마르켈루스가 강요에 의해 금액을 감면 처리했다는 사실을 확인한 뒤 서판을 받아 해당 항목을 지웠다. 곁에서 지켜보던 마르켈루스는 아무 말도 하지 않았다. 그런 다음 카토는 마르켈루스를 이끌고 관청을 나와 집으로 데리고 갔다. 마르켈루스는 그 당시에도 그 이후에도 카토에 대한 불만을 제기하지 않았고 끝까지 절친한 친구로 남았다.

카토는 임기가 끝났다고 해서 국고가 자신의 세심한 관리에서 벗어나도록 내버려두지 않았다. 카토의 노예들이 매일 그곳에서 거래 사항을 받아 적었으며 카토는 5탈란톤을 들여 술라 시대 이후로부터 자신의 재무관 임기까지의 거래 내역이 담겨 있는 책을 샀고 언제나 손이 닿는 곳에 두었다.

XIX.

카토는 원로원 의원이 되어서도 언제나 회의장에 첫째로 도착했고 마지막으로 떠났다. 다른 의원들이 느긋하게 모여드는 동안 그는 조용히 옷섶으로 가리고 책을 읽곤 했다. 원로원이 열려 있을 때에는 도시를 떠나지 않았다. 이후 폼페이우스와 동료들이 어떻게 해도 카토를 이길 수 없다는 사실, 그들이 꾸미고 있는 그 어떤 부당한 행위에도 카토를 가담시킬 수 없다는 사실을 알았을 때 그들은 동료의 변호, 중재, 공식 사무 등 잡다한 핑계를 내세워 카토를 도시 밖으로 보냈다. 그러자 카토는 재빨리 폼페이우스 일당의 계략을 알아채고 비슷한 모든 부탁을 거절했으며 원로원이 개회한 동안 다른 어떤 업무도 보지 않는다는 원칙을 세웠다.

카토가 나랏일을 돌보는 데 헌신한 것은 명예를 위해서도 아니고 부를 축적하기 위함도 아니었으며 다른 이들처럼 우연히, 어쩌다 보니 그리 된 것도 아니었기 때문이다. 정의로운 사람에게 적합한 직업이라고 생각한 까닭에 공직을 선택한 카토는 벌이 꿀에 집착하는 것보다 더욱 열심히 공익에 집착해야 한다고 생각했다. 따라서 여러 지역에 있는 지인과 친구들로부터 속주에서 일어나는 일에 대해서나, 법령과 재판, 중대한 법안에 관하여 전해 듣는 데 열심이었다.

언젠가 카토는 민중 선동가 클로디우스에 반대하는 의견을 내놓았다. 클로디우스는 대변혁을 도모하기 위한 준비 작업으로 동요와 혼란을 유도하고 있었다. 또한 민중 앞에서 사제와 여사제들에 대한 비방을 쏟아 놓고 있었다. 이에 파비아, 즉 키케로의 아내 테렌티아의 자매가 기소될 위기에 처했다. 그러나 카토가 클로디우스에게 얼마나 큰 창피를 주었는지 클로디우스는 몰래 도시를 빠져나가지 않을 수 없었다.

키케로가 카토에게 감사를 전하자 카토는 자신은 나라를 위해 모든 공무에 임하니 나라에 감사하라고 말했다. 이 결과 카토는 더욱 존경 받았다. 하루는 재판정에 선 어느 연설가가 증인이 한 사람뿐인 것을 알고 배심원단을 향해 말했다. 그 증인이 카토라고 해도 단 하나뿐인 증인을 믿어서는 안 된다고 한 것이다. 이미 많은 사람들은 기이하고 믿기 어려운 일들에게 대해 이야기할 때 마치 속담을 외듯 말하곤 했다.

"카토가 말했다고 해도 도무지 믿을 수 없어."

또 어느 부패하고 사치를 좋아하는 사람이 원로원에서 검약과 자기 절제에 대해서 장황하게 늘어놓고 있을 때 암나이우스가 제자리에서 벌떡 일어나 말했다.

"루쿨루스처럼 먹고 크랏수스처럼 짓고 카토처럼 설교를 하다니 누가 그대를 견딜 수 있겠소?"

그 밖에도 천박하고 방탕한 삶을 살면서도 말만은 고상하고 엄격하게 하는 사람들도 "카토"라고 불리며 조롱을 당했다.

XX.

많은 사람들이 카토에게 민중 호민관직을 권했지만 그는 막강한 직위에서 오는 권력을 불필요한 일에 낭비하는 행위가 옳지 않다고 생각했고 필요 이상으로 독한 약을 처방하는 행위와 다름없다고 여겼다. 그래서 공직 생활을 쉬는 동안 책을 들고 철학자들과 함께 루카니아로 향했다. 카토는 이 지방에 부족함 없이 머물 수 있는 땅을 갖고 있었다. 그러나 루카니아로 가는 길에 온갖 짐 나르는 짐승과 시종들의 행렬을 보고 메텔루스 네포스가 호민관 선거에 나서기 위해 로마로 가고 있다는 사실을 깨달았다. 카토는 말없이 멈춰 섰고 얼마 있다 일행에게 로마로 발길을 돌리라고 지시했다. 친구들이 놀라움을 감추지 못하자 카토는 말했다.

"어디로 튈지 모르는 메텔루스는 그 자신만으로도 두려워해야 할 대상인 걸 모르는가? 그런데 저자가 폼페이우스의 제안에 따라 로마로 가면 마치 벼락처럼 나라를 덮쳐 엄청난 혼란을 초래할 테지. 그러니 팔자 좋게 시골에서 쉴 때가 아니야. 저자를 이기든가 우리 자유를 위해 투쟁하다 명예로운 죽음을 맞든가 해야 할 때라고."

그럼에도 카토는 친구들의 조언에 따라 먼저 시골 별장으로 가서 잠시 머무른 뒤 로마로 되돌아왔다. 저녁에 도착한 카토는 날이 밝자마자 포룸으로 내려가 메텔루스와 맞서기 위해 호민관 후보로 등록했다. 호민관은 주로 거부권을 통해 힘을 발휘했다. 즉, 한 사람을 제외하고 모두가 법안에 찬성한다면 권력은 동의하지 않는 자의 손안으로 들어갔다.

XXI.

처음에 카토는 주변에 같은 편이 많지 않았다. 그러나 그의 의도가 알려지자 얼마 가지 않아 자격과 명성을 갖춘 사람들이 하나같이 카토를 격려하고 고무하며 몰려들었다. 그들은 카토가 특혜를 받는다고 생각하지 않았고 오히려 나라와, 누구보다 명망 있는 동료 시민에게 최고의 호의를 베푼다고 생각했다. 수월하게 호민관직을 가질 수 있을 때에는 종종 거절했음에도 나라의 자유를 위해서 싸워야 할 때가 오자 위험을 감수하고 선거에 나섰기 때문이다.

나아가 카토는 의욕과 애정을 앞세우고 몰려드는 사람들로 인해 안전을 위협 받았고 군중 때문에 포룸으로 들어서기조차 힘들었다고 한다. 이후 메텔루스를 포함한 다른 이들과 함께 민중 호민관이 된 카토는 집정관들이 뇌물을 뿌린 사실을 알고 민중을 꾸짖었다. 그리고 연설의 말미에 뇌물을 준 사람이 누구든 고발하겠다고 말했는데 카토의 누이 세르빌리아의 남편이었던 실라누스는 예외로 두었다. 매제 실라누스 대신, 유권자들을 매수함으로써 실라누스와 함께 집정관직에 오른 혐의로 루키우스 무레나를 고발했다. 한편 법에 따르면 피고는 사람을 정해 고발자를 감시하게 할 수 있었다. 고발자가 부정한 방법으로 재판을 위한 증거를 수집하거나 마련할 수 없게 한다는 취지였다.

그리하여 무레나가 임명한 감시자는 카토를 따라다니며 관찰했다. 그러나 카토가 은밀하거나 부당한 행위를 하기는커녕 정직하고 사려 깊게, 단순하고 정의로운 방식으로 고발을 준비하는 모습을 본 감시자는 카토의 고결한 정신과 고귀한 성품에 매료되었다. 그래서 카토가 포룸에 있을 때 다가가거나 집으로 찾아가서 그날 사건과 관련된 일을 할 예정인지 물었고 카토가 아니라고 하면 카토의 말을 믿고 더 이상 감시하지 않았다.

재판이 열렸을 당시 집정관이었으며 무레나의 지지자 가운데 하나였던 키케로는 카토가 스토아 학자들을 특히 좋아한다는 사실을 이용해 이 학자들과 이들의 이른바 '역설'을 비난하고 조롱함으로써 배심원들을 웃게 만들었다. 그러자 카토는 웃으며 관중을 향해 이렇게 말했다고 한다.

"아니, 우리 집정관이 이렇게 재미있는 분이셨다니!"

무레나는 무죄 판결을 받았지만 카토를 상대로 저열하거나 무분별한 사람처럼 행동하지 않았다. 집정관이 되고 나서도 중대한 문제에 관해 카토의 조언을 구했고 여러 다른 방면으로도 존경과 신뢰를 보냈다. 이는 카토 자신 덕분이었다. 재판정에서도 원로원에서도 그는 정의를 수호함에 엄격하고 무자비했으나 밖에서는 누구에게든 너그럽고 친절했다.

XXII.

호민관 임기가 시작되기 전 키케로가 집정관일 당시 카토는 여러 갈등 상황에서 집정관직의 권위를 지켜주었다. 특히 카틸리나와 관련해서 취한 여러 중대하고 훌륭한 조치 덕분에 사건이 잘 해결되었다.

로마의 체제에 철저하고 파괴적인 변화를 가져오고자 했었던 카틸리나 자신은 키케로에 의해 유죄 판결을 받고 도시를 빠져나갔지만 렌툴루스와 케테구스를 비롯한 여러 다른 사람들이 역모를 이어받은 상황이었다. 이 일당은 카틸리나가 비겁했으며 구상이 원대하지 못했다고 비난하며 로마 전체를 불로 태워 없애고 타 도시의 반란을 유도하는 동시에 외국과의 전쟁을 촉발해 제국 전체를 뒤엎을 계획을 하고 있었다.

그러나 일당의 계략은 들통이 났고 키케로는 사건을 원로원의 심의에 맡겼다. 첫 번째로 입을 연 실라누스는 렌툴루스와 케테구스가 최고형을 받아야 한다는 의견을 냈고 뒤이은 사람들도 같은 생각이었다. 그러다 카이사르 차례가 되었다. 카이사르는 연설력이 뛰어났고 자신이 꾸미고 있는 계획을 위해 가능한 많은 변화와 동요를 불러오고 싶어 했으므로 사태를 가라앉히기보다 부추길 목적으로 설득력 있고 인도적인 논리를 펼쳤다. 그는 용의자들을 재판에 부치지도 않고 사형에 처하는 일은 있을 수 없다고 주장하며 대신 가두어 철저히 감시하는 쪽을 택했다. 그러자 민중에 대한 두려움이 컸던 원로원은 크게 흔들렸고 심지어 실라누스조차 자신의 주장을 번복하며 자신이 말한 최고형 역시 사형이 아니라 수감을 의미했다고 말했다. 로마인에게 이것이야말로 '최고'의 불행이라는 주장이었다.

XXIII.

상황이 이처럼 바뀌고 모든 의원들이 서둘러 보다 가볍고 인도적인 처벌로 기우는 와중에 카토가 의견을 내기 위해 자리에서 일어섰고 순식간에 열정적이고 분노에 찬 연설을 쏟아놓으며 주장을 번복한 실라누스를 꾸중하고 카이사르를 공격했다. 카토에 따르면 카이사르는 대중을 위한다는 핑계와 인정을 담은 말로써 나라를 전복하려고 꾀하고 있었다.

제 걱정을 해야 할 처지에 원로원을 위협하고 있었으며, 벌어진 일과 아무 상관이 없다고 판명이 나고 아무런 의심도 받지 않으면 다행인 마당에 공공의 적을 살려주기 위해 노골적으로, 무모하게 애쓰고 있었다. 한때 그토록 훌륭하고 위대했으나 이제 몰락의 위기에 처한 제 나라에 대해서는 아무런 연민도 없다고 고백하면서, 살지 말았어야, 태어나지조차 말았어야 하는 사람들에 대해서는 눈물을 흘리며 애통해 하는 카이사르를 비난하며 카토는 용의자들을 사형에 처해야 나라가 더 큰 학살과 위험으로부터 해방되리라고 했다.

이는 지금까지 유일하게 보존된 카토의 연설이라고 한다. 연설의 보존은 집정관 키케로 덕분에 가능했다. 키케로는 글을 빠르게 쓰는 일을 전문으로 하는 사무원들에게 기호를 사용하는 법을 가르쳤다. 작고 간단한 기호는 여러 글자를 대신할 수 있었다. 키케로는 이 기호들을 습득한 사무원을 원로원 여러 부분에 배치했다. 그때까지 로마에는 이른바 속기사들이 존재하지 않았고 키케로가 처음으로 속기법의 기초를 쌓은 것이다. 아무튼 카토의 연설은 성공적이었고 원로원 의원들의 생각을 바꾸었으므로 용의자들은 사형에 처해졌다.

XXIV.

한 영혼의 이를테면 초상肖像을 그릴 때 아무리 작은 성격상 특징이라도 짚고 넘어가지 않을 수 없다. 이야기에 따르면 카이사르가 카토에 대항해 원로원에서 힘겹게, 그러나 열심히 싸우는 가운데 원로원이 오로지 두 사람에게 집중하고 있을 때 밖에서 카이사르에게 쪽지가 도달했다. 카토는 쪽지가 음모와 관련이 있을지 모른다며 의혹을 제기했고 쪽지를 큰 소리로 읽으라고 말했다. 그러자 카이사르는 가까이 서 있던 카토에게 쪽지를 건넸다. 카토가 읽어보니 이 쪽지는 자신의 누이 세르빌리아가 카이사르에게 쓴 정숙하지 못한 편지였다. 세르빌리아는 카이사르를 향한 열정적이나 떳떳하지 못한 사랑에 빠져 있었다. 쪽지를 읽은 카토는 이것을 카이사르에게 던지며 말했다.

"도로 가져가게, 이 주정뱅이."

그리고 연설을 계속했다.

집안의 여인들로 치면 카토는 아주 복이 없었다. 세르빌리아는 카이사르와의 관계 때문에 평판이 나빴고, 역시 카토의 누이인 또 다른 세르빌리아는 행실이 더욱 엉망이었다. 로마에서 누구보다 존경받는 루쿨루스의 아내로서 그의 자식을 낳았음에도 부정을 저질러 소박을 맞았다. 그러나 가장 불명예스러운 사실은 카토의 아내 아틸리아조차 부정에서 자유롭지 못했다는 점이다. 아틸리아가 자식 둘을 낳았음에도 카토는 아내의 부적절한 행동 때문에 아내를 쫓아낼 수밖에 없었다.

XXV.

카토는 뒤이어 필립푸스의 딸 마르키아와 결혼했다. 이 출중하기로 소문난 여인에 대해서는 여러 가지 말이 많았다. 카토의 생애에서 마르키아와 관련된 부분은 마치 희곡처럼 여러 논란에 휩싸여 있고 설명하기 쉽지가 않다. 카토의 친구이자 절친한 동료 무나티우스의 말을 근거로 삼고 있는 트라세아의 주장은 다음과 같다.

카토를 좋아하고 존경하는 수많은 사람 가운데 일부는 나머지보다 더 저명하고 뛰어났다. 퀸투스 호르텐시우스도 여기 속했다. 명망이 뛰어나고 성품도 훌륭했다. 그러나 이 호르텐시우스는 카토와 친구, 동료 관계 이상을 누리고 싶어 했다. 어떤 방법으로든 자기 집안과 혈통 전체를 카토와 친척 관계로 엮고자 했던 것이다. 그리하여, 비불루스와 결혼하여 아들 둘을 낳은 카토의 딸 포르키아를 자녀를 만들기 위한 고귀한 토양으로 삼고자 하니 딸을 달라고 카토를 설득하기 시작했다. 호르텐시우스는 이 같은 행위는 사람들의 눈을 고려하면 터무니없는 짓이나 자연의 법칙을 고려한다면 나라에 유익한 고결한 행위라고 했다. 젊음과 아름다움이 최고에 달한 여인이 자식을 낳지 않고 빈둥거리거나, 필요 이상으로 많은 자식을 낳음으로써 더 이상 자식을 원하지 않는 남편에게 짐이 되고 남편을 가난하게 만드는 것보다 낫다는 주장이었다. 반면 훌륭한 사람들이 후계자를 나눠 가지게 되면 덕이 풍부해지고 여러 가문 사이에 널리 퍼지게 되므로 나라는 집안들 사이의 유대감으로 더욱 단단히 뭉치게 된다고 했다. 뿐만 아니라 만약 비불루스가 포르키아를 진정으로 사랑한다면 포르키아가 자신의 아이를 낳은 후에 돌려주겠다고 말했다. 그렇게 되면 자녀들을 통해 비불루스 그리고 카토와 더욱 돈독해지지 않겠느냐는 주장이었다.

카토는 대답하기를 호르텐시우스를 마음 깊이 아끼고 그와 친척 관계가 되면 정말 좋은 일일 테지만 이미 다른 사람에게 준 딸을 다시 달라는 주장은 엉뚱하다고 말했다. 그러자 호르텐시우스는 가면을 벗어던지고 방법을 바꾸었다. 겁도 없이 카토 자신의 아내를 달라고 한 것이다. 카토에게는 이미 자식들이 충분했고 카토의 아내는 아직 아이를 낳을 수 있는 나이였기 때문이다. 카토가 아내를 홀대한다고 생각해서 이런 제안을 했다고 볼 수는 없다. 당시 마르키아는 카토의 아이를 임신하고 있었다고 전해지기 때문이다.

카토는 호르텐시우스의 진지한 태도와 갈망을 보고 차마 거절할 수 없었다. 대신 마르키아의 아버지 필립푸스가 허락해야 한다고 말했다. 곧 필립푸스와의 논의가 뒤따랐고 그는 결혼을 승낙했으나 카토 자신이 참석한 자리여야만 딸을 주겠다고 했다. 이 일은 사실 훨씬 훗날에 벌어졌으나 카토 집안의 여인들에 대해 이야기를 시작한 김에 미리 풀어놓아 보았다.

• 카토와 마르키아로 분장한 윌리엄 콘스터블과 누이 위니프 레드.

•• 카토의 아내 마르키아. 16세기 출간된 위인 전기 모음 (Promptuarii Iconum Insigniorum)에 수록된 삽화.

••• 카토의 딸 포르키아. 포르키아는 비불루스가 죽은 뒤, 카이사르의 암살자로 유명한 브루투스와 재혼하는데 남편이 죽자 석탄을 삼켜 스스로 목숨을 끊은 이야기로 유명하다.

XXVI.

한편 렌툴루스와 공범 일당은 사형을 당했고 카이사르는 원로원 내에서 자신에게 쏟아졌던 혐의와 비난을 고려해 민중 속으로 피신했다. 거기서 카이사르는 나라의 수많은 병들고 부패한 요소와 결탁하고 그들을 선동했다. 그러자 위기의식을 느낀 카토는 원로원을 설득하여 가난하고 토지가 없는 민중에게 곡물을 배급하도록 결정했고 여기 소요된 비용은 연 1천2백50탈란톤이었다. 인도적이고 온정 어린 행위를 통해 닥친 위험을 매우 성공적으로 해소한 것이다.

그러자 서둘러 호민관으로서 맡은 임무에 착수한 메텔루스는 민회를 열어 소란을 일으키기 시작했고 카틸리나가 로마를 위험에 빠뜨렸으니 폼페이우스 마그누스가 병력을 이끌고 어서 빨리 이탈리아로 돌아와야 한다는 법을 제안하기에 이르렀다. 그러나 이것은 허울만 그럴듯한 제안으로서 실은 폼페이우스에게 주도권을 주고 그에게 최고 권력을 넘기려는 목적이었다.

원로원이 소집되었고 카토는 평소와 달리 메텔루스를 격렬하게 공격하지 않았다. 대신 적절하고 온건한 조언을 하고 마침내 간청을 하기까지 했다. 메텔루스의 집안이 언제나 귀족 편을 들었던 점을 칭송한 것이다. 그러자 메텔루스는 한결 더 기세등등해져서는 카토를 만만하고 겁 많은 상대로 얕보고 과장된 위협과 뻔뻔한 연설을 이어나갔다. 원로원의 반대에도 원하는 바를 관철시키고 싶었던 까닭이다.

그러자 카토 역시 표정과 말을 싹 바꾸고는 맹렬한 연설을 이어나갔으며 자신이 살아 있는 한 폼페이우스가 병력을 이끌고 로마로 들어서는 일은 있을 수 없다는 선언과 함께 끝맺었다. 그러자 원로원은 둘 다 제 정신이 아니며 논리에 입각한 주장을 펼치지 못하고 있다고 생각했다.

메텔루스의 정책은 악의에 넘쳐 만사를 파괴와 혼란으로 몰고 가고 있는 정신 나간 정책으로, 반면 카토의 정책은 올바르고 정의로운 길을 위해 싸우고자 하는 마음의 주체할 수 없는 분출로 보았다.

XXVII.

민중이 메텔루스가 제안한 법을 투표에 부치려고 할 무렵 메텔루스를 지지하는 여러 외국 병사와 검투사, 하인이 포룸에 모여 있었다. 변화를 갈망하며 폼페이우스를 그리워하는 사람도 다수 있었다. 또한 당시 법무관이었던 카이사르의 지지층도 적지 않았다. 한편 여러 뛰어난 시민이 카토가 느끼는 불만과 억울함에 공감하고 있었지만 카토의 저항 노력에는 가담하지 않았으므로 카토의 집안은 깊은 실망감과 두려움이 지배하고 있었다. 카토의 동료들은 식음을 끊고 카토를 위해 서로 헛된 논의를 계속하며 밤을 지새웠다. 한편 카토의 아내와 누이들은 통곡을 하며 눈물을 흘렸다.

그러나 카토 자신은 당당하고 자신만만한 태도로 모두를 위로했으며 평소와 다름없이 저녁 식사를 하고 밤을 보냈다. 그날 밤 동료 미누키우스 테르무스가 그를 깊은 잠에서 깨웠다. 두 사람은 크지 않은 일행을 데리고 포룸으로 나갔다. 그러나 일행을 맞이하는 사람들은 많았고 조심하라고 당부했다. 포룸에 멈추어 선 카토는 카스토르와 폴뤼데우케스의 신전이 무장한 사람들로 포위된 광경, 검투사들이 신전으로 오르는 계단을 막고 있는 광경을 보았다. 꼭대기에는 메텔루스가 카이사르와 함께 앉아 있었다. 카토는 친구들에게 말했다.

"무장도 하지 않은 무방비의 일개 시민을 상대로 저런 군대를 소집하다니 참으로 겁도 없고 참으로 겁도 많은 자일세!"

이 말과 함께 카토는 테르무스와 함께 앞으로 곧장 나아갔다. 계단을 막고 있던 무리는 두 사람을 보내주었으나 나머지는 가로막았다. 카토는 상관하지 않고 무나티우스의 손을 잡아끌며 힘겹게 데리고 올라갔다. 그리고 똑바로 나아가 메텔루스와 카이사르 사이에 앉음으로써 두 사람 사이의 대화를 끊었다. 카이사르와 메텔루스는 불쾌해 했으나 카토의 표정, 당당한 태도와 용기를 지켜본 격이 높은 시민들은 더 가까이 다가왔고 카토에게 기운을 잃지 말라고 소리를 쳤다. 그리고 서로를 격려하며 흩어지지 말고 함께 뭉치자고, 자유와 자유를 지키고자 애쓰는 사람을 버리지 말자고 했다.

XXVIII.

뒤이어 사무원이 법안을 가져왔으나 카토는 그가 법을 낭독하지 못하게 막았다. 그러자 메텔루스가 법안을 받아들고 읽으려 했으나 카토가 이마저 빼앗아갔다. 그러자 법안을 외우고 있던 메텔루스가 법안을 말하기 시작했으나 테르무스가 메텔루스의 입을 막았다. 메텔루스는 홀로 저항해서는 소용이 없다는 사실을 깨달았고 군중의 마음이 더 나은 길로 돌아서고 있음을 보았다. 그래서 마침내 멀찌감치 서 있던 무장 보병대에 명령을 내려 무시무시한 고함소리와 함께 돌진하도록 했다. 보병대가 명령에 따르자 군중은 죄다 흩어졌으며 카토는 홀로 제자리를 지키며 위에서 날아오는 나뭇가지와 돌덩이의 표적이 되었다. 그러자 한때 카토의 고발로 기소된 적이 있었던 무레나가 카토를 도우러 왔다. 그는 옷섶으로 카토를 가리며 돌을 던지는 자들에게 멈추라고 외쳤고 마침내 카토를 설득하여 품안에 안고 카스토르와 폴뤼데우케스 신전 안으로 데리고 갔다.

그러나 상대편이 포럼을 가로질러 도망을 치는 가운데 연단 주변이 한산해지자 메텔루스는 승리를 확신하고 보병대에 철수를 명령했으며 자신은 공손하게 앞으로 나와 법을 통과시키고자 했다. 그러자 상대편은 재빨리 후퇴를 멈추었고 다시금 크고 당당한 소리로 고함을 치며 전진해왔다. 메텔루스 측은 혼란과 공포에 압도되었다. 상대편이 어디선가 무기 따위를 구해와 공격을 펼치려고 한다고 생각했으므로 단 한 명도 제자리를 지키지 않고 죄다 도망을 쳤다. 메텔루스 무리가 사라지고 카토가 나타나 민중에게 칭찬과 격려의 말을 전할 무렵 이미 대다수는 그 어떤 수단과 방법을 동원해서라도 메텔루스를 끌어내릴 준비가 되어 있었다. 의원 전원이 출석한 원로원은 카토를 지지하며, 로마에 소요와 내전을 가져올 수 있는 법안을 폐지하기 위해 끝까지 싸우겠다고 선언했다.

XXIX.

메텔루스 자신은 여전히 포기할 생각이 없었고 겁도 없었으나 그의 지지자들은 카토 앞에서 완전히 기가 죽어 있었던 데다가 카토를 무적의 존재로 여기고 있었으므로 메텔루스는 갑자기 포럼으로 달려 나가 민중을 소집했고 카토를 깎아내리는 길고 악의적인 연설을 했다. 이어서 카토의 독재와 폼페이우스에 대한 음해를 벗어나 폼페이우스 앞에 불만을 토로하고자 아시아로 간다고 외치며 길을 떠났다. 그는 또 폼페이우스처럼 위대한 사람을 욕보인 데 대하여 로마가 머지않아 후회하게 되리라고 말했다.

결과적으로 카토는 호민관들로부터 굉장한 짐을 덜어 주었으며 어떤 면에서 메텔루스를 통하여 행사되고 있던 폼페이우스의 권력을 타도했다는 점에서 높은 평가를 받았다. 그러나 원로원이 메텔루스를 욕보이고 그의 직위를 해제하려고 조치하자 여기 반대하고 원로원을 설득해 조치를 막았다는 점에서 더 큰 존경을 받았다.

군중은 적을 처참히 패배시킨 이후 짓밟거나 모욕하지 않는 태도를 인정과 절제의 표시로 보았던 것이다. 또한 분별 있는 시민들은 폼페이우스를 더 이상 자극하지 않는 것이 올바르고 또 이롭다고 여겼다.

이후 루쿨루스가 원정에서 돌아왔다. 원정을 완성할 기회와 그로부터 오는 영광을 폼페이우스에게 빼앗겼다고 여겨진 루쿨루스는 개선행진조차 하지 못할 위기에 처했다. 가이우스 멤미우스가 민중을 선동해 루쿨루스에 반대하는 파벌을 이루는 데 성공했기 때문이다. 멤미우스는 루쿨루스를 적대시하지 않았지만 폼페이우스의 환심을 사고자 했다. 그러나 누이 세르빌리아가 루쿨루스의 아내였던 관계로 카토는 멤미우스의 시도를 수치스럽게 여겼고 반대했다. 그 결과 카토에게 여러 터무니없는 비방이 날아왔다.

심지어 독재 권력을 행사했다는 이유로 고발을 당해 관직을 잃어 버릴 위기에 처하기까지 했는데 여기서도 카토는 지지 않았다. 오히려 멤미우스를 설득해 고발을 취소하고 싸움을 포기하게 만들었다. 그 결과 루쿨루스는 개선행진을 할 수 있었고 카토와의 우정에 더욱 매달렸다. 카토가 폼페이우스의 세력을 막아주는 커다란 방어벽으로 느껴졌기 때문이다.

XXX.

이윽고 폼페이우스가 원정을 마치고 커다란 명성을 누리며 돌아왔다. 따뜻하고 눈부신 환영을 받았으므로 동료 시민으로부터 무엇이든 얻어 낼 수 있으리라고 생각한 폼페이우스는 원로원에 집정관 선거를 늦추어 달라는 요구를 넣었다. 동료 피소가 집정관 선거 유세를 할 때 몸소 도와주고자 했기 때문이다. 원로원 의원 대부분은 폼페이우스의 요구를 들어주고자 했다.

그러나 카토는 선거를 연기해 달라는 폼페이우스의 요구 자체가 문제였기 때문이 아니라 폼페이우스의 계획과 기대를 무너뜨리고 싶었기 때문에 반대 입장에 섰고 다른 의원들의 입장도 바꾸어 결국 부결시켰다. 이 일은 폼페이우스를 적잖게 자극했다. 그는 카토가 제 편에 서지 않으면 심각한 장애물이 되리라는 사실을 고려해 카토의 동료 무나티우스를 불렀다. 그리고 혼기가 찬 카토의 조카딸 둘을, 하나는 제 아내로, 다른 하나는 제 며느리로 삼게 해달라고 부탁했다. 그러나 카토의 조카딸이 아니라 두 딸을 달라고 했다는 설도 있다.

무나티우스가 이 제안을 카토에게 전하자 카토의 아내와 누이들은 위대하고 명망이 드높은 폼페이우스와 사돈이 된다는 생각에 기뻐 마지않았다. 그러나 카토는 잠시 멈추어 생각해 보지도 않고 즉시 뼈아픈 말을 남겼다.

"무나티우스, 당장 가서 폼페이우스에게 말을 전하게. 카토는 규방에 쉽게 사로잡히지 않는 사람이라고. 나는 폼페이우스의 선의를 높이 사고 있으며 폼페이우스가 정의를 행한다면 그 어떤 혼인 관계보다 든든한 우정을 선사할 수 있으나 나라에 해를 끼치면서까지 폼페이우스의 영광을 위해 볼모를 제공하지는 않겠네."

카토의 말에 여인들은 심기가 불편했고 카토의 동료들은 카토의 대답이 무례하고 오만하다고 탓했다. 이후 폼페이우스는 동료를 집정관에 앉히는 과정에서 여러 부족에 돈을 보냈다. 폼페이우스가 정원에서 버젓이 뇌물로 보낼 돈을 세곤 했으므로 공공연한 사실이었다. 그때 카토는 집안의 여인들에게 말하기를 폼페이우스와 사돈 관계였다면 그러한 수치스러운 거래에 필연적으로 얽였을 것이라고 했고 여인들은 혼인에 반대한 카토의 결정이 옳았다고 인정했다.

그러나 결과만을 보고 판단하자면 카토가 혼인을 받아들이지 않은 것은 큰 잘못이었다. 카토가 거부하자 폼페이우스가 카이사르에게 돌아섰고 카이사르 집안과의 혼인 관계로 인하여 통합된 두 사람의 권력은 로마라는 국가를 하마터면 전복시킬 뻔했으며 헌법을 지우다시피 했다. 만약 카토가 폼페이우스의 작은 결점들을 지나치게 두려워하지 않았다면 폼페이우스가 무엇보다 심각한 잘못, 즉 자신의 권력을 카이사르의 권력에 더하는 잘못을 하게 되지는 않았을 것이다.

XXXI.

그러나 이런 일은 훨씬 훗날에 벌어졌다. 한편 루쿨루스는 폰토스에서 내린 결정에 대해 폼페이우스와 의견 충돌을 겪고 있었다. 각자 자신이 내린 결정을 유효한 것으로 승인해 달라고 주장하고 있었던 것이다. 카토는 표면상 억울한 측이었던 루쿨루스의 편에 섰다. 결국 원로원에서 패배한 폼페이우스는 민중의 지지를 받고자 병사들을 토지 분배 대상에 포함시켰다. 그러나 이 법안 또한 카토의 반대로 폐지되자 폼페이우스는 클로디우스와 손을 잡았다. 당시 클로디우스는 누구보다 과감한 민중지도자였다. 폼페이우스는 카이사르의 지지도 얻었는데 이것은 어느 정도 카토의 잘못이기도 했다.

카이사르가 이베리아에서 법무관 임기를 마치고 돌아올 무렵이었다. 그는 집정관 후보가 되고자 했으며 동시에 개선행진도 요구했다. 그러나 법에 따르면 관직 선거에 나선 후보는 성안에 있어야 했고 개선행진을 하고자 하는 사람은 성밖에 머물러야 했다. 그리하여 카이사르는 대리인을 통해 유세에 참여할 수 있도록 허락을 구했다. 여러 사람들이 이 요구를 들어주고자 했으나 카토는 반대했다. 그리고 카이사르의 요구를 승인하려는 움직임이 보이자 카토는 하루 종일 연설을 멈추지 않음으로써 의원들의 뜻을 꺾었다.

그러자 카이사르는 개선행진을 포기하고 입성해 대번에 폼페이우스 측에 붙었으며 집정관 후보로 나섰다. 선출된 뒤에는 딸 이울리아를 폼페이우스에게 주었다. 두 사람이 나라에 맞서 힘을 합쳤으므로 한 사람이 가난한 이들에게 땅을 할당, 분배하는 법을 입법하면 다른 사람이 법을 지지할 수 있게 된 것이다. 그러나 루쿨루스와 키케로는 동료 집정관 비불루스와, 그리고 누구보다 카토와 한편이 되어 법에 반대했다. 카이사르와 폼페이우스가 연합한 목적이 정의롭지 못하다는 사실을 의심하게 된 카토는 토지의 분배가 두렵기보다 그런 호의로써 민중을 유혹하는 자들에게 돌아갈 보상이 염려스럽다고 주장했다.

XXXII.

카토가 이와 같이 말하자 원로원은 만장일치로 그를 지지했으며 원로원 밖에 있는 사람들 다수도 카이사르의 기행에 대한 불쾌감으로 카토를 지지했다. 극히 무모하고 건방진 호민관이 군중의 호의를 얻기 위해 꾸밀 만한 정치적 책략을 카이사르는 집정관으로서의 권력을 손에 넣은 채 행하고 있었다. 민중의 호의를 구걸하기 위한 불명예스럽고 굴욕적인 행위였다.

이 결과 카토의 상대편은 위기감을 느끼고 폭력에 의지했다. 먼저 비불루스가 당했다. 그가 포룸으로 내려가려는데 누군가가 바구니에 담긴 배설물을 흩뿌린 것이다. 이어서 한 무리가 비불루스의 수행원들을 덮치고 파스케스*를 부러뜨렸다. 결국 화살이 날아다녔고 다수가 부상을 입었다.

다른 모든 원로원 의원들은 포룸을 뛰쳐나갔으나 카토는 마지막으로, 그것도 걸어서 나가며 몸을 돌려 시민을 향해 항의했다. 결과적으로 토지 분배법이 통과되었을 뿐만 아니라 원로원 전체가, 법을 지키겠으며 어기는 자가 있으면 조치를 취하겠다고 엄숙하게 맹세해야 한다는 조항이 덧붙여졌다. 맹세를 하지 않는 자에게는 무거운 처벌이 정해졌다. 그리하여 의원 모두가 어쩔 수 없이 맹세를 했다. 비슷한 법에 대해 맹세를 하지 않았다는 이유로 이탈리아 땅에서 쫓겨난 지난날의 메텔루스를 떠올렸기 때문이다.

같은 이유에서 카토 집안의 여인들은 진심을 담은 눈물을 흘리며 카토에게 맹세를 하라고 애원했다. 동료와 친구들도 진심으로 간청했다. 그러나 카토를 설득해 맹세를 하게 만드는 데 가장 성공적인 역할을 한 사람은 연설가 키케로였다. 그는 하나가 전체의 뜻을 거스르는 행위를 의무라고 생각한다면 잘못된 생각일 수 있다고 말했으며 이미 벌어진 일에 아무런 변화도 줄 수 없다면 자포자기의 행동은 무분별하고 어리석은 짓이라고 했다. 게다가 나라를 위해 그토록 열심히 노력했는데 이제 와서 나라를 버리고 적에게 넘겨준다면, 그로써 나라를 지키기 위해 했던 모든 투쟁 또한 기꺼이 넘겨주는 것처럼 보인다면, 그보다 더한 악행이 없으리라고 말했다. 카토에게 로마가 필요 없어졌을지언정 로마는 카토가 필요했고 카토의 동료들도 마찬가지였다. 키케로는 그중에서도 자신이 카토를 가장 필요로 하고 있다고 말했는데 바로 클로디우스가 꾸미고 있는 계략의 표적이었기 때문이다. 클로디우스는 호민관직을 이용해

• 로마 관리를 수행하는 수행원들은 관리의 지위를 상징하는 막대 묶음, 파스케스를 들고 다녔다.

서 키케로에게 노골적인 공세를 퍼붓고 있었다. 키케로가 이렇게 설득했고 집과 포룸에서 여러 비슷한 논리와 탄원이 이어지자 카토는 누그러져 마침내 설복당했다. 그는 동료이자 친구 파보니우스를 제외하고 마지막으로 서약을 하러 나타났다.

XXXIII.

법을 통과시키는 데 성공하고 의기양양해진 카이사르는 또 다른 법을 제안했다. 캄파니아 전체를 가난하고 취약한 자들에게 나누어준다는 법이었다. 카토를 제외하고 누구도 법에 반대하지 않았다. 카이사르는 카토를 연단에서 끌어내려 감옥으로 끌고 가도록 명령했다. 그럼에도 카토는 과감한 비판을 멈추지 않았고 걸어가면서 법안에 대해 논했으며 법안의 통과를 막으라고 민중에 조언했다. 뿐만 아니라 원로원이 풀죽은 얼굴로 그 뒤를 따랐고 최고 시민들도 불쾌하고 근심스러웠지만 아무 말 없이 뒤따랐다. 카이사르는 이들이 분노하고 있다는 사실을 모를 수 없었다. 그럼에도 고집을 꺾지 않았고 카토가 애원, 간청하리라는 생각에 그가 끌려가는 모습을 지켜만 보았다. 그러나 카토가 애원할 생각이 추호도 없다는 사실이 명백해지자 카이사르는 제가 내린 명령이 얼마나 수치스럽고 불명예스러웠는지 깨달았으며 비밀리에 민중 호민관을 설득하여 카토를 풀어주게 했다.

그럼에도 여러 가지 법과 호의를 이용해 카이사르 측은 민중을 구워삶았고 민중은 카이사르에게 5년간 일뤼리아와 갈리아 전체의 통치권을 주었고 4개 군단도 배정했다. 카토는 시민들의 찬성표가 성안에 참주를 두는 결과로 이어질 수 있다고 경고했으나 소용없었다. 민중은 또한 법을 무시하고 푸블리우스 클로디우스를 귀족에서 평민 계급으로 만들어 그를 민중 호민관으로 선출했다. 클로디우스는 키케로의 추방이라는 보상을 받기 위해 민중을 만족시키는 데 자신의 모든 정치적 영향력을 소진했다. 또한 민중은 집정관으로 카이사르의 장인 칼푸르니우스 피소와 아울루스 가비니우스를 선출했다. 가비니우스를 알던 사람들은 그가 폼페이우스의 무릎에서 놀던 자라고 말한다.

XXXIV.

그러나 이런 방식으로 권력을 독점했음에도, 시민 일부는 호의로 나머지는 공포로 길들였음에도 카이사르 측은 여전히 카토를 두려워했다. 카토를 상대로 이긴다고 해도 많은 어려움과 노력 끝에 가능했고 본모습이 발각될 위험을 무릅쓰고 법을 밀어붙여야 가까스로 통과시킬 수 있었으므로 매우 귀찮고 성가실 수밖에 없었다. 클로디우스 또한 카토가 로마에 있는 동안에는 키케로를 끌어내릴 생각조차 할 수 없었다. 그러나 클로디우스는 무엇보다 먼저 키케로의 추방을 꾀하고 있었으므로 관직에 오르자마자 카토를 불러 제안을 했다. 그는 카토가 로마인들 가운데 가장 청렴하다고 생각하고 있으며 카토가 이를 행동으로 보여줄 준비가 되어 있다고 생각한다고 말했다. 따라서 많은 이들이 퀴프로스에 있는 프톨레마이오스의 궁정으로 가고 싶어 하나 카토 만한 자격을 가진 자가 없다고 보고 카토를 기꺼이 퀴프로스로 보내고자 한다고 했다.

그러자 카토는 이것이 호의가 아닌 함정이자 모욕이라고 외쳤고 클로디우스는 오만무례한 태도로 대답했다.

"호의라고 생각지 않으시면 처벌이라 생각하고 다녀오십시오."

이 직후 민중 앞에 선 클로디우스는 카토를 퀴프로스로 보내는 법령을 통과시켰다. 뿐만 아니라 카토가 출발할 때 클로디우스는 선박도, 병사도, 수행원도 제공하지 않았고 사무원 두 사람을 붙여 주었을 뿐인데 하나는 도둑놈이자 불량배였고 다른 하나는 클로디우스의 부하였다. 또한 퀴프로스에서 프톨레마이오스를 상대하는 일이 손쉬운 임무라는 듯추가로 뷔잔티온에서 추방되었던 사람들의 권리를 회복시켜 주는 일도 맡겼다. 호민관직을 수행하는 동안 카토가 최대한 오랫동안 방해를 하지 않기를 바랐기 때문이다.

XXXV.

임무를 떠맡게 된 카토는 적에게 추방될 위험에 처한 키케로에게 조언을 남겼다. 파벌을 구성하거나 도시를 전쟁과 유혈 참사에 휘말리게 하지 말 것이며 다만 시대의 필요에 양보함으로써 다시금 나라의 구원자가 되라는 충고였다. 카토는 또한 동료 카니디우스를 앞서 퀴프로스로 보냈다. 프톨레마이오스 왕을 설득하여 싸우지 않고 왕국을 넘겨받을 계획이었다. 왕국만 넘긴다면 로마는 그를 파포스의 여신을 숭배하는 사제로 앉힐 예정이었으므로 미래의 삶에 부와 명예가 없지 않으리라는 논리였다. 한편 카토 자신은 로도스에서 시간을 끌며 차비를 하고 대답을 기다렸다.

한편 형 프톨레마이오스, 즉 아이귑토스이집트의 왕은 알렉산드리아 시민과 다툰 뒤 분노하며 도시를 떠났고 로마로 향하고 있었다. 폼페이우스와 카이사르의 병력에 의지해 왕위로 복귀하기를 바랐기 때문이다. 그는 로마로 가는 길에 카토와 면담을 하고자 사람을 보냈다. 카토가 자신을 만나러 오리라고 생각했기 때문이다. 그러나 카토는 당시 복용하는 약이 있었으므로 만나고 싶다면 직접 와달라고 프톨레마이오스에게 전했다. 그러나 프톨레마이오스가 찾아왔음에도 카토는 그에게 다가가지

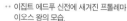

도 않았고 일어나 맞지조차 않았다. 그저 평범한 손님을 맞듯이 인사를
하고 자리를 권했다.

　프톨레마이오스는 먼저 카토가 손님을 맞이하는 태도에 혼란을 느꼈
으며 그 다음에는 카토의 도도하고 엄숙한 자세와 그의 평범하고 단순
한 복장 사이의 괴리에 크게 놀랐다. 그러나 자신의 처지에 대해 카토
와 대화를 시작하자 엄청난 지혜와 용기가 담긴 말들이 프톨레마이오스
의 귀로 들어왔다. 카토는 프톨레마이오스가 택한 행로를 꾸짖었으며 그
가 얼마나 큰 행복을 포기했는지 보여주었다. 또한 로마의 우두머리들의
부패와 탐욕과 상대하려면 얼마나 심한 굴욕과 고충을 인내해야 하는
지 말해주었다. 아이귑토스 전체를 돈으로 바꾸어도 그들의 탐욕을 만
족시킬 수는 없었다. 카토는 또한 프톨레마이오스에게 아이귑토스로 배
를 돌려 고향 사람들과 화해하라고 일렀다. 원한다면 자신이 함께 돌아
가 화해를 돕겠다고 했다. 그러자 왕은 마치 광기나 정신착란을 겪은 후

에 제정신을 되찾은 사람처럼 카토의 말을 듣고 정신을 차렸고 카토의 진심과 기지를 깨닫고 조언을 받아들이기로 결정했다. 그러나 프톨레마이오스의 동료들은 그로 하여금 본래의 계획으로 되돌아가게 만들었다. 이후 로마에 도착하자마자 어느 관리의 집 대문을 향해 가던 프톨레마이오스는 잘못된 결정을 내렸음을 깨닫고 신음했다. 어느 훌륭한 사람의 조언을 가벼이 여긴 정도가 아니라 신의 예지적 경고를 무시한 게 틀림없다고 생각한 것이다.

XXXVI.

한편 퀴프로스의 왕 프톨레마이오스는 독을 마시고 자살했고 이는 카토에게는 다행스런 일이었다. 왕은 보물을 상당량 남기고 죽었다고 전해졌으므로 카토는 뷔잔티온으로 가는 동안 조카 브루투스를 퀴프로스로 보내기로 결심했다. 카니디우스를 온전히 신뢰하지는 않았기 때문이다. 이어서 뷔잔티온에서 추방되었던 사람들을 시민과 화해시키고 도시의 화합을 가져온 뒤 퀴프로스로 배를 띄웠다.

퀴프로스에는 술잔, 식탁, 보석, 자줏빛 옷가지 등 왕에게 어울리는 온갖 가구와 집기가 있었고 카토는 이를 판매해 금전으로 바꾸어야 했다. 카토는 모든 일을 매우 정확하게 처리하고 싶었고 모든 물건을 최고 가격에 팔고자 했다. 또한 모든 일을 스스로 처리하고 엄밀하게 계산하고자 했으므로 시장에 익숙한 사람들조차 믿지 않았고 수행원이든 공판장의 관리든 구매자든 친구든 아무도 믿지 않았다. 그리하여 카토는 직접 구매자들과 개인적으로 면담했고 입찰을 부추김으로써 물건 대부분을 판매하는 데 성공했다.

이 과정에서 카토의 동료 대부분은 카토가 저들을 신뢰하지 않는다고 생각해서 불쾌했다. 그중에서도 가장 절친했던 무나티우스는 가라앉힐 수 없는 분노에 휩싸였다. 카이사르도 카토를 비난하는 글을 쓸 때 바로 이 부분을 가장 통렬히 지적했다.

XXXVII.

그러나 무나티우스는 카토의 불신이 아니라 그의 배려심 없는 태도에 분노했다고 말하고 있다. 또한 카니디우스에 대한 무나티우스 자신의 일종의 시기심도 작용했다고 말했다. 카이사르처럼 무나티우스도 카토에 대한 글을 발표했던 것이다. 트라세아가 주로 참고한 글도 이것이다.

무나티우스는 남들보다 늦게 퀴프로스에 도착했다고 말한다. 그러나 자신을 맞이하기 위한 준비가 되어 있지 않았고 카토가 머무는 곳에 당도했을 때 한 번 더 기분이 상했다고 한다. 카토가 안에서 카니디우스와 만나고 있었기 때문이다. 그는 침착하게 항의했으나 돌아온 카토의 대답은 침착하지 않았다고 한다. 카토는 테오프라스토스를 인용하며 지나친 애정은 종종 증오의 근거가 되기도 한다고 말했다.

"그대 또한 나에 대한 특별한 애정 때문에 내가 그대를 충분히 존중하지 않는다고 생각하지. 하지만 내가 카니디우스를 남들보다 많이 기용하는 이유는 내가 그를 시험했고 그를 믿기 때문이네. 카니디우스는 처음부터 나와 함께 했고 청렴하다는 사실을 입증했네."

그러나 무나티우스에 따르면 카토는 이 둘만의 대화에 대해 카니디우스에게 말했다고 한다. 무나티우스는 이를 알자마자 카토와 함께 식사를 하지도 않았고 그를 찾지도 않았으며 의견을 달라는 부탁을 받아도 입을 열지 않았다고 한다. 뿐만 아니라 명령에 복종하지 않는 부하에게 담보를 요구하는 로마의 관습에 따라 카토가 무나티우스에게 담보를 요구하겠다고 으름장을 놓았을 때 카토의 위협을 무시하고 배를 띄웠다고 무나티우스는 말한다. 그는 이후에도 오랫동안 카토에게 화가 나 있었다고 한다.

그러나 무나티우스에 따르면 당시 카토와 헤어지기 전이었던 마르키아가 이 문제에 대해 남편과 대화를 나누었다고 한다. 이후 바르카가 두 사람을 저녁 식사에 초대했는데 카토는 다른 사람들이 모두 자리를 차지한 뒤 뒤늦게 도착했다고 한다. 바르카가 그에게 어디에 눕겠냐고 묻자 카토는 무나티우스 옆에 자리를 잡겠다고 말했다. 그렇게 무나티우스 옆자리에 기대어 누웠으나 저녁 식사가 끝날 때까지 별다른 친근감의 표시는 하지 않았다고 한다.

그러나 마르키아가 이 문제에 관하여 또다시 카토에게 청을 넣었다고 무나티우스는 말한다. 그러자 카토가 무나티우스에게 편지를 보내 상의할 문제가 있다고 했다. 무나티우스는 아침 일찍 카토의 집으로 향했고 마르키아는 다른 방문객이 모두 집에 가고 없을 때까지 무나티우스를 놓아주지 않았다. 뒤이어 카토가 들어왔고 무나티우스를 두 팔로 안으며 입을 맞추었으며 아낌없는 친절을 퍼부었다고 한다. 이러한 일화는 한 사람의 성품이 어떻게 드러났고 받아들여졌는지에 관해, 위대하고 이름난 업적 못지않은 상당한 정보를 제공한다는 것이 내 생각이다. 그런 이유에서 좀 길더라도 여기 이야기한 것이다.

XXXVIII.

카토는 7천 탈란톤에 달하는 은화를 모았으나 고향으로 향하는 긴 여정이 염려스러웠다. 그리하여 은화를 넣을 궤를 준비했다. 궤 하나에는 2탈란톤 하고도 500드라크메가 들어갔는데 각 궤에 긴 밧줄이 매달려 있었고 그 끝에는 커다란 코르크가 묶여 있었다. 카토는 배가 난파할 경우 이 코르크가 바닥에 깊이 박힌 궤의 위치를 알려주리라고 생각했다. 그러나 은화는 극히 소량을 제외하고 안전하게 로마에 도달했다.

그런데 왕의 재산을 처분한 기록을 책 두 권에 상세히 기록해 놓았음에도 두 권 모두 소실되었다. 한 권은 해방노예 필라르귀로스에게 맡겨두었는데 그를 태우고 켄크레아이에서 출항한 배가 전복되는 바람에 책은 화물과 함께 사라졌다. 나머지 한 권은 카토 자신이 코르퀴라까지 무사히 가져갔다. 코르퀴라에서 카토는 장터에 막사를 쳤는데 날씨가 얼마나 추웠는지 선원들이 여러 군데에 불을 피웠고 이 불이 막사에 옮겨붙는 바람에 책이 사라졌다. 모든 것을 지켜본 왕의 재산 관리인들이 카토를 적대시하고 비방하는 무리의 입을 막을 준비가 되어 있었다는 것은 사실이다. 그럼에도 카토는 적잖이 언짢았다. 청렴함을 드러내고 싶었다기보다 세심하고 정확한 일처리의 본보기로 자신의 기록을 내보이고 싶었기 때문에 심기가 불편했던 것이다.

XXXIX.

로마 시민은 카토가 배를 이끌고 돌아온다는 소식을 놓치지 않았다. 온 관리와 사제, 원로원, 그리고 민중 다수가 카토를 맞이하러 강가로 갔다. 그리하여 양쪽 강둑이 모두 군중에 묻혀 사라졌고 카토의 입성은 화려하고 눈부신 개선 행진을 방불케 했다. 그러나 일부는, 집정관과 법무관이 맞이하러 나와 있었음에도 카토가 배에서 내려 인사를 하거나 속도를 늦추지도 않았다고 그를 은혜를 모르는 고집스러운 사람이라고 생각했다. 심지어 카토는 노가 여섯 줄로 늘어선 왕의 함선을 타고 집정관과 법무관이 서 있는 강둑을 빠르게 스쳐 지나갔으며 부두에 다다라서야 함대를 멈추어 닻을 내리게 했다.

그러나 화폐와 온갖 보물이 포룸을 지나가자 민중은 그 양에 깜짝 놀랐고 원로원은 특별 회의를 소집하여 카토를 적절히 칭송하고 그를 특임 법무관으로 두기로 투표를 통해 결정했다. 또한 경기나 공연을 관람할 때 자줏빛 테를 두른 겉옷을 입을 수 있도록 결정했다. 카토는 이 같은 혜택을 거절했으나 프톨레마이오스 왕가의 재산 관리인 니키아스에게만은 자유를 주도록 원로원을 설득했다. 그의 세심한 관리와 정직한 행실을 지켜본 바 있었기 때문이다.

당시 집정관은 카토의 장인 필립푸스였는데 집정관직의 권위와 위엄은 실상 카토에 의존하고 있었다. 필립푸스의 동료 집정관 또한 카토에게 여러 영예를 내렸다. 그러나 필립푸스가 카토의 장인으로서 카토를 존중했다면, 그의 동료 집정관은 카토의 덕을 높이 샀기 때문에 영예를 내린 것이다.

XL.

이 무렵 클로디우스가 추방했던 키케로가 귀향했다. 키케로는 원로원 안에서 누리고 있던 커다란 영향력을 이용해 클로디우스가 없는 사이, 그가 호민관 시절 남겨두었던 행정 기록을 카피톨리움에서 강제로 가져와 파괴했다. 원로원이 이 문제를 논의하기 위해 소집되고 클로디우스가 키케로를 비난하자 키케로는 클로디우스가 불법적으로 호민관이 되었으니 그가 호민관직에 있던 시절 행해지거나 기록된 모든 것이 무효라고 주장했다. 카토는 키케로가 연설을 하는 도중에도 그의 말에 반대했으며 마침내 자리에서 일어나 말했다. 카토는 클로디우스의 행정이 조금도 건전하거나 훌륭하지 않았다는 점에는 전적으로 동의했으나 만약 클로디우스가 호민관일 동안 행한 모든 행위를 백지화한다면 퀴프로스에서 카토 자신이 처리한 사안들도 무효였다. 그가 퀴프로스에서 맡은 임무 또한 불법이었다. 불법으로 관리가 된 사람이 내린 임무였기 때문이다. 그러나 카토는 클로디우스가 합법적으로 귀족에서 평민 계급이 되었기 때문에 그의 호민관 선출은 불법이 아니라고 주장했다. 그가 만약 형편없는 관리였다면 다른 사람들의 경우와 마찬가지로 잘못을 범한 자에게 책임을 지우면 될 것이지 그의 악행으로 피해를 본 관직 자체에 죄를 덮어씌울 이유는 없다는 것이 카토의 생각이었다. 이를 계기로 카토에게 분노한 키케로는 한참 동안 그와 친분을 끊었다. 그러나 이후 화해했다.

XLI.

이런 일이 있고 폼페이우스와 크랏수스는 알페스알프스를 넘어온 카이사르와 회동했다. 이 자리에서 두 사람은 함께 집정관 선거에 나서기로 계획했다. 선출된 뒤에는 카이사르의 속주 지배권을 기존 임기만큼 연장하는 안을 통과시키기로 했다. 한편 두 사람은 최대 속주와 자금, 병력을 갖기로 했다. 최고 권력을 나누어 갖고 헌법을 폐지하려는 음모였다.

이 당시 여러 훌륭한 사람들이 집정관 선거에 출마할 준비를 하고 있었으나 폼페이우스와 크랏수스가 출마하자 하나같이 포기했다. 카토의 누이 포르키아의 남편 루키우스 도미티우스만이 예외였다. 카토는 루키우스 도미티우스를 설득하여 그가 포기하지 않고 유세를 계속하도록 했는데 관직만이 아니라 로마 시민의 자유가 걸린 일이었기 때문이다.

분별력을 잃지 않고 있었던 일부 로마 시민도 폼페이우스와 크랏수스가 영향력을 합칠 경우 두 집정관의 권력이 비대해지고 위압적이 될 것을 우려하면서 둘 중 하나는 집정관이 되어서는 안 된다고 말하고 있었다. 그래서 이들은 도미티우스를 지지하면서 그가 유세를 지속하도록 격려하고 자극했다. 두려움에 침묵하고 있는 많은 사람들이 도미티우스를 지지할 것이라고 주장한 것이다.

폼페이우스의 지지자들 역시 바로 그것을 두려워했다. 그리하여 새벽같이 횃불을 밝히고 캄푸스 마르티우스로 내려가는 도미티우스 일행을 습격했다. 먼저 도미티우스의 앞에서 횃불을 들고 가던 사내가 타격을 입고 쓰러져 목숨을 잃었다. 이후 나머지 일행도 부상을 당했으며 카토와 도미티우스를 제외한 모두가 달아났다. 도미티우스는 카토가 붙잡고 있는 통에 도망을 칠 수가 없었다. 카토는 팔에 부상을 입고도 도미티우스에게 자리를 지키라고 강요하며 숨이 붙어 있는 한 자유를 위한 투쟁을 포기하지 말아야 한다고 했다. 적은 폭군이었고 집정관직을 따내기 위해 범죄를 저지르는 행태만 봐도 집정관에 오른 뒤 어떤 식으로 권력을 휘두를지 명백했다.

XLII.

그러나 위험을 무릅쓰고 싶지 않았던 도미티우스는 집으로 피신했고 폼페이우스와 크랏수스가 집정관으로 당선되었다. 반면 카토는 투쟁을 멈추지 않고 스스로 법무관 선거에 출마했다. 평범한 시민으로서 두 관리와 싸우기보다 폼페이우스와 크랏수스를 가까이서 지켜보며 둘과 맞서고 싶었기 때문이다.

폼페이우스와 크랏수스 역시 이것을 두려워했다. 카토가 법무관이 되면 집정관에 맞먹는 권력을 행사할 것 같았다. 그래서 먼저 원로원을 긴급 소집했다. 그리고 대다수가 출석하지 않은 상황에서 투표를 진행함으로써 법무관 당선자가 곧바로 임기를 시작하도록 하는 법안을 통과시켰다. 본래 임기를 시작하기 전에 일정 시간을 대기하도록 법으로 정해져 있었는데 이는 유권자들에게 뇌물을 건넸을 경우 기소하기 위함이었다. 그러나 이 기간을 폐지함으로써 뇌물을 주는 행위에 처벌이 따르지 않게 된 것이다.

이어서 폼페이우스와 크랏수스는 동료와 추종자들을 법무관 후보로 세우고 돈으로 표를 샀으며 투표가 진행되는 상황을 직접 지켜보았다. 그러나 카토의 덕과 명성은 이런 공작을 이겨냈다. 시민은 투표를 통해 카토를 배신하는 행위를 수치스럽게 생각했고 오히려 로마가 뇌물을 주어서라도 그를 법무관에 앉혀야 한다고 여겼다. 그리하여 첫 번째로 호명된 부족은 카토에게 표를 주었다.

그러자 갑자기 폼페이우스가 천둥소리를 들었다고 거짓 주장을 하며 치졸하기 그지없는 방법으로 민중을 해산했다. 천둥과 같은 현상은 상서롭지 못하고 하늘이 이 같은 징조를 내렸을 때는 어떤 의결도 하지 않는 것이 관습이었기 때문이다. 이어서 두 사람은 다시 뇌물을 쏟아붓기 시작했고 누구보다 훌륭한 시민들을 캄푸스 마르티우스에서 몰아냈다. 이처럼 힘으로 카토가 아닌 바티니우스를 법무관으로 앉힌 것이다.

법을 어기고 부당하게 표를 던진 시민들은 도망을 치듯 집으로 돌아갔다고 한다. 반면 무리를 지어 불만을 터뜨리던 나머지 시민은 한 호민관의 도움으로 한곳에 집결했고 카토가 이들을 상대로 연설을 시작했다. 마치 하늘의 계시를 받은 듯 카토는 앞으로 로마에 닥칠 일들을 예언하면서 시민으로 하여금 폼페이우스와 크랏수스에게 반감을 품게 했다. 카토에 따르면 폼페이우스와 크랏수스는 카토가 법무관 자격으로 두 사람을 견제할까 두려워 선수를 쳤고 시민으로 하여금 카토를 두려워하게 만들었다. 연설을 마치고 집으로 가는 카토를 뒤따른 군중은 법무관 당선자들을 뒤따른 무리를 다 합한 것보다 많았다.

XLIII.

이어서 가이우스 트레보니우스가 두 집정관에게 속주를 배정하는 법을 제안했다. 한 사람에게는 이베리아와 아프리카를, 다른 한 사람에게는 쉬리아와 아이귑토스를 주는 법안이었다. 원하는 모든 상대와 전쟁을 벌이고 육해군 모두를 이용해 공격, 정복할 권한도 포함되었다. 상대편은 이를 막기 위한 노력을 하기에는 너무 지쳐 있었고 법안에 반대하는 연설조차 하지 않았다. 반면 카토는 투표가 시작되기 전에 연단에 올라 발언권을 요청했고 어렵게 허락을 받았으며 두 시간 동안 발언했다.

그가 두 시간 동안 긴 논리를 펼치고 설명을 하고 앞날을 예견하고 나자 더 이상 발언이 허용되지 않았다. 그가 계속하려는데 한 관리가 다가와 그를 연단에서 끌어내린 것이다. 그러나 카토는 연단에서 내려온 뒤에도 계속해서 소리를 질렀고 자신의 말을 듣고 자신과 분노를 나눌 청중을 찾았다. 결국 관리는 다시 한 번 카토를 붙잡아 그를 포룸 밖으로 끌고 나갔다. 카토는 관리의 손아귀에서 놓인 그 즉시 뒤돌아 소리를 치며 연단으로 향했고 민중에게 도움을 청했다. 이 같은 몸싸움은 여러 번 반복되었는데 결국 화를 삭이지 못한 트레보니우스는 카토를 구금하도록 명령했다. 그러나 청중이 카토를 뒤따라가며 그가 하는 말에 귀를 기울였기 때문에 트레보니우스는 겁을 집어먹고 카토를 놓아주었다.

카토는 이런 식으로 한나절을 보냈다. 그러나 이날 이후 카토의 상대편은 민중을 겁주거나 뇌물과 호의로 매수했으며 무장한 병사를 이용해 호민관 아퀼리우스를 원로원 회의장에 붙잡아두었다. 이어서 카토가 천둥소리를 들었다고 외치자 그를 포룸 밖으로 쫓아냈고 몇몇 시민이 부상을 입고 심지어 몇몇은 죽임을 당한 가운데 법안을 통과시켰다.

그러자 일부 시민은 무리를 지어 폼페이우스의 조각상에 분노에 찬

돌팔매질을 했는데 카토가 다가와 이를 막았다. 그러나 이어서 카이사르의 속주 임기와 병력에 관한 법안이 발의되자 카토는 더 이상 민중을 상대로 연설하지 않고 폼페이우스를 상대로 엄숙하게 선고하고 또 경고했다.

"이 법안은 카이사르를 그대의 어깨에 태우는 행위이다. 어깨의 짐이 무거워져서 견딜 수 없는 상황이 다가오면 내려놓을 힘도 없을 것이고 더 이상 지고 있을 수도 없을 것이다. 그때가 오면 그대 자신과 어깨에 진 짐 모두가 한꺼번에 로마를 덮칠 것이고 그러면 뒤늦게 깨닫게 될 것이다. 카토의 주장은 명예와 정의뿐만 아니라 폼페이우스의 안위 또한 염두에 둔 것이었다고."

폼페이우스는 카토의 조언을 되풀이해서 듣고도 무시해 버렸다. 자신의 운수와 권력을 믿었기 때문에 카이사르가 변할 수 있다고 생각하지 않았던 것이다.

XLIV.

이듬해 카토는 법무관에 당선되었다. 그러나 그는 훌륭한 행정을 통해 법무관이라는 관직에 명예와 위엄을 더하기보다 오히려 그 권위를 깎아 내렸다고 여겨졌다. 종종 신발이나 속옷도 없이 법무관석에 앉았을 뿐 아니라 그런 차림으로 명망 있는 시민이 관련된 중대한 사건들을 처리했기 때문이다. 점심 때 포도주를 마시고도 공무를 처리했다는 말도 있는데 이는 사실과 다르다.

한편 관직을 노리는 사람들이 뿌린 선물로 인해 시민이 부패하고 민중에 대한 뇌물 살포가 당연하게 여겨지자 카토는 나라 전체에서 이 같은 질병을 깡그리 없애고 싶었다. 따라서 원로원을 설득하여 법령을 기안하도록 했다. 관직에 당선된 자의 경우 고발을 당하지 않아도 법정에 나와 선서를 하고 선거 비용을 신고하도록 강제하는 법령이었다. 관직 후보자들은 이를 몹시 못마땅하게 여겼고 뇌물을 받는 데 익숙해진 시민은 더욱 불쾌히 여겼다.

따라서 아침 일찍 카토가 법무관석에 앉으려고 하자 군중은 그에게 욕을 하고 고함을 쳤으며 돌을 던졌다. 법무관석 주변에 있던 사람들은 죄다 흩어졌고 카토 자신도 군중에 휩쓸려 자리에서 멀어졌으며 아주 간신히 연단을 붙잡을 수 있었다. 이어서 연단에 우뚝 선 카토는 단호하고 대담한 태도로 단번에 소음과 고함을 잠재웠다. 그가 조용히 귀를 기울인 군중 앞에서 할 말을 다 하자 소란은 완전히 끝이 났다. 원로원이 이 일로 카토를 칭찬하자 그는 말했다.

"하지만 곤경에 빠진 법무관을 도우러 오지 않고 그냥 내버려둔 원로원은 칭찬해 줄 수 없군요."

이렇게 되자 관직 후보자들은 어찌 해야 할지 알 수 없었다. 뇌물을 뿌리기는 겁이 났지만 경쟁 후보가 뇌물을 쓴다면 선거에서 패배할까 두려웠다. 따라서 각각 12만 5천 드라크메를 공탁하여 정정당당하게 경쟁하기로 합의했다. 규칙을 깨고 뇌물을 살포하는 사람은 이 돈을 되찾아 갈 수 없도록 한 것이다. 이렇게 합의하고 공탁금을 관리할 담당자이자 심판, 증인으로 카토를 선택했으며 돈을 가져와 그에게 맡기고자 했다. 합의문도 카토가 지켜보는 앞에서 작성했다. 카토는 공탁 서약을 받기는 하겠으나 돈을 직접 관리하는 일은 사양하겠다고 했다.

선거일이 되자 카토는 선거를 주재하는 호민관 옆에 서서 투표를 지켜본 다음 공탁금을 낸 후보 한 명이 규칙을 지키지 않았다고 선언했으며 다른 후보들에게 약속한 돈을 주라고 했다. 그러나 다른 후보들은 카토의 청렴을 존경하고 찬양하면서 벌금을 면제해 주었다. 잘못을 범한 후보가 이미 충분히 벌을 받았다고 생각했기 때문이다. 그러나 일부 시민은 카토의 이런 행동을 더욱 성가시게 여기고 증오했다. 그들은 카토가 원로원, 법정, 관리들의 역할까지 빼앗아 챙겼다고 생각했다.

명성과 신뢰를 가져다주는 미덕 중에 정의만큼 커다란 시기를 불러일으키는 미덕은 없다. 명성과 신뢰가 주로 평민들 사이에 형성되기 때문이다. 평민은 용맹한 자를 존중하듯 정의로운 자를 존중하고 현자를 우러러보듯 정의로운 자를 우러러보지만 거기서 그치지 않는다. 평민은 정의로운 자를 사랑하고 신뢰하고 믿는다. 반면 용맹한 자를 두려워하고 현명한 자를 믿지 않는다. 게다가 평민은 용맹하거나 현명한 사람이 스스로의 의지보다 천부적 재능 덕분에 뛰어나다고 여긴다. 용맹한 사람은 영혼이 특히 굳센 사람, 현명한 사람은 영혼이 특별히 활기찬 사람인 반면 누구나 원한다면 정의로운 사람이 될 수 있다고 생각한다. 또한 정의롭지 못한 행위에는 최고의 불명예를 안기는데 도무지 변명할 수 없는 저열함의 발로라고 여기기 때문이다.

XLV.

이러한 이유에서 중요한 사람들은 모두 카토에게 모욕을 당했다고 여기고 그를 적대시했다. 또한 폼페이우스는 카토의 명성이 높아질수록 자기 세력이 용해된다고 생각했으므로 언제나 다른 사람을 부추겨 그를 비난하게 했다. 다시 폼페이우스의 추종 세력으로 흘러든 민중 선동가 클로디우스도 그런 사람 가운데 하나였다. 그는 카토가 퀴프로스의 보물을 상당량 횡령했다고 비난했으며 폼페이우스가 카토의 딸과 결혼하기를 거절했기 때문에 그를 적대시한다고 주장했다.

그러나 카토는 말 한 마리, 병사 한 사람 쓰지 않고 나라를 위해 퀴프로스에서 많은 보물을 가져왔으며 그 양은 폼페이우스가 사람 살기 좋은 땅을 온통 휘젓고 다니며 전쟁을 치르고 승리한 끝에 획득한 모든 보물의 양보다 많다고 주장했다. 또한 폼페이우스와 혼사를 통해 엮이고 싶어 한 적이 없는데 그것은 폼페이우스에게 자격이 없다고 생각했기 때문이 아니라 서로 간의 정치적 입장의 차이를 알았기 때문이라고 했다.

"나는 법무관 임기가 끝나고 속주가 주어졌을 때 거절했지만 폼페이우스는 속주를 받아 일부는 스스로 다스리고 일부는 나누어 주었습니다. 게다가 카이사르에게 갈리아에서 운용할 군단병 6천까지 빌려주었습니다. 이 병력은 카이사르가 여러분에게 요청하지도 않았고 폼페이우스가 여러분의 동의하에 빌려준 것 또한 아닙니다. 이처럼 거대한 병력과 무기와 군마를 이제 개인끼리 주고받는 지경이 되었습니다. 게다가 장군이자 임페라토르라는 칭호를 달고도 자기 군대와 속주를 남에게 넘기고 자신은 성에서 멀지 않은 곳에 자리를 잡고 마치 경기를 감독하듯 선거 중에 당파를 관리하며 소란을 꾀했습니다. 무정부 상태를 유도함으로써 스스로를 위해 군주제를 이룩하려 함이 명백합니다."

XLVI.

카토는 이렇게 폼페이우스에 대항해 스스로를 변호했다. 한편 마르쿠스 파보니우스는 카토의 친구이자 열정적인 제자였다. 옛날에 팔레론 출신 아폴로도로스가 소크라테스를 따랐듯 파보니우스도 카토를 따랐다. 파보니우스는 성격이 급했고 토론 중에 쉽게 흥분했다. 토론이 그에게 미친 영향은 작거나 가볍지 않았고 마치 희석하지 않은 포도주처럼 그를 광란의 수준까지 몰고 갔다.

한편 파보니우스는 조영관 선거에서 뒤처지고 있었는데 선거를 지켜보던 카토는 표가 모두 한 사람의 필체로 되어 있는 것을 발견했다. 부정을 적발한 그는 호민관들에게 호소하여 선거를 멈추었다. 이후 파보니우스가 조영관에 올랐을 때 카토는 극장에 올라가는 공연을 관리했으며 그 밖의 조영관 임무도 대행했다. 배우들에게 금관을 주는 대신 올림피아에서처럼 야생 올리브 나무 가지로 만든 관을 주었고 그 밖의 값나가지 않는 선물을 내렸다. 헬라스 배우에게는 사탕무, 상추, 무, 배 등을 주었고 로마 배우에게는 포도주, 돼지고기, 무화과, 오이, 고기 경단을 주었다. 이 같은 실용적이고 소박한 선물을 비웃는 사람도 있었으나 혹독하고 엄중하던 카토가 점점 온화하고 기분 좋은 사람으로 변화하는 모습에 존경심을 가지는 사람도 있었다.

하루는 파보니우스가 관중 속에 자리를 잡고는 카토에게 환호를 보내며 마치 그에게 권력을 위임한 양 잘한 배우들에게 선물을 내려 칭찬하라고 외쳤다. 한편 옆 극장에서는 파보니우스의 동료 조영관 쿠리오가 호화로운 볼거리를 제공하고 있었다. 그러나 시민은 쿠리오를 버리고 파보니우스의 극장으로 가서 그가 평범한 시민 역할을 하고 카토가 조영관의 역할을 하는 재미있는 광경을 기꺼이 지켜보았다.

그러나 카토가 이런 행동을 한 것은 관례를 폄하하기 위함이었다. 오락을 제공할 때에는 즐거운 마음으로 하고 간소하고 흔쾌하게 일을 처리해야 한다는 사실, 사소한 것에 지나친 관심과 노력을 들여 호화롭고 값비싼 준비를 할 필요가 없다는 사실을 보여주고자 했던 것이다.

XLVII.

이윽고 스키피오, 힙사이우스, 밀로가 집정관 선거에 출마했다. 그들은 어느새 정치에서 빼놓을 수 없는 불법적인 수단, 즉 금품을 뿌렸을 뿐만 아니라 무력을 쓰고 살인을 하면서 공공연히 내전으로 나아가고 있었다. 무모하고 광기 어린 행동이었다. 그리하여 일부 시민은 폼페이우스가 선거를 주재하기를 요구했다.

카토는 처음에는 여기 반대했다. 폼페이우스가 법을 보호하기보다 법이 폼페이우스를 보호해야 한다고 주장했다. 그러나 시간이 흘러도 여전히 체제가 정상화되지 않고 세 개 군대가 매일 포룸을 차지하고 있는가 하면 악폐가 도를 넘어서자 카토는 불가피한 상황이 닥치기 전에 먼저 원로원이 나서서 폼페이우스에게 사태를 맡겨야겠다고 생각했다.

헌법에 어긋나는 가장 온건한 조치를 중요한 이익의 보전을 위한 치료약으로 쓰고자 한 것이다. 즉, 파벌싸움이 군주제로 이어지기 전에 직접 군주제를 도입하고자 했다. 곧이어 카토의 친척 비불루스가 원로원에서 폼페이우스를 단독 집정관으로 세우자고 제안했다. 폼페이우스가 여러 가지 문제를 해결하여 사태를 안정시킬 수 있으면 좋겠지만 그러지 못해도 나라는 가장 강력한 시민의 손안에 있게 될 터이니 그 편이 낫다는 주장이었다.

그러자 카토가 자리에서 일어나 이 제안에 뜻밖의 찬성표를 던졌다. 그리고 말하기를 어떤 형태의 체제이든 통치 체제가 없는 상태보다는 낫다, 폼페이우스가 현 상황을 최선을 다해 수습할 것이며 나라를 맡기면 지켜낼 것을 믿는다고 했다.

XLVIII.

이렇게 해서 단독 집정관으로 선출된 폼페이우스는 카토에게 성밖으로 나와 자신을 만나달라고 요청했다. 카토가 찾아오자 그는 따뜻한 환영 인사와 악수를 건네며 나라를 다스리는 데 카토가 동료이자 조언자가 되어주기를 부탁했다. 그러자 카토는 처음에 악의가 있어서 폼페이우스에 반대한 것이 아니고 나중에 호의를 얻고자 그를 지지한 것이 아니라 언제나 나라의 이익을 먼저 생각하고 한 일이라고 말했다. 따라서 그의 조언자가 되어 주겠으나 공적인 자리에서는 폼페이우스가 조언을 구하든 말든 자신이 생각하는 최선이 무엇인지 발언하겠다고 했다.

그리고 카토는 제 말을 지켰다. 그 예로 폼페이우스가 법을 제정함으로써 시민들에게 뇌물을 바쳤던 사람들에게 새로운 벌금과 무거운 형을 지우려고 할 때 카토는 과거를 잊고 앞으로의 일에 집중하라고 조언했다. 언제까지 소급하여 처벌할지 결정하는 것도 쉽지 않을 터이며 범죄가 있은 뒤 벌금이 정해진다면 죄인은 범죄를 저지를 당시 존재하지도 않았던 법에 따라 처벌된다는 사실에 억울함을 느낄 것이라는 논리였다.

이런 일도 있었다. 폼페이우스의 동료와 친지를 포함한 여러 명망 있는 시민이 재판에 회부되었을 당시 폼페이우스가 여러 사건에서 져주거나 포기하는 모습을 지켜본 카토는 그를 날카롭게 비난하고 몰아댔다. 뿐만 아니라 폼페이우스는 재판에 회부된 사람들에 대해 찬사를 쓰는 관례를 금지해 놓고도 직접 무나티우스 플란쿠스에 대해서 찬사를 작성해 재판정에 제출하기도 했다. 마침 배심원이었던 카토는 두 손으로 귀를 막고 찬사를 읽지 못하게 막았다. 찬사가 끝나고 플란쿠스는 카토를 배심원단에서 제외시켰으나 결국 유죄 판결을 받고 말았다.

피고들에게 카토는 까다롭고 주체할 수 없는 인물이었다. 그들은 자기 사건에 카토를 배심원으로 앉히고 싶지도 않았고 그렇다고 해서 그를 제외시키고 싶지도 않았다. 카토를 제외하려 한다는 사실만으로 피고의 주장에 대한 신뢰가 떨어졌고 그로 인해 재판에서 지는 경우가 적지 않았기 때문이다. 뿐만 아니라 카토가 배심원으로 추천되었을 경우 받아들이지 않는 것만으로도 상대방으로부터 세찬 비난을 들었다.

XLIX.

한편 카이사르는 갈리아 주둔 군대에 헌신하고 열심히 무력을 키우면서도 성안에서 세력을 키우기 위해 돈과 선물, 그리고 특히 친구들을 이용했다. 설마설마하던 폼페이우스도 어느새 카토의 경고에 눈을 뜨고 닥쳐올 위험을 예감했다. 그럼에도 폼페이우스는 여전히 위협해 오는 악을 견제하거나 공격하기를 주저했으며 풀이 죽은 채 시간만 보내고 있었으므로 카토는 집정관 선거에 나서기로 했다. 카이사르의 병력을 빼앗거나 그의 적대적인 계략을 밝혀내기 위함이었다.

그러나 카토의 두 경쟁자는 모두 괜찮은 인물이었다. 실제로 술피키우스는 카토의 나라 안 명성과 권력으로부터 많은 도움을 받았으므로 카토의 경쟁자로 나섰을 때 부적절하고 심지어 은혜를 모르는 행동을 한다고 여겨졌다. 그러나 카토는 술피키우스를 조금도 탓하지 않았다.

"내가 최선이라고 여기는 일을 남에게 양보하지 않는다면 그게 놀랄 일인가?"

그러나 카토는 원로원을 설득하여 후보자가 직접 유세를 해야 하며 대리인을 통해 시민과 만나거나 표를 부탁할 수 없다는 법을 통과시킴으로써 평민을 더더욱 화가 나게 만들었다. 카토로 인하여 시민은 돈도 받지 못하게 되었지만 후보들의 부탁을 들어줄 수도 없게 되었기 때문이다. 그 결과 민중은 가난할 뿐더러 존중도 받지 못하게 된 것이다.

게다가 카토는 유세 과정에서 집정관 당선을 위해 관례에 따라 인사를 다니기보다 삶의 품위를 지키는 데 주력했으므로 설득력이 크지 않았다. 뿐만 아니라 대중을 사로잡고 기쁘게 하는 일들은 친구들조차 하지 못하게 막았고 결국 낙선했다.

L.

선거가 끝나고 낙선한 후보자 자신들뿐만 아니라 그 동료와 친지들도 여러 날 동안 상당한 수치로 물든 절망과 슬픔을 경험했다. 그러나 카토는 어찌나 손쉽게 패배를 받아들였던지 몸을 단장하고 캄푸스 마르티우스로 가서 공놀이를 할 정도였다. 그리고 점심 식사를 하고 난 뒤에는 평소처럼, 신발을 신거나 옷을 갖추어 입지 않고 포룸으로 갔으며 거기서 가까운 동료들과 거닐었다.

그러나 키케로는 카토의 잘못을 지적했다. 세태가 카토와 같은 사람을 집정관으로 요구하고 있었음에도 시민들과 정답게 대화를 나누며 그들의 마음을 사려고 하지 않았으며 법무관 선거에 출마했을 때에도 앞일을 위한 노력을 접고 경쟁을 포기했다는 주장이었다. 그러자 카토가 대답하기를 자신이 법무관 선거에서 패한 이유는 대다수가 원했기 때문이 아니라 대다수가 강요를 받았거나 부패했기 때문이라고 항변했다. 그러나 집정관 선거에서는 부정행위가 없었으므로 시민이 자신의 태도를 불쾌히 여기고 있다는 사실이 명백하다고 카토는 말했다. 그러나 분별 있는 사람은 남을 기쁘게 하려고 태도를 바꾸지 않는 법이며 같은 결과가 나올 것을 알면서도 같은 시도를 반복하지는 않는다고 했다.

LI.

한편 카이사르는 전쟁에 능한 여러 민족을 공격하여 크나큰 위험을 무릅쓰고 정복했다. 뿐만 아니라 평화 협정을 무시하고 게르마니아 족을 공격해 적병 30만을 무찔렀다. 이 소식을 들은 로마 시민은 승전보에 감사하는 제물을 바쳐야 한다고 요구했지만 카토는 적을 상대로 불의를 저지른 카이사르를 적에게 넘겨야 한다고 주장했다. 내버려두면 카이사르가 저지른 범죄에 로마 시민과 나라가 오염된다는 이유였다.

"그러나 신들께도 제물을 바치도록 합시다. 신들께서 카이사르 장군의 저 어리석고 정신 나간 행동에도 부하들을 벌하지 않으셨으며 로마를 살려두셨으니 말입니다."

이런 일이 있고 카이사르는 원로원에 편지를 보냈다. 카토에 대한 온갖 욕설과 비난이 담긴 이 편지가 원로원에서 낭독되자 카토는 자리에서 일어나 분노와 적개심보다는 계산과 철저한 준비에서 나온 듯한 반박을 했다. 자신에 대한 카이사르의 비난은 인신공격과 조롱에 다름 아니며 카이사르의 치기와 비열함에서 비롯되었다는 주장이었다.

이어서 카이사르의 계획을 그 발단부터 공격하고 그의 의도를 조목조목 명백히 드러냈다. 적이 아니라 공모자라고 할 정도로 속속들이 드러낸 것이다. 그리고 제정신을 가진 사람이라면 게르마니아 족이나 켈토이 족이 아닌 카이사르를 두려워해야 한다고 말하면서 청중의 마음을 흔들고 고무했다. 이렇게 되자 카이사르 측은 괜히 편지를 읽어 카토에게 일리 있는 주장과 사실에 근거한 비난을 펼칠 기회를 주었다며 후회했다. 그럼에도 원로원은 아무런 조치도 취하지 않았다. 카이사르에게 후임자를 보내는 것이 좋겠다는 의견이 나왔을 뿐이다.

그러자 카이사르 측은 카이사르에게 후임자를 보낸다면 폼페이우스도 무기를 내려놓고 속주 지배권을 포기해야 한다고 주장했으며 그러지 않으면 카이사르도 물러서지 않겠다고 했다. 그러자 카토가 외쳤다.

"내가 예언했던 일들이 벌어지고 있습니다. 거짓말로 나라를 속이고 얻은 병력을 이용해서 결국 노골적으로 무력을 행사하려고 하고 있어요."

그러나 원로원 회의장 밖에서 카토는 아무것도 할 수 없었다. 민중은 카이사르가 최고 권력을 갖기를 바라고 있던 참이었기 때문이다. 원로원은 카토의 영향력 아래 있었다고 해도 민중을 두려워했다.

LII.

그러나 아리미눔이 점령을 당하고 카이사르가 군대를 이끌고 도시를 향해 진격하고 있다는 소식이 들려오자 모든 눈이 카토를 향했다. 평민뿐만 아니라 폼페이우스 또한 카토를 바라보았다. 카토가 처음부터 카이사르의 속셈을 예견하고 처음으로 모두에게 예언했었던 사실을 새삼 깨달은 것이다.

카토는 말했다.

"그대들이 나의 예언과 충고를 들었더라면 단 한 사람을 두려워하지도, 단 한 사람에 모든 희망을 걸지 않아도 되었을 것을."

폼페이우스는 카토가 마치 선지자처럼 말을 하는 동안 자신은 카이사르를 제 편으로 간주했음을 인정했다. 카토는 원로원을 설득하여 정세를 전적으로 폼페이우스에게 맡기도록 했다. 심각한 문제를 야기한 사람이 그것을 풀어야 한다는 이유였다. 그러나 폼페이우스는 준비된 병력도 없었고 새로이 입대하는 병사들 또한 사기가 바닥인 것을 보고 로마를 떠났다. 폼페이우스와 망명길을 함께 하기로 결심한 카토는 둘째 아들 무나티우스를 브룻티움에 안전하게 맡겨두고 자신은 맏아들과 함께 폼페이우스를 따라나섰다.

또한 딸들과 가정을 돌보아야 할 사람이 필요했기 때문에 다시 마르키아를 아내로 맞았다. 마르키아는 엄청난 재산을 가진 과부가 되어 있었다. 호르텐시우스가 죽으면서 재산을 상속받게 될 아들을 전적으로 아내에게 맡긴 까닭이었다. 이와 관련해 카이사르가 카토를 가장 신랄하게 비난했다. 그가 탐욕스러운 데다 혼인을 빙자해 사람을 사고판다는 비난이었다.

"아내를 사랑한다면 왜 남에게 주었고 사랑하지 않는다면 왜 다시 아내로 맞았습니까? 혹시 아내가 부자가 되면 도로 데려오려고 젊은 아내를 미끼로 호르텐시우스를 유혹한 것은 아닙니까?"

그러나 이러한 비난에는 에우리피데스의 잘 알려진 시구가 적절할 듯하다.

"입에 담을 말이 따로 있지, 헤라클레스 널 겁쟁이라고 하다니."

카토에게 추한 탐욕이 있다는 말은 헤라클레스를 겁쟁이라고 하는 것과 다름이 없다. 그러나 다른 관점에서 이 결혼이 부적절하였는지는 더 조사해 볼 일이다. 카토는 마르키아를 재차 아내로 맞자마자 마르키아에게 딸들과 가정을 맡기고 자신은 폼페이우스를 따라갔기 때문이다.

LIII.

그러나 그날 이후로 카토는 머리나 수염을 자르지도 화환을 두르지도 않았으며 항상 슬픔과 절망, 중압감에 시달리는 모습이었는데 나라에 재앙이 닥친 상황이었기 때문이다. 승리를 했을 때도 패배를 했을 때도 그는 끝까지 한결같았다.

이윽고 시켈리아를 속주로 배정 받아 쉬라쿠사이로 건너간 카토는 아시니우스 폴리오가 적의 병력을 이끌고 멧세네에 도착했다는 소식을 들었다. 카토는 폴리오에게 멧세네에 온 이유를 물었으나 폴리오는 오히려 나라에 변이 난 이유를 물었다. 이어서 폼페이우스가 이탈리아를 완전히 버렸으며 뒤르라키온에서 머물고 있다는 소식을 들은 폴리오는 신들의 다스림이 앞뒤가 맞지 않고 모호하다고 말했다. 바르지도 정의롭지도 않은 길을 가고 있을 때는 무적이었던 폼페이우스가 나라를 구하고 자유를 수호하기 위해 싸우기 시작하자 운이 떨어졌기 때문이다.

한편 카토는 아시니우스를 시켈리아 밖으로 몰아낼 수 있었지만 더 큰 병력이 아시니우스를 도우러 오고 있었으므로 전쟁통에 섬이 망가지는 것을 원치 않았다. 따라서 쉬라쿠사이 시민에게 승자의 편에 서서 나라를 보전하라고 말한 뒤 배를 타고 떠났다.

폼페이우스와 합류한 카토는 전쟁을 장기화하려는 생각뿐이었다. 카토가 원한 것은 분쟁의 평화적인 종결이었다. 카토는 무력을 통해 승패를 결정짓는 과정에서 로마가 패배하고 최악의 결말을 자초하기를 원하지 않았다. 같은 맥락에서 카토는 폼페이우스와 참모들을 설득해 여러 추가적인 조치를 취하게 했다. 로마에 충성하는 도시는 약탈하지 않기로 했으며 전장에서가 아니면 로마인을 죽이지 못하게 하는 조치도 마련했다. 이러한 결정은 폼페이우스의 평판을 높여주었고 여러 사람들이 폼페이우스 측에 합류했다. 사리를 아는 인자한 모습이 마음에 들었던 까닭이다.

LIV.

카토는 아시아로 파견되기도 했다. 그곳에서 수송선과 병사를 모집하고 있는 관리들을 돕기 위함이었는데 이때 누이 세르빌리아와 누이의 어린 아이 루쿨루스를 데리고 갔다. 세르빌리아는 과부가 된 후 카토를 따라나선 것인데 세르빌리아가 이렇게 카토의 보호를 받으며 자진해서 카토의 여정과 삶의 방식을 따르자 방종했던 행실에 관한 악소문 대부분이 사그라졌다. 그럼에도 카이사르는 카토와 세르빌리아의 관계에 대해 비난을 아끼지 않았다.

한편 아시아에 있는 폼페이우스의 지휘관들은 별다른 도움이 필요하지 않아 보였으므로 카토는 로도스를 설득해 폼페이우스의 편에 서게 한 뒤 세르빌리아와 루쿨루스를 아시아에 두고 자신은 폼페이우스에게 돌아갔다. 폼페이우스에게는 어느새 눈부신 해군과 육군 병력이 있었다.

폼페이우스가 카토에 대한 평가를 가장 명백히 드러낸 시점이 바로 이때였다. 함대의 지휘를 카토에게 맡기기로 결심한 것이다. 함대는 수많은 리부르니아 선박, 정찰선, 갑판이 없는 선박 외에도 전함 5백 척 이상으로 구성되어 있었다. 그러나 폼페이우스는 스스로 깨달았든 동료가 깨우쳐 주었든 한 가지 사실을 알아차렸다. 카토가 나라를 위해 일하는 주된 목적은 나라의 자유였다. 따라서 카토에게 대규모 병력을 맡긴다면 카이사르가 패배하는 순간 카토는 폼페이우스에게 마찬가지로 무기를 내려놓고 법을 따르라고 요구할 게 분명했다. 이리하여 폼페이우스는 카토에게 이미 언질을 했음에도 결국 비불루스를 함대의 사령관으로 임명했다.

그렇다고 카토의 열의가 식는 것 같지는 않아 보였다. 오히려 이런 일도 있었다고 한다. 폼페이우스가 뒤르라키온에서 전투를 앞둔 군대를 독려할 때였다. 그는 지휘관들에게도 병사들을 고무할 말들을 해보라고 하였다. 그러나 병사들은 멍하니 듣고만 있었다.

그러나 다른 모든 지휘관의 말이 끝나고 카토의 차례가 되자 그는 자유와 용맹, 죽음과 명성에 관한 모든 적절한 감정을 철학에서 끌어와 진심을 담아 이야기했고 마지막으로는 신들을 부르며 나라를 위해 싸우는 병사들을 지켜보는 증인이 되어 달라고 호소했다. 그러자 사기가 충천한 병사들의 함성과 동요가 어찌나 컸던지 지휘관들은 희망으로 벅찬 가슴이 가라앉기 전에 위험과 맞서기 위해 서둘러 전진했다.

폼페이우스 측은 적을 누르고 패주시켰으나 완전하고 전적인 승리를 이루지는 못했는데 폼페이우스의 조심성과 굴러들어온 행운을 불신하는 성격이 카이사르에게는 커다란 행운이었다. 이에 관한 자세한 이야기는 폼페이우스 편*에 기록해 두었다.

모두가 승리를 기뻐하며 공훈을 과장하고 있을 때 카토는 나라를 위해 울고 있었고 여러 용맹한 시민이 서로의 손에 죽는 광경을 보고 그같은 불행과 파괴를 가져온 권력을 향한 욕심을 한탄했다.

LV.

폼페이우스는 카이사르를 추격하기 위해 진영을 철수하고 텟살리아로 행군할 때 뒤르라키온에 상당한 무기와 재산, 친척과 친구들을 남겨두었는데 이 모두를 카토의 지휘와 보호 아래 맡겼다. 병력 15개 코호르스** 도 남겨두었다. 카토를 믿는 동시에 두려워했기 때문이다. 패배할 경우 카토가 가장 든든한 지원이 되어줄 것은 분명했다. 그러나 승리할 경우 카토가 곁에 있으면 폼페이우스가 원하는 대로 하도록 내버려두지 않을 것 같았다. 뿐만 아니라 여러 명망 있는 시민 역시 폼페이우스에게 버림을 받고 뒤르라키온에 카토와 함께 남겨졌다.

폼페이우스가 파르살로스 전투에서 패하자 카토는 만약 폼페이우스가 죽었다면 보호하고 있는 사람들을 데리고 이탈리아로 건너갈 작정이었으나 이후 자신은 카이사르의 독재에서 가능한 멀리 떨어진 곳에서

• 「폼페이우스」편, LXV.
•• 로마군의 한 단위. 병사 600명(마니풀루스 3개)으로 이루어져 있다.

유배 생활을 하리라 다짐했다. 그러나 폼페이우스가 살아 있다면 무슨 수를 써서라도 병력을 흩어지지 않게 지킬 작정이었다.

그래서 함대가 있는 코르퀴라로 건너간 카토는 키케로에게 지휘권을 넘기고자 했다. 키케로는 집정관을 지낸 적이 있는 사람이었고 카토는 법무관을 지냈을 뿐이었기 때문이다. 그러나 키케로는 지휘권을 사양하고 이탈리아로 떠났다. 한편 폼페이우스의 아들 그나이우스 폼페이우스는 고집이 셌고 때아닌 자신감에 넘쳐 있었으므로 이탈리아로 배를 띄우는 모든 사람을 벌하고자 하는 욕망에 휩싸여 있었다. 그는 누구보다 키케로에게 손을 대고 싶어 했으므로 카토는 그를 조용히 불러 흥분을 가라앉혔다. 이렇게 카토는 키케로의 목숨을 구했을 뿐만 아니라 다른 모든 사람들도 책망을 면하게 도왔다.

LVI.

이제 카토는 폼페이우스가 아이귑토스나 리뷔에로 빠져나갔을 것으로 추정하고 그와 합류하고 싶은 간절한 마음에 일행과 함께 바다로 나갔다. 다만 여정을 함께 하고 싶어 하지 않는 무리는 떠나거나 남을 수 있게 허락해 주었다.

리뷔에에 도착해 해안을 따라 이동하던 카토는 폼페이우스의 막내아들 섹스투스를 만났다. 섹스투스는 아버지가 아이귑토스에서 죽음을 맞은 소식을 전했다. 모두가 깊은 슬픔에 빠진 것은 물론이고 막상 폼페이우스가 사라지자 사람들은 카토가 아닌 다른 지휘관의 말은 듣지조차 않았다. 카토가 다시 지휘권을 쥔 것은 이런 상황에서였다. 용기와 충성심을 입증한 사람들을 측은히 여긴 카토는 이들이 외국 땅에서 의지할 데 없이 절망에 빠지도록 내버려둘 수 없었다. 카토가 이들을 이끌고 해안을 따라 퀴레네로 내려가자 퀴레네 사람들은 카토를 따뜻하게 맞이했다. 며칠 전 라비에누스가 왔을 때에는 성문을 닫았던 퀴레네 사람들이었다.

거기서 카토는 폼페이우스의 장인 스키피오가 유바 왕으로부터 따뜻한 환영을 받았다는 소식을 접했다. 폼페이우스가 리뷔에의 총독으로 임명했던 앗티우스 바루스가 군대의 지휘관으로 함께 있다는 소식도 있었다. 그래서 카토는 겨울 동안 스키피오가 있는 곳으로 육로를 통해서 갔다. 수많은 나귀에 물을 싣고 소떼도 데리고 갔다. 그 밖에도 전차와 프쉴리 족 사람들도 데리고 갔다. 이 민족은 뱀독을 빨아내 상처를 치유하는 것으로 알려져 있다. 뿐만 아니라 주문을 외워 뱀을 홀리고 마비시킨다고 한다.

행군은 이레 동안 계속됐으나 카토는 선두에 서서 말이나 다른 탈 짐승에 의지하지 않고 걸어서 이끌었다. 뿐만 아니라 카토는 파르살로스 전투에서 패배했다는 소식을 들은 이후 기대서 식사를 한 적이 없었다. 그 밖에도 다른 여러 방식으로 슬픔을 표현했고 잠잘 때 이외에는 눕지 않았다. 리뷔에에서 겨울을 난 뒤 카토는 군대를 이끌고 나왔다. 병력은 거의 1만에 가까웠다.

LVII.

그러나 스키피오와 바루스의 처지는 악화되고 있었다. 두 사람은 불화와 다툼 끝에 서로 유바 왕의 호의를 얻으려고 경쟁한 데다 왕은 참아내기 힘든 사람이었다. 모진 성격과 부와 권력에서 비롯된 오만함 때문이었다. 왕은 처음으로 카토를 접견하는 자리에서 자신의 자리를 스키피오와 카토의 사이에 잡았다. 그러나 카토는 이를 보자마자 자리를 반대편으로 바꾸었다. 그래서 스키피오가 중간에 앉게 되었다. 스키피오가 적이었고 카토를 비난하는 내용이 담긴 책을 낸 적이 있었음에도 그렇게 했다.

카토의 행동에 아무런 의미를 두지 않는 사람들도 있다. 그런데 이런 사람들은 또 그가 시켈리아에서 철학자 필로스트라토스와 걸을 때 그의 철학에 존경을 표시하는 의미에서 그를 가운데에 두었다고 해서 그를 비난한다. 아무튼 유바 왕과 만날 당시 카토는 스키피오와 바루스를 지방관으로 만들다시피 한 왕을 견제하고 두 사람을 화해시켰다. 또한 스키피오와 바루스는 지휘권을 포기하고 이를 카토에게 맡기자고 제안했으며 카토가 맡는 것이 적절하다고 모두가 생각했으나 카토는 법을 어긴 사람과 벌이는 전쟁을 수월하게 하기 위해 또 법을 어길 수는 없다며 거절했다. 스키피오가 지방 총독인 한 지방 법무관일 뿐인 자신이 그 위에 설 수 없다는 이유였다. 실로 스키피오가 지방 총독으로 임명되자 병력의 대부분은 스키피오의 이름 아래 우쭐해 했었다. 스키피오 가문의 사람이 아프리카리뷔에에서 지휘를 한다면 승리하리라고 믿었던 것이다.*

LVIII.

그러나 스키피오는 지휘를 맡자마자 유바 왕을 흡족하게 하기 위해, 카이사르 편에 서려고 한다는 이유로 우티카 시민을 몰살하고 도시를 파괴하고자 했다. 그러나 카토가 이를 내버려두지 않았다. 그는 참모 회의에서 간청하고 또 큰 소리로 항의하면서, 또한 신들을 언급함으로써 가까스로 우티카 시민을 잔인한 행위로부터 구해냈다. 그리고 시민의 청

• 아프리카에서 한니발을 무찌른 스키피오 아프리카누스 때문이었다.

도 있었고 스키피오의 부탁도 있었던 까닭에 우티카를 감시하는 역할을 맡기로 했다. 우티카가 자의적으로든 타의적으로든 카이사르 편에 서지 않게 하기 위함이었다.

우티카는 어느 쪽에서 차지하든 매우 유리한 지점이었으며 방어 능력이 훌륭했다. 게다가 카토는 이 도시를 더욱 강화했다. 곡식을 부족함 없이 들여왔으며 탑을 쌓고 도시 정면에 견고한 참호와 울타리를 건설함으로써 성벽을 완벽한 상태로 만들었다. 입대 연령이 된 우티카 청년들에게는 울타리를 구역별로 배정해 숙소로 삼도록 했으나 무기는 주지 않았다. 나머지 시민은 성벽 안에 모아두고 로마군에게 불이나 피해를 입지 않도록 몹시 신경을 썼다.

뿐만 아니라 진영에 있는 로마군에게 엄청난 양의 무기와 비축품, 곡물을 보냈고 말하자면 도시 전체를 전쟁을 위한 거대한 창고처럼 만들었다. 그럼에도 카토는 폼페이우스에게도 했던 조언을 스키피오에게도 반복했는데, 즉 전쟁에 능하고 만만찮은 실력을 가진 자를 상대로 전투를 벌이지 말 것이며 독재를 지탱하는 힘을 축내는 세월을 믿으라는 충고였다.

그러나 자기 고집이 셌던 스키피오는 이 충고를 경멸했다. 카토를 겁쟁이라고 비난하는 편지를 쓰기도 했다. 그는 카토가 홀로 성벽 안에 가만히 앉아 있는데 만족할 뿐 아니라 남들이 기회를 틈타 과감하게 계획을 실행하는 것조차 허락하지 않는다고 했다. 그러자 카토는 원한다면 리뷔에로 데려왔던 군단병과 기병을 데리고 이탈리아로 건너가겠다고 대답했다. 그러면 카이사르는 어쩔 수 없이 원정 계획을 수정하고 스키피오와 바루스가 아닌 카토를 향해 진군해야 할 터였다.

그러나 스키피오가 이 또한 비웃자 카토는 지휘권을 거절했던 일을 매우 후회하는 기색이 뚜렷했다. 스키피오가 전쟁을 제대로 지휘할 것 같지도 않았고 설령 예상치 못한 행운이 찾아와 승리가 눈앞에 있다고 해도 상대편에 있는 동료 시민들에 대해 절제력을 발휘할 것 같지 않았기 때문이다.

따라서 카토는 마음속으로 결단을 내리고 가까운 동료들에게 말했다. 지휘관들의 경험 부족과 경솔함으로 인해 전쟁의 결과가 좋지 않을 것이다, 그러나 만약 어떤 행운이 찾아와 카이사르가 패한다고 해도 자신은 로마에 남지 않고 스키피오의 가혹함과 잔인함으로부터 몸을 피할 것이다. 스키피오는 이미 여러 사람들에 대해 지독하고 무시무시한 위협을 가하고 있었다.

카토의 염려는 그대로 현실이 되었다. 어느 날 늦은 밤 진영에서 사흘을 달려 온 전령은 탑소스에서 큰 전투가 벌어졌으며 아군은 더 이상 희망이 없고 카이사르에게 진영마저 빼앗겼다고 전했다. 또 스키피오와 유바 왕은 부하들 소수를 데리고 빠져나왔지만 나머지 병력은 사멸했다고 했다.

LIX.

갑작스러운 소식에 우티카 시민은 정신을 차리지 못할 정도였다. 밤이었고 전시였기 때문이기도 하다. 시민들은 성을 버리고 떠나고 싶어 들썩였다. 그러나 카토가 나타났고 일단 이리저리 뛰어다니며 고함을 치는 사람들을 일일이 붙잡아 위로하면서 공포에서 비롯된 지나친 흥분과 혼란을 잠재웠다. 전투 결과가 생각보다 심각하지 않을 수도 있고 입을 거치며 과장되었을 수도 있다고 설명하면서 동요를 가라앉힌 것이다. 그러나 날이 밝자마자 카토는 로마에서 온 원로원 의원들과 자신이 구성한 원로원 의원 3백 명으로 하여금 자녀들을 데리고 유피테르 신전 앞에 모이게 했다. 카토가 구성한 원로원은 로마 시민권을 가지고 리뷔에에 사는 상인과 대금업자로 이루어져 있었다. 이들이 모여드는 가운데 카토는 평온한 얼굴빛으로 조용히 앞으로 나아갔다. 손에는 마치 아무 일도 없다는 듯 읽고 있던 책을 들고 있었다. 병기와 무기, 곡물, 중무장 보병 내역을 기록해 둔 책이었다.

의원들이 모두 모이자 카토는 먼저 재산과 인력을 제공하고 조언을 아끼지 않음으로써 열의와 충성심을 보여준 의원 3백 명을 한참 동안 칭송했다. 그러고는 제각기 탈출이나 도주로를 확보하려고 한다면 가망이 없다고 말했다. 반면 하나로 뭉친다면 카이사르는 그들을 적으로 보아 멸시하기보다 탄원자로 보아 자비를 베풀 것이라고 했다. 카토는 이들에게 어떻든 앞길을 깊이 고민해 볼 것을 권유했으며 어느 쪽으로 결심하든 잘못을 묻지 않겠다고 했다. 만약 행운이 함께 하는 쪽에 충성하겠다면 불가피한 선택으로 간주하겠으며 만약 자유를 수호하기 위하여 다가오는 위협에 맞서고 위험을 감수하겠다면 칭송을 아끼지 않을 뿐만 아니라 용맹을 인정하고 카토 자신이 지휘관이자 전우가 되어 나라의 궁극적 운명을 끝까지 시험해 보겠다고 했다. 나아가 그들의 조국은 우티카도 아니며 아드루메툼도 아닌 로마이며 로마는 더 심각한 재앙으로부터도 여러 차례 당당하게 일어섰다고 말했다.

카토는 또 덧붙였다. 그들의 무사 안녕을 담보하는 여러 조건이 있는데 그 가운데 제일은 긴급한 상황의 요구에 따라 여러 방향으로 힘을 분산할 수밖에 없는 상대와 전쟁을 벌이고 있다는 사실이었다. 이베리아는 아들 폼페이우스에게 넘어가 있었고 로마 또한 익숙하지 않은 새로운 재갈을 완전히 받아들이지는 않고 있었다. 오히려 새로운 처지를 못 견뎌 했고 상황이 바뀌면 언제든 단결하여 들고 일어설 준비가 되어 있다고 카토는 말했다.

또한 위험이라고 무조건 피할 것이 아니라 적으로부터 배워야 한다고 했다. 적은 극악의 범죄를 저지르는 데 목숨을 아끼지 않고 있었지만 그들의 경우, 적의 경우와 달리, 만약 승리한다면 전쟁 중의 불안했던 상황이 행복하기 그지없는 삶으로 바뀔 터였고 패배한다고 해도 무한히 영광스러운 죽음을 맞게 될 터였다. 그러나 결정은 각자가 내려야 할 것이며 지금까지 보여준 용기와 열의에 대한 보답으로서 어떤 결정을 내리든 그 결과가 좋기를 함께 기도하겠다고 카토는 말했다.

LX.

이런 카토의 말에 다만 자신감을 되찾은 사람도 있었지만 대부분의 경우 카토의 두려움을 모르는 기백, 고귀함, 자비로움에 감탄하며 현재의 고민을 잊고 카토만이 무적의 지도자이며 어떤 운명의 부침에도 흔들리지 않으리라는 굳은 믿음을 가졌다. 그리고 저희의 목숨과 재산과 무기를 최선이라고 생각하는 대로 이용해 달라고 간청했다. 카토와 같이 덕이 뛰어난 사람을 배신하기보다 추종하는 편이 더 나은 길이라고 생각했기 때문이다.

이어서 사람들은 투표를 통해 노예를 해방하자고 제안했고 다수가 찬성했다. 그러나 카토는 법에 어긋나고 정당하지 못한 일이므로 실행에 옮기지 않았다. 다만 주인이 자진해서 노예를 내어놓는다면 입대 연령이 된 노예는 병사로 받아주겠다고 했다. 여러 사람들이 노예를 내놓기로 약속했고 이런 사람들의 목록이 만들어지고 나서야 카토는 자리를 떴다.

얼마 지나지 않아 스키피오와 유바로부터 편지가 왔다. 부하 몇몇과 산속에 숨어 있던 유바는 카토가 어떻게 하기로 했는지 물어왔다. 카토가 우티카를 버릴 작정이면 그도 카토를 기다리고, 포위 공격을 버텨낼 요량이면 그도 군대를 이끌고 도우러 오겠다고 했다. 우티카에서 멀지 않은 곶벼랑에서 함대와 함께 대기하고 있던 스키피오 또한 같은 이유에서 카토의 결정을 기다렸다.

LXI.

한편 카토는 3백 명의 태도를 확실히 알기 전에는 서신을 가지고 온 자들을 붙잡아 두기로 했다. 로마에서 온 원로원 의원들은 카토와 의기투합하여 서둘러 노예를 해방시켜 무기를 쥐어주었으나 3백 명의 경우 항해업과 대금업에 종사하는 자들이었고 노예가 재산의 큰 부분이었으므로 카토의 연설은 마음속에 오래 남지 않았고 곧 잊혀졌기 때문이다.

구멍이 숭숭 뚫린 물체가 열기를 쉽게 받아들이고 열원을 제거하면 열기를 그만큼 쉽게 내보내 차가워지는 것처럼 이들 또한 그러했다. 카토가 있는 곳에서는 따뜻함으로 가득차 불꽃으로 타올랐으나 그들끼리 곰곰이 생각해 보면 카이사르에 대한 두려움이 카토에 대한 존경심과 명예에 대한 욕심을 이겼다.

"우리가 뭔데 감히 복종을 거부합니까? 누구의 지시인데? 로마의 모든 권력을 손에 넣은 카이사르 아닙니까? 게다가 우리는 스키피오도 폼페이우스도 카토도 아닙니다. 모두가 두려움에 사로잡혀 평소보다 겸손하게 처신하는 마당에 우리가 뭔데 로마의 자유를 지키기 위하여 우티카에서 싸워야 합니까? 그것도 폼페이우스 마그누스와 카토를 이탈리아 밖으로 도망 오게 만든 자를 상대로? 게다가 카이사르와 상대하기 위해 노예를 풀어준다니? 우리도 카이사르가 말만 하면 노예가 될 수 있는 상황에서? 안 됩니다. 지금이라도 늦지 않았으니 가엾은 우리들은 분수를 알고 승자의 자비를 구하도록 합시다. 사람을 보내서 간청합시다."

이것이 3백 명 가운데 상대적으로 온건한 자들의 제안이었다. 그러나 다수는 로마 원로원 의원들을 음해할 계략을 꾸미고 있었다. 원로원 의원을 손에 넣으면 카이사르의 분노를 삭일 수 있을 것 같았기 때문이다.

LXII.

카토는 3백 명의 변심을 의심했지만 그들을 책망하지 않았다. 다만 스키피오와 유바에게 3백 명을 믿을 수 없으니 우티카 가까이 오지 말 것을 조언하는 답장을 써서 전령들을 돌려보냈다.

곧이어 전투에서 빠져나온 기병 상당수가 우티카 앞으로 말을 몰고 와서 일행 중 세 사람을 카토에게 보냈다. 그러나 세 사람이 전달한 것은 기병대의 통일된 의견이 아니었다. 일부는 유바에게 가고자 했고 일부는 카토와 합류하고 싶어 했던 한편 일부는 두려움에 우티카로의 입성을 반대하고 있었다.

기병대의 의견을 접한 카토는 먼저 마르쿠스 루브리우스에게 일러 3백 명을 주시하도록 했다. 노예를 풀어준 사람들의 목록을 말없이 받아들이고 무력을 쓰지 말라는 지시도 했다. 한편 자신은 로마에서 온 원로원 의원들과 함께 우티카 성 밖으로 나가서 기병대의 우두머리와 의논을 했다. 수많은 원로원 의원을 버리지 말 것과 카토 대신 유바를 지휘관으로 택하지 말 것을 간청했으며 습격이 불가능한 도시, 여러 해 동안 소비할 곡물과 다른 필수 물자가 있는 도시로 들어와 스스로 사는 동시에 남도 살리라고 권유했다. 원로원 의원도 합세했고 눈물로 애원했다. 기병대의 우두머리들은 부하들과 이 문제에 대해 논의했고 카토와 원로원 의원들은 흙무더기에 걸터앉아 답변을 기다렸다.

LXIII.

바로 이때 루브리우스가 다가와 분에 차서 3백 명이 심각한 무질서와 소요를 부추기고 있다고 비난했다. 이들의 배신에 도시가 혼란에 빠졌다는 것이다. 그러자 원로원 의원들은 앞날을 비관하며 눈물을 흘리고 곡을 했다. 카토는 의원들을 달래는 한편 3백 명에게 사람을 보내 자신을 기다려 달라고 했다.

이때 기병대의 대변인이 다가와 지나친 요구사항을 건넸다. 유바가 주는 봉급을 받고 싶지도 않고 카토 밑에서 싸운다면 카이사르도 두렵지 않겠지만 변덕스럽기로 소문난 포이니케 지방의 우티카 사람들과 성에 갇혀 있기에는 겁이 난다는 주장이었다. 지금은 조용해도 카이사르가 공격을 해오면 언제 배신을 하고 카이사르의 공격을 도울지 모른다고 대변인은 말했다. 따라서 전쟁에서 기병대의 도움이 필요하고 기병대가 지켜주기를 원한다면 먼저 우티카 시민들을 모두 쫓아내거나 죽인 다음 이방인이나 적이 없는 성안으로 기병대를 불러들이라고 요구했다. 카토는 이 요구가 지나치게 야만적이고 잔인하다고 생각했으나 3백 명과 상의해 보겠다고 침착하게 답변했다.

성으로 돌아간 카토 앞에서 3백 명은 더 이상 카토에 대한 예의로 핑계를 대거나 적당히 둘러대지조차 않았다. 그들은 준비도 되어 있지 않고 원치도 않는 상황에서 카이사르와 전쟁을 강요당하고 있다는 사실에 노골적으로 분노하고 있었다. 심지어 몇몇은 카이사르가 올 때까지 로마에서 온 원로원 의원들을 억류해야 한다고 중얼거렸다. 그러나 카토는 못 들은 척 이를 무시했다. 실제로 청력에 문제가 있기도 했다.

곧이어 기병대가 떠나간다는 소식이 왔다. 카토는 기병대도 없으면 3백 명이 자포자기하여 의원들을 적대시할까봐 두려웠으므로 자리에서 일어나 동료들과 걸어서 성을 나섰다. 그리고 기병대가 이미 멀리 앞서 갔음을 알고 말을 빌려 서둘러 뒤쫓았다. 기병대는 카토를 반기며 함께 이곳을 떠나 목숨을 구하자고 했다. 그때 카토가 실제로 눈물을 터뜨렸다고 전해진다. 그리고 두 손을 펼쳐 원로원 의원들을 위해 애원했다고 한다. 심지어 일부 기병의 말을 되돌리려고도 해보고 무기를 붙잡고 놓아주지 않았다고도 한다. 결국 기병대는 하루만 더 머물기로 동의했다. 원로원 의원들이 안전하게 대피할 수 있도록 돕기 위해서였다.

LXIV.

이리하여 카토는 기병들을 데리고 성으로 돌아와 일부는 성문 옆에 세워두고 나머지에게는 성의 방어를 맡겼다. 3백 명은 배신한 댓가로 벌을 받을까 두려웠고 카토에게 사람을 보내 제발 와달라고 부탁했다. 그러나 원로원 의원들은 그를 에워싸고 보내주지 않았다. 그리고 구원자이자 보호자인 카토를 배신을 일삼는 충성심 모르는 자들에게 보내지 않겠다고 선언했다. 이때쯤 우티카의 모든 주민은 이미 카토의 훌륭한 성품을 훤히 알고 있었고 깊이 존경하고 있었으며 그가 하는 일에는 어떤 속임수나 부정도 없다고 굳게 믿고 있었다.

그러나 카토는 이미 오랫동안 자결을 생각하고 있었고 오로지 남을 위하여 끔찍한 고생을 견디며 불안과 고통을 감내하고 있었다. 스스로 목숨을 끊기 전에 모두의 안전을 확보하고 싶었던 것이다. 카토는 아무 말도 한 적이 없지만 스스로 목숨을 끊으려는 카토의 결심은 공공연한 사실이었다.

원로원을 위로한 뒤 카토는 3백 명에게 갔다. 홀로 찾아온 카토에게 3백 명은 감사를 전했고 다른 방식으로 그들을 믿어 주고 이용해 달라고 간청했다. 그러나 그들은 카토가 아니고 카토처럼 대범한 생각을 가질 수 없으니 그 나약함을 가엾이 여겨 달라고도 했다. 또한 카이사르에게 사람을 보내 자비를 구할 생각인데 누구보다 카토를 위해 간청할 작정이라고 하면서 만약 카이사르가 카토를 살려주지 않으면 그들도 카이사르의 자비를 받지 않겠으며 숨이 남아 있을 때까지 카토를 위해 싸우겠다고 했다.

이에 카토는 3백 명의 선의를 칭찬하며 대답했다. 서둘러 카이사르에게 사람을 보내 안전을 확보하되 자신을 위한 청원은 넣지 말아 달라고 한 것이다.

"청원은 패자에게 어울리는 것이고 자비를 구하는 것은 잘못을 범한 사람에게 어울리는 것입니다. 나 자신은 평생 패배한 적이 없고 내가 선택하는 한 이 순간에도 승자일 수 있으며 명예와 정의를 겨루는 모든 경쟁에서 카이사르를 눌렀습니다. 카이사르야말로 패자이며 포로입니다. 그가 오랫동안 부정해온 나라에 대한 적대적인 행위가 이제 밝혀지고 입증되었으니 말입니다."

LXV.

카토는 3백 명에게 이같이 말하고 자리를 떴다. 그리고 카이사르가 전군을 이끌고 이미 행군을 시작했다는 소식을 듣고 말했다.

"카이사르가 우리를 남자로 아는구나!"

카토는 원로원 의원들에게 지체하지 말고 기병대가 떠나기 전에 따라나서 목숨을 구하라고 했다. 또한 다른 성문을 닫고 카토 자신은 바다로 이어지는 성문에 서서 부하들에게 수송선을 배정하고 질서를 유지하려고 애를 썼다. 잘못된 행동은 바로잡고 소란은 잠재웠으며 빈털터리인 사람들에게는 비축품을 나눠주었다.

이어서 마르쿠스 옥타비우스가 2개 군단을 이끌고 다가와 근처에 진영을 쳤다. 그는 카토에게 사람을 보내 속주의 지배권과 관련해 협의를 하자고 요구했지만 카토는 아무 대답도 하지 않았고 동료에게 이렇게 말했을 뿐이다.

"파멸의 코앞에서 이같이 지휘권을 탐하는데 우리의 뜻이 꺾인 것이 무엇이 이상한가."

바로 이때, 기병대가 떠나면서 우티카 주민의 재산을 전리품 털듯 약탈하고 있다는 소식이 들려왔다. 카토는 최대한 빨리 달려가 가장 먼저 맞닥뜨린 병사로부터 그가 약탈한 물건을 빼앗았다. 그러자 나머지는 한 사람도 빠짐없이 빼앗은 물건을 내려놓거나 버렸으며 몹시 수치스러워하며 고개를 푹 숙이고 말없이 떠나갔다.

이어서 카토는 우티카 주민을 성안에 불러 모은 뒤 제발 카이사르가 3백 명을 가혹하게 다루도록 내버려두지 말고 서로 단결해서 모두의 안전을 확보하라고 일렀다. 이어서 다시 바다로 나가 승선 과정을 감독했으며 떠나도록 설득할 수 있었던 모든 친구와 지인을 포옹하고 인도해 주었다. 그러나 아무리 권유해도 카토의 아들은 배를 타지 않았다. 카토 또한 아버지와 붙어 있으려는 아들을 배에 태우는 것이 자신의 의무라고 여기지 않았다.

그러나 스타틸리우스라는 청년의 경우는 달랐다. 어리지만 꿋꿋한 절개가 있었으며 카토의 침착함을 본받으려고 했던 이 청년을 카토는 기어이 배에 태우고자 했다. 그가 카이사르를 증오한다는 사실을 모르는 사람이 없었기 때문이다. 그러나 스타틸리우스가 타려고 하지 않자 카토는 스토아 학파의 철학자 아폴로니데스와 소요학파의 철학자 데메트리우스를 바라보며 청했다.

"이 청년의 부어오른 자존심을 가라앉히고 자기 이익에 부합하는 일을 하도록 돌려놓는 것이 두 분의 임무입니다."

그러나 카토 자신은 계속해서 떠나는 사람들을 보조했고 필요한 사람들에게는 각종 수단을 제공했다. 이렇게 그날 밤과 다음 날 대부분을 바쁘게 보냈다.

LXVI.

한편 저 위대한 카이사르의 친척 루키우스 카이사르는 3백 명을 대표하여 카이사르에게 가기 전 카토를 찾았다. 카이사르 앞에서 설득력을 가질 수 있도록 도움을 구하기 위해서였다. 그러던 그가 말했다.

"그러나 카토를 위해서라면 카이사르 앞에서 무릎을 꿇고 손을 붙잡겠습니다."

카토는 허락하지 않았다.

"내가 카이사르의 자비로 목숨을 부지하기를 바랐다면 직접 가서 단둘이 이야기하겠지. 그렇지만 나는 불법적인 행위를 저지르고 있는 독재자의 은혜를 입고 싶지 않네. 그가 마치 주인 행세를 하며 제가 다스릴 자격이 없는 자들을 구원한다면 그것은 불법적인 행위이지. 그렇지만 자네가 원한다면 3백 명을 어떻게 구해낼지 함께 고민해 보세."

이 문제에 대해 루키우스와 상의를 마친 카토는 떠나는 루키우스에게 아들과 아들의 친구들을 소개했다. 그리고 루키우스를 배웅하며 작별인사를 마친 뒤 집으로 돌아와 아들과 아들의 친구들을 불러모으더니 여러 주제에 대해 이야기했다. 특히 아들에게 정치에 휘말리지 말 것을 당부했다. 가문의 명성에 걸맞게 정치 활동을 하기란 불가능한 상황이었고 그럼에도 한다면 불명예를 안게 될 터였기 때문이다. 이윽고 밤이 찾아올 무렵 카토는 목욕을 하러 갔다.

그런데 목욕을 하는 도중 문득 스타틸리우스 생각이 났다. 카토는 큰 소리로 말했다.

"아폴로니데스, 스타틸리우스를 보냈습니까? 원대한 뜻을 접으라고 설득하는 데 성공했습니까? 나한테 작별 인사도 하지 않고 떠난 겁니까?"

그러자 아폴로니데스가 대답했다.

"그럴 리가요. 우리가 논리적으로 설득했지만 그 친구는 원대한 뜻을 굽히지 않습니다. 여기 머물며 카토가 하는 대로 하겠다고 합니다."

그러자 카토는 미소를 지으며 말한 것으로 알려진다.

"그건 두고 봅시다."

LXVII.

목욕을 마친 카토는 여러 사람들과 저녁 식사를 했다. 파르살로스 전투 이후 죽 그래왔듯 자리에 똑바로 앉아 식사를 했다. 잠을 잘 때가 아니면 기대거나 눕지 않았다. 식사 자리에는 카토의 친구들과 우티카의 관리들이 모두 모여 있었다. 저녁 식사 후에는 포도주를 마시며 문학에 대한 논의 외에도 여러 정다운 이야기를 나누었으며 온갖 철학 이론이 주제로 등장했다. 그러다가 스토아 학파의 '역설'에 관한 탐구가 이어졌다. 바로 선한 사람만이 자유로우며 악한 자는 모두 노예라는 주장이었다. 소요학파 학자들은 예상대로 반박을 시작했고 카토가 이에 맹렬히 발언을 했다. 카토는 크고 거친 목소리로 아주 길고 오랫동안 주장을 펼쳤고 그의 태도도 놀랍도록 진지했다. 그래서 사람들은 그가 현재의 괴로움에서 해방되기 위해 스스로 목숨을 끊기로 결심했다고 느꼈다. 카토가 말을 마치자 모두가 절망하여 침묵한 것은 이 때문이다. 카토는 친구들의 기운을 북돋고 의심을 잠재우려고 재차 여러 질문을 제시했고 앞 날에 대한 불안감을 표현했다. 바닷길로 떠나는 사람들에 대해서도, 험 하고 물 없는 사막 길을 지나야 하는 사람들에 대해서도 노심초사하고 있음을 보이려고 한 것이다.

LXVIII.

저녁 식사는 이렇게 끝이 났다. 카토는 평소와 다름없이 친구들과 산 책을 한 뒤 보초병들에게 적당한 명령을 내리고 방으로 돌아왔다. 그러 나 그 전에 아들과 아들의 친구들을 평소보다 더욱 상냥하게 하나하나 안아주었다. 그러자 아들과 친구들은 카토가 다시 미심쩍었다. 카토는 침실에 누운 뒤 플라톤의 대화록 『영혼에 대하여』를 집어 들었다. 책을 거의 다 읽고 머리 위를 올려다본 카토는 늘 걸려 있던 검이 사라졌음을 깨달았다. 카토가 저녁 식사를 하는 사이 아들이 검을 치운 것이다. 카 토는 하인을 불러 누가 검을 가져갔는지 물었다. 하인은 아무 대답도 하 지 않았다. 카토는 다시 책을 읽기 시작했다. 그리고 잠시 후 느긋한 태 도로 단지 검이 어디 갔는지 궁금할 뿐이라는 듯 하인에게 검을 가져오 라고 일렀다. 그러나 시간이 흘러도 아무도 검을 가지고 오지 않자 카토 는 하인을 한 명씩 불러들여 더 높은 목소리로 검을 요구했다.

그러다 카토가 한 하인의 입을 주먹으로 때렸고 카토의 주먹에는 멍 이 들었다. 어느새 카토는 분노에 찬 목소리로 고함을 치고 있었다. 아들 과 하인들이 무기를 빼앗고 자신을 적의 손에 넘기려 한다고 외친 것이 다. 마침내 아들이 울먹이며 친구들과 함께 달려왔다. 아들은 아버지를 껴안고 울며불며 애원했다. 그러나 카토는 근엄한 얼굴로 일어섰다.

"내가 모르는 사이 언제 어디서 누가 나를 정신 이상으로 규정했느냐?

그게 아니라면 내가 그릇된 판단을 내렸다고 여겨지는 문제에 대해 나를 바로잡거나 설득해야 하는 것이지 왜 내 판단력을 부정하고 무기를 빼앗아 가는 것이냐? 마음씨 고운 아들아, 왜 이 아버지의 두 팔을 뒤로 잡아 묶지 않느냐? 그래야 카이사르가 오면 내가 나를 지킬 수 없을 것 아니냐? 내가 정말 죽고자 한다면 무기 따위는 필요가 없단다. 잠시 숨을 참거나 벽에 머리를 박거나 해도 죽을 수 있겠지."

LXIX.

카토가 이같이 말을 하는 도중 아들은 울먹이며 밖으로 나갔고 데메트리우스와 아폴로니데스를 제외한 다른 사람들도 모두 자리를 비켰다. 카토는 어느새 부드러워진 목소리로 두 사람과 이야기를 나누기 시작했다.

"두 분 또한 나 같은 늙은이를 억지로 살려두려고 오셨겠지요. 말없이 내 옆에 앉아서 나를 지켜보려고요. 아니면 궁지에 몰린 카토가 적의 손에 살기를 바라는 것이 수치스러운 일도, 두려운 일도 아니라고 호소하러 오신 겁니까? 그렇다면 나를 설득해서 내 마음을 바꾸어 보시지요. 우리가 우리 삶의 일부였던 옛 지혜와 논리를 버리고 카이사르의 노력에 부응해 더 지혜로워져야 한다고. 그러면 나는 그에게 나의 목숨보다 더 많은 것을 빚지게 될 터라고. 그런데 말입니다, 나도 나를 어떻게 해야 할지 결심이 서지 않습니다. 그러나 결심이 선다면 나는 내가 선택한 길의 주인이 되어야 합니다. 결심을 세우는 데는 두 분의 도움을 받게 되는 것이나 마찬가지입니다. 두 분이 철학자로서 받아들인 이론들이 제 결심을 뒷받침할 테니까요. 그러니 염려마시고 돌아가십시오. 그리고 우리 아들한테 전해 주십시오. 아버지를 설득할 방법도 없으면서 억지 부리지 말라고 말입니다."

LXX.

이에 데메트리우스와 아폴로니데스는 아무런 대답도 하지 못하고 울음만 터뜨렸다. 그리고 천천히 침실을 나갔다. 이윽고 어린아이가 검을 들고 들어왔고 검을 받아든 카토는 이를 칼집에서 뽑아 자세히 살펴보았다. 끝이 뾰족하고 날이 여전히 예리한 것을 보고 카토는 말했다.

"이제 내가 나의 주인이다."

이어서 검을 내려놓은 카토는 도로 책을 집어 들었고 처음부터 끝까지 두 번을 읽었다고 한다. 그런 뒤 얼마나 깊이 잠들었는지 침실 밖에 있는 사람들도 소리를 들었다. 그러나 자정 무렵 해방 노에 두 사람을 불렀는데 주치의 클레안테스와 사무를 주로 대리해 주던 부타스였다. 먼저 부타스에게는 항구로 내려가 모두 문제없이 배를 띄웠는지 알아오라고 했다. 한편 주치의에게는 하인을 때리고 나서 부어오른 손에 붕대를 감아 달라고 했다.

이에 온 집안사람들의 마음이 밝아졌는데 카토가 살 작정을 했다고 생각했기 때문이다. 얼마 후 부타스가 가져온 소식에 따르면 크랏수스를 제외하고 모두 출항했는데 크랏수스는 볼 일이 있어 늦어졌지만 그 또한 곧 출항할 예정이었다. 부타스는 또한 바다에 폭풍우가 몰아치고 있고 바람도 거세다고 전했다. 이 소식을 들은 카토는 바다 위에서 위험을 만난 이들에 대한 안타까움에 신음했고 다시 부타스를 항구로 보내 폭풍우로 인해 회항한 자가 있는지, 필요한 것은 없는지 알아오도록 했다.

어느새 새들이 울기 시작했고 카토는 다시 잠깐 잠에 들었다. 이윽고 부타스가 돌아와 항구가 매우 조용하다고 하자 문을 닫으라고 지시하고 아침이 올 때까지 잠을 청하려는 듯 침상에 몸을 던졌다. 그러나 부타스가 나가자 카토는 칼집에서 칼을 뽑아 가슴 아래에 찔러 넣었다. 그다지 강한 일격은 아니었다. 부어오른 손 때문이었다. 결국 카토는 단번에 목숨을 끊지 못했으며 몸부림치는 과정에서 침상에서 떨어졌고 이때 가까이 있던 기하학 주판이 넘어지면서 큰 소리가 났다.

하인들이 이 소리를 듣고 비명을 질렀고 카토의 아들이 친구들과 함께 침실로 뛰어들어갔다. 카토는 피로 범벅이 되어 있었고 장기가 대부분 밖으로 튀어나온 상태였지만 눈을 뜨고 있었고 살아 있었다. 모두가 끔찍한 충격에 휩싸였다. 그 가운데 주치의가 다가가 상처 입지 않은 장기를 제자리에 넣었고 상처를 봉합했다. 의식을 되찾은 카토는 이 사실을 깨닫자 의사를 밀치고 손으로 장기를 쥐어뜯더니 상처를 악화시켜 결국 죽음을 맞았다.

• 지오아치노 아세레토(Gioacchino Assereto)의 「
  죽음」

•• 루카 지오다노(Luca Giordano)의 「소(小) 키

LXXI.

집안사람들이 소식을 전해 듣기도 모자랄 시간에 3백 명이 문 앞에 모였고 곧이어 우티카 주민들이 합류했다. 한목소리로 그들은 카토를 구원자이며 은인이라고 불렀고 자유로웠던 유일한 사람, 패배하지 않은 유일한 사람이라고 말했다. 이들은 카이사르가 근접했다는 소식을 듣고도 계속해서 카토의 집 앞에 머물렀다. 정복자에 대한 두려움도, 정복자의 환심을 사고자 하는 바람도, 그들 사이의 불화와 반목도 카토에게 경의를 표하고자 하는 마음을 무디게 만들지 못했다.

사람들은 카토의 시신을 화려하게 장식하고 바다 곁에 묻었다. 지금 그 자리에는 검을 든 카토의 조각상이 서 있다. 장례를 마치고야 사람들은 스스로를, 도시를 살릴 길을 모색했다.

LXXII.

한편 카이사르는 저를 찾아온 시민들로부터 카토가 우티카에 머물러 있다는 소식을 들었다. 카토가 다른 사람들을 도피시키느라 바빴으나 정작 자신은 도주할 생각 없이 아들, 동료들과 함께 두려움을 모르고 해안을 오간다는 소식이었다. 카이사르는 카토의 의도를 좀처럼 알아차릴 수 없었으나 카토를 누구보다 만만찮게 여겼으므로 군대를 이끌고 서둘러 우티카로 갔다.

그러나 카토의 사망 소식을 들은 카이사르는 이렇게 말했을 뿐이라고 한다.

"카토, 이렇게 죽다니 허락할 수 없소. 그대도 나에게 그대의 목숨을 살릴 기회를 허락하지 않았으니."

실제로 카토가 카이사르에게 자신의 목숨을 살릴 기회를 주었다면 그것은 카토의 뛰어난 명성에 먹칠을 하기보다 오히려 카이사르의 명성을 치장했을 것이다. 그런데, 아마도 카이사르는 자비를 베풀었겠지만, 정말로 어떤 일이 벌어졌을지는 알 수 없다.

LXXIII.

카토는 48세로 사망했다. 카이사르는 카토의 아들에게 아무런 해도 입히지 않았다. 카토의 아들은 성격이 원만했으나 여자관계가 썩 깨끗하지만은 않았다고 전해진다. 캅파도키아에서 아들 카토는 왕족 마르파다테스의 집에 머물렀는데 마르파다테스의 아내가 참 예뻤다고 한다. 카토가 이 집에서 지나치게 오랜 시간을 보냈다고 알려지면서 다음과 같은 풍자 글이 생겨났다.

"내일 카토는 떠나네, 한 달을 꽉 채우고."

"마르파다테스와 포르키우스, 두 친구는 영혼을 나누었네."

마르파다테스의 아내의 이름이 프쉬케, 즉 영혼이었기 때문이다. 이런 글도 있다.

"태생이 고귀하고 빛나는 업적을 세운 우리의 카토에게는 왕족다운 영혼도 있었지."

그러나 이런 악소문은 아들 카토가 죽음을 맞이한 방식으로 인해 지워지고 사라졌다. 카토는 카이사르와 안토니우스에 대항해 필립포이[필립피]에서 자유를 위해 싸울 때 전선이 뒤로 밀리는 것을 보고도 비겁하게 도망치거나 몸을 숨기지 않았다. 대신 적 앞에 자신을 드러내며 적에게 도전했을 뿐 아니라 함께 제 위치를 지키는 전우들을 격려하다가 죽음을 맞았다. 이를 지켜본 적은 그의 용기에 탄복했다.

더욱 명백한 사실은 카토의 딸이 사려 깊고 용감하기까지 했다는 점이다. 카토의 딸은 카이사르를 죽인 브루투스의 아내였고 카이사르의 암살 음모에 대해 알고 있었다. 브루투스 편에서 이야기했듯 브루투스의 아내는 귀한 태생과 고결한 본성에 부합하는 죽음을 스스로 맞이했다.

　　카토가 하는 대로 따르겠다고 말한 스타틸리우스는 두 철학자의 만류로 인해 원하는 대로 자결을 할 수는 없었으나 이후 브루투스에게 충성을 다 하고 쓸모 있는 역할을 한 뒤 필립포이에서 죽음을 맞았다.

PLUTARCH
LIVES

데
메
트
리
오
스

I.

기술이 인체의 감각과 같다고 처음 생각한 사람들은 둘이 가진 구별 능력을 매우 명확히 이해했던 것 같다. 이 구별 능력을 통해 우리는 서로 반대되는 사물을 파악할 수 있다. 기술과 감각이 공통으로 가지고 있는 능력이므로 어느 것을 통해서든 마찬가지로 잘 파악할 수 있다. 그러나 우리가 그 구분을 이용하는 방식은 다르다.

우리의 감각은 흰 물체와 검은 물체를 구별하고 단맛과 쓴맛을 구별하며 부드럽고 유연한 물건과 딱딱하고 뻣뻣한 물건을 구별한다. 감각은 모든 물체로부터 인상을 받아들이고 그 인상에서 비롯되는 감각을 사고로 전달하는 기능을 한다. 반면 이성을 이용해 적절한 것은 선택하여 취하되 생경한 것은 피하고 거부하는 기술은 직접적인 의도를 가지고, 선호도에 따라 특정한 범주의 사물을 고민하는 과정에서 우연적으로 다른 범주도 고민하게 되는데 그것의 회피가 목적이다.

예를 들자면 치료의 기술은 부차적으로 질병의 성질에 대한 연구로 이어지고 화합의 기술은 불화의 연구를 필요로 하는데 그 반대의 결과를

148

생산해내기 위함이다. 그리고 무엇보다 가장 완성된 기술, 즉 절제와 정의, 지혜의 기술은 무엇이 선하고 정의롭고 유용한지뿐만 아니라 무엇이 악하고 정의롭지 못하며 수치스러운지 구별하는 기능을 갖고 있으므로, 이 기술을 터득한 사람은 악을 경험하지 못했다고 우쭐해 하는 사람의 순진무구함을 조금도 칭송하지 않고 오히려 그 사람을 어리석다고 여기며 바르게 살고자 하는 사람이 각별히 주의해야 하는 점에 대해 무지하다고 생각한다.

그래서 고대 스파르테 인들은 헤일로테스°에게 강제로 물 타지 않은 포도주를 마시게 만들고 공동식사 장소로 데리고 갔는데 젊은이들에게 술에 취하면 어떻게 되는지 보여주기 위함이었다. 나는 일부를 바른길로 유도하기 위해서 남을 타락시키는 행위가 그다지 인도적이라고 생각지 않는다. 그러나 누군가 스스로 인생을 망쳤다면, 그리고 권력을 행사하거나 위업을 달성하는 과정에서 악행으로 이름이 높았다면 그런 자의 이야기를 이 열전에서 소개해도 큰 흠은 되지 않으리라 생각한다. 그러나 단지 독자들을 즐겁게 하고 지루하지 않게 하기 위함은 아니다. 테바이 사람 이스메니아스는 피리를 배우는 제자들에게 훌륭한 연주자와 그렇지 못한 연주자들을 모두 보여주면서 "이렇게 연주해야 한다" 혹은 "이렇게 연주하면 안 된다"라고 이야기하곤 했다. 안티게니다스도 젊은이들이 형편없는 피리 연주자를 겪어본다면 좋은 연주자의 연주를 훨씬 더 즐길 수 있게 되리라고 생각했다. 우리도 못나고 비난할 만한 사람에 대한 이야기를 듣는다면 훌륭한 사람의 생애를 연구하고 모방하는 데 더 큰 의욕을 가질 수 있을 것이다.

따라서 이번 편에는 도시를 공격하는 자폴리오르케테스 데메트리오스와

• 스파르테 사람들이 근방에서 잡아들인 노예들을 통칭하는 말.

임페라토르* 안토니우스의 생애가 실릴 것이다. 두 사람 모두 플라톤의 말, 즉 크나큰 본성을 가진 자는 덕뿐만 아니라 악덕 또한 크다는 말을 누구보다 충분히 입증했다. 두 사람 모두 호색이 심했고 술을 좋아했으며 호전적이었다. 아낄 줄 모르고 사치를 즐겼으며 거만한 데가 있었다. 또한, 두 사람 모두 비슷한 운명을 맞았다. 둘 다 살면서 훌륭한 업적을 달성했지만 크나큰 불운과 맞닥뜨렸고 셀 수 없이 많이 승리했으나 셀 수 없이 많은 패배를 겪기도 했다. 뜻밖에 나락으로 떨어졌지만, 또한 뜻밖에 회복했다. 끝을 맞이하는 순간에도 한 사람은 적의 포로였고 다른 한 사람은 포로가 되기 직전이었다.

II.

이야기를 시작하자면, 안티고노스는 코르라고스의 딸 스트라토니케와 아들 둘을 낳았는데 하나는 형제의 이름을 따서 데메트리오스, 둘째는 아버지의 이름을 따서 필립포스라고 지었다. 이것이 역사가 대부분의 기록이다. 그러나 데메트리오스가 안티고노스의 아들이 아니라 조카였다는 기록도 있다. 데메트리오스가 아직 어릴 때 아버지가 세상을 떠났고 어머니가 곧장 안티고노스와 결혼했으므로 데메트리오스가 아들과 다름없었다는 주장이다.

그러다 데메트리오스보다 몇 살 어렸던 필립포스는 죽고 데메트리오스만 남았다. 데메트리오스는 키가 컸지만, 아버지의 키에는 미치지 못했다. 대신 보기 드문, 놀랍도록 아름다운 외모를 지녔는데 어떤 화가나 조각가도 데메트리오스를 비슷하게 그려내지 못했다. 데메트리오스의 외

• 전쟁에서 여러 차례 큰 승리를 얻은 장군에 대한 칭호.

모는 우아하고 강인한 동시에 품위가 있고 아름다웠으며 풋풋하고 열의에 찬 모습에 어떤 영웅적인 면모와 왕의 위엄이 어우러져 있어서 그려내기 쉽지 않았다.

데메트리오스의 성격도 외모와 마찬가지로 사람들에게 두려움과 호감을 동시에 불러일으켰다. 때로는 주변 사람들에게 지극히 상냥하고 한가로이 술과 호화로운 생활을 즐기는 섬약한 귀공자였다가도 때로는 누구보다 넘치는 힘과 열정을 가지고 일을 효과적으로 그리고 끈기 있게 밀어붙였다. 그래서 데메트리오스는 다른 신보다 디오뉘소스 신을 더욱 중요한 본보기로 삼았다. 디오뉘소스는 전쟁을 벌일 때는 누구보다 포악하면서도 전쟁이 끝난 뒤 평화가 즐거움과 쾌락에 봉사하게 만드는 데 누구보다 능숙했다.

• 데메트리오스 폴리오르케테스의 두상. 나폴리 국립 고고학 박물관.
•• 데메트리오스의 얼굴이 새겨진 동전.

III.

뿐만 아니라 데메트리오스는 아버지에게 지극한 애정이 있었다. 데메트리오스의 어머니에 대한 애착을 보면 그의 아버지에 대한 태도 또한 아버지의 권력에 대한 복종심보다는 순수한 애정에서 나왔음을 알 수 있다.

하루는 안티고노스가 집에서 사절단을 접대하고 있는데 데메트리오스가 사냥을 마치고 돌아오더니 아버지에게 다가가 입을 맞추었다. 그러고는 손에는 여전히 투창을 든 채로 아버지 옆자리에 앉았다. 그러자 안티고노스는 답변을 받아들고 돌아가는 사절단을 큰 소리로 불러 세우더니 말했다.

"여러분, 우리 부자가 이런 관계라는 것도 돌아가서 꼭 전달하기 바랍니다."

아들과의 화목한 관계와 둘 사이의 두터운 믿음이 곧 왕령의 적지 않은 세력을 보여주고 권능을 입증하고 있다는 의미로 던진 말이었다.

제왕의 영역에 얼마나 다양한 갈등이 있었으며 얼마나 많은 악의와 불신이 넘쳤으면 알렉산드로스의 후예 중에 가장 나이가 많고 위대한 후계자가 겁 없이 투창을 손에 든 아들을 곁에 오게 했다는 사실에 기고만장하겠는가. 그러나 가족 간의 갈등으로부터 여러 세대 동안 자유로웠던 집안은 안티고노스의 집안이 거의 유일했다. 더 분명히 말하자면 안티고노스의 자손 가운데 아들을 죽인 자는 필립포스가 유일했다. 반면 다른 계보에서는 아들을 죽인 아버지의 사례가 적지 않고 어머니와 아내를 죽인 사례도 있다. 형제를 죽이는 일은, 기하학자들이 공리를 가정하고 출발하듯, 군주가 자신의 안전을 확보하기 위해 간주해야 하는 흔하고 용인된 공식처럼 되었다.

• 아들을 죽인 마케도니아 왕 필립포스 5세의 모습이 새겨진 동전. 「아이밀리우스 파울루스」편 VIII 참조.

IV.

데메트리오스가 원래 본성이 자비로웠으며 동료들에게 상냥했다는 증거로 이런 이야기가 있다. 아리오바르자네스의 아들 미트리다테스는 데메트리오스의 동갑내기 친구로 둘은 매우 절친했다. 미트리다테스는 안티고노스의 왕궁에 머무는 신하였는데 간신이 아니었음에도 꿈 하나로 인해 안티고노스의 의심을 받게 된다.

이런 꿈이었다. 안티고노스는 넓고 아름다운 들판을 가로지르며 금가루를 파종하고 있었다. 여기에서 황금 이삭이 돋았다. 그러나 얼마 후 안티고노스가 돌아오니 황금 이삭은 없고 그루터기만 남아 있었다. 그가 분하고 원통해 하는데 온갖 목소리가 들려와 미트리다테스가 남몰래 황금 이삭을 추수해 에욱세이노스 해흑해로 달아났다고 전했다. 안티고노스는 이 꿈을 꾸고 심란하기 그지없었다. 그리하여 아들에게 아무에게 말하지 않겠다는 맹세를 받은 다음 꿈 이야기를 했고 반드시 미트리다테스를 처치하겠다고 덧붙였다.

이 말을 들은 데메트리오스는 몹시 고통스러웠다. 곧이어 미트리다테스가 평소와 다름없이 여흥을 즐기러 왔지만, 데메트리오스는 아버지에게 한 맹세가 있어 감히 입을 열어 미트리다테스에게 경고할 수 없었다. 따라서 서서히 친구들이 없는 곳으로 미트리다테스를 데리고 갔고 두 사람만 남겨지자 미트리다테스가 볼 수 있도록 창 밑동의 날카로운 부분으로 땅 위에 이렇게 적었다.

"도망쳐."

미트리다테스는 알아들었고 밤을 틈타 캅파도키아로 달아났다. 곧이어 안티고노스의 꿈은 운명의 의지에 따라 실현되었다. 미트리다테스가 크고 아름다운 영토를 손에 넣어 다스리게 된 것이다. 미트리다테스를 시초로 하는 폰토스 왕가는 여덟 세대 후 로마에 의해 끝을 맺는다. 데메트리오스의 따뜻하고 정의로운 천성을 보여주는 예는 이와 같다.

V.

엠페도클레스에 따르면 우주의 원소들 사이에서 사랑과 증오는 불화와 전쟁을 야기하고 특히 서로 닿아 있거나 가까이 있는 원소들 사이에서 이 현상은 더욱 심하다. 알렉산드로스의 후손들이 서로를 상대로 쉴 새 없이 벌이던 전쟁도 때로는 이익과 영토의 근접성으로 인하여 격화되었고 더욱 뜨거워졌다. 안티고노스와 프톨레마이오스의 경우도 그러했다.

안티고노스는 프뤼기아에서 시간을 끌던 중 프톨레마이오스가 퀴프로스에서 건너왔으며 쉬리아를 짓밟고 있다는 소식을 들었다. 쉬리아의 여러 도시를 파괴하거나 도시들에 동맹을 강요하고 있던 프톨레마이오스에게 안티고노스는 아들 데메트리오스를 보냈다. 데메트리오스는 스물두 살에 지나지 않았고 중대한 이익이 걸려 있는 원정을 단독으로 이끄는 임무는 처음이었다. 그러나 그가 젊고 미숙했던 반면 상대는 알렉산드로스 밑에서 훈련을 받고 홀로 여러 중요한 전투를 이끌어본 경험이 있었다. 결국 데메트리오스는 가자 근방에서 참패를 당했고, 부하 8천이 포로로 잡혔고 5천이 전사했다.

뿐만 아니라 데메트리오스는 막사와 돈도 잃고 한마디로 빈털터리가 되었다. 그러나 프톨레마이오스는 이것들을 돌려주고 데메트리오스의 친구들 또한 돌려보내면서 사려 깊고 너그러운 말도 함께 전했다. 되는대로 아무렇게나 전쟁을 벌여서는 안 되고 오직 영광과 통치권을 위해 싸워야 한다는 조언이었다. 데메트리오스는 프톨레마이오스의 자비를 받아들였고 하루빨리 그에게 진 빚을 되갚아줄 기회를 달라고 신들에게 기도했다. 그리고 데메트리오스는 시작부터 큰코다친 애송이가 아니라 마치 운명의 역전에 익숙한 분별 있는 지휘관처럼 불운에 대처했다. 병사들을 징집하고 무기를 마련하는 데 힘쓰는 동시에 도시들을 잘 단속했으며 신병도 훈련시켰다.

VI.

전투 결과를 전해 들은 안티고노스는 프톨레마이오스가 수염도 채 나지 않은 청년들을 눌렀으나 이제 성인들과 상대하게 해주겠다고 을렀다. 그러나 아들의 기를 죽이거나 의지를 꺾고 싶지 않았기 때문에 데메트리오스가 혼자 힘으로 다시 싸우게 해달라고 요청했을 때 내버려두었다. 얼마 되지 않아 프톨레마이오스의 부하 지휘관 킬레스가 눈부신 군대를 이끌고 나타났다. 데메트리오스를 쉬리아에서 아주 쫓아내 버릴 생각이었던 킬레스는 앞선 전투에서 패배한 데메트리오스를 우습게 보고 있었다.

그러나 데메트리오스는 킬레스를 급습하여 적이 우왕좌왕하는 사이 패주 시킨 다음 킬레스의 막사와 킬레스까지 손에 넣었다. 그 밖에도 적병 7천을 포로로 잡았고 엄청난 보물의 주인이 되었다. 그러나 데메트리오스는 무엇을 손에 넣어서가 아니라 돌려줄 무엇이 생겼다는 사실이 기뻤고, 승리가 가져온 부와 영광보다는 프톨레마이오스의 너그러움을 되갚고 호의에 보답할 수 있게 된 데 신이 났다.

그럼에도 혼자 결정을 내리지 않고 먼저 아버지에게 편지를 썼다. 아버지가 무엇이든 알아서 처분하라고 허락한 뒤에야 데메트리오스는 킬레스와 동료들에게 선물을 잔뜩 주어 프톨레마이오스에게 돌려보냈다. 프톨레마이오스는 이 패배 이후 쉬리아에서 완전히 물러났고 승전보를 들고 흡족했던 안티고노스는 켈라이나이에서 내려왔다. 승리를 거머쥔 아들을 만나고 싶은 마음이 간절했기 때문이다.

VII.

이후 데메트리오스는 아라비아의 나바타이오이 족을 정복하는 임무를 맡았다가 물이 없는 지역으로 들어간 탓에 심각한 위험에 처했다. 그럼에도 겁을 먹거나 크게 불안해하지 않았던 데메트리오스의 태도는 나바타이오이 족을 압도했다. 그는 적잖은 전리품과 낙타 7백 마리를 얻어 귀환했다.

이어서 셀레우코스가 군대를 움직였다. 안티고노스가 바빌로니아에서 몰아냈으나 이후 제 영역을 되찾고 권력을 행사하고 있던 셀레우코스는 인디아의 경계와 카우카소스 산 주변 지역에 사는 부족들의 영토를 합병할 작정이었다. 그러자 데메트리우스는 아무도 메소포타미아를 방어하지 않을 것으로 예상하고 갑자기 에우프라테스 강을 건너 셀레우코스가 손을 쓸 새도 없이 바빌로니아를 침략했다. 먼저 두 요새 중 한 곳에서 셀레우코스가 남겨둔 수비대를 몰아내고 요새를 차지한 뒤 부하 7천 명을 들여보냈다. 그는 부하들에게 들거나 운반할 수 있는 모든 것을 약탈하라고 명령한 뒤 해안으로 돌아갔는데 이 일로 셀레우코스는 바빌로니아가 제 영토라는 사실을 더욱 분명히 확인했다. 약탈함으로써 데메트리오스는 해당 영토가 아버지의 영토가 아님을 인정한 셈이었기 때문이다. 반면 프톨레마이오스가 할리카르낫소스를 포위 공격할 때에는 데메트리오스가 재빨리 나타나 성을 구했다.

VIII.

이같이 훌륭한 업적을 통해 이름을 높인 부자는 캇산드로스와 프톨레마이오스에게 정복당한 헬라스 전체를 해방하고 싶은 놀라운 열의를 가졌다. 그 어느 제왕도 치러 본 적 없었던 숭고하고 정의로운 전쟁이 될 터였다. 부자는 또한 명예와 영광을 위해, 이민족을 무찌르고 축적한 어마어마한 재물을 헬라스 사람들에게 아낌없이 나누어 주었다.

한편 부자가 아테나이로 배를 띄우려고 하는데 안티고노스의 동료가 아테나이를 손에 넣는다면 놓아주지 말라고 조언했다. 헬라스로 향하는 관문이었기 때문이다. 그러나 안티고노스는 친구의 말을 들으려고조차 하지 않았다. 그는 한 민족의 선의야말로 그 어떤 파도도 흔들 수 없는 고귀한 관문이며 아테나이는 부자가 세운 공적을 순식간에 온 인류에게 비추어줄 세상의 등대라고 말했다. 그리하여 데메트리오스는 화폐 5천 탈란톤과 함선 250척을 이끌고 아테나이로 향했다. 아테나이에서는 캇산드로스를 대신해서 팔레론 출신 데메트리오스가 도시를 다스리고 있었으며 수비대는 무뉘키아에 자리 잡고 있었다.

선견지명도 뛰어났고 운도 좋았던 덕택에 데메트리오스는 타르겔리온 달 스무엿새 날에 페이라이에우스에 도착했다. 아무도 데메트리오스가 온다는 사실을 몰랐다. 함대가 근방에서 목격되자 모두 프톨레마이오스의 함대가 오는 줄 알고 맞이할 차비를 했다. 그러나 지휘관들은 머지 않아 착오를 깨달았으며 지원을 하러 달려왔고 혼란이 이어졌다. 예기치 않은 상륙을 하는 적을 상대로 방어해야 했으니 당연하다.

데메트리오스는 항구의 입구가 열린 것을 보고 순식간에 입구를 통해 진입했다. 모두의 눈이 데메트리오스에게 향하자 그는 배 위에서 조용히 할 것을 요청하는 신호를 보냈다. 주변이 고요해지자 이어서 곁에 있는 전령의 목소리를 빌어 선언했다. 수비대를 축출하여 아테나이를 해방하고 시민에게 법과 고대의 정치 체제를 돌려주라는 부왕의 분부를 받고 왔으며 이를 기쁘게 수행할 수 있기를 바란다는 말이었다.

IX.

데메트리오스가 선언하자 시민들 대부분은 방패를 발치에 내던진 채 손뼉을 치고 고함을 치면서 데메트리오스에게 상륙을 부추겼다. 그리고 그를 구원자이자 은인으로 칭했다. 팔레론 출신 데메트리오스 측 또한 정복자를 받아들이지 않을 수 없었다. 그가 약속을 지킬지 알 수 없었으나 아무튼 자비를 구하고자 사절단을 보냈다. 데메트리오스는 이들을 반갑게 맞이했고 사절단이 돌아갈 때 아버지의 동료, 밀레토스의 아리스토데모스를 딸려 보냈다.

한편 팔레론 출신 데메트리오스는 집권자가 바뀌자 적보다는 동료 시민이 더욱 두려웠다. 데메트리오스도 그 사정을 모르지 않았으므로 팔레론 출신 데메트리오스가 명망이 있는 훌륭한 인물임을 존중하여, 그가 바라는 대로 그와 동료들을 무사히 테바이까지 호위했다. 데메트리오스 자신은 아테나이를 구경하고 싶었지만 무뉘키아에 있는 수비대를 몰아내고 도시의 해방을 완성한 뒤로 미루기로 했다. 이윽고 무뉘키아 주변으로 참호를 파고 울타리를 세운 다음 배를 이끌고 메가라로 갔다. 메가라에는 캇산드로스의 수비대가 있었다.

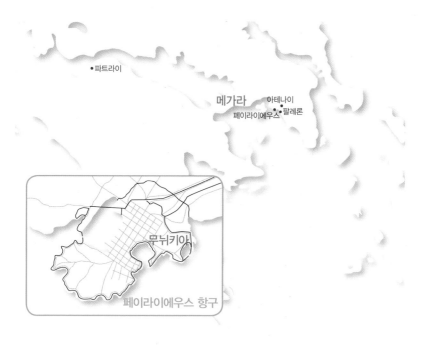

그러나 폴뤼페르콘의 아들 알렉산드로스의 아내였던, 아름답기로 소문난 크라테시폴리스가 파트라이에 머물고 있으며 데메트리오스를 몹시 만나고 싶어 한다는 말을 듣고 그는 메가라 지방에 병력을 놔두고 가벼운 무장을 한 몇몇 시종만 데리고 길을 나섰다. 막사를 칠 때는 시종들

마저도 떨어뜨려 놓았는데 크라테시폴리스가 눈에 띄지 않고 방문할 수 있도록 하기 위함이었다.

그러자 이 소식을 들은 적의 일부가 데메트리오스를 습격했다. 소스라치게 놀란 데메트리오스는 허름한 겉옷을 두르고 죽기 살기로 뛰었다. 무분별한 정열을 버리지 못한 결과 한없이 수치스러운 모습으로 붙잡힐 뻔했던 것이다. 가까스로 위험은 모면했으나 데메트리오스의 막사와 소지품은 적의 손에 들어갔다.

반면 데메트리오스의 군대는 메가라를 점령했고 약탈을 하려다가 아테나이 사람들이 메가라 주민을 위해 강하게 말린 덕택에 약탈을 멈추었다. 데메트리오스는 수비대를 몰아내고 메가라에 자유를 주었다. 그런 도중 데메트리오스는 고요한 삶을 선택한 것으로 유명했던 철학자 스틸폰이 마음에 걸렸다. 그리하여 스틸폰을 불러 혹시 약탈을 당하지 않았는지 물었다.

"아무것도 빼앗기지 않았습니다. 지식을 들고 가는 사람을 보지 못했으니까요."

그러나 메가라의 노예 대부분은 약탈당한 뒤였다. 데메트리오스는 떠나기 전 스틸폰에게 다시 한 번 친절을 베풀고자 그를 만나서 말했다.

"스틸폰, 메가라는 이제 자유입니다."

"옳은 말씀입니다. 메가라에는 노예가 단 한 명도 남지 않았으니까요."

X.

무뉘키아로 돌아가 그 앞에 진영을 친 데메트리오스는 수비대를 몰아내고 요새를 파괴했다. 이 일을 마치고 나서야 아테나이 시민의 간절한 초대에 응하여 성안으로 들어갔다. 그리고 시민을 모아놓고 고대의 정치 체제를 되돌려주었다. 또한, 부왕이 선사하는 곡식 5만 메딤노스*와 함선 백 척을 짓기에 충분한 목재를 약속했다.

아테나이가 민주정을 상실한 지 14년이 지난 시점이었다. 라미아 전쟁과 크라논 전투 이후 아테나이는 명목상으로는 과두정이었으나 실제로는 군주제와 다름없는 체제를 유지했다. 팔레론 출신 데메트리오스의 영향력이 컸기 때문이다.

이런 가운데 데메트리오스가 크고 눈부신 호의를 베풀자 아테나이 시민은 그에게 넘치는 영예를 내림으로써 그를 밉살스럽고 불쾌한 존재로 만들었다. 예를 들자면 아테나이는 어느 나라보다 먼저 데메트리오스와 안티고노스에게 왕의 칭호를 내렸다. 그전에는 두 사람조차 스스로 왕의 칭호를 가지려 하지 않았다. 왕의 칭호는 오로지 필립포스와 알렉산드로스의 후손에게 남겨진 유일한 특권이었으므로 누구도 선불리 넘보거나 나누어 가질 수 없다고 여겨져 온 터였다.

뿐만 아니라 오로지 아테나이만이 두 사람을 구세주로 칭했다. 연도마다 그해의 아르콘의 이름을 붙여 사용하던 관습을 없애고, 매년 구세주를 받들 사제를 선출해 이 사제의 이름을 공문서와 사문서 앞에 갖다붙였다. 또한, 데메트리오스와 안티고노스의 모습을 신들의 모습과 함께 아테네 여신에게 바치는 신성한 옷, 즉 페플로스에 수놓기로 규정하는 법을 마련했다. 데메트리오스가 처음 전차에서 내려밟은 곳 또한 신성시해서 제단으로 덮고, 하차하는 데메트리오스의 제단이라고 불렀다. 또한, 새로이 두 퓔레**를 만들어 데메트리아스와 안티고노스라 이름하고, 원로원 의원의 숫자를 5백 명에서 6백 명으로 늘렸는데 각 퓔레가 의원 50명을 제공하게 되어 있었기 때문이다.

• 1 메딤노스는 약 53리터.
•• 아테나이 사회의 기초 단위로, 군대를 구성하거나 투표를 할 때에도 퓔레별로 했다.

XI.

　이런 식의 정교하고 교묘한 아첨 방법을 생각해낸 사람은 스트라토클레스였는데 그의 머릿속에 떠오른 가장 터무니없는 제안은 이것이었다. 법에 따라 나랏돈을 받아 데메트리오스나 안티고노스에게 가는 사절을 사절이 아닌 신성한 대리인, 즉 테오로스로 부르자는 주장이었는데 이 명칭은 헬라스 대제전 때 델포이나 올림피아로 고대의 제물을 가지고 가는 사람들을 일컫는 말이었다.

　스트라토클레스는 다른 일에서도 염치를 몰랐다. 그는 방자한 삶을 살았고 민중과 어울리는 방식 또한 저속하고 우스꽝스러웠던 과거의 클레온을 흉내 낸다고 여겨졌다. 스트라토클레스에게는 필라키온이라는 정부가 있었는데 시장에 다녀온 이 여인이 뇌와 목뼈를 사온 것을 보고 그가 말했다.

　"우리 정치가들이 공놀이할 때 쓰는 것들을 먹으라고 사왔군."

　또 아모르고스에서 벌어진 해전에서 아테나이가 패배했을 당시 패전 소식이 아테나이에 당도하기도 전에 스트라토클레스는 머리에 화관을 얹고 케라메이코스를 달리며 아테나이가 승리했다고 크게 알렸다. 또한, 희소식에 감사하는 제물을 올리자고 제안하고 시민들에게 부족별로 고기를 부족함 없이 나누어주었다. 그러나 얼마 후 함선의 잔해가 아테나이에 도착하고 분노한 시민들이 스트라토클레스를 불러내자 그는 개의치 않고 요란한 군중 앞에 서서 이렇게 말했다.

　"제가 무슨 잘못을 했습니까? 지난 이틀간 여러분은 즐겁지 않았습니까?"

　스트라토클레스는 이 정도로 뻔뻔스러웠다.

XII.

그러나 아리스토파네스가 말했듯 불보다 뜨거운 것도 있다. 스트라토클레스보다 더한 노예근성을 가진 자가 제안을 한 것이다. 데메트리오스가 아테나이로 올 때마다 데메테르 여신이나 디오뉘소스 신에게 하듯 그를 극진히 예우하고, 누구보다 뛰어난 시민에게는 공금을 하사해 제물을 바칠 수 있도록 하자는 의견이었다. 심지어 아테나이는 무뉘키온 달의 이름을 데메트리온으로 바꾸었고

• 5년마다 열리는 판아테나이아 제전에서 아테나이 시민은 특별한 페플로스를 제작해 여신에게 바치곤 했는데 페플로스는 헬라스 여자들이 입던 긴 옷으로 어깨에서 접어내려 상의가 두 겹이 되는 형태다. 이 돋을새김에서 아테네 여신이 입고 있는 옷이 페플로스다. 아테네 국립 고고학 박물관. 기원전 460년경.

"끝이자 시작"이라고 부르곤 하던 한 달의 마지막 날을 데메트리아스로 부르기로 했다. 또 디오뉘시아라고 불리던 축제는 데메트리아가 되었다. 이런 새로운 시도는 매번 신의 비위를 거슬렀다. 그 예로 제우스, 아테네와 함께 데메트리오스와 안티고노스의 모습을 수놓기로 정했던 페플로스는 행렬이 케라메이코스를 지나가는 도중 폭풍에 그만 찢어지고 말았다.

또한, 구세주의 제단 주변에는 독미나리가 가득 자랐는데 이 풀은 근방에서는 전혀 자라지조차 않는 풀이었다. 한편 디오뉘시아 축젯날에는 신전으로 향하는 행렬을 생략해야만 했다. 때 아닌 추위 때문이었다. 이

어서 심각한 서릿발이 앉아 포도와 무화과를 망쳤을뿐더러 잎에 영근 곡식도 못 먹게 만들었다. 그러자 스트라토클레스를 적대시하던 필립피데스는 희극에서 다음과 같이 그를 비난했다.

흰서리가 포도를 망친 것도 그놈 탓,
페플로스가 찢긴 것도 그놈의 불경 탓,
그가 신께 내리는 영예를 인간에게 내린 탓.
그런 짓이 민족을 망치지, 희극이 무슨 잘못.

필립피데스는 뤼시마코스 왕의 친구였고 뤼시마코스가 아테나이 사람들에게 여러 호의를 베푼 것도 바로 필립피데스 덕분이었다. 뤼시마코스는 일을 시작하거나 원정을 떠나기 전에 필립피데스를 보기만 해도 일이 잘될 조짐이라고 생각했다. 필립피데스의 성품은 대체로 좋은 평판을 누렸다. 남의 일에 간섭하지도 않았고 왕과 가깝다고 주제넘게 나서지도 않았기 때문이다. 한번은 뤼시마코스가 필립피데스에게 호의를 베풀고자 말했다.

"필립피데스, 내가 가진 것 중 자네와 나눌 수 있는 것이 뭐가 있겠는가?"

"왕이시여, 다 좋으나 나라의 비밀만은 나누지 말아 주십시오."

무대에 서는 필립피데스는 연단에 서는 스트라토클레스와 이처럼 비교가 된다.

XIII.

그러나 데메트리오스에게 주어진 영예 가운데 그 무엇보다 기괴하고 터무니없는 것이 있었다. 스펫토스 출신 드로모클레이데스는 델포이에 봉납하려는 방패와 관련해 문제가 제기되자 아테나이 사람들이 데메트리오스로부터 신탁을 받아야 한다고 제안했다. 그가 제안한 법안을 그대로 옮겨보자면 이렇다.

"행운이 있기를.* 아테나이의 시민은 한 사람을 선정해 구세주에게 보내기로 한다. 제물이 좋은 징조를 보여주면 구세주께 방패를 봉납하는 가장 신속하고 올바르고 정중한 방법을 묻는다. 구세주께서 답을 주시면 아테나이 시민은 무조건 그 답을 따르기로 한다."

이와 같은 조롱에 가까운 아첨을 통해 아테나이 사람들은 결국 데메트리오스의 정신을 이상하게 만들었는데 그 이전에도 아주 건강했던 정신은 아니다.

XIV.

데메트리오스는 아테나이에 머무는 동안 미망인 에우뤼디케를 아내로 삼기도 했다. 이 여인은 옛 밀티아데스의 자손으로 퀴레네의 집권자 오펠라스와 결혼했다가 그가 죽은 뒤 아테나이로 돌아와 있었다. 아테나이 사람들은 당연히 데메트리오스와 에우뤼디케의 결혼을 아테나이에 대한 은혜로운 찬사로 여겼다.

그러나 데메트리오스는 대체로 결혼을 가벼이 여기는 경향이 있었고 동시에 여러 아내를 거느리고 있었다. 그 가운데 필라가 가장 큰 존경을 받았고 중요하다고 여겨졌다. 아버지가 안티파트로스였기도 했고 알렉산드로스의 후계자들 가운데 마케도니아 사람들에게 가장 큰 온정을 베풀

• 중요한 문건의 서두에 관례처럼 들어가는 문구.

고 떠난 크라테로스의 아내였던 적이 있었기 때문이다. 데메트리오스는 아버지의 설득 끝에 꽤 어린 나이에 필라와 혼인한 것으로 보인다. 필라 는 데메트리오스보다 나이가 많았다. 데메트리오스가 혼인을 꺼리자 안 티고노스는 에우리피데스의 시구를 속삭였다고 전해진다.

"이익을 거둘 수 있다면 본성의 지시를 거스르고 혼인해야 한다."

원래 시구는 "섬겨야 한다"로 끝나는데 안티고노스가 즉흥적으로 바 꾼 것이다. 그러나 데메트리오스는 필라나 다른 아내들에게 좀처럼 신경 을 쓰지 않고 여러 창부와 자유롭게 사귀었으며 여자라면 자유민도 마 다하지 않았으므로 방탕하기로는 당대의 어느 왕보다 악명이 높았다.

XV.

이 가운데 안티고노스는 데메트리오스에게 프톨레마이오스와 싸워 퀴프로스의 지배권을 손에 넣으라고 명령했다. 데메트리오스는 명을 받 들지 않을 수 없었지만 퀴프로스에서 전쟁을 하기 위해 더 명예롭고 더 영광스러운, 헬라스의 해방을 위한 전쟁을 멈추고 싶지 않았다. 따라서 수비대를 이끌고 시퀴온과 코린토스를 점령하고 있는 프톨레마이오스 의 부하 지휘관 클레오니데스에게 사람을 보냈고 두 도시에 자유를 주 면 돈으로 보답하겠노라고 했다. 그러나 클레오니데스는 뇌물을 받으려 하지 않았으므로 데메트리오스는 할 수 없이 서둘러 해안으로 향했다. 그리고 추가 병력을 이끌고 퀴프로스로 배를 띄웠다.

퀴프로스에서 프톨레마이오스의 형제 메넬라오스와 전투를 벌인 데 메트리오스는 신속히 적을 물리쳤으나 이번에는 프톨레마이오스가 직 접 거대한 육해군 병력을 이끌고 전장에 나타났다. 이어서 두 측은 온갖 위협과 자랑을 주고받았다. 프톨레마이오스는 데메트리오스에게 전군이 결합해 짓부수어 버리기 전에 어서 떠나라고 했고 데메트리오스는 시퀴온과 코린토스에서 수비대를 철수시킨다면 놓아주겠다고 말했다.

데메트리오스와 프톨레마이오스뿐만 아니라 여러 다른 군주 또한 임박한 전쟁의 예상할 수 없는 승패를 몹시 궁금해하며 기다리고 있었다. 퀴프로스나 쉬리아뿐만 아니라 절대적인 패권이 승자의 것으로 돌아가리라고 생각했기 때문이다.

XVI.

프톨레마이오스 자신은 함선 150척을 이끌고 공격을 하러 나섰고 메넬라오스에게 명령하기를 살라미스로부터 함선 60척을 이끌고 나오되 전투가 극에 달했을 때 데메트리오스를 뒤에서 공격함으로써 혼란에 빠뜨리라고 했다. 그러나 이 60척에 대항하여 데메트리오스는 열 척만을 이용했다. 항구의 좁은 입구를 막기에는 열 척으로도 충분했기 때문이다. 반면 자신은 육군 병력을 줄 세워 바다로 뻗은 곶 벼랑에 펼쳐놓은 다음 180척을 이끌고 출격했다. 그는 어마어마한 기세로 적에게 돌진했으며 프톨레마이오스를 철저히 패주시켰다. 프톨레마이오스 자신은 패배한 직후 함선 여덟 척을 이끌고 신속하게 빠져나갔다. 함대 전체를 통틀어 남은 배가 여덟 척뿐이었기 때문이다. 나머지는 해전에서 파괴되었고 70척은 선원과 함께 적에게 사로잡혔다. 또한, 인근 화물선에 있던 수많은 시종, 동료, 여인들 뿐만 아니라 무기와 자금, 병기는 빠짐없이 데메트리오스의 손에 들어갔다. 그는 이 모든 것을 안전하게 진영으로 옮겼다.

전리품 중에는 저 유명한 라미아도 있었다. 피리를 매우 아름답게 연주한다고 알려졌던 라미아는 본래 이 예술적 재능 덕분에 주목을 받았으나 이후 연애의 역사 속에서 이름을 날렸다. 데메트리오스에게 붙잡힐 당시에는 전성기가 이미 지난 뒤였으나 데메트리오스가 라미아보다 훨씬 어렸으므로 라미아는 데메트리오스를 매력으로 지배하고 움직였고 결국 데메트리오스는 오직 라미아에게만 사랑을 주고 다른 모든 여인들의 사랑은 받기만 했다.

해전이 종료된 뒤 메넬라오스는 더 이상 저항하지 않고 살라미스를 데메트리오스에게 넘겼다. 함대와 육군 병력도 넘겼는데 기병이 1천2백, 중무장 보병이 1만 2천 명이었다.

XVII.

철저하고 눈부신 승리를 얻은 데메트리오스는 따뜻한 마음씨와 은혜로 승리를 더 아름답게 장식했다. 죽은 적병의 장례를 화려하게 치러주고 포로를 풀어준 것이다. 뿐만 아니라 전리품으로 얻은 갑옷 1천2백 벌을 아테나이 시민에게 하사했다.

데메트리오스는 아버지에게 승전보를 전하기 위해 밀레토스 출신 아리스토데모스를 보냈다. 신하들 가운데 가장 아첨이 심했던 아리스토데모스는 어느새 승리를 최고의 아첨으로 장식할 준비를 마친 듯했다. 퀴프로스에서 건너간 아리스토데모스는 배를 육지에 대지 못하게 했고 선원들에게 닻을 내린 다음 선상에 잠자코 머물도록 지시했다. 한편 자신은 작은 배로 옮겨 타 안티고노스에게로 향했다. 안티고노스는 전투 결과에 대한 소식을 안절부절 기다리고 있었고 몹시 중요한 이해관계가 걸린 사람답게 행동하고 있었다.

그런데 아리스토데모스가 오고 있다는 소식을 듣자 안티고노스는 훨씬 더 불안해했고 왕궁 밖으로 뛰쳐나가고 싶은 마음이 간절했으나 아리스토데모스에게 시종과 동료들을 보내 소식을 알아오도록 했다. 그러나 아리스토데모스는 그 누구에게도 입을 열지 않았고 완벽한 침묵 속에 무거운 얼굴로 한 걸음 한 걸음 왕궁으로 다가갔다.

그러자 공포에 휩싸인 안티고노스는 더 이상 참지 못하고 아리스토데모스를 만나려고 문간으로 달려 나왔다. 아리스토데모스는 어느새 왕궁을 향해 황급히 이동하는 군중에 둘러싸여 있었다. 왕궁에 다다른 아리스토데모스는 손을 뻗어 큰소리로 외쳤다.

"안녕하십니까, 안티고노스 전하. 해전에서 프톨레마이오스를 꺾고 퀴프로스를 손에 넣었으며 병사 1만 2천8백 명을 포로로 잡았습니다."

그러자 안티고노스가 대답했다.

"이런, 자네도 안녕한가! 하지만 나를 이런 식으로 고문하다니 벌을 받아야겠네. 좋은 소식을 가져온 데 대한 보상 또한 한참을 기다려야 줄 것이니."

XVIII.

이렇게 되자 수많은 사람들이 처음으로 안티고노스와 데메트리오스를 왕으로 칭했다. 안티고노스는 동료들로부터 그 즉시 왕관을 받았고 데메트리오스는 아버지로부터 왕관을 받았다. 왕관과 함께 내려온 서신에서 아버지는 아들을 왕으로 칭하고 있었다. 한편 아이귑토스에 있는 프톨레마이오스의 지지자들도 소식을 접하고는 패전에도 사기가 꺾이지 않았음을 과시하기 위해 프톨레마이오스에게 왕의 칭호를 주었다. 다른 알렉산드로스의 후계자들도 경쟁적으로 따라 했다. 뤼시마코스도 왕관을 쓰기 시작했고 셀레우코스 또한 헬라스 인들과 면담할 때 왕관을 썼다. 헬라스 밖의 사람들과 상대할 때는 이미 전부터 왕의 역할을 해온 터였다. 그러나 캇산드로스의 경우 남들이 서신이나 대화에서 그를 왕으로 칭했음에도 서신을 쓸 때 전과 다름없이 자신의 이름만을 썼다.

그러나 이와 같은 현상은 단지 칭호가 늘거나 관습이 달라졌음을 의미하지만은 않았다. 왕들은 고무되었으며 의욕이 높아졌고 생활을 할 때나 남을 상대할 때 거만하고 겉치레가 심해졌다. 비극 배우들이 의상에 따라 걸음걸이와 목소리, 앉는 자세, 대화 예절을 달리하는 것과 다르지 않았다. 그 결과 왕들은 법적 판결을 내릴 때도 더 엄격했다. 백성에 대해 더욱 너그럽고 온화하게 만들어주었던 가식을 벗어던졌기 때문이다. 아첨꾼의 한마디가 이처럼 커다란 영향을 미치고 온 세상을 거대한 변화로 가득 채웠다.

XIX.

데메트리오스가 퀴프로스에서 거둔 승리에 의기양양해진 안티고노스는 즉각 프톨레마이오스를 상대로 원정을 벌였다. 안티고노스 자신은 육지로 병력을 이끌고 갔고 데메트리오스는 거대한 함대를 이끌고 바다에서 아버지와 합세했다. 안티고노스의 동료 메디오스는 꿈에서 이 원정의 결과에 대해 경고를 받았다. 꿈에서 안티고노스는 전군을 이끌고 경주에 임하고 있었는데 정해진 위치까지 갔다가 다시 돌아오는 경주였다. 그는 처음에는 활기차고 빠르게 달렸으나 점점 힘이 빠졌다. 반환점을 돌았을 때는 녹초가 되어 숨을 몰아쉬었고 가까스로 결승점에 도달할 수 있었다. 메디오스가 꿈에서 본 대로 안티고노스는 육상에서 여러 어려움과 맞닥뜨렸고 데메트리오스 또한 심각한 폭풍우와 격랑을 만났다. 항구가 없는 험한 해안으로 내몰린 함대는 여러 척이 파괴되었고 데메트리오스는 아무것도 이루지 못하고 돌아가야 했다.

170

이때 안티고노스가 거의 여든에 가까운 나이였다. 그러나 나이보다는 거대한 체구와 무게 때문에 더 이상 원정을 지속하기 어려웠다. 그래서 대신 아들을 활용했다. 운도 따르는 데다 경험도 쌓인 데메트리오스는 중요한 전쟁도 승리로 이끌 수 있었고 아버지는 아들의 사치와 호화스러운 생활, 유흥에 대해서는 아무런 염려도 하지 않았다. 데메트리오스는 평시에는 자제하지 않고 거리낌 없이 쾌락에 빠져 보냈으나 전쟁이 벌어지면 원래 금욕을 했던 사람처럼 맑은 정신으로 임했기 때문이다.

라미아가 데메트리오스를 꽉 잡고 있다는 사실을 모르는 사람이 없었을 당시, 하루는 데메트리오스가 귀국해서 아버지에게 입맞춤했다. 그러자 안티고노스가 웃으며 말했다고 한다.

"누가 보면 라미아에게 입을 맞추는 줄로 알겠구나."

한번은 며칠 동안 유흥에 빠졌던 데메트리오스가 설사 때문에 두문불출했다고 둘러댔다. 그러자 안티고누스가 물었다.

"무엇 때문에 설사를 했느냐? 타소스 산産 포도주더냐, 키오스 산이더냐?"

또 언젠가 아들이 아프다는 소식을 듣고 얼굴을 보러 가던 안티고노스는 문 앞에서 어여쁜 여인을 만났다. 그는 들어가서 아들 곁에 앉더니 맥박을 쟀다. 데메트리오스가 말했다.

"이제 열은 없어졌습니다."

"안다. 방금 나가는 걸 봤단다."

안티고노스는 데메트리오스의 이 같은 결점을 너그럽게 넘겼는데 그가 다른 면에서는 극히 유능했기 때문이다. 스퀴티아 사람들은 술을 마시며 놀다가도 쾌락에 녹아든 용기를 다시 불러일으키려는 듯 활시위를 튕겼다고 한다. 그러나 데메트리오스는 쾌락에 철저히 몸을 던졌다가 다시 주어진 임무에 철저히 몸을 던지면서 둘을 엄격히 구분했으며 전쟁을 준비할 때도 얕잡을 구석이 없었다.

XX.

오히려 데메트리오스는 병력을 쓸 때보다 준비시킬 때 더 훌륭한 지휘관이라고 여겨졌다. 모든 것이 필요 이상으로 충분하기를 바랐기 때문이다. 배나 병기를 지을 때도 그 규모에 만족하는 일이 없었고 기쁨이 넘치는 눈빛으로 지켜보기를 멈출 줄 몰랐다. 데메트리오스는 타고난 재능이 있었고 사색을 좋아했으며 무익한 오락이나 기분 전환에 재능을 낭비하지 않았다. 피리를 불거나 그림을 그리거나 금속을 두드리기 좋아했던 다른 왕들과 달랐다.

예를 들면 마케도니아의 아이로포스는 작은 탁자나 등잔 받이를 만들면서 여가를 보내곤 했다. 또 앗탈로스 필로메토르는 독성이 있는 식물을 기르는 취미가 있었는데 왕궁 정원에서 사리풀과 헬레보로스뿐만 아니라 독미나리, 투구꽃, 도뤼크니온 등을 심거나 씨를 뿌렸다. 그리고 그 열매와 즙에 대해 공부했으며 적당한 때에 수확하였다. 파르티아의 왕들은 제 손으로 창이나 화살에 촉을 달거나 이를 벼릴 줄 아는 것을 자랑으로 여겼다.

그러나 데메트리오스의 경우 손을 움직이는 일을 할 때조차 왕의 품격을 지켰고 그 방식에도 위엄이 있었다. 결과물은 우아하고 기발했을 뿐만 아니라 고상한 목적과 기품을 드러냈으므로 사람들은 왕이 기획하고 비용을 지급했을 뿐만 아니라 직접 손으로 만들었다는 사실에 그 가치를 두었다. 결과물의 규모는 동료들도 깜짝 놀라게 할 정도였고 그 아름다움에는 적도 감탄했다. 말만 그럴듯한 것이 아니라 사실이다. 적은 해안에 서서 노가 열다섯, 열여섯 겹으로 달린 전함을 보며 탄복했으며 그의 '도시 포획기' 헬레폴리스는 공격을 당하는 사람에게도 장관이었다고 증거가 말해주고 있다.

뤼시마코스는 왕들 가운데 데메트리오스의 가장 지독한 적이었으며 킬리키아에서 솔로이를 공격할 때 데메트리오스와 싸운 적이 있었지만, 데메트리오스에게 사람을 보내 병기와 함선이 전속력으로 작동하는 모습을 보고 싶다고 요청하기도 했다. 데메트리오스가 구경을 시켜주자 뤼시마코스는 찬탄하고 돌아갔다고 한다.

로도스 사람들 또한 오랫동안 데메트리오스의 포위 공격을 받다가 타협을 하자마자 병기를 달라고 부탁했는데 그것을 보고 데메트리오스의 힘뿐만 아니라 거기 대항했던 자신들의 용맹을 되새기고 싶었기 때문이다.

XXI.

그가 프톨레마이오스와 동맹을 맺은 로도스를 공격할 때였다. 그는 가지고 있는 최대의 헬레폴리스를 성벽에 붙였다. 바닥은 정사각형이고 바닥의 각 변은 48페퀴스*였다. 높이는 총 66페퀴스였으며 올라갈수록 좁아지는 형태였다. 안에는 여러 층과 방이 있었으며 적을 향한 면에는 층마다 창이 있어 온갖 창과 화살이 이를 통해 날아갔다. 다양한 전투 방식에 능한 사람들이 헬레폴리스 내부를 가득 채우고 있었기 때문이다.

* 로도스 공성전.
** 데메트리오스 폴리오르케테스의 '도시 포획기'.

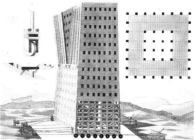

뿐만 아니라 움직일 때에도 흔들리거나 기울지 않았으며 바닥을 땅에 붙이고 꼿꼿이 서 있었다. 이동할 때는 큰 소리를 내며 엄청난 기세로 일정하게 전진했으므로 지켜보는 사람들은 망연자실한 동시에 그 모습에 매력을 느꼈다.

이 전쟁에 임하면서 데메트리오스는 퀴프로스에서 보낸 사슬 갑옷 두 벌을 받았다. 각각의 무게는 40므나[**]에 지나지 않았다. 갑옷의 방어력과 성능을 보여주고 싶었던 제작자 조일로스는 스무 보 떨어진 곳에서 투석기로 갑옷을 향해 물체를 날려보라는 지시를 내렸다. 타격을 입은 곳에 조각칼을 댄 듯 희미한 흠집이 난 것을 제외하면 쇠사슬은 멀쩡했다. 데메트리오스가 이 사슬 갑옷을 입었고 다른 하나는 에페이로스 사람 알키모스에게 주었다. 부하들 가운데 가장 든든하고 전쟁에 능했던 알키모스의 갑옷은 유일하게 무게가 1백 므나였다. 다른 이들의 갑옷은 50 므나에 지나지 않았다. 알키모스는 로도스 전투 중 극장 옆에서 전사했다.

XXII.

로도스도 저항이 만만치 않았다. 데메트리오스는 딱히 언급할 가치가 있는 업적을 달성하고 있지는 않았지만 그럼에도 분노에 휩싸인 채 로도스에 대한 공격을 멈추지 않았다. 이유는 이렇다. 아내 필라가 데메트리오스에게 편지와 침구, 옷가지를 보냈을 때 로도스는 이 물건을 싣고 온 배를 사로잡았고 그대로 프톨레마이오스에게 보냈다. 아테나이의 사려 깊은 친절을 본받지 못한 것이다. 과거 아테나이 사람들은 전쟁 도중 필

• 1페퀴스는 팔꿈치 끝에서 중지 끝까지의 길이.
•• 화폐 단위이자 무게 단위이기도 한 므나는 약 0.6 킬로그램.

립포스에게 가는 서신을 가로챈 적이 있지만 다른 서신은 다 읽었어도 아내 올림피아스가 보낸 서신만은 열지 않았다. 대신 봉인된 그대로 왕에게 보냈다.

데메트리오스는 로도스 사람들의 행태에 몹시 성이 나 있었지만 보복할 기회가 왔을 때 그렇게 하지 않았다. 카우노스 사람 프로토게네스가 이알뤼소스에 관한 이야기를 그림으로 그리고 있을 때였다. 그림이 거의 완성되어 가는 도중 로도스 근교에서 데메트리오스가 이를 빼앗았다. 로도스 사람들은 전령을 보내 제발 그림을 파괴하지 말고 그대로 두어 달라고 간청했다. 데메트리오스는 아버지의 초상화를 불태울지언정 이처럼 훌륭한 예술 작품에 손을 댈 수는 없다고 말했다. 프로토게네스가 그림을 완성하는 데 7년이 걸렸다고 전해진다. 아펠레스는 이 그림을 보자마자 놀라움에 사로잡혀 목소리가 나오지 않았고 마침내 목소리가 되돌아왔을 때 이렇게 외쳤다고 한다.

"노력은 대단하고 작품은 탄복할 만하다."

그러나 자신의 그림과 달리 명성을 하늘에 미치게 할 정도의 매력은 없다고 말했다. 프로토게네스의 그림은 다른 여러 작품 사이에 끼어 로마에 보관되었고 불타 없어졌다.

로도스가 힘겨운 저항을 계속하자 전쟁을 멈출 구실이 필요했던 데메트리오스는 아테나이 인들로 구성된 사절단을 통해 협정을 제안했다. 프톨레마이오스를 상대로 전쟁을 벌일 경우를 제외하고 로도스는 안티고노스와 데메트리오스의 편에 선다는 내용이었다.

XXIII.

다음으로 아테나이 사람들이 데메트리오스를 호출했다. 캇산드로스가 포위 공격을 시작했기 때문이다. 데메트리오스는 함선 330척과 중무장 보병 상당수를 이끌고 도우러 나섰다. 그는 캇산드로스를 앗티케에서 몰아냈을 뿐만 아니라 그를 쫓아 단숨에 테르모퓔라이까지 갔으며 자진해서 합류한 헤라클레이아를 받아들이고 역시 자진해서 넘어온 마케도니아 인 6천 명을 받아들였다. 돌아오는 길에는 테르모퓔라이 이편에 있는 헬라스 인들에게 자유를 주었으며 보이오티아 인들과 동맹을 맺고 켄크라이를 사로잡았다.

그는 또 캇산드로스가 수비대를 배치해놓은 퓔레와 파낙톤을 누르고 아테나이 사람들에게 돌려주었다. 아테나이 사람들은 데메트리오스에게 그 이상 어떤 영예도 줄 수 없을 것처럼 보였음에도 새롭고 신선한 방식을 고안해 아첨을 계속했다. 그 예로 파르테논의 뒷방을 침소로 쓸 수 있게 해주었는데 여기서 아테네 여신이 그를 만나 즐겁게 해주었다고 한다. 한편 데메트리오스는 그다지 예의 바른 손님이 아니었으며 침소에서 처녀신 앞에서 지켜야 할 예의를 지키지 않았다고 한다. 그러나 안티고노스 왕은 데메트리오스의 형제 필립포스가 젊은 여인 셋이 사는 집에 숙소를 마련한 것을 보고 필립포스에게는 한마디도 하지 않았지만, 그가 있는 곳에서 담당 지휘관을 불러 말했다고 한다.

"내 아들이 이토록 좁은 집에 있어도 된다고 생각하는가?"

XXIV.

데메트리오스는 다른 이유는 제쳐놓고라도 아테네 여신의 남동생으로 불리고 싶어 했으므로 여신을 더욱 예우했어야 한다. 그러나 그가 아크로폴리스에서, 자유민으로 태어난 젊은이들과 아테나이 여인들을 데리고 얼마나 방자하게 놀아댔으면 그가 저 유명한 창부 크뤼시스, 라미아, 데모, 안티퀴라와 타락한 생활을 이어갈 때 아크로폴리스는 오히려 정화된 듯했다고 한다.

모든 구체적인 사실을 그대로 늘어놓는다면 아테나이의 아름다운 명성에 누가 되겠지만 데모클레스의 몸가짐과 용기는 말하지 않고 넘어갈 수 없다. 데메트리우스는 어린 소년에 지나지 않는 데모클레스가 아름다운 데모클레스라고 불린다는 사실을 놓치지 않았다. 그러나 데모클레스는 기도나 선물, 심지어 위협을 통해 그의 마음을 사려는 사람들에게 넘어가지 않았다. 그는 결국 씨름장이나 운동장을 멀리했고 목욕을 할 때도 개인 목욕탕만을 썼다. 그런데 기회를 보던 데메트리오스가 홀로 목욕을 하던 데모클레스를 찾아온 것이다. 소년은 도와줄 사람이 없다는 사실과 상황이 긴박하다는 것을 깨닫고 뜨거운 물이 끓고 있는 솥뚜껑을 열어 그 안으로 뛰어들었다. 스스로 목숨을 끊은 데모클레스는 제 가치에 걸맞지 않은 운명을 맞이했으나 조국과 미모에 조금도 모자람 없는 기상을 보여주었다.

반면 클레오메돈의 아들 클레아이네토스는 아버지에게 부과된 벌금 50탈란톤을 면제받기 위해 데메트리오스로부터 편지를 받고자 했다. 그 과정에서 스스로를 더럽혔으며 나라를 어려움에 빠뜨리기까지 했다. 민회가 클레오메돈의 벌금을 면제해주는 대신 시민이 데메트리오스의 편지를 민회에 제출하는 것을 법으로 금지했기 때문이다. 소식을 들은 데메트리오스는 참을 수 없이 격분했고 겁에 질린 민회는 법을 발의하고 지지한 사람들을 죽였으며 그 밖의 사람들을 추방하기까지 했다.

뿐만 아니라 아테나이 사람들은 기쁜 마음으로, 데메트리오스 왕이 어떤 결정을 내리든 이를 신 앞에서 올바르고 인간에게 정의로운 것으로 여기기로 투표로 결정했다. 한 상류층 시민은 이 같은 스트라토클레스의 법안에 항의하며 그가 미쳐버렸다고 말했다. 그러자 레위코니온 출신 데모카레스가 말했다.

"미치지 않는 게 미친 겁니다."

그만큼 스트라토클레스는 아첨을 통해 많은 이득을 보았다.

그러나 데모카레스는 이 말로 고발을 당했고 나라에서 쫓겨났다. 수비대를 몰아냄으로써 자유를 획득했다고 생각한 아테나이 사람들은 이런 식으로 살아갔다.

XXV.

다음으로 데메트리오스는 펠로폰네소스로 전진했다. 적은 단 한 명도 그와 맞서지 않았고 모두 도시를 버리고 달아났다. 그는 악테라고 불리는 도시와 만티네이아를 제외한 아르카디아 지방과 동맹을 맺었고 아르고스, 시퀴온, 코린토스의 수비대에 1백 탈란톤을 주어 도시들을 해방했다.

아르고스에서 헤라 여신을 위한 축제가 벌어질 때 데메트리오스는 경기를 주재했고 헬라스 인들과 함께 경건한 의식에도 참여했다. 또 몰롯소스의 왕 아이아키데스의 딸이자 퓌르로스의 누이인 데이다메이아와 결혼했다. 시퀴온 시민에게 도시가 잘못된 위치에 있다고 말하고 현재의 자리로 옮기도록 설득하기도 했다. 위치를 바꾸면서 이름도 바꾸어 시퀴온은 데메트리아스가 됐다.

전체 회의가 열리고 수많은 사람들이 떼를 지어 몰려든 코린토스의 이스트모스^{지협}에서 데메트리오스는 선대의 필립포스와 알렉산드로스처럼 헬라스의 총사령관으로 지명되었다. 데메트리오스는 자신이 필립포스나 알렉산드로스보다 월등히 뛰어나다고 생각했는데 크나큰 행운을 누리고 힘을 얻은 덕택에 기세등등해진 탓이었다. 그러나 알렉산드로스 왕은 한 번도 다른 이들에게 왕의 칭호를 내리기를 꺼린 적이 없었다. 여러 왕들이 그 덕분에 왕의 지위와 칭호를 얻었음에도 알렉산드로스는 스스로를 왕 중의 왕으로 칭하지도 않았다. 반면 데메트리오스는 아버지와 자신 이외에 다른 사람을 왕으로 칭하는 자들을 욕하고 조롱했으며 함께 유흥을 즐기는 자들이 데메트리오스를 왕, 셀레우코스를 코끼리 두목, 프톨레마이오스를 해군 대장, 뤼시마코스를 재무상, 시켈리아의 아가토클레스를 섬의 주인이라고 칭하며 축배를 들면 매우 즐거워했다.

이 이야기가 전해지자 다른 왕들은 웃어넘겼지만 뤼시마코스만은 데메트리오스가 자신을 환관으로 취급한다는 것에 격분했다. 환관에게 재무를 맡기는 것이 당시 관례였기 때문이다. 모든 왕을 통틀어 뤼시마코스가 데메트리오스를 가장 혐오했다. 그는 라미아에 대한 데메트리오스의 열렬한 사랑을 헐뜯으며 매춘부가 비극의 주연으로 나서다니 금시초문이라고 했다. 그러자 데메트리오스는 자신의 매춘부가 뤼시마코스의 페넬로페보다 더 정숙한 여인이라고 맞받아쳤다.

XXVI.

하던 이야기로 돌아가자면 데메트리오스는 아테나이로 돌아갈 차비를 하면서 시민들에게 편지를 써서 돌아가는 즉시 비의를 전수받고자 했다. 그는 가장 낮은 단계에서 높은 단계, 즉 에폽티카까지 한꺼번에 전수받고자 했다. 그러나 이것은 법에 어긋났다. 낮은 단계의 의식은 안테스테리온 달, 고급 단계는 보이드로미온 달에 진행되었으며 최고 단계의 에폽티카는 고급 단계를 마치고 적어도 한 해가 지난 뒤에 치를 수 있었다.

• 아테나이의 엘레우시스 비의를 그린 봉헌물. 아테네 국립 고고학 박물관.

그러나 데메트리오스의 편지가 낭독되었을 때 아무도 그의 제안을 거부할 용기를 내지 못했다. 횃불 담당 퓌토도로스가 반대 의견을 내보았지만 아무런 효과가 없었다. 대신 스트라토클레스의 제안에 따라 현재의 무뉘키온 달을 안테스테리온으로 부르기로 하고 데메트리오스를 위해 아그라에서 낮은 단계의 의식을 치렀다. 그런 다음 무뉘키온을 다시 보이드로미온으로 부르기로 결정했으며 데메트리오스는 나머지 비의를 전수받았고 동시에 최고 단계 에폽토스에 입문했다. 그래서 필립피데스는 스트라토클레스를 비난하며 이렇게 쓴 것이다.

"1년을 한 달 안에 욱여넣은 자."

또한, 데메트리오스의 숙소를 파르테논에 마련한 행위에 대해서는 이렇게 말했다.

"아크로폴리스를 여관으로 만들고 처녀신에게 창녀들을 선보인 자."

XXVII.

그러나 당시 데메트리오스가 아테나이에서 저지른 여러 무법적이고 충격적인 행위 가운데 아테나이 사람들에게 가장 큰 불쾌감을 준 행위는 데메트리오스가 개인적인 목적으로 쓰기 위해 아테나이 사람들에게 신속히 2백50탈란톤을 확보하라고 지시한 일이다. 관리들은 이 돈을 엄격히, 그리고 냉혹히 징수했는데 데메트리오스는 돈이 모인 것을 보고 라미아와 동료 창부들에게 주어 비누를 살 수 있게 하라고 명령했다.

시민들은 금전적인 피해보다는 치욕을 더 견디기 힘들어했고 사건 자체보다는 데메트리오스의 말에 더욱 상처받았다. 이 사건이 아테나이가 아닌 텟살리아에서 벌어졌다는 주장도 있다. 하지만 사건이 있었든 없었든 라미아가 왕의 만찬을 준비하기 위해 여러 시민으로부터 돈을 요구한 것은 사실이다. 라미아가 준비하곤 하던 만찬에 대해서 얼마나 말이 많았는지 사모스 사람 륀케오스는 이를 세세히 기록하고 있다. 한 희극 시인은 라미아에게 "참된 헬레폴리스"라는 적절한 이름을 붙여주었다. 솔로이의 데모카레스는 데메트리오스를 "설화"라고 불렀는데 설화에서는 라미아가 빠질 수 없기 때문이다.

• 존 윌리엄 워터하우스(John William Waterhouse)의 「라미아와 병사」, 1905년. 라미아의 팔과 발치에 뱀의 가죽이 보인다.

•• 설화 속에서 아이를 먹는 괴수로 등장하는 라미아는 본래 리뷔에의 아름다운 여왕이었으나 제우스의 사랑을 받은 대가로 헤라의 질투를 유발해서 괴수가 된다. 17세기 그림.

데메트리오스가 라미아에게 쏟은 호의와 애정은 데메트리오스의 아내들 사이에서뿐만 아니라 동료들 사이에서도 시기와 질투를 불러일으켰다. 데메트리오스가 보낸 사절단이 뤼시마코스에게 갔을 때였다. 뤼시마코스는 한가한 틈을 타 사자 발톱에 상처를 입어 생긴, 허벅다리와 어깨에 있는 흉터를 보여주었다. 알렉산드로스 왕이 그를 사자와 함께 가두었을 당시 사자와 사투를 벌인 이야기도 곁들였다. 그러자 데메트리오스가 보낸 신하들은 데메트리오스 또한 목에 무시무시한 짐승, 즉 라미아의 이빨 자국을 갖고 있다고 했다.

처음에는 필라와의 나이 차이를 언짢아했던 데메트리오스가 이미 한창때가 지난 라미아에게 정복을 당하여 그토록 오랫동안 사랑했다는 사실은 놀랍다. 이런 일도 있었다. 라미아가 만찬장에서 피리를 불고 있는데 데메트리오스가 별명이 마니아, 이름이 데모인 여인에게 라미아에 대한 생각을 물었다. 마니아는 대답했다.

"나이가 들었다고 생각해요."

또 한번은 라미아가 사탕을 내왔고 데메트리오스가 마니아에게 말했다.

"라미아가 나한테 얼마나 좋은 선물을 주는지 알겠느냐?"

"우리 어머니는 더 많이 주실 텐데요. 첩으로 삼기만 하신다면."

유명한 복코리스의 판결에 대해 라미아가 했다는 말도 전해진다. 창부 토니스와 사랑에 빠진 아이귑토스 남자가 있었다. 창부는 대가로 굉장히 큰 금액을 요구했다. 그러나 남자는 창부와 즐기는 꿈을 꾼 이후 더 이상 창부를 원하지 않았다. 그러자 창부는 금액을 지급하라고 남자를 고발했으며 사정을 들은 복코리스는 남자에게, 요구받은 금액을 돈궤에 넣어 법정으로 들고 오게 했다. 그런 다음 남자에게는 손으로 돈궤를 이리저리 움직이도록 했고 창부에게는 그 돈궤의 그림자를 잡으라고 했다.

상상은 현실의 그림자에 지나지 않기 때문이었다. 그러나 라미아는 이 판결이 부당하다고 생각했다. 꿈은 젊은이의 욕정을 잠재웠으나 돈궤의 그림자는 창부의 욕구를 채워주지 못했기 때문이다. 라미아에 관해서는 여기까지 해두자.

XXVIII.

그러나 이번 생애의 주인공이 겪은 운명과 그가 달성한 업적으로 인해 내 이야기는, 말하자면 희극의 무대에서 비극의 무대로 옮겨간다. 다른 모든 왕들이 안티고노스에 맞서 힘을 합쳤으므로 데메트리오스는 헬라스를 떠나 아버지에게 가야 했던 것이다. 안티고노스는 나이를 넘어서는 열의에 넘쳤고 이를 본 데메트리오스는 힘을 얻었다. 그러나 만약 안티고노스가 사소한 문제에서 양보하고 과한 지배욕을 늦추었다면 자신도 패권을 유지하고 아들에게도 물려줄 수 있었을 것이다.

안티고노스는 태생적으로 가혹하고 오만했으며 말뿐만 아니라 행동에서도 가차가 없는 사람이었다. 따라서 여러 젊고 강력한 상대를 격분시키고 자극했다. 그들이 서로 섞여 힘을 모으자 안티고노스는 그들이 곡식을 쪼는 새떼에 지나지 않으며 돌을 던지거나 고함을 외치면 단번에 흩어질 것이라고 말했다.

안티고노스는 7만 명이 넘는 보병과 기병 1만, 코끼리 75마리를 이끌고 전장에 나섰다. 적은 보병이 6만 4천이었고 안티고노스보다 기병이 5백 많았으며 코끼리가 4백 마리, 전차가 1백20대였다. 그런데 적의 근방에 다다른 안티고노스에게 변화가 찾아왔다. 그의 결심은 달라지지 않았지만 기대감은 전과 같지 않았다. 안티고노스는 원래 전쟁을 벌일 때 거만하고 자랑이 심했으며 큰 목소리로 호언장담하곤 했다. 또한, 적이 가까이 접근했을 때 가벼운 농담을 하거나 장난을 치면서 자신의 굳은 기상과 적에 대한 경멸을 내비쳤다.

그러나 이때에는 대체로 생각이 많았고 말이 없었으며 아들을 군대 앞에 세우고 후계자로 선포했다. 그러나 무엇보다 모두를 놀라게 한 것은 그가 아들과 단둘이 막사에서 대화를 했다는 사실인데 안티고노스는 원래 아들과도 비밀 회담을 한 적이 없었다. 그는 자기만의 계획을 짜고 제 말만 듣는 사람이었으며 명령을 내릴 때는 공공연하게 했다. 데메트리오스가 성인이 되기 전 아버지에게 언제 진영을 철수할지 물었더니 아버지는 화를 내며 대답했다.

"너 혼자만 나팔 소리를 듣지 못할까 봐 그게 걱정이냐?"

XXIX.

그러나 이 당시에는 여러 불길한 징조까지 나타나 사기를 꺾었다. 데메트리오스는 꿈속에서 화려한 갑옷을 두른 알렉산드로스를 만났는데 알렉산드로스가 전투에서 어떤 암호를 쓸 것이냐고 물었다. 데메트리오스는 "제우스와 니케승리"라고 대답했고 알렉산드로스는 말했다.

"그렇다면 상대편으로 가야겠군. 그들이라면 날 받아주겠지."

뿐만 아니라 안티고노스는 병사들이 이미 밀집대형을 꾸리기 시작할 즈음 막사를 나오다 발을 헛디뎌 앞으로 고꾸라지는 바람에 심한 부상을 당했다. 그러나 일어나 하늘을 향해 손을 뻗고 신들에게 기도하기를 승리를 주든지 패배하기 전 고통 없는 죽음을 달라고 했다.

교전이 시작되자 데메트리오스는 기병대 중에 가장 크고 실력이 뛰어난 무리를 이끌고 셀레우코스의 아들 안티오코스와 맞붙었다. 그는 눈부시게 싸우며 적을 패주시켰으나 지나치게 맹렬하고 열심히 적을 쫓아간 탓에 승리를 내팽개쳤다. 돌아오는 길을 적의 코끼리가 길을 가로막는 바람에 기병대와 다시 합류할 수 없었기 때문이다. 한편 셀레우코스는 적의 밀집대형이 기병의 보호를 받고 있지 않다는 사실을 깨닫고 적절히 대처했다. 밀집대형을 직접 공격하지 않고 말을 타고 그 곁을 계속해서 맴돈 것이다. 적병이 넘어올 기회를 준 것인데 바라던 대로 나머지로부터 분리된 큰 무리 하나가 스스로 넘어왔고 나머지는 패주했다.

적병이 떼를 지어 안티고노스를 향해 몰려들자 부하가 말했다.

"전하께 달려오고 있습니다."

"그럼 누구한테 달려들겠나? 하지만 데메트리오스가 날 구하러 온다네."

안티고노스는 끝까지 희망을 버리지 않았고 간절히 아들을 기다렸다. 그러다 구름떼처럼 날아온 창에 맞아 쓰러졌다. 동료와 시종은 죄다 안티고노스를 버리고 달아났고 죽은 왕의 시신 곁을 지킨 유일한 사람은 라릿사 출신의 토락스였다.

XXX.

승패가 이같이 갈리자 왕들은 안티고노스와 데메트리오스가 지배했던 영역 전부를 마치 거대한 시체처럼 조각냈고 각자의 몫을 가져가 이미 가지고 있던 속주에 패배한 두 왕의 영역을 더했다. 그러나 데메트리오스는 보병 5천과 기병 4천을 이끌고 쉬지 않고 달려 에페소스에 이르렀다. 물자가 부족했던 데메트리오스가 신전아르테미스의 신전에 손을 대리라고 모두가 생각했으나 데메트리오스는 부하들이 그같이 생각할까 두려워 신속하게 에페소스를 떠나 헬라스로 향했다. 남은 희망을 아테나이에게 건 것이다. 아테나이에는 남겨둔 함선과 자금도 있었고 아내

데이다메이아도 있었다. 불운에 처한 데메트리오스는 아테나이의 호의
보다 더 나은 피난처는 없으리라고 생각했다.

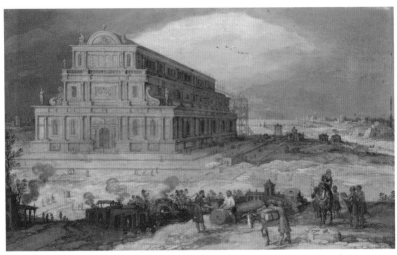

• 헨드릭 반 클레베(Hendrik van Cleve) III가 상상한 에페소스의 아르테미스 신전.

• 에페소스의 아르테미스 신전이 있던 자리.

그러나 퀴클라데스 군도에 다다를 즈음 아테나이에서 온 사절단이 데메트리오스를 만났다. 그들은 데메트리오스에게, 시민이 투표를 통해 어느 왕도 받아들이지 않기로 정했으니 아테나이에 접근하지 말 것을 요구했다. 그리고 데이다메이아에게는 알맞은 호위대를 붙여주고 예우하여 메가라로 보냈다고 전했다. 그러자 데메트리오스의 분노가 적정선을 넘어섰다. 다른 불행은 쉬이 넘겼고 상황이 아무리 심각하게 역전이 되어도 비겁하거나 수치스럽게 행동하지 않았던 데메트리오스였다. 그러나 아테나이 시민이 그의 기대를 저버리고 배신을 했다는 사실, 호의를 가진 줄로 알았더니 시험에 들자마자 거짓되고 헛된 마음을 드러냈다는 사실에 데메트리오스는 고통스러웠다.

민족이 왕이나 유력자에게 가진 호의를 입증하는 가장 형편없는 증거가 바로 아낌없는 영예의 수여이다. 영예란 그것을 내리는 사람의 의도에 따라 그 값어치가 결정되고 공포는 그 가치를 떨어뜨린다. 동일한 법이 호의로 인해 통과될 수도 있고 공포로 인해 통과될 수도 있다. 따라서 분별 있는 사람은 먼저 자신의 행위와 업적을 돌아보고 그런 다음 자신에게 헌정된 조각이나 그림, 자신을 신격화하는 행위의 가치를 따져본다. 그 결과 진정한 영예라고 판단되면 신뢰하고 만약 강요된 영예라면 거부한다. 영예를 내리는 사람은 영예를 받을 때 겸손할 줄 모르고 자랑스럽게 받는 사람, 마지못해 주는 영예를 받아드는 사람을 가장 멸시하기 마련이다.

XXXI.

그게 어쨌든 데메트리오스는 자신이 몹시 부당한 처사를 당했다고 생각했다. 그러나 보복할 방도가 없었으므로 일단 아테나이 사람들에게 전갈을 보내 가볍게 타이르며 함선을 돌려달라고 부탁했다. 그중에는 노가 열세 겹으로 되어 있는 함선도 있었다. 함선을 돌려받은 데메트리오스는 해안을 따라 이스트모스로 갔고 사태가 곤란해졌음을 깨달았다. 수비대는 도처에서 쫓겨나고 있었고 다수가 적에게 넘어가고 있었다.

그래서 그는 헬라스를 퓌르로스에게 맡기고 자신은 케르소네소스로 갔다. 그곳에서 뤼시마코스의 영토를 짓밟은 뒤 병력을 살찌우고 결속시켰다. 병사들은 사기를 점차 되찾았고 다시 한 번 위협적인 모습을 자랑했다. 게다가 다른 왕들은 뤼시마코스를 도우려 하지 않았다. 그들은 데메트리오스만큼 뤼시마코스도 못마땅히 여겼고 더욱 강력한 권력을 가진 뤼시마코스를 더욱 견제해야 할 대상으로 여겼다.

그러나 오래지 않아 셀레우코스가 사람을 보내 데메트리오스와 필라의 딸 스트라토니케를 아내로 맞이하고 싶다고 전했다. 셀레우코스는 페르시아 여인 아파마와 아들 안티오코스를 낳은 바 있었다. 그러나 자신의 영역을 이어받을 후계자가 하나로 부족하다고 생각했고 데메트리오스와 동맹을 맺고자 했다. 뤼시마코스가 프톨레마이오스의 딸을 아내로 맞이한 데다 아들 아가토클레스 역시 프톨레마이오스의 딸과 결혼했기 때문이다.

혼인을 통해 셀레우코스와 동맹을 맺게 된 것은 데메트리오스에게 뜻밖의 행운이었다. 그는 딸과 함께 함대 전체를 이끌고 쉬리아로 넘어갔다. 그는 해안을 따라가며 여러 지점에서 상륙해야 했다. 킬리키아 지방에서도 몇 차례 상륙했는데 킬리키아는 왕들이 안티고노스와의 전투 후 캇산드로스의 형제 플레이스타르코스에게 배정한 지역이었다. 플레이스타르코스는 데메트리오스의 상륙을 침략으로 간주했고 다른 왕들과 상의도 없이 공동의 적과 동맹을 맺은 셀레우코스 왕을 힐책하고 싶었으므로 데메트리오스를 만나러 갔다.

XXXII.

소식을 들은 데메트리오스는 해안을 출발해 퀴인다로 향했다. 그곳에 남아 있던 재물 1천2백 탈란톤을 발견한 데메트리오스는 잘 꾸려 배에 싣고 신속하게 바다로 나갔다. 아내 필라는 이미 데메트리오스와 동행하고 있었고 그는 로소스에서 셀레우코스와 만났다. 두 사람은 왕의 지위에 걸맞은 면담을 시작했는데 서로 속이려고 들지도 서로를 의심하지도 않았다.

먼저 셀레우코스가 데메트리오스를 자신의 진영 내 막사로 초대해 대접했고 이어서 데메트리오스는 노가 열세 겹 달린 함선에 셀레우코스를 초대함으로써 보답했다. 여러 볼거리가 펼쳐졌고 둘은 서로 긴 회담을 하거나 종일 시간을 함께 보내기도 했는데 이 모든 일이 호위병이 없고 무장을 하지 않은 상태에서 벌어졌다. 마침내 셀레우코스는 스트라토니케를 데리고 위풍당당하게 안티오케이아로 올라갔다.

한편 데메트리오스는 킬리키아를 손에 넣고 아내 필라를 캇산드로스에게 보냈는데 필라가 캇산드로스의 누이였기 때문이다. 필라가 데메트리오스를 대신해 플레이스타르코스의 비난을 무효로 만들 작정이었다. 한편 데이다메이아를 태운 배가 헬라스에서 출발해 데메트리오스와 합류했으나 데이다메이아는 데메트리오스와 길지 않은 시간을 보낸 뒤 병에 걸려 죽었다. 이어서 셀레우코스의 중재로 데메트리오스와 프톨레마이오스가 화해했으며 데메트리오스가 프톨레마이오스의 딸 프톨레마이스를 아내로 맞이하는 데 동의했다.

그런데 이때까지 정중했던 셀레우코스가 갑자기 데메트리오스에게 돈을 줄 테니 킬리키아를 넘기라고 요청했다. 그러나 데메트리오스가 허락하지 않자 성을 내며 튀로스와 시돈을 요구했다. 인디아에서 쉬리아까지 이어지는 영토를 가지고 있는 사람이 거기 만족하지 못하고 비루하게 고작 두 도시를 빼앗고자 사돈을, 그것도 운명의 역전을 겪었던 사람을 괴롭히는 실로 난폭하고 터무니없는 행위였다. 뿐만 아니라 그는, 진정으로 부유하고 싶은 사람은 재산을 늘릴 것이 아니라 과도한 욕구를 줄여야 한다고 말했던 플라톤의 지혜로운 말을 반증했다. 욕심이 끝없는 사람은 가난과 부족을 영영 벗어나지 못하기 때문이다.

XXXIII.

그럼에도 데메트리오스는 굴복하지 않았고 입소스 전투에서 패했던 것처럼 1만 번 더 패할지언정 셀레우코스를 사위로 둔 대가를 지급하지는 않겠다고 말했다. 그런 다음 도시에 수비대를 두어 보강하고 자신은 아테나이로 향했다. 아테나이 시민이 분열한 틈을 타 라카레스가 주권을 찬탈했다는 소식이 들려왔기 때문이다. 데메트리오스는 등장과 함께 손쉽게 도시를 사로잡을 수 있으리라 생각했다.

데메트리오스는 규모가 상당한 함대를 이끌고 무사히 바다를 건넜지만 앗티케 해안에서 폭풍을 만나 함선 대다수를 잃어버렸으며 수많은 병사들도 잃었다. 그러나 제 목숨은 건졌으며 아테나이를 상대로 보잘것없는 전쟁을 시작했다. 그리고 아무런 소득이 없자 사람을 보내 새로운 함대를 구축하도록 지시한 다음 자신은 펠로폰네소스로 넘어가 멧세네를 포위 공격했다. 여기서 성벽을 공격하던 도중 데메트리오스는 목숨을 잃을 뻔했다. 쇠뇌에서 날아온 화살이 얼굴을 때렸는데 턱을 뚫고 입으로 들어간 것이다. 그러나 데메트리오스는 부상에서 회복했고 반란을 일으켰던 몇몇 도시들을 다시 자기편으로 끌어들인 뒤 재차 앗티케를 침략해 엘레우시스와 람노스를 손안에 넣고 주변 영토를 짓밟았다.

곡식을 가득 싣고 아테나이로 가는 배를 사로잡기도 했는데 이 화물의 관리자와 선장은 교수형에 처했다. 그러자 다른 모든 배들이 겁을 먹고 방향을 돌렸으며 아테나이에는 심각한 굶주림이 찾아왔다. 식량뿐 아니라 다른 물자 또한 부족했다. 소금 1메딤노스가 40드라크메에 팔렸고 밀 1모디오스*가 3백 드라크메였다.

아이기나 앞바다에 프톨레마이오스가 지원한 함선 150척이 도착했을 때 아테나이는 어느 정도 숨통이 트였다. 그러나 곧 펠로폰네소스에서 수많은 함선이 데메트리오스에게 도달했고 퀴프로스에서도 여러 척이 왔으므로 데메트리오스가 거느린 함선의 수는 3백이 되었다. 그러자 프톨레마이오스는 겁을 먹고 바다로 도망쳤고 폭군 라카레스도 도시를 버리고 달아났다.

XXXIV.

데메트리오스와 평화 혹은 화해를 논하기만 해도 죽임에 처한다는 법을 만들었던 아테나이 사람들은 그럼에도 가까운 성문을 열어젖히고 데메트리오스에게 사절단을 보냈다. 데메트리오스에게 자비를 기대하지는 않았지만 극심한 빈곤 때문에 다른 수가 없었던 것이다. 지독한 결핍 상태가 불러온 여러 끔찍한 사건 중에는 다음과 같은 일도 있었다.

아버지와 아들이 모든 희망을 버린 채 방 안에 앉아 있었다. 그때 천정에서 죽은 쥐가 떨어졌고 두 사람은 이를 보자마자 벌떡 일어나 쥐를 차지하기 위해 치고받고 싸웠다. 철학자 에피쿠로스가 동료들에게 콩을 일일이 세어 배분함으로써 목숨을 부지하게 해준 것도 이때라고 한다.

• 1메딤논의 1/6.

데메트리오스가 들어섰을 때 아테나이의 상황은 이와 같았다. 데메트리오스는 온 시민을 극장에 불러 모았다. 극장 주변에는 무장한 병사들을 빙 둘러 세우고 무대 역시 호위병으로 둘러쌌다. 그리고 자신은 마치 비극 배우처럼 무대 측면 상부에 난 입구로 등장했다. 아테나이 사람들은 전에 없는 공포에 휩싸였다. 그러나 데메트리오스의 입에서 나온 말 몇 마디는 금세 공포를 잠재웠다.

데메트리오스는 거칠지 않은 목소리와 모질지 않은 말로 아테나이 사람들을 가볍게 그리고 다정하게 꾸중했을 뿐이다. 이어서 자신은 화해를 받아들이겠다고 선언하고 아테나이 시민에게 곡식 1만 메딤노스를 선사했으며 민중의 지지를 받는 사람들을 관직에 임명했다. 그러자 기쁨에 찬 민중이 온갖 제안을 했고 연설가들의 관례적인 찬미 연설을 능가하고자 안달이었다. 이를 지켜본 연설가 드로모클레이데스는 페이라이에우스와 무뉘키아를 데메트리오스 왕에게 넘기는 법을 발의했다. 이는 투표로 통과되었고 데메트리오스는 무세이온에도 수비대를 배치했다. 아테나이 사람들이 다시금 멍에를 벗어던지고 문제를 일으킬 가능성을 방지하기 위함이었다.

XXXV.

아테나이를 손에 넣은 데메트리오스는 당장 스파르테와 맞설 계획을 세웠다. 만티네이아 근방에서 스파르테의 아르키다모스 왕과 맞선 데메트리오스는 적을 물리치고 라코니아를 침략했다. 이어서 스파르테 근방에서 두 번째 정식 전투를 벌인 데메트리오스는 적병 5백을 포로로 잡았고 2백을 죽였다. 그때까지 한 번도 남에게 넘어간 적이 없는 스파르테가 데메트리오스에게 넘어간 것과 다름없다고 여겨졌다.

그러나 행운의 여신은 데메트리오스의 운명에 다른 어느 왕의 운명에 비할 데 없는 심각하고 갑작스러운 변화를 가져왔다. 유독 데메트리오스의 생애에서 행운의 여신은 작다가도 거대했고 찬란하다가도 시시해졌으며 보잘것없다가도 매우 강력한 모습으로 나타났다. 이런 이유에서 데메트리오스 자신도 최악의 반전을 겪을 때마다 아이스퀼로스의 말을 빌려 행운의 여신에게 호소했다.

"그대는 나의 불길을 부채질하시다가도 나의 갈증을 채워주시는군요."

여러 사건이 데메트리오스의 영역과 세력 확장에 아주 유리하게 돌아가고 있는 가운데 소식이 도착한 것이다. 뤼시마코스가 아시아에 있는 데메트리오스의 도시들을 빼앗았으며 프톨레마이오스가 살라미스를 제외한 퀴프로스를 점령했다는 내용이었다. 살라미스에 간힌 데메트리오스의 아이들과 어머니는 포위 공격을 당하고 있다고 했다. 그러나 아르킬로코스의 시에 나오는, "기만적인 한쪽 손에 물을 들고 다른 손에 불을 든" 여인처럼 행운의 여신도 두렵고 끔찍한 전갈로 데메트리오스를 스파르테로부터 끌고 나오는 동시에 또 다른 새로운 위업에 대한 희망을 심어주었으니 그 이야기는 다음과 같다.

XXXVI.

캇산드로스가 죽고 장남 필립포스가 한동안 마케도니아를 다스리다 죽었다. 남은 두 형제는 계승권을 두고 다투었다. 그중 안티파트로스는 어머니 텟살로니케를 죽였고 형제 알렉산드로스는 에페이로스에 있는 퓌르로스와 펠레폰네소스에 있는 데메트리오스를 불러들여 도움을 청했다. 퓌르로스가 먼저 요청해 응해 달려왔는데 그는 마케도니아의 큰 부분을 도움의 대가로 받은 뒤 어느새 알렉산드로스에게 두려움을 불러

일으키는 이웃이 되어 있었다.

그러나 데메트리오스가 알렉산드로스의 서신을 받고 그와 합류하기 위해 병력을 움직이는 순간 데메트리오스의 높은 지위와 명성은 젊은 알렉산드로스에게 더 큰 두려움을 불러일으켰다. 그리하여 알렉산드로스는 디온에서 데메트리오스를 만나 반갑게 환영 인사를 한 뒤 상황이 바뀌어 더 이상 데메트리오스의 도움이 필요 없다고 말했다. 이런 사정으로 둘은 서로를 의심할 수밖에 없었다. 게다가 데메트리오스는 알렉산드로스의 초대를 받아 만찬장으로 향하던 중 그가 잔치 도중 자신을 암살할 계략을 꾸미고 있다는 소문을 들었다. 그러나 데메트리오스는 조금도 불안해하지 않았고 단지 도착 시각을 좀 늦추고는 부하들에게 군대를 무장시키라고 말했다. 또한, 그를 수행하는 시종과 하인을 죄다 데리고 만찬장으로 가서 자신이 일어날 때까지 자리를 지키도록 했는데 그 숫자가 알렉산드로스의 수행원보다 훨씬 많았다.

데메트리오스는 또한 몸 상태가 좋지 않아 술을 마실 수 없다고 둘러대고 일찍 자리에서 일어났다. 다음 날 그는 분주하게 떠날 준비를 하며 알렉산드로스에게 자신이 처리해야 하는 뜻밖의 문제가 생겼다고 말했다. 그리고 일찍 떠나는 데 대한 용서를 구하면서 여유가 생기면 다시한 번 찾아와 더 길게 머물겠다고 힘주어 말했다. 알렉산드로스는 크게 만족했다. 데메트리오스가 악의를 품고서 떠나는 것이 아니라 자유 의지에 따라 자신의 영토를 떠난다고 생각했으므로 텟살리아까지 그를 마중하기까지 했다.

그런데 라릿사에 도착한 두 사람은 다시 한 번 서로를 연회에 초대했고 서로의 암살을 계획했다. 무엇보다 이 점으로 인해 알렉산드로스는 데메트리오스의 수중에 놓이게 되었다. 알렉산드로스가 머뭇거리다 경계 조치를 취하지 않았기 때문이다. 알렉산드로스는 제가 경계를 풀면

194

데메트리오스도 경계를 풀 것이라고 예상했다. 결국, 알렉산드로스는 상대방의 죽음을 계획하다가 선수를 빼앗겨 죽고 말았다. 상대방이 제 손아귀에서 빠져나가는 것을 미연에 방지하지 못한 탓이다.

그리하여 데메트리오스가 만찬이 끝나기 전에 자리에서 일어났을 때 알렉산드로스는 겁에 질려 함께 일어났으며 그의 뒤에 바짝 붙어 문으로 향했다. 데메트리오스는 호위대가 서 있는 문간에 다다르자 말했다.

"내 뒤를 따라오는 자를 쳐라."

그리고 조용히 문을 나갔다. 알렉산드로스는 호위대의 손에 죽임을 당했으며 도우러 온 친구들도 같은 운명을 맞았다. 한 친구는 죽임을 당하면서 데메트리오스가 하루 빨랐다는 말을 남겼다고 한다.

XXXVII.

자연히 그날 밤은 온통 소란스러웠다. 그러나 데메트리오스의 군대를 두려워하며 혼란에 빠졌던 마케도니아 군대는 날이 밝았는데도 적이 덮치지 않고 있다는 사실을 깨달았다. 데메트리오스는 시민들과 면담을 요청했고 어떤 일이 벌어졌는지 설명할 기회를 원했을 뿐이다. 그러자 마케도니아 군대는 용기를 얻었고 그를 호의로 맞이하겠다고 약속했다.

시민 앞에 나선 데메트리오스는 길게 말을 할 필요가 없었다. 어머니를 죽인 안티파트로스에 대한 혐오감이 있었고 더 나은 사람을 찾을 수 없었던 마케도니아 군대는 데메트리오스를 마케도니아 왕으로 선포했고 그 즉시 왕을 데리고 마케도니아로 들어갔다. 본국의 시민도 변화를 거부하지 않았다. 캇산드로스가 알렉산드로스 대왕의 후계자들에게 저지른 범죄를 치를 떨며 기억하고 있었기 때문이다. 또한, 마케도니아 시민에게 안티파트로스의 너그러움과 공정함에 대한 따뜻한 기억이 남아 있었다면 그 이득은 데메트리오스가 보았다. 아내 필라가 안티파트로스의 딸이었고 필라가 낳은 아들이 마케도니아를 물려받을 후계자로 적합했기 때문이다. 이미 청년이 된 아들은 아버지 밑에서 복무 중이었다.

XXXVIII.

데메트리오스가 이처럼 눈부신 행운을 누리고 있는 와중 자녀들과 어머니에 관한 소식이 들려왔다. 감금에서 풀려나 자유로운 몸이 되었으며 프톨레마이오스가 여러 선물과 영예까지 건넸다는 소식이었다. 셀레우코스와 결혼한 딸에 관한 소식도 전해졌다. 딸은 어느새 셀레우코스의 아들 안티오코스의 아내가 되어 북아시아의 왕비 지위를 누리고 있다고 했다.

까닭인즉 안티오코스가, 아버지와 결혼해 어린 아들까지 낳아 키우고 있던 스트라토니케와 사랑에 빠졌던 것이다. 안티오코스는 괴로움에 빠졌고 열정을 잠재우기 위해 여러 방법을 동원했으나 마침내 자신의 무절제한 욕망과 불치의 병을 스스로 벌하기 위해 삶에서 벗어나기로 결심했다. 병에 걸렸다고 둘러대고 자신의 몸을 돌보지 않은 채 음식을 멀리함으로써 서서히 목숨을 끊고자 한 것이다.

그러나 의사 에라시스트라토스는 그가 사랑에 빠졌음을 꽤 쉽게 알 수 있었고 과연 그가 열망하는 대상이 누구인지 알고 싶어 했다. 그러나 이는 쉽게 알 수 있는 것이 아니다. 따라서 에라시스트라토스는 젊은 안티오코스의 방에서 매일 시간을 보내며 왕궁에 머무는 미남 미녀들이 들어올 때마다 안티오코스의 표정을 관찰했으며, 자연이 영혼의 끌림에 가장 잘 순응하도록 만들어놓은 신체의 부분들과 그 움직임을 지켜보았다. 안티오코스는 다른 사람이 들어오면 아무 변화도 보이지 않았다. 그러나 스트라토니케가 종종 홀로, 혹은 셀레우코스와 함께 문안을 오면 삽포가 노래했던 그 모든 확실한 신호들을 보였다. 말이 막히고 얼굴이 불같이 달아오르는가 하면 눈빛이 어두워지고 갑자기 땀이 흘렀으며 심장도 불규칙적으로 두근거렸다. 그러다 마침내 영혼이 격정에 사로잡히면 그는 무기력해지고 혼미해졌으며 얼굴은 창백해졌다.

나아가 에라시스트라토스는 왕의 아들이 다른 여자를 사랑했다면 침묵을 지키고 죽음을 고집할 이유가 없다고 생각했다. 그러나 이 문제를 왕에게 속속들이 설명하기는 쉽지 않은 일이었다. 그럼에도 아들에 대한 아버지의 애정에 기대를 걸고 위험을 무릅썼다. 왕에게 아들이 아픈 이유는 사랑이며 만족시킬 수도 없고 치유할 수도 없는 사랑이라고 털어놓은 것이다. 왕은 놀라움을 감추지 못했고 왜 아들의 사랑이 만족될 수 없는지 물었다.

"제 아내와 사랑에 빠졌기 때문입니다."

에라시스트라토스가 말했다. 그러자 셀레우코스가 물었다.

"그렇다면 자네가 내 아들의 친구이니 자네의 우정과 함께 자네의 아내도 줄 수 없는가? 폭풍에 요동치는 이 집안을 안정시킬 닻은 안티오코스밖에 없다네."

그러자 에라시스트라토스가 말했다.

"만약 사랑하는 사람이 스트라토니케 왕비님이라면 아들이라 한들 전하께서는 아내를 내어주시겠습니까?"

"신이 되었든 인간이 되었든 누군가 하루빨리 내 아들의 관심을 왕비에게 돌릴 수 있다면 원이 없겠네. 안티오코스를 지켜낼 수만 있다면 왕비뿐만 아니라 왕국도 기꺼이 포기할 수 있네."

셀레우코스가 격렬한 감정을 내보이며 눈물을 쏟자 에라시스트라토스는 왕의 손을 부여잡고 이제 자신은 아무 쓸모가 없으며 왕가에 가장 적합한 의사는 왕인 동시에 아버지이자 남편인 셀레우코스 자신이라고 했다.

곧이어 셀레우코스는 시민 전체를 불러모은 자리에서 안티오코스를 북아시아의 왕으로, 그리고 스트라토니케를 안티오코스의 아내이자 왕비로 만드는 것이 자신의 바람이자 결심이라고 선포했다. 또한, 안티오코스가 언제나 모든 일에서 유순하고 순종적이었던 만큼 그가 이 결혼을 성사시키려는 아버지의 뜻에 반대하지 않길 바란다고 말했다. 그리고 동료들에게 부탁했다. 왕이 좋다고 생각하고 모두의 행복에 이바지하는 일이라면 그 일이 무엇이든 정의롭고 명예로운 일이라는 사실을, 만약 왕비가 이 특별한 조치에 반대할 경우, 가르치고 설득해주기 바란다는 주문이었다. 이런 식으로 안티오코스와 스트라토니케는 부부가 되었다고 한다.

XXXIX.

한편 데메트리오스는 마케도니아의 지배자가 된 후 텟살리아까지 손에 넣었다. 펠로폰네소스 대부분을 차지하고 있었고 이스트모스 이편으로는 메가라와 아테나이가 수중에 있었으므로 데메트리오스는 보이오티아를 향해 무기를 들었다. 보이오티아는 처음에는 합리적인 조항을 내세워 친선 협약을 맺었다. 그러나 스파르테 사람 클레오뉘모스가 군대를 이끌고 테바이로 들어가자 보이오티아는 사기가 올랐다. 게다가 명성과 영향력이 보이오티아에서 최고였던 테스피아이의 피시스까지 민중을 자극하자 보이오티아는 반란을 일으켰다.

그러나 데메트리오스가 테바이를 상대로 공성병기를 동원하여 포위 공격을 시작하자 클레오뉘모스는 겁에 질려 도망을 쳤으며 공포에 질린 보이오티아는 항복을 선언했다. 데메트리오스는 보이오티아의 여러 도시에 수비대를 배치했고 보이오티아를 감독하고 다스릴 사람으로서 역사가 히에로뉘모스를 임명했다. 이 일로 데메트리오스는 자비롭다는 평가를 받았는데 피시스에 대한 그의 대우가 특히 그러했다. 피시스를 사로잡았을 때 해를 입히는 대신 인사를 건네며 호의를 보여주고 그를 테스피아이의 통수권자로 임명했기 때문이다.

그러나 얼마 지나지 않아 뤼시마코스가 드로미카이테스의 손에 포로로 잡혔을 때 데메트리오스는 이를, 방어 능력을 상실한 지방을 점령할 기회로 여기고 신속히 트라키아로 이동했다. 그러자 보이오티아는 다시 한 번 반란을 일으켰고 이와 동시에 뤼시마코스가 풀려났다는 소식도 당도했다. 격분한 데메트리오스는 재빨리 발길을 돌렸다. 이어서 보이오티아가 아들 안티고노스의 손에 패배했다는 소식이 들리자 데메트리오스는 다시 한 번 테바이를 포위 공격했다.

XL.

그러나 퓌르로스는 어느새 텟살리아를 침략했고 남쪽으로 테르모퓔라이까지 밀고 내려갔다. 따라서 데메트리오스는 안티고노스에게 테바이 포위 공격을 맡기고 자신은 새로운 적을 향해 전진했다. 그러나 퓌르로스는 신속히 후퇴했고 데메트리오스는 텟살리아에 중무장 보병 1만과 기병 1천을 배치한 뒤 다시 테바이에 공을 들였다.

데메트리오스는 테바이 공격을 위해 유명한 헬레폴리스를 이용했지만, 무게와 엄청난 규모 때문에 장비는 느리고 힘겹게 움직였다. 두 달 동안 2스타디온도 이동하지 못한 것이다. 게다가 보이오티아도 강력히 저항했으므로 데메트리오스는 필요보다는 보이오티아에 대한 증오심으로 병사들의 목숨을 수차례 위험에 처하게 했다. 안티고노스는 부하들이 수없이 죽어나가는 것을 보고 몹시 염려스러운 나머지 아버지에게 물었다.

"아버지, 왜 쓸모도 없는 일에 병사들의 목숨을 낭비해야 합니까?"

그러자 데메트리오스는 격분하여 대답했다.

"도대체 왜 그런 걱정을 하는 것이냐? 네가 죽은 병사들에게 식량이라도 배급해야 하느냐?"

그러나 부하들의 목숨만 함부로 한다고 여겨지고 싶지 않았던 데메트리오스는 전투의 위험을 나누다가 쇠뇌의 화살이 목을 관통했다. 심각한 부상이었지만 데메트리오스는 포기하지 않고 테바이를 다시 손에 넣었다.

그가 테바이로 입성하자 시민은 극심한 공포에 떨며 끔찍한 처벌만을 기다리고 있었다. 그러나 데메트리오스는 단 열세 사람만을 사형에 처했고 소수를 추방한 다음 나머지는 사면해주었다. 이런 식으로 테바이는 재건된 지 10년이 채 되기도 전에 두 번이나 점령을 당했다.

이후 퓌티아 대제전이 다가왔을 때 데메트리오스는 누구도 들어보지 못한 시도를 했다. 아이톨리아 인들이 델포이로 가는 길목을 점령하고 있었으므로 경기와 제전을 아테나이에서 직접 주재한 것이다. 아폴론이 아테나이 시민을 보호하는 신이고 아테나이 민족을 일으킨 신이라고 전해지고 있었으므로 아폴론에게 경의를 표하는 축제를 아테나이에서 벌이는 것이 특히 적합하다고 데메트리오스는 선언했다.

XLI.

아테나이에서 마케도니아로 돌아온 데메트리오스는 아이톨리아를 상대로 원정을 나섰다. 가만히 있지 못하는 성격을 타고난 데다 부하들도 원정 중에는 왕에게 더욱 충성스러웠던 반면 귀향한 뒤로는 소란을 일으키거나 간섭을 일삼았기 때문이다. 아이톨리아를 짓밟은 뒤 데메트리오스는 이 지방을 판타우코스에게 맡겼고 병력도 상당 부분 남겨두었다. 자신은 퓌르로스를 상대하러 갔다. 퓌르로스 또한 데메트리오스를 상대하러 떠났는데 두 사람은 행군을 하다가 엇갈리고 말았다. 결국, 데메트리오스는 에페이로스를 약탈했고 퓌르로스는 판타우코스를 덮쳤다. 두 지휘관이 백병전을 벌이며 서로 상처를 입힌 전투에서 퓌르로스는 판타우코스를 패주시키고 적병 5백을 포로로 잡았으며 나머지의 상당수를 죽였다. 이는 데메트리오스의 앞날에 심각한 피해를 끼쳤다.

퓌르로스는 그동안 저지른 잘못으로 인해 미움을 받기보다 대부분의 정복 전쟁에 직접 나선다는 점에서 존경을 받고 있었다. 판타우코스와의 전투 이후로는 마케도니아 사람들 사이에서 눈부신 명성을 얻었고 사람들은 오직 퓌르로스에게서 알렉산드로스 대왕의 호기로운 모습이 보인다고 말했다. 반면 다른 왕은, 특히 데메트리오스는 알렉산드로스의 위풍당당함을 마치 배우처럼 흉내만 낸다고 생각했다. 실제로 데메트리오스는 가식이 심했는데 이음매가 이중으로 된 챙이 넓은 모자와 황금이 섞인 자줏빛 외투를 비롯하여 호화롭기 그지없는 다양한 외투와 모자를 가지고 있었다. 또한, 최고급 자줏빛 펠트 위에 황금빛 수가 놓인 신을 신곤 했다. 한편 데메트리오스만을 위해 직조되고 있는 외투도 있었는데 온 세계와 천체가 그려진 놀라운 작품이었다. 그러나 데메트리오스의 운명이 역전되는 바람에 절반만 완성되었고 마케도니아의 이후 왕들은 적지 않은 수가 사치와 허영을 좋아했음에도 감히 외투를 가지려 하지 않았다.

XLII.

　데메트리오스는 그 같은 겉치레에 익숙하지 않은 백성의 불만을 샀다. 뿐만 아니라 호화로운 삶의 방식도 백성의 심기를 건드렸다. 무엇보다도 그를 만나거나 접견하기 힘들다는 사실이 가장 큰 문제였다. 데메트리오스는 접견을 전혀 받지 않거나 받을 때도 접견인에게 거칠고 엄격하게 굴었다. 그 예로 아테나이에서 사절단이 왔을 때, 데메트리오스는 헬라스 그 어느 시민의 호의보다도 아테나이 시민의 호의를 갈구했음에도 사절단을 두 해 동안 기다리게 했다. 한편 스파르테에서 사절 한 명을 보내오자 멸시를 당했다고 여기고 불같이 성을 냈다.

　"그게 무슨 말이냐? 스파르테에서 온 사절이 고작 한 명뿐이라고?"

　이처럼 고함을 치는 데메트리오스에게 사절은 라코니아 특유의 간결한 대답을 던졌다.

　"예, 전하도 한 분이시니까요."

　하루는 데메트리오스가 평소보다 상냥한 태도로 말을 타고 나가는 듯했다. 백성을 만나도 불쾌한 기색을 드러내지 않았다. 왕에게 탄원서를 내민 인파는 적지 않았다. 그가 탄원자를 일일이 상대하며 탄원서를 외투 안에 넣었으므로 백성은 기뻐하며 왕을 호위했다. 그러나 악시오스 강을 가로지르는 다리 위에 다다른 데메트리오스는 외투를 흔들어 모든 탄원서를 물속에 빠뜨려버렸다.

　그러자 지배를 당하고 있는 것이 아니라 모욕을 당하고 있다고 생각한 마케도니아 사람들은 몹시 불만스러웠고 필립포스 왕이 그 같은 상황에서 얼마나 합리적이었으며 얼마나 접근이 쉬웠는지 생각했다. 한 노파는 데메트리오스가 지나갈 때 그를 몰아세우며 여러 차례 접견을 요청했다. 그러자 데메트리오스는 "시간이 없다"고 대답했다.

"그러면 왕을 하지 말든가!"

노파가 빽 소리를 질렀다.

데메트리오스는 이 말에 뜨끔했다. 고민에 잠겨 왕궁으로 돌아간 왕은 며칠 동안 모든 일을 미룬 채 접견을 원하는 백성을 만나주는 데 몰두했다. 그를 꾸짖은 노파와의 접견이 첫 번째였다.

그러나 정의로운 업적만큼 왕에게 어울리는 일은 없다. 티모테우스에 따르면 '아레스전쟁의 신는 폭군'이나 핀다로스에 따르면 '법은 만물의 왕'이다. 호메로스가 말하기를 제우스는 왕들에게 헬레폴리스나, 청동 부리가 달린 배가 아닌 '도리'를 맡겨 보호하고 관리하게 했다. 또 제우스의 제자이자 '절친한 친구'는 가장 전쟁에 능하고 부당하고 살인적인 왕이 아니라 가장 정의로운 왕이라고 호메로스는 말했다.

반면 데메트리오스는 신들의 왕이 가진 별명과 정반대의 별명을 갖게 되었고 이를 자랑스러워했다. 제우스의 별명은 도시를 지키는 자, 혹은 도시를 보호하는 자인 반면 데메트리오스의 별명은 도시를 공격하는 자였던 것이다. 이처럼 지혜가 결여된 권력은 선의 자리에 악을 밀어넣고 명성을 불의와 함께 거주하게 한다.

XLIII.

그러나 데메트리오스는 위독한 병에 걸려 펠라에 몸져누웠을 당시 마케도니아를 빼앗길 뻔했다. 퓌르로스가 신속하게 침략하여 에뎃사까지 밀고 들어왔기 때문이다. 그러나 데메트리오스는 기력을 어느 정도 회복하자마자 퓌르로스를 나라 밖으로 몰아냈고 그와 일종의 협약을 맺었다. 지속적인 충돌과 지엽적인 분쟁이 자신의 정해진 목표를 방해하기를 원치 않았기 때문이다. 데메트리오스의 목표는 아버지가 다스렸던 모든 영토를 되찾는 것에 불과했다. 뿐만 아니라 그는 자신의 기대와 목적에 걸맞은 준비를 하고 있었다. 이미 보병 9만 8천 명으로 이루어진 군대를 꾸려놓고 있었고 기병이 1만 2천 명에 달했다.

이와 동시에 5백 척 규모의 함대를 꾸리기 위한 작업도 이미 시작된 상태였는데 페이라이에우스, 코린토스, 칼키스, 그리고 펠라에서 나뉘어 배가 만들어지고 있었다. 데메트리오스가 이 모든 지역을 직접 다니며 업무를 지시하고 설계를 돕는 동안 온 세상은 배의 숫자뿐만 아니라 규모에 탄복했다. 이때까지 노가 열다섯, 열여섯 겹 달린 배를 본 사람은 없었다.

훗날 프톨레마이오스 필로파토르가 노가 마흔 겹 달린 배를 만든 사례는 있다. 이 배는 길이가 2백80페퀴스였고 바닥에서 선미까지의 높이가 48페퀴스였다. 이 배에는 노를 젓지 않는 선원 4백 명, 노를 젓는 선원 4백 명이 승선했으며 그 밖에도 갑판과 통로에 중무장 보병 3천 명을 태울 공간이 있었다. 그러나 이 배는 주로 과시용이었으며 땅 위에 짓는 움직이지 않는 건물과 크게 다르지 않았다. 전투보다는 전시가 목적이었으므로 매우 힘겹고 위태롭게 움직였다.

그러나 데메트리오스의 배는 아름답다고 해서 전투 능력이 떨어지지 않았으며 장비가 거창하다고 해서 실용성이 떨어지지 않았다. 거대한 규모보다 더 놀라운 속도와 효력을 자랑했다.

XLIV.

알렉산드로스 이후 그 누구도 가져본 적 없었던 거대한 병력이 아시아에서 꾸려지는 가운데 셀레우코스, 프톨레마이오스, 뤼시마코스 세 왕은 데메트리오스에 맞서 연합군을 이루었다. 나아가 퓌르로스에게 연합 사절단을 보내 마케도니아를 공격하라고 부추겼다. 데메트리오스가 퓌르로스와 맺은 협정은 공격을 하지 않겠다는 뜻이 아니라 자신이 공격 상대를 정하겠다는 의미라고 설득한 것이다. 퓌르로스는 세 왕의 요청을 들어주었고 데메트리오스는 준비도 끝내기 전에 엄청난 전쟁에 휘말렸다. 프톨레마이오스가 대규모 함대를 이끌고 헬라스로 가서 반란을 유도하는 와중에 뤼시마코스는 트라키아에서, 퓌르로스는 이웃하는 에페이로스에서 마케도니아를 침략하여 약탈한 것이다. 데메트리오스는 아들에게 헬라스를 맡기고 자신은 급히 마케도니아를 구하기 위해 먼저 뤼시마코스를 향해 전진했다.

그러던 중에 퓌르로스가 베로이아를 빼앗았다는 소식이 들려왔다. 이 정보는 순식간에 마케도니아 병사들의 귀에 들어갔고 데메트리오스는 더 이상 기강을 잡을 수가 없었다. 온 진영이 눈물과 곡소리로 가득 찼으며 데메트리오스에 대한 분노에 찬 저주의 말도 난무했다. 병사들은 또 가만히 있으려고 하지 않았으며 겉으로는 고향으로 가고 싶다고 주장했으나 실은 뤼시마코스 측으로 넘어가고자 하는 마음이었다.

그러자 데메트리오스는 뤼시마코스과 최대한 멀리 떨어지기 위해 퓌르로스를 치기로 결정했다. 데메트리오스가 생각건대 마케도니아 병사들은 동포인 데다 알렉산드로스의 후계자인 뤼시마코스를 따를 것 같았다. 반면 새 얼굴인데다 이방인인 퓌르로스를 자신보다 선호할 것 같지는 않았다. 그러나 데메트리오스의 이러한 계산은 심각한 착오였다.

데메트리오스는 퓌르로스 측에 접근해 진영을 쳤다. 그러나 병사들은 퓌르로스가 전장에서 세운 눈부신 공적에 언제나 존경심을 느끼고 있었다. 뿐만 아니라 마케도니아 병사들은 예로부터 전장에서 가장 강력한 사람을 가장 왕다운 사람이라고 생각했다. 퓌르로스가 포로를 너그럽게 대한다는 사실도 알게 되었다. 병사들은 따를 사람이 퓌르로스든 누구든 상관없이 데메트리오스를 버리고 싶어 안달이었으므로 계속해서 상대편으로 넘어갔다. 처음에는 소규모로 비밀리에 넘어갔으나 어느새 진영 전체에 숨길 수 없는 동요와 혼란이 일었다.

그러자 몇몇 병사들은 두려움을 무릅쓰고 데메트리오스를 찾아가서 진영을 떠나 목숨을 구하라고 조언했다. 그리고 마케도니아 사람들은 데메트리오스의 호화로운 생활 방식을 지탱하기 위한 전쟁을 하는 데 지쳤다고 설명했다. 데메트리오스는 나머지 병사들의 거친 비난에 비해 온건했던 이 설명을 받아들이고 막사로 돌아갔다. 그리고 현실의 왕이 아니라 마치 배우처럼, 왕의 무대 의상을 벗어던지고 어두운 외투를 걸쳤으며 은밀히 진영을 빠져나갔다.

그러자 병사들 대부분은 그 즉시 데메트리오스의 막사를 약탈하고 찢었으며 재물을 차지하기 위해 서로 싸웠다. 곧이어 퓌르로스가 다가와 아무런 충돌 없이 진영을 손에 넣었다. 퓌르로스는 뤼시마코스와 마케도니아 전체를 나눠 가졌다. 데메트리오스가 7년간 안정적으로 다스린 뒤였다.

XLV.

이같이 권력을 빼앗긴 데메트리오스는 캇산드레이아로 피신했다. 그 어느 왕보다 괴로운 일을 많이 겪었던 데메트리오스가 다시금 왕의 지위를 잃고 나라에서 쫓겨나자 아내 필라는 슬픔에 잠겨 도저히 남편의 얼굴을 볼 수 없었다. 필라는 모든 희망을 버리고, 행운보다는 역경 속에서 더 흔들림 없는 남편의 운명을 저주하며 독약을 마시고 죽었다.

그러나 데메트리오스는 난파되고 남은 운명에 끝까지 매달릴 결심을 하고 헬라스로 가서 거기 있는 동료와 부하 지휘관을 결집하고자 했다.

소포클레스의 메넬라오스는 자신의 운명을 이렇게 빗대어 말하고 있다.

재빠르게 돌아가는 신의 바퀴에 걸린 내 운명은
끝없이 돌아가며 모습을 바꾼다.
마치 달의 모습이 이틀 동안 동일하고 불변할 수 없듯이,
어둠으로부터 먼저 젊고 새로운 얼굴로 나왔다가
점점 아름답고 탐스러워지다가
가장 그득하고 풍족한 단계에 이르면
다시 사라져 없어지는 것처럼.

이 비유는 자꾸만 찼다가 기울고 둥그렇게 부풀었다 작아지는 데메트리우스의 운명에 더 어울리는 듯하다. 이때에도 데메트리오스의 세력은 영영 시들고 깡그리 사라질 것처럼 보였으나 이윽고 새로운 빛줄기가 내려왔고 여러 소소한 권력의 획득은 조금씩 데메트리오스의 기대를 부풀렸다. 그러나 데메트리오스는 일단 평범한 시민의 옷차림으로 도시를 방문했고 왕의 휘장이 없이 다녔으므로 테바이에서 그를 목격한 한 사람은 적절히 에우리피데스의 시구를 갖다 붙였다.

신의 모습을 인간의 모습과 맞바꾸시어
디르케의 개울과 이스메노스의 홍수를 찾아오셨네.

XLVI.

어느새 데메트리오스는 마치 왕도에 들어서듯 희망의 길로 들어서서

주권자로서의 형색을 갖추었고 테바이에 고대의 통치 체제를 되돌려주었다. 그러나 아테나이는 저항을 시작했다. 아테나이 시민은 과거의 관습대로 아르콘을 선출하기로 했고 구세주의 사제로 지명된 디필로스의 이름을 더 이상 해당 연도의 이름으로 쓰지 않았다. 그러나 데메트리오스가 생각보다 세력이 큰 것을 알고 마케도니아의 퓌르로스에게 도움을 요청했다. 데메트리오스는 격분하여 아테나이로 진격했고 힘겹게 포위 공격을 시작했다.

그러자 아테나이 시민은 데메트리오스에게 명망 있고 영향력이 높았던 철학자 크라테스를 보냈다. 곧 데메트리오스는 포위를 거두었는데 아테나이 시민을 대신해 호소하는 철학자를 위해서였기도 하고 이 철학자가 이로운 길이 무엇인지 설명하자 거기 설득을 당했기 때문이기도 하다. 데메트리오스는 가진 배를 모두 이끌고 거기 병사 1만 1천 명과 기병대를 태운 뒤 아시아로 건너갔다. 뤼시마코스의 손에서 카리아와 뤼디아를 빼앗기 위해서였다.

그러던 가운데 데메트리오스는 밀레토스에서 필라의 자매 에우뤼디케를 만났다. 에우뤼디케에게는 프톨레마이오스와 결혼해 낳은 딸 프톨레마이스가 있었다. 과거에 데메트리오스는 셀레우코스의 중재를 통해 이 딸과 결혼하기로 약속한 적이 있었다. 따라서 에우뤼디케가 딸을 인도했고 데메트리오스는 프톨레마이스와 혼인했다. 그런 직후에 여러 도시를 공격했는데 이 가운데 다수가 자진해서 데메트리오스의 편에 섰고 다수가 정복을 당했다. 그는 사르데이스도 빼앗았다. 그러자 뤼시마코스의 지휘관 일부가 자금과 병력을 가지고 데메트리오스에게 넘어왔다.

그러나 뤼시마코스의 아들 아가토클레스가 군대를 이끌고 막아서자 데메트리오스는 프뤼기아로 후퇴했다. 아르메니아에 다다를 수 있다면 메디아의 반란을 유도해서 북아시아를 넘볼 수 있을 것 같았다. 북아시아는 쫓기는 지휘관에게 여러 피난처와 휴식처를 제공할 수 있었다. 아가토클레스는 데메트리오스를 뒤쫓았다. 전투에서는 데메트리오스가 우세했지만, 식량이 떨어졌고 약탈을 할 수도 없었던 데메트리오스의 군대는 위태한 상황에 처했다. 뿐만 아니라 병사들은 데메트리오스가 아르메니아와 메디아를 향해 가고 있다는 사실을 눈치챘다. 굶주림이 악화되고 있었고 뤼코스 강을 건널 때 실수를 저지른 탓에 다수의 병사가 급류에 휩쓸려 죽기도 했다. 그런 상황에서도 병사들은 우스갯소리를 했다. 하루는 데메트리오스의 막사에 오이디푸스의 첫 대사가 약간 변형되어 적혀 있었다.

눈멀고 노쇠한 안티고노스의 아들이여,
우리를 어디로 데려가는 겁나까?

마케
도니아 트라키아

아르메니아

프뤼기아

뤼디아

아테나이

카리아

메디아

XLVII.

그러다 마침내 굶주림뿐만 아니라 질병의 공세가 이어졌다. 살아남기 위해 무엇이든 먹어야 하는 조건에서는 피할 수 없었던 결과였다. 총 8천 명에 달하는 병력을 잃은 데메트리오스는 남은 병력을 이끌고, 온 길을 되돌아갔고 타르소스에 당도했다. 당시 셀레우코스가 지배하던 이 지방을 약탈할 생각은 없었다. 셀레우코스에게 괜히 불평할 구실을 주고 싶지 않았다. 그러나 약탈을 하지 않기란 불가능했다. 병사들은 극심한 부족에 시달리고 있었고 타우로스 산맥으로 난 길들은 아가토클레스가 방어하고 있었다. 그리하여 데메트리오스는 셀레우코스에게 매우 긴 편지를 써서 신세 한탄을 했다. 사돈 간이니 한편이나 다름없지만, 적으로부터도 동정을 살 만큼 큰 고통을 겪은 자신을 측은히 여겨 달라고 간청하고 애원했던 것이다.

셀레우코스는 데메트리오스의 호소에 마음이 약해졌고 타르소스 근방의 부하들에게 전갈을 보내 데메트리오스를 왕으로 대접하고 병사들에게는 충분한 물자를 지급하도록 했다. 그러자 셀레우코스가 신뢰하는 동료이자, 지혜롭기로 소문난 파트로클레스가 나서서 말했다. 데메트리오스의 병력을 지원하는 데 드는 금액은 매우 적지만 데메트리오스가 타르소스 주변에 머물도록 놔두는 것은 현명하지 못하다는 설명이었다. 데메트리오스는 언제나 가장 난폭하고 야망이 큰 왕이었다. 게다가 그가 처한 상황은, 태어날 때부터 온화한 사람조차 무모하고 불법적인 행위를 저지르게 될 만한 난국이었다. 파트로클레스의 조언에 자극을 받은 셀레우코스는 대규모 병력을 이끌고 킬리키아로 행군했다.

데메트리오스는 셀레우코스의 급작스런 태도 변화에 놀라움과 두려움을 감추지 못하고 타우로스 산맥의 가장 튼튼한 요새들로 후퇴했다.

그리고 셀레우코스에게 전령을 보내 다른 것은 필요 없으니 남의 지배를 받지 않는 이방 민족 사이 자그마한 왕국에서 더 이상 헤매거나 도망치지 않고 생을 마감하게 해달라고 했다. 그것이 어렵다면 병사들에게 겨울을 날 수 있을 만큼의 식량을 주고, 부디 맨몸에 빈털터리인 자신은 적의 손안으로 내치지만은 말아 달라고 빌었다.

XLVIII.

그러나 셀레우코스는 이 모든 것이 의심스러웠다. 그래서 만약 데메트리오스가 절친한 동료를 볼모로 준다면 카타오니아에서 두 달 동안 겨울을 나게 해주겠다고 전했다. 이와 동시에 그가 쉬리아로 건너갈 수 있는 길목의 방어를 강화했다. 그러자 데메트리오스는 궁지에 몰린 야생 짐승처럼 자신을 방어하는 수밖에 없었다. 그는 주변 지방을 약탈했고 셀레우코스의 공격을 받자 싸움을 벌였으며 늘 유리한 위치를 선점했다.

하루는 낫이 달린 전차가 돌격해 왔고 데메트리오스는 이를 피해 상대를 패주시키고 쉬리아로 가는 길목을 방어하고 있던 자들을 몰아낸 다음, 이 길목을 차지했다. 이렇게 되자 데메트리오스의 사기는 하늘을 찔렀다. 병사들 또한 용기를 되찾은 모습을 보고 데메트리오스는 궁극의 전리품을 두고 셀레우코스와 끝까지 싸울 준비를 했다. 셀레우코스는 매우 난처한 상황에 빠져 있었다. 뤼시마코스를 불신했고 두려워했던 까닭에 그의 지원을 거부했으나 홀로 데메트리오스와 싸우기는 망설여졌기 때문이다. 셀레우코스는 데메트리오스의 필사적인 태도가 두려웠고 그를 극한의 결핍 상황에서 한없이 풍족한 상황으로 데려다 놓는 끊임없는 운명의 변화도 두려웠다.

그런데 이 시점에서 데메트리오스가 위중한 병에 걸렸다. 병은 데메트리오스의 몸을 심하게 망가뜨렸고 그의 앞길도 망쳐버렸다. 병력 일부가 적의 편으로 넘어가거나 흩어졌기 때문이다. 그러나 40일 후 마침내 힘을 되찾은 데메트리오스는 남은 병사들을 데리고 킬리키아로 가는 듯 보였다. 그러나 밤을 틈타 나팔 신호도 없이 방향을 반대로 바꾸었고 아마노스 산맥을 지나 남쪽 지방을 약탈하며 퀴르레스티케까지 밀어붙였다.

XLIX.

셀레우코스가 여기서 모습을 드러내고 근처에 진영을 치자 데메트리오스는 밤새 병력을 움직여 셀레우코스를 향해 갔다. 셀레우코스는 한참 동안 상황을 눈치채지 못하고 잠에 빠져 있었다. 그러나 몇몇 탈영병이 달려와 위험을 알리자 혼비백산한 셀레우코스는 벌떡 일어나 나팔을 불라고 명령했다. 그리고 장화를 신으면서 동료들에게 맹수가 나타났다고 외쳤다.

그러나 데메트리오스는 적이 소란을 피운 덕분에 발각이 되었음을 깨닫고 신속히 후퇴를 명령했다. 다음 날 이어진 전투에서 셀레우코스는 맹렬히 공격해왔고 데메트리오스는 지휘관을 반대편 날개로 보내 적을 일부 패주시켰다. 그런데 바로 이때 셀레우코스가 말에서 내리더니 투구를 벗었고 가벼운 방패만을 들고 데메트리오스의 용병 부대를 만나러 갔다. 그는 자신의 정체를 밝히고는 넘어오라고 권유했으며 여태 데메트리오스를 봐준 것도 용병 부대를 염려해서였다고 말했다. 그러자 모두 셀레우코스를 왕으로 부르며 반겼고 그의 편으로 넘어갔다.

마지막 운명의 역전이 다가왔음을 감지한 데메트리오스는 전장을 버리고 아마노스 산맥으로 들어갔고 다 합해봐야 얼마 되지 않는 동료와 부하를 데리고 깊은 숲 속에 숨어 밤을 지새웠다. 가능하다면 카우노스로 가서 함대가 기다리고 있을 해안으로 내려가고 싶었다. 그러나 다음 날 먹을 식량조차 없다는 소식을 듣자 계획을 바꾸기로 했다. 바로 이때 동료 소시게네스가 다가와 허리춤에 차고 있었던 황금 4백 덩이를 내놓았다. 이 돈으로 해안까지 무사히 도착할 수 있기를 바라며 일행은 밤의 어둠 속에 바다로 향하는 길목으로 갔다. 그러나 적이 불을 지피고 있었기에 일행은 이 길을 포기하고 다시 숲 속으로 돌아와야 했다. 전부 다 돌아온 것은 아니다. 도망간 자도 있었다. 남은 사람들도 풀이 죽은 상태였다. 그때 한 사람이 용기를 내어 셀레우코스에게 항복을 해야 한다고 말했다. 그러자 데메트리오스는 칼을 뽑아 자결하려 했으나 그를 빙 둘러싼 동료들이 따뜻한 말로 항복을 하는 게 좋겠다고 설득했다. 결국 데메트리오스는 셀레우코스에게 사람을 보내 처분을 기다렸다.

L.

소식을 들은 셀레우코스는 데메트리오스가 목숨을 부지한 것은 그의 행운이 아니라 자신의 행운이라며 행운의 여신 덕분에 다른 은총과 더불어 데메트리오스에게 자비와 친절을 베풀 기회를 얻게 되었다고 말했다. 그는 관리자를 불러 왕을 위한 막사를 세우도록 했고 웅장한 환영 행사와 볼거리를 기획하고 준비하도록 했다. 한편 셀레우코스 측에는 데메트리오스의 절친한 친구였던 아폴로니데스라는 자가 있었다. 셀레우코스는 이 자를 곧장 데메트리오스에게 보냈다. 셀레우코스가 데메트리오스를 친구이자 사돈으로 맞이할 테니 기운을 내고 자신을 가지라고 격려하기 위함이었다.

셀레우코스의 뜻이 이처럼 분명해지자 처음에는 셀레우코스의 동료 몇몇이, 곧이어 대부분이 한시바삐 데메트리오스를 만나러 갔다. 너도나도 데메트리오스를 만나려고 경쟁이 붙은 것인데 그가 얼마 안 가 셀레우코스의 궁정에서 매우 영향력 있는 인물이 되리라고 예상했기 때문이다.

그러나 이런 동료들의 태도는 셀레우코스의 동정심을 시기로 바꾸어 놓았으며 여러 악의 있고 심술궂은 사람들은 이를 틈타 셀레우코스의 너그러운 행동을 방해하고 멈출 궁리를 했다. 데메트리오스가 나타나자마자 진영에서 반란이 일어날 것이라고 암시하며 셀레우코스에게 겁을 준 것이다.

한편 아폴로니데스는 해맑은 얼굴로 데메트리오스에게 도착했고 다른 왕의 친구들도 나타나 셀레우코스의 그의 너그러운 마음씨에 관한 놀라운 이야기들을 늘어놓았다. 온갖 재앙과 불행을 겪었던 데메트리오스가 투항을 수치스럽게 여긴 적이 있었다면 어느새 용기와 기대감에 생각은 바뀌었다. 그런데 바로 이때 파우사니아스가 보병과 기병을 합친 병사 1천 명을 인솔하고 나타났다. 그리고 갑자기 이 병력으로 데메트리오스를 에워싸더니 다른 사람은 모두 보내버리고 데메트리오스만을 데리고 셀레우코스가 있는 곳이 아닌 쉬리아의 케르소네소스로 갔다.

여기서 데메트리오스는 삼엄한 경비 속에 여생을 보냈다. 셀레우코스는 부족하지 않을 만큼 시종들을 보내왔고 생활에 필요한 돈과 물건도 매일 무시 못할 만큼 제공했다. 심지어 왕이 말을 타거나 걸을 수 있는 산책로, 야생 동물을 사냥할 수 있는 공원을 따로 줄 정도였다. 왕의 동료가 함께 유배 생활을 하면서 왕을 만나는 것도 허용되었다. 데메트리오스가 포로의 몸이었음에도 셀레우코스 측 다양한 사람들은 그를 찾아와 상냥한 말을 전하거나, 안티오코스가 스트라토니케와 찾아오기만 한다면 풀려날 것이라며 기운을 북돋아 주었다.

214

LI.

그러나 이 같은 곤경에 처한 데메트리오스는 아들에게, 그리고 아테나이와 코린토스에 있는 동료와 지휘관들에게 전갈을 보내 자신의 것으로 보이는 서신이나 인장을 신뢰하지 말라고 당부했고 자신을 죽은 사람으로 취급할 것을 주문했다. 또한, 아들이 다스리는 도시와 아들의 남은 권력을 지켜 달라고 당부했다. 안티고노스는 아버지가 사로잡혔다는 소식을 듣고 깊은 시름에 빠졌으며 상복을 입고 다른 왕들에게 편지를 썼다. 특히 셀레우코스에게 탄원하며 자신과 아버지가 가진 모든 것을 내어주겠다고 했고 무엇보다 아버지 대신 자신이 볼모로 가겠다고 자원했다.

여러 도시와 여러 지배자도 함께 탄원을 올렸다. 그러나 뤼시마코스는 탄원하지 않았고 오히려 셀레우코스에게 큰돈을 지급할 테니 데메트리오스를 죽여 달라고 제안했다. 그러자 언제나 뤼시마코스가 못마땅했던 셀레우코스는 그가 한결 혐오스럽고 야만적으로 느껴졌다. 결국, 셀레우코스는 아들 안티오코스와 스트라토니케가 석방을 요구해올 것에 대비해 계속해서 데메트리오스를 경계하고 감시했다.

LII.

한편 데메트리오스는 붙잡힌 직후에도 불행에 좌절하지 않았지만 갈수록 제 처지에 익숙해져 좀 더 쉽게 상황을 버티어냈다. 처음에는 어떤 방법으로든 몸을 움직였는데 사냥을 하기도 하고 멀리 가지는 못해도 말을 타기도 했다. 그러다 점점 운동에 무관심해지더니 아주 등을 돌렸고 대신 열심히 술을 마시고 주사위 놀이를 하면서 대부분의 시간을 보냈다. 그가 이같이 술독에 빠져 자기반성을 거부한 이유는 취하지 않으면 제 처지에 대한 상념에 괴로웠기 때문일 것이다. 혹은 진정한 인생을 찾았다고 확신했기 때문일 것이다. 오랫동안 바라왔고 이루고자 힘써왔던 인생이지만 어리석음과 헛된 야망으로 인해 미처 알아보지 못한 탓에 자신도 여러 다른 사람도 몹시 고생을 했다고 생각했을 것이다. 최고의 행복을 찾고자 무기와 함대와 병력을 동원했지만 놀랍게도 행복을 무위와 여가와 휴식에서 발견했을 수 있다는 것이다. 형편없는 군주들이 전쟁과 위험을 무릅쓰고 얻고자 하는 것이 바로 이런 인생이 아니면 무엇이겠는가? 그들을 악하고 어리석다고 하는 이유는 그들이 덕과 명예보다 사치와 쾌락을 좇기 때문만이 아니라 진정한 쾌락과 참된 사치를 즐기는 법을 모르기 때문이다.

데메트리오스는 시리아 케르소네소스에 붙잡혀 3년을 보낸 뒤 운동부족과 과식, 음주로 인하여 병에 걸렸고 55세에 생을 마감했다. 셀레우코스는 이 일로 평판이 추락했고 데메트리오스를 의심했던 것을 뼈저리게 후회했다. 트라키아 야만인 드로미카이테스조차 뤼시마코스를 포로로 잡은 뒤 인도적이고 왕다운 대우를 해주었다는 점에서 셀레우코스를 능가했기 때문이다.

LIII.

심지어 데메트리오스의 장례식마저도 한 편의 비극이나 연극 같았다. 아버지의 유해가 고향으로 오고 있다는 소식을 들은 아들 안티고노스는 함대 전체를 출격시켜 군도 부근까지 마중을 나갔다. 유해는 금단지에 담겨 전달되었고 안티고노스는 이를 해군 대장의 가장 큰 함선에 실었다. 이후 함대는 여러 도시를 거쳤는데 도시에서는 금단지를 장식할 꽃을 바치기도 했고 유해를 호송하고 매장을 도울 일손에게 상복을 입혀 보내기도 했다.

함대가 코린토스에 정박했을 때, 왕의 자주색과 왕관으로 꾸며진 유골 단지는 함선의 선미루船尾樓에 놓여 눈에 잘 띄었다. 주변으로는 젊은이들이 팔을 엮고 서서 유골 단지를 지키고 있었다. 뿐만 아니라 당시 가장 유명했던 피리 연주자 크세노판토스가 가까이서 실로 장엄한 음률을 연주했다. 노 젓는 이들은 박자에 맞추어 피리 가락을 정확히 따라갔고 노가 바다를 때리는 소리는 마치 가슴을 때리는 소리처럼 울리며 피리 소리의 장단에 호응했다.

그러나 무리를 지어 해안으로 내려온 사람들에게 가장 큰 동정과 슬픔을 불러일으킨 광경은 몸을 숙이고 눈물을 흘리는 안티고노스의 모습이었다. 코린토스가 고인에게 화환을 비롯한 여러 선물을 바치고 난 뒤 안티고노스는 유해를 데메트리아스로 옮겨 매장했다. 데메트리오스가 이올코스 근방에서 이주시킨 사람들로 구성하고 자신의 이름을 붙였던 도시였다.

데메트리오스는 여러 자녀를 남겼다. 그와 필라 사이에는 안티고노스와 스트라토니케가 있었고 그와 일뤼리아 여인 사이에서 태어난 두 아들의 이름은 모두 데메트리오스였다. 이 중 한 아이의 별명은 말라깽이였다. 데메트리오스와 프톨레마이스 사이에서 태어난 아이는 이후 퀴레네의 지배자가 되었고 데이다메이아가 낳은 알렉산드로스는 아이귑토스에서 살다 죽었다. 에우뤼디케와 아들 코르라고스를 낳았다는 말도 있다. 데메트리오스 왕가의 족보는 페르세우스까지 이어지는데 이 페르세우스의 치세 도중 로마가 마케도니아를 정복한다.

이제 마케도니아 연극이 끝났으니 로마 연극을 올려보기로 하자.

PLUTARCH
LIVES

안 토 니 우 스

안토니우스

I.

안토니우스의 조부는 연설가 안토니우스로 술라의 지지자였다가 마리우스의 손에 죽임을 당했다. 아버지는 안토니우스 크레티쿠스로 공직에서는 명성을 누리거나 공을 세우지 못했으나 친절하고 청렴했으며 매우 너그럽게 베푸는 성격이 특징이었다. 한 가지 사례만 보아도 알 수 있다. 안토니우스 크레티쿠스는 재산이 많지 않았으므로 호의를 베풀고 싶을 때 아내의 눈치를 보지 않을 수 없었다. 한번은 절친한 친구가 돈을 꾸러 왔는데 빌려줄 돈이 없자 어린 노예를 시켜 은그릇에 물을 담아오게 한 다음 면도를 할 것처럼 턱을 적셨다. 그러고는 또 다른 심부름이 있다며 노예를 물렸고 친구에게 은그릇을 주면서 팔아서 쓰라고 했다. 이후 은그릇이 없어진 사실을 안 아내는 그릇을 찾으려고 노예들을 샅샅이 뒤졌다. 화가 난 아내가 노예를 한 사람씩 고문하겠다고 하자 안토니우스는 제가 한 일을 털어놓았고 용서를 빌었다.

II.

이 아내가 바로 율리아, 카이사르 집안의 여인이었다. 당대의 가장 기품 있고 신중한 여인 가운데 하나였다. 안토니우스는 이런 어머니 밑에서 자랐다. 안토니우스의 아버지가 세상을 떠나자 율리아는 코르넬리우스 렌툴루스와 결혼했다. 그런데 렌툴루스는 카틸리나의 음모에 가담한 죄로 키케로에 의해 사형에 처해졌다. 이것이 바로 안토니우스가 키케로에게 느꼈던 격렬한 증오심의 발단이자 원인이었을 것이다. 아무튼, 어머니가 키케로의 아내에게 간절히 빌기 전까지 렌툴루스의 시신조차 넘겨받지 못했다고 안토니우스는 말한다. 그러나 이는 결코 사실이 아니다. 당시 키케로가 처벌한 시민의 장례는 빠짐없이 치러졌다.

안토니우스는 젊은 시절 장래가 무척 밝았으나 쿠리오와의 깊은 우정이 역병처럼 그를 덮쳤다고 한다. 쿠리오는 자신도 무절제한 쾌락을 즐겼지만, 안토니우스를 좀 더 유연하게 만들고자 그를 술잔치에 끌고 다녔고 여자들과 어울리게 했으며 아낌없이 사치를 부리게 만들었다. 이 결과 안토니우스는 2백50탈란톤이라는, 나이에 어울리지 않는 큰 빚을 지게 되었다. 쿠리오가 이 금액에 전체에 대해 보증을 서주었으나 쿠리오의 아버지는 그 말을 듣고 안토니우스를 다시는 집에 들이지 않았다.

• 안토니우스의 모습으로 추정되는 로마 귀족의 두상.

그러자 안토니우스는 잠시 클로디우스와 한편에 섰다. 나라를 뒤흔드는 격랑 속에서 당대의 가장 무모하고 저열한 민중 선동가와 어울린 것이다. 그러나 얼마 가지 않아 이 악한의 광기에 지쳤고 클로디우스에 맞서 형성되고 있는 파벌을 두려워하며 이탈리아를 떠나 헬라스로 건너 갔다. 헬라스에서 그는 군사 훈련을 받고 연설 공부를 하며 시간을 보냈 다. 그는 당시 인기가 최절정이었던 이른바 아시아식 연설법을 선택했는 데 이것은 허세와 자부심으로 가득 차고 헛된 기쁨과 비뚤어진 야망으 로 넘쳤던 안토니우스 자신의 인생과도 매우 닮아 있었다.

III.

집정관을 지냈던 가비니우스는 쉬리아로 원정을 떠나면서 안토니우스 를 설득하여 데리고 가려고 했다. 그러나 개인 자격으로 떠나기는 싫었 던 안토니우스는 군마를 담당하는 지휘관으로 임명해달라고 고집한 끝 에 원정에 올랐다.

안토니우스는 먼저 유대인을 부추겨 반란을 꾀하고 있었던 아리스토 불루스를 상대했다. 그는 가장 먼저, 가장 높은 요새에 올랐으며 결국 모 든 요새로부터 아리스토불루스의 군대를 몰아냈다. 그리고 전장에서 아 리스토불루스와 맞붙었으며 소규모 병력으로 몇 곱절이 넘는 적의 병력 을 몇 명만을 남기고 무찔렀다. 아리스토불루스 또한 아들과 함께 포로 로 붙잡았다.

이후 프톨레마이오스는 가비니우스에게 1만 탈란톤에 달하는 뇌물을 건네며 함께 아이귑토스를 침략한 다음 왕국을 되찾게 도와달라고 부 탁했다. 그러나 지휘관 대다수가 이 계획에 반대하고 있었고 가비니우 스 자신도 비록 1만 탈란톤에 혹하기는 했어도 앞일에 대한 안 좋은 예 감이 들었다. 그러나 프톨레마이오스의 부탁을 들어주고 위대한 업적을 이루고픈 야심에 차 있던 안토니우스는 왕을 거들어 가비니우스에게 원 정을 떠나자고 부추겼다.

222

그러나 문제는 전쟁보다는 펠루시온으로 가는 여정이었다. 물이 없는 깊은 모랫길을 헤치고 에크레그마와 세르보니스 늪까지 가야 했기 때문이다. 아이귑토스 사람들은 이곳을 튀폰*의 질풍이라고 부르는데 이 늪은 사실 홍해가 남긴 물줄기로 이 늪과 지중해 사이의 지협이 가장 좁아지는 위치에서 늪으로 물이 스며드는 것으로 보인다.

기병대와 함께 이 지역으로 파견된 안토니우스는 지협을 차지했을 뿐만 아니라 대도시 펠루시온을 빼앗기까지 했다. 도시의 수비대를 제압함으로써 나머지 병력이 안전하게 행군할 수 있게 도왔고 지휘관에게는 승리를 기대해도 된다는 확신을 안겨준 것이다. 심지어 적군도 제 탁월함을 자랑하기 좋아하는 안토니우스의 덕을 보았다. 프톨레마이오스가 펠루시온에 도착하자마자 분노와 증오에 이끌려 아이귑토스 사람들을 대량 학살하려고 했을 때 안토니우스가 개입하여 이를 막은 것이다.

뿐만 아니라 안토니우스는 이어진 크고 많은 전투와 싸움에서 대담하고 영리한 지도력을 드러내는 여러 업적을 세웠다. 가장 뚜렷한 공은 적의 측면을 에워싸고 후방을 공략함으로써 아군의 선봉을 승리로 이끈 일이었다. 안토니우스는 이 모든 공훈을 인정받았고 합당한 영예도 누렸다. 그리고 대중은 안토니우스가 죽은 아르켈라오스를 인도적으로 대우해준 사실을 놓치지 않았다. 그는 아르켈라오스가 생전에 동지이자 친구였음에도 불가피하게 그를 상대로 전쟁을 벌였다. 그러나 그가 죽자 시신을 찾아 왕답게 장식하고 장례를 치러주었다. 이리하여 알렉산드리아 시민 사이에 매우 높은 명성을 남겼으며 함께 원정을 나섰던 로마 시민도 그를 누구보다 뛰어난 인물로 여기게 되었다.

• 아이귑토스 인들이 세르보니스 늪 밑에 산다고 믿는 악의 신.

IV.

안토니우스는 생김새 또한 기품 있었다. 보기 좋은 수염과 넓은 이마, 매부리코는 헤라클레스의 초상이나 조각에 도드라지게 나타나는 남성적인 특징들을 보여준다고 여겨졌다. 안토니우스 집안이 헤라클레스의 자손이라는 설도 있었다. 헤라클레스의 아들 안톤이 바로 안토니우스 가문의 시조라고 주장했던 안토니우스는 앞서 말한 몸의 생김새뿐만 아니라 옷차림으로 이 주장을 굳히고자 했다. 여러 사람의 눈에 띌 수 있는 자리에 설 때마다 그는 긴 웃옷을 허벅다리가 드러나게 입고 옆구리에 긴 칼을 찼으며 무거운 외투로 몸을 감쌌다.

한편 안토니우스가 농을 던지거나 자랑을 늘어놓거나 술잔을 눈에 띄게 들고 다닐 때, 혹은 식사하는 동료 곁에 앉거나 사병들과 함께 서서 식사를 할 때, 이를 좋지 않은 눈으로 바라보는 사람도 있었으나 병사들은 이 모든 것을 보며 안토니우스에 대해 놀라울 정도의 호의와 애정을 키워갔다. 심지어 안토니우스가 연애 문제들과 관련해 보여준 태도도 매력이 없지 않았다. 오히려 여러 사람의 호의를 샀다. 병사들의 애정 행각을 도와주었을 뿐 아니라 자신의 정사에 대한 병사들의 농담도 기분 좋게 받아주었기 때문이다.

뿐만 아니라 안토니우스의 너그러움, 친구들과 병사들에게 아낌없이 호의를 펴주는 성격은 세력 증강의 더할 나위 없는 토대가 되었다. 또 그의 세력이 거대해진 뒤에는 그 세력을 더욱 높이 올려다 놓았다. 그렇다고 그가 저지른 셀 수 없는 잘못이 세력을 감소시키지 않은 것은 아니다. 안토니우스가 아낌없이 베풀었던 사례를 이야기해보자. 그는 어느 날 집사에게 명령하여 친구에게 25만 드라크메를 지급하도록 했다. 로마에서 데키에스라고 부르는 액수였다. 집사는 경악하며 안토니우스에게

224

데키에스가 얼마나 많은 돈인지 보여주고자 잘 보이는 곳에 돈을 쌓아 두었다. 지나가던 안토니우스는 그 돈이 무슨 돈이냐고 물었고 집사는 안토니우스가 친구에게 주도록 지시한 액수라고 말했다. 집사의 악의를 꿰뚫어본 안토니우스는 말했다.

"데키에스가 이 정도밖에 되지 않을 줄은 몰랐군. 이건 푼돈이 아닌가. 그러니 더 얹어 보내게."

V.

그러나 이것은 훗날의 일이다. 로마의 정세에 위기가 닥쳤을 때, 즉 귀족 파벌이 성안에 있던 폼페이우스 편에 서고 민중파가 갈리아에서 군대를 이끌고 있는 카이사르를 호출했을 때 안토니우스의 친구 쿠리오는 편을 바꾸어 카이사르의 명분을 지지했으며 안토니우스도 자기편으로 데리고 왔다.

쿠리오는 달변인 덕택에 대중을 좌지우지할 수 있었고 카이사르가 제공한 자금을 아낌없이 썼으므로 안토니우스가 민중 호민관으로 선출될 수 있게 만들었고 뒤이어 안토니우스를 새가 비행하는 모습을 보고 점을 치는 사제, 즉 조점관직에 앉혔다. 안토니우스는 공직에 들어서자마자 카이사르에게 유리하도록 정세를 관리하고 있는 사람들에게 큰 도움을 주었다. 먼저 집정관 마르켈루스가 이미 징집된 병사들을 폼페이우스 밑으로 보내는 법안을 제의했을 때 안토니우스는 여기 반대해, 이미 소집된 병력은 쉬리아로 보내 파르티아와 전쟁을 벌이고 있던 비불루스를 돕게 해야 한다고 주장했다. 또한, 폼페이우스가 새롭게 모집하고 있던 병사들도 폼페이우스의 밑으로 들어가서는 안 된다고 했다. 이뿐 아니라 원로원이 카이사르의 서신을 받지도 않고 낭독마저 금지했을 때 안토니우스는 직권을 행사함으로써 직접 서신을 낭독했다. 그러자 여러 사람은 생각을 바꾸어 카이사르의 요구가 합리적이고 정당하다고 믿게 되었다.

마지막으로 원로원이 폼페이우스와 카이사르 중 누구의 병력을 해산시켜야 할지 결정할 때였다. 폼페이우스가 무기를 내려놓아야 한다는 사람은 적었고 카이사르가 내려놓아야 한다는 의원이 대다수인 가운데 안토니우스가 일어나 둘 다 무기를 내려놓고 병력을 해산시키는 것이 어떨지 원로원에 물었다. 그러자 모두가 신속히 여기 동의했고 안토니우스를 큰 소리로 칭찬하며 투표를 진행하고자 했다.

그러나 두 집정관이 이를 허락하지 않자 카이사르의 지지자들은 합리적이라고 여겨지는 새로운 요구 사항을 내놓았다. 이에 카토가 반대했고 렌툴루스는 집정관 자격으로 안토니우스를 원로원에서 쫓아냈다. 안토니우스는 이들에게 저주를 퍼부으며 원로원을 나갔고 이후 노예로 가장하고 퀸투스 캇시우스와 함께 마차를 빌려 카이사르와 합류하기 위해 길을 떠났다.

카이사르를 만나자마자 두 사람은 로마가 엉망이 되었다고 요란하게 불평했다. 민중 호민관조차 의사 표현의 자유가 없었고 정의를 위해 목소리를 높이는 자는 누구든 탄압을 받거나 목숨을 걸어야 했기 때문이다.

VI.

그러자 카이사르는 군대를 이끌고 이탈리아를 침략했다. 그래서 키케로가 『필립피코이』*에, 트로이아 전쟁의 원인은 헬레네였고 로마 내전의 원인은 안토니우스였다고 적은 것이다. 그러나 이것은 명백히 틀린 말

226

이다. 가이우스 카이사르는 쉽게 구부릴 수 있는 사람이 아니었고 분노에 이끌려 충동적인 행동을 하는 사람도 아니었다. 따라서 이미 오래전에 행로를 정하지 않았다면 아무리 누더기를 입은 안토니우스가 마차를 빌려 캇시우스와 도망을 왔다고 해도 순간의 충동에 휩쓸려 조국과 전쟁을 벌이지 않았을 것이다. 안토니우스는 전쟁을 벌일 그럴듯한 구실이자 눈가림을 제공했을 뿐이며 카이사르는 이미 오래전부터 이를 기다려온 참이었다. 카이사르로 하여금 온 인류를 상대로 전쟁을 벌이게 한 것은, 선대 알렉산드로스의 경우가 그랬고 옛날 퀴로스의 경우가 그러했듯 채울 수 없는 권력욕이었고 가장 으뜸이자 위대한 사람이 되고자 하는 광기 어린 욕망이었다. 그리고 그 욕망은 폼페이우스를 처치하지 않으면 채울 수 없었다.

그리하여 카이사르는 로마를 향해 행군했고 손에 넣었으며 폼페이우스를 이탈리아에서 쫓아냈다. 이어서 이베리아^{스페인}에 있는 폼페이우스의 병력을 일단 무찌르고, 함대가 준비되면 바다를 건너 폼페이우스와 싸우기로 마음먹은 카이사르는 로마를 법무관 레피두스에게 맡겨두고 이탈리아 땅과 병력은 민중 호민관이었던 안토니우스에게 맡겼다.

안토니우스는 병사들과 훈련을 함께 하고 대체로 그들과 함께 생활했으며 가능하면 아낌없이 선물을 안겨줌으로써 순식간에 호의를 얻었다. 그러나 그 밖의 다른 모든 사람은 그를 미워했다. 태평한 성격 탓에 억울한 사람들을 등한시하기 일쑤였고 의논을 해오는 사람의 말에는 화를 냈으며 남의 아내들과의 관계로 인해 평판이 땅에 떨어졌다. 한마디로 말해서 카이사르의 행로만으로 따졌을 때 결코 독선적이라고 평가할 수 없었던 카이사르의 권력이 그가 거느린 동료들로 인해 증오의 대상이 된

• 필립포스 탄핵 연설이라는 뜻으로 실제로는 필립포스가 아닌 안토니우스를 고발하는 글이자 연설이지만 연설가 데모스테네스에 대한 존경의 의미로 데모스테네스의 가장 유명한 연설과 동일한 이름을 붙였다.

것이다. 동료들 가운데 가장 세력이 컸으며 가장 제멋대로라고 여겨졌던 안토니우스가 카이사르에게 가장 큰 오명을 안겼다.

VII.

그러나 이베리아에서 돌아온 카이사르는 안토니우스에 대한 비난을 무시했다. 안토니우스가 전장에서는 힘이 넘치고 용감하며 능력 있는 지도자였으므로 카이사르는 실수를 범하지 않았다. 이어서 카이사르는 병사 소수만을 데리고 브룬디시움을 출발해 이오니아 해를 건넌 뒤 수송선을 가비니우스와 안토니우스에게 돌려보냈다. 병력을 태우고 최대한 빨리 마케도니아로 향하라는 지시였다. 그러나 가비니우스는 험난한 겨울 바다를 항해하기가 두려웠으므로 군대를 이끌고 육로로 멀리 돌아갔다.

그러자 수많은 적에게 둘러싸여 있는 카이사르가 염려스러웠던 안토니우스는 브룬디시움을 봉쇄하고 있던 리보를 무찌른 뒤 전함 여러 척을 수많은 소형 선박으로 둘러싼 다음 기병 8백, 군단병 2만을 배에 태우고 바다로 나아갔다. 그러던 중 적에게 발각되어 추격을 당했으나 위험에서 벗어날 수 있었다. 격렬한 남풍이 커다란 파도를 만든 결과 적의 전함이 물결 사이 깊은 골에 위치하게 되었기 때문이다. 반면 안토니우스 측 함대는 날카로운 바위투성이의 깎아지른 절벽을 향해 다가가고 있었으며 벗어날 희망이 없어 보였다. 그러나 갑자기 해안에서 강력한 남서풍이 불었고 물결이 해안에서 바다 쪽으로 움직인 덕에 안토니우스는 방향을 바꿀 수 있었다. 당당하게 바다를 헤치고 나가던 그는 해안가가 배의 잔해로 뒤덮인 광경을 보았다. 바람이 안토니우스를 쫓던 적의 전함을 해안으로 밀어 올렸고 수척이 파괴된 것이다. 안토니우스는 수많은 포로와 상당한 전리품을 획득했고 릿소스를 사로잡았다. 또한, 대규모 병력을 거느리고 아슬아슬한 순간에 등장함으로써 카이사르에게 상당한 자신감을 불어넣었다.

VIII.

이후 수많은 전투가 끊임없이 이어졌고 그때마다 안토니우스는 이름을 날렸다. 두 차례, 카이사르 휘하 병력이 줄행랑을 치고 있을 때 안토니우스는 병사들을 붙잡아 방향을 바꾸었으며 쫓아오는 적에 맞서 다시 한 번 싸우도록 만들었고 승리를 쟁취했다. 따라서 그는 카이사르 다음으로 진영 내에서 가장 많이 언급되는 사람이었다. 게다가 카이사르는 안토니우스에 대한 자기 생각을 있는 그대로 드러냈다. 파르살로스에서 마지막이자 결정적인 전투를 하려고 할 때 자신은 우측 날개를 맡았으나 좌측 날개의 지휘권은 휘하의 가장 능력 있는 부하 안토니우스에게 주었던 것이다.

전투에서 승리하고 독재관으로 선포된 뒤에는 폼페이우스를 추격하러 가면서 안토니우스를 기병대장으로 선택해 로마로 보냈다. 독재관이 성안에 있을 때 기병대장은 이인자지만 독재관이 부재중일 때 기병대장은 일인자이며 거의 유일한 권력자다. 독재관이 지명되면 호민관들은 그대로 있지만 다른 모든 관직은 폐지되는 까닭이다.

IX.

그러나 이 당시 호민관이었던 돌라벨라는 새로운 질서를 세운다는 목표가 있던 정치 새내기로서 부채를 탕감해주는 법을 제안했다. 그리고 언제나 군중을 기쁘게 하는 데 여념이 없던 동료 안토니우스를 설득하여 법안을 공동 발의하고자 했다. 그러나 아시니우스와 트레벨리우스가 안토니우스를 말린데다 우연하게도 돌라벨라가 안토니우스의 아내와 함께, 안토니우스에게 큰 잘못을 범했다는 중대한 의심을 받게 되었다.

안토니우스는 이를 심각하게 받아들이고 아내를 집에서 쫓아냈다. 키케로의 동료 집정관이었던 가이우스 안토니우스의 딸이었던 아내는 안토니우스의 사촌이기도 했다. 이어서 안토니우스는 아시니우스와 트레벨리우스와 뜻을 같이하고 돌라벨라를 상대로 싸움을 벌였다. 돌라벨라는 법안을 억지로 통과시키기 위해 포룸을 점거하고 있었는데 안토니우스는 돌라벨라를 상대로 무기를 들어도 된다는 원로원 승인을 받고 그를 공격했다. 그 결과 돌라벨라의 부하가 일부 전사했고 안토니우스의 부하도 죽었다.

자연히 이 행위는 군중의 미움을 샀다. 나아가 훌륭하고 올바른 시민들은 안토니우스의 평소 행태를 보고 그를 인정하지 않았다고, 아니 싫어했다고 키케로는 말한다. 안토니우스가 때를 모르고 술에 취하기 일쑤였고 심각한 낭비를 일삼고 여색을 탐했기 때문이다. 또 며칠을 잠에 빠져 있다거나 제정신이 아닌 상태로 두통을 호소하며 돌아다니는가 하면 오락이나 연극에 빠져 밤을 보내거나 무언극 배우나 광대의 혼인 만찬에 참여하곤 했던 것이다. 시민들은 이런 안토니우스의 행동을 몹시 싫어했다.

하루는 안토니우스가 무언극 배우 힙피아스의 결혼식 만찬에 가서 밤새 술을 마셨다고 한다. 아침 일찍 시민이 그를 포룸으로 불러내자 포만감이 가시지 않은 상태에서 시민들 앞에 섰던 안토니우스는 동료가 들어 올려준 옷섶에 구토를 했다고 한다. 무언극 배우 세르기우스도 안토니우스에게 대단한 영향력을 행사했다고 알려진다. 한편 세르기우스와 같은 연기 학교를 나온 퀴테리스라는 여성은 안토니우스가 매우 아끼는 여인이었다. 그는 다른 도시를 방문할 때마다 이 여인을 가마에 태우고 갔는데 이 가마를 뒤따르는 시종들의 숫자가 안토니우스의 어머니를 뒤따르는 숫자보다 적지 않았다고 한다.

그 밖에 시민들이 못마땅하게 여기는 점은 많았다. 안토니우스가 도시 밖으로 나설 때 마치 종교행렬에서처럼 황금 술잔을 앞세우고 다녔다는 점이나 그가 막사를 세우는 방식, 숲과 강가에 차려지는 그의 값비싼 식사, 사자가 끄는 전차도 못마땅하게 여겼다. 그는 선량한 남녀시민의 집을 매춘부와 삼부케현악기 연주자들의 집으로 사용해서 미움을 사기도 했다.

카이사르가 이탈리아 밖에서 노숙하며 엄청난 위험을 무릅쓰고 사력을 다해 전쟁을 마무리하고 있는 가운데 지지자들이 카이사르의 수고 덕분에 사치를 부리고 동료 시민들을 조롱한다는 사실은 극악한 일이었다.

• 사자가 끄는 전차를 타고 있는 안토니우스. 오스트리아 빈.

X.

안토니우스의 행실은 또한 불화를 부추기고 병사들로 하여금 난폭하고 탐욕스러운 행위를 저지르게 하였다고 한다. 로마로 돌아온 카이사르가 돌라벨라를 사면하고, 세 번째로 집정관에 오른 뒤 안토니우스가 아닌 레피두스를 동료로 임명한 것은 이런 이유에서다.

한편 폼페이우스의 주택이 시장에 나왔을 때 안토니우스가 이를 사겠다고 했으나 대금 지급을 요구받자 안토니우스는 몹시 화를 냈다. 안토니우스에 따르면 그가 카이사르와 아프리카 원정을 함께하지 않은 것도 이런 이유에서였다. 이전에 거둔 승리에 대해 보상을 받지 못했다는 주장이었다.

그러나 카이사르는 안토니우스의 잘못을 짚고 넘어감으로써 그의 방탕하고 어리석은 태도를 대부분 고친 것으로 보인다. 결국 안토니우스는 비난받을 만한 행위들을 접고 결혼으로 마음을 돌렸다. 민중 선동가 클로디우스의 미망인 풀비아를 아내로 맞이한 것이다. 풀비아는 실을 잣거

• 풀비아의 얼굴이 새겨진 화폐. 기원전 41-40년경.

나 집안 살림에는 관심이 없는 여성이었고 평범한 개인의 아내로 사는 것도 원치 않았으며 오로지 지배자를 지배하고 지휘관을 지휘하는 데 관심이 있었다. 따라서 클레오파트라는 풀비아에게 빚을 졌다고 할 수 있다. 안토니우스가 여인의 말을 듣도록 가르친 것은 풀비아였고 그가 클레오파트라에게 갔을 때 그는 이미 길들여져 있었으며 여인에게 복종하는 법을 습득한 뒤였기 때문이다.

한편 안토니우스는 명랑한 태도와 젊은이다운 재치로 풀비아를 즐겁게 해주려고 노력하곤 했다. 일례로 카이사르가 이베리아에서 승리하고 여러 사람들이 그를 마중하러 나갈 때 안토니우스도 함께 나갔다. 그러다 갑자기 카이사르가 죽었으며 적이 쳐들어오려고 한다는 소식이 이탈리아 땅을 휩쓸었다. 안토니우스는 로마로 발길을 돌렸다. 노예로 가장하고 밤사이 집에 들른 그는 안토니우스가 풀비우스에게 보내는 편지를 가지고 왔다고 말했고 곧 얼굴을 가린 채 풀비아와 마주하게 되었다. 깊이 상심하고 있는 풀비아는 편지를 받아들기 전에 안토니우스가 살아있는지 물었다. 안토니우스는 말없이 편지를 건네준 다음 풀비아가 편지를 열어 읽으려고 할 때 아내를 껴안고 입을 맞추었다. 이 일화는 수많은 이야기 중 일부에 지나지 않는다.

XI.

카이사르가 이베리아에서 돌아왔을 때 로마의 주요 인사들은 모두 그를 마중하고자 여러 날을 여행했다. 그러나 카이사르는 안토니우스를 공공연히 우대했다. 이탈리아 내에서 이동하는 동안에는 안토니우스와 같은 전차를 탔고 브루투스 알비누스와 옥타비우스는 두 사람을 뒤따랐다. 이 옥타비우스가 카이사르의 이름을 물려받고 로마를 아주 오랜 세월 지배한, 카이사르의 조카딸의 아들이다. 뿐만 아니라 다섯 번째 집정관직에 올랐을 때 카이사르는 곧장 안토니우스를 동료 집정관으로 지명했다. 그는 또한 자신이 사임하고 돌라벨라를 자신의 자리에 앉히고자 원로원에 이를 제의했다. 그러나 안토니우스가 이 계획에 맹렬히 반대하며 돌라벨라에게 비난을 쏟아부었고 그만큼의 비난을 돌려받았다. 두 사람의 행동이 수치스러웠던 카이사르는 잠시 계획을 접었다. 이후 카이사르가 민중 앞에서 돌라벨라를 집정관으로 선포하려고 할 때 안토니우스는 징조가 불길하다고 외쳤고 카이사르는 돌라벨라를 포기했다. 돌라벨라는 심기가 몹시 불편해졌다.

그런데 카이사르는 안토니우스만큼 돌라벨라를 혐오했던 것으로 보인다. 누군가 두 사람을 비난하자 카이사르는 뚱뚱하고 머리 긴 작자들보다 창백하고 깡마른 자들이 두렵다고 말했던 것이다. 이 둘은 브루투스와 캇시우스를 의미했는데 둘은 이후 음모를 꾸미고 카이사르를 살해하게 된다.

XII.

공모자들에게 가장 그럴듯한 구실을 제공한 장본인은 바로 안토니우스였다. 로마인들이 루페르칼리아로 부르는 뤼카이온 축제 당시 카이사르는 개선행진 때의 복장을 하고 포룸의 연단 위에 앉아 오가는 달리기 주자들을 지켜보고 있었다. 여러 귀족층 젊은이와 관리들로 이루어진 주자들은 몸에는 기름을 바르고 손에 든 가죽끈으로 만나는 사람들을 때리는 시늉을 한다. 안토니우스도 주자였지만 옛 풍습은 무시한 채 손에는 월계수 가지로 감싼 왕관을 들고 있었다. 그가 이것을 들고 연단으로 가자 동료 주자들이 그를 높이 올려주었고 그는 왕관을 카이사르의 머리에 씌우려고 했다. 카이사르가 왕이 되어야 한다는 의미였다. 그러나 카이사르는 짐짓 겸손한 체하며 왕관을 거부했고 이를 본 민중은 기뻐하며 박수를 쳤다. 곧이어 안토니우스가 카이사르의 머리에 다시 왕관을 씌우려고 했고 카이사르가 이를 밀어냈다. 한동안 실랑이가 이어졌고 안토니우스의 동료들은 카이사르에게 왕관을 씌우려는 동료에게 박수를 보냈지만 온 민중은 카이사르가 이를 거절할 때 환호를 지르며 박수를 쳤다.

기이하게도 이 당시 민중은 왕의 백성처럼 행동하기를 마다하지 않았으면서도 왕이라는 칭호는 마치 자유의 상실을 의미하는 듯 거부했다. 결국 불쾌해진 카이사르는 연단에서 일어났고 목을 드러내며 누구든 원한다면 자신의 목을 치라고 외쳤다. 카이사르의 조각상에 걸린 월계관은 몇몇 민중 호민관이 떼어냈다. 민중은 호민관들을 향해 환호하며 박수를 쳤지만 카이사르는 이들을 해임했다.

XIII.

이 사건은 브루투스와 캇시우스 파에게 힘이 되었다. 두 사람은 누굴 공모에 가담시킬지에 대해 의견을 나누다가 안토니우스를 언급했고 모두 안토니우스를 가담시키는 데 찬성했으나 트레보니우스만은 반대했다. 트레보니우스에 따르면 이베리아에서 돌아오는 카이사르를 마중하러 나갈 때 안토니우스가 트레보니우스와 여정을 함께하며 같은 막사를 썼다고 한다. 트레보니우스는 조용히 그리고 조심스럽게 안토니우스를 떠보았다. 안토니우스는 트레보니우스가 무엇을 의미하는지 알고 있었으나 물음에 답을 주지는 않았다고 한다. 그럼에도 안토니우스는 트레보니우스와 나눈 대화를 카이사르에게 보고하지 않았고 의리 있게 침묵을 지켰다는 것이다.

공모자들은 이 말을 듣고 카이사르를 죽인 뒤 안토니우스를 죽일지에 대해 의논했다. 그러나 브루투스가 법과 정의를 위한 행위는 순수해야 하며 불의로부터 자유로워야 한다고 역설하며 반대했다. 그러나 공모자들은 안토니우스의 세력이 두려웠고 그가 중요한 관직에 있다는 사실도 걸렸다. 따라서 몇 명이 안토니우스를 담당하기로 했다. 카이사르가 원로원 회의장에 들어서고 거사가 시작되려고 할 때 이 몇 명은 회의장 밖에서 안토니우스에게 긴급한 문제에 관해 이야기하면서 그를 붙잡아놓는다는 계획이었다.

XIV.

일은 계획대로 진행되었고 카이사르는 원로원 회의장에서 죽음을 맞았다. 그 즉시 안토니우스는 노예로 변장하고 몸을 숨겼다. 그러나 공모자들이 카피톨리움에 모여 있을 뿐 다른 사람들에게 손을 대지는 않고 있다는 사실을 깨달았을 때 그는 공모자들에게 아들을 볼모로 보내 내려오라고 설득했다. 뿐만 아니라 캇시우스를 집으로 초대했고 레피두스는 브루투스를 초대했다. 나아가 원로원을 소집하여 공모자들의 죄를 사면해줄 것을 주장했고 브루투스와 캇시우스, 그리고 지지자들에게 속주를 나누어 주자고도 했다. 원로원은 이 제안을 승인했고 카이사르가 이미 내려놓은 결정에는 변동이 없도록 투표로 결정했다. 이렇게 안토니우스는 누구보다 눈부신 주목을 받으며 원로원 회의장을 나섰다. 내전에 종지부를 찍었을 뿐만 아니라 몹시 난해하고 극심한 혼란을 가져올 수 있는 문제를 누구보다 신중하고 정치가다운 방식으로 풀었기 때문이었다.

그러나 안토니우스의 이처럼 분별 있는 행동은 오래가지 않았다. 그는 민중이 보내는 지지에 흔들리기 시작했고 브루투스를 끌어내린다면 자신이 나라의 우두머리가 될 수 있으리라는 기대에 찼다. 마침 카이사르의 시신이 장례가 처러질 장소로 옮겨지고 있는 도중 안토니우스가 관례에 따라 고인을 기리는 연설을 하게 되었다. 민중이 자신의 말에 심하게 흔들리고 매료되는 모습을 본 안토니우스는 카이사르에 대한 찬사에 끔찍했던 암살에 대한 슬픔과 분노를 섞었다. 그리고 연설의 막바지에서는 카이사르가 입고 있었던 옷을 높이 들고 흔들었다. 칼에 갈기갈기 찢긴, 피범벅인 옷을 흔들며 안토니우스는 공모자들을 악한이자 살인자라고 불렀다. 이 말에 청중이 얼마나 격분했으면 긴 의자와 탁자를 쌓아올려 포룸에서 카이사르의 시신을 화장했는가 하면 불 속에서 타는 장작을 꺼내어 암살자들의 집으로 달려가 공격했다.

XV.

이런 이유로 브루투스와 일행은 도시를 떠났고 카이사르의 지지자들은 힘을 합쳐 안토니우스를 지지했으며 카이사르의 아내 칼푸르니아는 안토니우스를 믿고 카이사르의 집에 있던 재물 대부분을 안토니우스에게 맡겼다. 카이사르의 문서도 안토니우스의 손에 들어갔는데 그중에는 카이사르가 내린 결정과 선포한 법안에 대한 기록도 포함되어 있었다. 그러자 안토니우스는 여기 추가 항목을 삽입함으로써 제 마음대로 관리와 원로원 의원을 임명하였다. 또 모두가 카이사르의 결정이었다는 듯 추방당했던 사람을 불러들이거나 감옥에 있던 사람을 풀어주기도 했다. 이때부터 로마 사람들은 안토니우스 같은 사람을 카론저승 세계에 있는 망각의 강을 지키는 신의 족속이라고 부르며 조롱하는데, 문제가 생기면 죽은 사람의 기록에 호소하기 때문이다.

안토니우스는 그 밖의 모든 일을 독단적으로 해결했다. 자신이 집정관이기도 했고 두 형제 역시 관직에 있었던 까닭이다. 가이우스는 법무관, 루카우스는 민중 호민관이었다.

XVI.

이와 같은 상황에서 젊은 카이사르가 로마에 도착했다. 앞서 말했듯 죽은 카이사르의 질녀의 아들로 카이사르 재산의 상속자였다. 카이사르가 암살을 당했을 당시 옥타비우스 카이사르는 아폴로니아에 머물고 있었다. 그는 안토니우스를 아버지의 동료로서 맞이했고 아버지가 그에게 재산을 맡겨두었음을 상기시켰다. 카이사르의 유언장에 따라 그는 모든 로마 시민들에게 75드라크메를 지급해야 했다. 그러나 젊은 카이사르를 한낱 애송이로 보고 멸시한 안토니우스는 그에게 정신이 나갔다고 비난했으며 그가 사리 분별도 못하고 제 편도 없는 상황에서 카이사르를 계승하다가 그 무게에 짓눌릴 것이라고 했다.

• 옥타비우스의 두상. 루브르 박물관.
•• 옥타비우스. 바티칸 박물관. 1세기경.

그러나 카이사르가 안토니우스의 말에 귀를 기울이지 않고 계속 돈을 요구하자 안토니우스는 그를 모욕하는 여러 말과 행동을 계속했다. 예를 들자면 카이사르가 호민관 선거에 나서 유세를 시작하자 이를 방해했고 원로원의 결정에 따라 아버지를 기리는 황금 의자를 봉헌하려고 했을 때에는 대중의 호의를 사려는 행위를 그만두지 않으면 감옥으로 끌고 가겠다고 위협했다. 그러나 젊은 카이사르는 키케로를 비롯하여 안토니우스에 반대하는 다른 사람들과 뜻을 모아 그들의 도움으로 원로원의 지지를 얻어냈다. 나아가 자신의 힘으로 민중의 호의를 얻어냈고 속주에 있던 카이사르의 병사들을 한데 모으기 시작했다. 그러자 두려움이 엄습한 안토니우스는 카피톨리움에서 열린 회담에서 카이사르와 마주했고 둘은 화해했다.

그날 밤 잠자리에 누운 안토니우스는 기이한 꿈을 꾸었다. 오른손에 벼락이 떨어지는 꿈이었다. 며칠 뒤 젊은 카이사르가 자신을 해치려고 한다는 소식이 귀에 들어왔다. 카이사르는 애써 설명했으나 안토니우스를 이해시킬 수 없었고 다시금 둘 사이의 반감이 최고조에 이르렀다. 둘은 각각 이탈리아를 돌아다니며 속주에 정착한 병사들에게 거금을 주어 전장으로 내보냈으며 아직 정착하지 않은 병사들의 지지를 얻기 위해서 또한 서로 경쟁했다.

XVII.

그러나 로마에서 가장 영향력이 컸으며 만인을 안토니우스의 적으로 만들고자 했던 키케로는 원로원에게 투표를 제안했다. 안토니우스를 공공의 적으로 선포할 것, 카이사르에게 파스케스를 비롯하여 그가 법무관임을 알리는 표장을 지급할 것, 그리고 판사와 히르티우스를 보내 안토니우스를 이탈리아에서 쫓아낼 것을 제안한 것이다. 당시 집정관이었던 판사와 히르티우스는 무티나에서 옥타비우스 카이사르와 함께 안토니우스에 맞서 싸운 끝에 전투를 승리로 이끌었으나 그만 전사했다.

한편 도주하는 안토니우스에게 여러 난관이 닥쳤다. 그중 가장 큰 시련은 굶주림이었다. 그러나 안토니우스는 시련이 닥쳤을 때 최고의 능력을 발휘하는 사람이었고 불행할 때 가장 선하고 진실된 사람에 가까웠다. 어려움에 빠진 사람은 대부분 덕이 무엇인지 정확히 알고도 불운 때문에 동경하는 대상을 모방하고 혐오하는 대상을 멀리할 힘을 제대로 발휘하지 못한다. 오히려 나약해진 나머지, 습관을 버리지 못하고 판단력이 산산조각이 나도록 내버려둔다.

그러나 이때 안토니우스는 병사들에게 놀라운 본보기가 되어주었다. 그토록 호화롭고 사치스러운 삶을 살던 사람이 기꺼이 더러운 물을 마시고 산열매와 뿌리를 먹었기 때문이다. 알페스 산맥을 지나는 동안에는 나무껍질도 먹었으며 생전 처음 먹어보는 짐승들도 식량으로 삼았다고 한다.

XVIII.

안토니우스 일행은 레피두스 휘하의 병력과 합류하기를 간절히 바라고 있었다. 레피두스는 안토니우스의 친구였고 안토니우스와 카이사르 간의 우정으로부터 많은 이익을 얻었다고 여겨졌기 때문이다. 그러나 안토니우스가 근처에 진영을 쳤는데도 레피두스가 우호적인 신호를 보내지 않았으므로 안토니우스는 과감한 일격을 가하기로 결심했다. 당시 안토니우스의 머리는 헝클어져 있었고 수염은 패배한 뒤로 깎은 적이 없어 길었다. 안토니우스는 어두운 옷을 입고 레피두스의 진영 근처로 가서 연설을 시작했다. 여러 병사가 안토니우스의 겉모습을 보고 마음이 약해졌으며 그의 연설에 감명을 받았다. 이에 당황한 레피두스는 병사들이 안토니우스의 목소리를 들을 수 없도록 한꺼번에 나팔을 불라고 지시했다. 그럴수록 병사들은 안토니우스를 더욱 동정했고 여장한 라엘리우스와 클로디우스를 안토니우스에게 보내 그와 비밀리에 회담을 시작했다. 이들은 안토니우스에게 과감히 레피두스의 진영을 치라고 일렀다. 안토니우스만 원한다면 레피두스를 죽이고 그를 반갑게 맞이할 병사는 많다고 했다.

그러나 안토니우스는 레피두스에게 손을 대는 것만은 허락하지 않았고 다음 날 군대를 이끌고 강을 건너기 시작했다. 안토니우스 자신이 먼저 강물로 뛰어들었고 반대편 강둑으로 나아갔다. 저편에서는 레피두스의 병사들이 이미 손을 뻗어 그를 맞이하고 있었고 방벽을 뜯어내고 있었다. 레피두스의 진영으로 들어가 모든 것을 차지한 안토니우스는 레피두스에게 최고의 친절을 베풀었다. 그를 안아주고 아버지라고 불렀는가 하면 자신에게 모든 권한이 있었음에도 레피두스가 계속해서 임페라토르의 칭호와 명예를 누릴 수 있도록 했다.

그러자 멀지 않은 곳에서 규모가 상당한 병력을 데리고 있던 무나티우스 플란쿠스 역시 안토니우스와 합류했다. 다시 한 번 엄청난 세력을 거머쥐게 된 안토니우스는 보병 17개 군단과 기병 1만 명을 데리고 알페스 산맥을 넘어 이탈리아로 쳐들어갔다. 뿐만 아니라 바리우스에게 6개 군단을 주어 갈리아를 지키도록 했다. 바리우스의 별명은 코틸론으로 안토니우스와 마음이 맞는 절친한 친구였다.

XIX.

그사이 옥타비우스 카이사르는 키케로와 뜻을 달리하게 되었다. 키케로가 로마의 자유를 간절히 원한다는 사실을 깨달았기 때문이다. 그리하여 그는 안토니우스에게 친구들을 보내 협정을 제안했다. 카이사르, 안토니우스, 레피두스 세 사람은 작은 하중도에서 만나 사흘간 회담을 진행했다. 세 사람은 대체로 손쉽게 합의를 이루었고 로마 제국을 마치 가문의 유산처럼 나누어 가졌다. 그러나 누굴 사형에 처하느냐 하는 문제가 세 사람에게 가장 큰 고민을 안겨주었다. 세 사람 각각 적을 죽이는 대신 친지를 살리고 싶어 했기 때문이다. 그러나 결국 증오하는 대상에 대한 분노로 인해 세 사람은 친지에 대한 도리와 친구에 대한 의리를 내팽개쳤다. 그 결과 카이사르는 안토니우스에게 키케로를 내어주었고 안토니우스는 외삼촌 루키우스 카이사르를 내어주었다. 레피두스는 형제 파울루스를 처형해도 좋다는 허락을 받았다. 레피두스가 파울루스를, 그의 처형을 요구하는 안토니우스와 카이사르에게 내어주었다고 전해지기도 한다. 내 눈에 이처럼 야만적이고 잔혹한 거래는 없다. 처형할 권한을 서로 교환하는 과정에서 누구를 내어주고 누구를 얻었건 결국 모두를 죽였기 때문이다. 그러나 친지와 동료를 내어준 책임이 더 크다고 말할 수도 있다. 미워하지도 않는 대상을 죽음으로 내몰았기 때문이다.

XX.

세 사람을 에워싼 병사들은 협정을 마무리하는 의미에서 카이사르가 혼인을 통해 우호 관계를 확실히 해야 한다고 주장했다. 안토니우스의 아내 풀비아가 낳은 딸 클로디아를 카이사르가 아내로 맞이해야 한다고 요구한 것이다. 여기에도 모두가 동의하자 곧이어 살생부에 3백 명의 이름이 올랐고 죽임을 당했다. 뿐만 아니라 키케로가 난자를 당한 뒤 안토니우스는 키케로의 머리와 오른손을 잘라오도록 지시했다. 그가 안토니우스에 반대하는 연설문을 썼던 오른손이었다. 키케로의 머리통과 오른손을 받아든 안토니우스는 의기양양한 눈빛으로 바라보았고 기쁨에 차 큰 소리로 여러 차례 웃기까지 했다. 충분히 웃은 뒤에는 머리통과 오른손을 포룸의 연단에 가져다 놓도록 지시했다. 안토니우스는 이 행위가 망자를 욕보이는 행위라고만 생각했지 재수가 좋았던 자신의 오만방자함을 뽐내고 권력을 남용하는 행위라고 생각하지는 못한 듯하다.

안토니우스의 외삼촌 루키우스 카이사르는 추격을 당하다가 누이의 집에 몸을 숨겼다. 사형을 집행하러 온 자들이 찾아와 방으로 들어가려고 하자 누이는 문간에 서서 두 팔을 벌리고는 되풀이해서 외쳤다.

"루키우스 카이사르를 죽이려면 나를 먼저 죽여라. 내 아들이 바로 너희의 임페라토르이다."

이렇게 해서 안토니우스의 어머니는 오라비를 피신시켰고 목숨을 살렸다.

XXI.

로마인들은 대체로 삼두체제를 혐오했고 불만은 대부분 안토니우스에게 돌아갔다. 그가 카이사르보다 나이가 많았고 레피두스보다 세력이 컸기 때문이다. 그가 어려움을 극복하자마자 다시 한 번 쾌락과 유흥의 삶으로 빠져든 까닭도 있다. 가뜩이나 좋지 않은 평판에 그가 거주하는 저택은 혐오를 더했다. 저택은 폼페이우스 마그누스가 소유했던 집이었다. 폼페이우스는 세 차례 개선 행진을 했기 때문이기도 하지만 늘 절제할 줄 알았으며 질서 있고 서민적인 생활을 했기 때문에 존경을 받았다. 따라서 그런 폼페이우스의 집에 살면서 안토니우스가 여러 지휘관과 관리, 사절을 문전박대하고, 집을 무언극 배우와 광대, 술 취한 아첨꾼으로 가득 채우는가 하면 지극히 난폭하고 잔혹한 방식으로 모은 돈을 이들에게 탕진하자 시민들은 애통해했다.

세 집정관은 처형된 시민의 재산을 팔아치웠을 뿐만 아니라 그들의 아내와 친척에게 누명을 씌우는가 하면 온갖 다양한 세금을 물리는 것으로도 모자라 로마 시민과 외국인들이 베스타^{헤스티아} 여사제들에게 헌금을 한다는 사실을 알고 그 돈까지 빼앗았던 것이다. 안토니우스가 좀처럼 만족을 모른다는 사실을 깨달은 카이사르는 안토니우스가 가진 자금의 분할을 요구했다. 두 사람은 군대 또한 나누어 가진 뒤 로마는 레피두스에게 맡기고 브루투스와 캇시우스와 맞서기 위해 마케도니아로 들어갔다.

XXII.

두 사람은 바다를 건너가 전쟁을 시작했으며 적의 근방에 진영을 쳤다. 안토니우스는 캇시우스를, 카이사르를 브루투스를 상대했다. 그러나 카이사르가 이렇다 할 공을 세우지 못하는 가운데 안토니우스가 도처에서 승리를 쟁취하고 공을 세웠다. 첫 번째 전투만을 예로 들자면 카이사르는 브루투스에게 참패하고 진영을 빼앗겼으며 추격하는 적을 피해 비밀리에 가까스로 달아났다. 그러나 회고록에서는 친구가 꾼 꿈 덕택에 전투가 벌어지기도 전에 후퇴했다고 말하고 있다. 반면 안토니우스는 캇시우스와 싸워 이겼다. 그러나 안토니우스가 전투에 참여하지 않았으며

244

전투가 끝나고 적에 대한 아군의 추격이 시작된 뒤 모습을 드러냈다는 기록도 있다.

캇시우스가 신임했던 해방 노예 핀다로스는 캇시우스의 부탁과 명령에 그를 죽였다. 캇시우스는 브루투스가 승리했다는 사실을 몰랐던 것이다. 며칠이 지난 뒤 두 번째 전투가 벌어졌고 여기서 패배한 브루투스도 스스로 목숨을 끊었다. 이 전투에서 안토니우스의 공이 더 컸다고 여겨졌는데 카이사르는 몸이 아픈 상태였기 때문이다. 죽은 브루투스의 시신 곁에 선 안토니우스는 브루투스가 키케로의 죽음을 앙갚음하기 위해 제 형제 가이우스를 죽인 일을 꾸짖었다. 그러나 브루투스보다 호르텐시우스의 잘못이 더 컸다고 선언하며 호르텐시우스를 가이우스의 무덤에서 처형하라는 명령을 내렸다. 브루투스의 시신 위로는 자신이 입고 있던 값비싼 자줏빛 외투를 덮어주었으며 해방 노예를 시켜 장례를 치러 주려 했다. 그런데 이 자가 브루투스의 시신과 함께 자줏빛 외투를 태우기는커녕 함께 화장해야 할 물건 대부분을 훔쳤기 때문에 안토니우스는 이 자를 처형했다.

XXIII.

이후 카이사르는 곧 죽을병에 걸린 줄로 알고 로마로 돌아갔다. 안토니우스는 동부 지방의 속주들로부터 세금을 거두기 위해 대군을 이끌고 헬라스로 향했다. 세 집정관은 각 병사에게 5백 드라크메를 지급하기로 약속한 터였기 때문에 세금을 걷고 공물을 받는 데 더 적극적일 필요가 있었다.

안토니우스는 헬라스 사람들을 대할 때 적어도 처음에는 무례하거나 불쾌하게 굴지 않았다. 오히려 볼거리를 좋아하는 사람답게 즐겁게 문학

토론을 듣거나 경기, 종교의식을 관람했다. 법적 판단을 내릴 때도 합리적이었고 친親헬라스파로 인정받고 기뻐했으며 그럴수록 더욱 친아테나이파로 인정받고 싶어 했다. 그리고 아테나이에 적지 않은 선물을 내렸다. 그러자 메가라 인들은 아테나이에 필적할 만한 귀중한 무언가를 보여주고 싶었으므로 안토니우스에게 원로원 회의장을 구경하라고 권했다. 높은 곳에 올라 회의장을 바라본 안토니우스는 메가라 사람들이 감흥을 묻자 이렇게 대답했다.

"작은데 썩었군."

안토니우스는 또 퓌토델포이의 아폴론 신전을 완성할 목적으로 측량을 지시했다. 적어도 원로원 의회에게 완성하겠노라고 약속은 했다.

* 델포이 아폴론 신전의 오늘날 모습.

XXIV.

그러나 얼마지 않아 루키우스 켄소리누스에게 헬라스를 맡기고 아시아로 건너가 이 지역에 쌓인 재물에 손을 댔다. 아시아의 여러 왕이 직접 안토니우스를 찾아왔는가 하면 왕비들은 서로 선물과 미모를 겨루며 안토니우스를 기쁘게 하려고 체면도 내팽개쳤다. 로마에서 카이사르가 온갖 내분과 전쟁에 지쳐가는 동안 안토니우스는 풍족한 평온과 여가를 향유하며 열정에 이끌려 예전에 즐기곤 했던 삶의 방식으로 되돌아갔다. 아낙세노르와 같은 키타라 연주자, 크산토스와 같은 피리 연주자, 무용가 메트로도로스를 비롯한 아시아의 어중이떠중이 예인들이 홍수처럼 안토니우스의 처소로 쏟아져 들어왔고 거기서 군림했는데 오만하고 뻔뻔스럽기가 이탈리아에서 온 골칫거리들에 비할 수 없었다. 안토니우스의 사치를 위해 모든 것이 아낌없이 쏟아져 들어갔다. 온 아시아가 소포클레스의 저 유명한 도시와 같이 '향내와 찬양, 그리고 깊은 신음소리'로 가득했다.

안토니우스가 에페소스에 발을 들였을 때 여인들은 디오뉘소스 축제의 입문자들처럼 차리고 남자와 소년들은 사튀로스나 판처럼 꾸민 채 길을 안내했으며 성은 담쟁이와 튀르소스 지팡이, 프살테리온, 쉬링스, 아울로스와 같은 악기들, 그리고 안토니우스를 기쁨과 자비를 주는 디오뉘소스로 연호하는 사람들로 넘쳐났다. 그는 소수에게는 명실상부 기쁨과 자비를 주는 사람이었다. 그러나 대부분의 사람에게는 고기를 뜯는 포악한 디오뉘소스였다. 그는 태생이 고귀한 시민으로부터 재산을 빼앗아 아첨꾼과 악당들에게 주기도 했다. 또한, 멀쩡히 살아 있는 사람을 안토니우스에게 죽었다고 고하고 재산을 빼앗는 자도 많았다. 안토니우스는 어느 마그네시아 사람의 주택을 저녁 한 끼로 명성을 얻게 된 요리사에게 준 적도 있다고 한다.

마침내 안토니우스가 두 번째로 공물을 부과하려고 하자 온 아시아를 대표해서 휘브레아스가 용기를 내어 말했다.

"공물을 한 해에 두 차례 가져갈 수 있다면 여름이 한 해에 두 번 찾아오고, 수확도 두 차례 하는 것 역시 가능하겠습니다."

이는 물론 수사적인 표현이었고 안토니우스도 마음에 들어 했다. 그러나 이어서 휘브레아스는 직설적이고 대담한 언어로 아시아가 이미 그에게 20만 탈란톤을 지급했다고 덧붙였다.

"만약 그 금액을 받지 못했다면 그 금액을 가져간 자들에게 요구하십시오. 그러나 그 금액을 받았음에도 더 필요하다면 우리는 이제 끝장입니다."

휘브레아스의 말은 안토니스우스에게 강력한 인상을 남겼다. 실제로 안토니우스는 주변에서 벌어지는 일에 대해 무지했는데 태평한 성격 탓이라기보다 주변 사람들을 신뢰하는 단순한 성격 탓이었다.

사실 안토니우스는 천성이 순진했고 눈치가 빠르지 않았다. 그러나 제 잘못을 인지했을 때에는 깊이 반성하는 모습을 보였고 억울한 경우를 당한 사람들에게 충분히 문제를 인정했다. 불의를 겪은 사람에 대한 보상도 불의를 행한 사람에 대한 처벌도 아낌없었다. 그러나 벌을 내릴 때보다는 호의를 베풀 때 더욱 선을 넘었다고 여겨졌다.

한편 안토니우스의 도를 넘은 쾌활함과 익살은 그것을 경감할 치유법을 동반하고 있었다. 상대방이 건방진 언행과 농담을 건네도 안토니우스는 남을 비웃는 것만큼 자신을 비웃는 것도 좋아했던 만큼 화를 내지 않았다. 그러나 바로 이 점이 안토니우스의 일을 방해했다. 안토니우스는 과감한 언행을 일삼는 사람이 자신에게 진정한 아첨을 할 수 있다고 믿지 않았으므로 그들의 칭송에 쉽게 사로잡혔다. 아첨이 쉽게 물리지 않도록, 과감한 언행을 마치 입맛을 돋우는 양념처럼 아첨과 섞는 사람이 있다는 사실을 안토니우스는 알지 못했다. 이러한 사람은 술잔을 들고 과감하게 지껄여대다가도 일에서는 순종적으로 양보하는데 상대의 환심을 얻고자 애쓰는 사람이 아니라 상대의 뛰어난 분별력에 굴복한 사람처럼 보이기 위함이다.

XXV.

어쨌든 안토니우스의 천성은 그러했다. 그런데 어느새 클레오파트라에 대한 사랑이라는 더없는 재앙이 따라왔고 그때까지 안토니우스 안에서 조용히 감추어져 있던 열정이 깨어나 발작을 시작했다. 그를 도로 선하게 만들고 구원할 수 있었던 성질은 끝까지 저항하다 흩어지고 파괴되었다. 안토니우스가 포로가 된 사연은 이렇다.

파르티아 전쟁을 준비하던 안토니우스는 클레오파트라에게 사람을 보내 킬리키아로 오게 했다. 클레오파트라가 전쟁 당시 거금을 마련해 캇시우스에게 주었다는 의혹에 대한 답변을 듣기 위함이었다. 그러나 클레오파트라의 미모와 섬세하고도 영리한 화술을 알아본 안토니우스의 전령 델리우스는 단번에 안토니우스가 클레오파트라와 같은 여인에게 어떤 해도 입히지 않을 터이며 오히려 클레오파트라가 안토니우스에게 엄청난 영향력을 행사하리라고 생각했다. 그리하여 델리우스는 환심을 사고자 애를 쓰며 클레오파트라에게 조언하기를 킬리키아에 갈 때 호메로스의 말처럼 "훌륭하게 치장하고" 가되 더없이 상냥하고 인간적인 안토니우스를 두려워 말라고 했다.

• 클레오파트라의 두상. 베를린 구 박물관.
• 클레오파트라의 얼굴이 새겨진 화폐.

클레오파트라는 델리우스의 말을 듣기로 했다. 뿐만 아니라 자신의 미모가 가이우스 카이사르, 그리고 폼페이우스의 아들 그나이우스에게 끼쳤던 영향을 생각해 볼 때 안토니우스는 더욱 쉽게 굴복할 것 같았다. 카이사르와 폼페이우스를 만날 때 클레오파트라는 한낱 소녀에 지나지 않아 물정을 몰랐지만, 안토니우스를 만날 때 클레오파트라는 여인의 미모가 가장 눈부시고 지적인 힘이 정점에 있는 시기에 있었다. 그리하여 클레오파트라는 수많은 선물과 상당한 자금을 준비하고 풍족한 왕국과 높은 지위에 어울리도록 치장했다. 그러나 무엇보다 자기 자신, 그리고 자기 매력과 마법을 믿고 있었다.

XXVI.

클레오파트라는 안토니우스로부터, 그리고 그의 동료들로부터 여러 차례 소환 명령을 받고, 그를 얼마나 멸시하고 조롱했으면 선미루에 황금을 바른 운반선을 타고 퀴드노스 강을 거슬러 올라갔다. 노잡이들은 은빛 노를 붙잡고 쉬링스, 키타라 소리를 곁들인 아울로스 음악에 맞추어 활짝 펼친 자주색 돛에 힘을 보탰다. 클레오파트라 자신은 황금이 수 놓인 천막 아래, 화폭의 아프로디테 여신처럼 꾸미고 비스듬히 누워 있었고 양쪽에서는 화폭의 에로스 같은 소년들이 부채를 부쳤다. 또 미모가 가장 뛰어난 시녀들이 네레이데스와 카리테스 여신들처럼 차려입고 몇몇은 방향타를 몇몇은 돛줄을 지키고 서 있었다. 셀 수 없이 많은 향으로부터 나온 놀라운 향기가 강둑으로 퍼져나갔다. 지역 주민 중에는 강어귀에서부터 양 둑을 따라 클레오파트라를 뒤쫓는 사람들도 있었고 구경을 하려고 성문을 나와 강으로 내려가는 사람들도 있었다. 모여 있던 군중이 점점 시장을 빠져나오자 집정관석에 앉아 있던 안토니우스는 어느새 혼자가 되었다. 아시아의 안녕을 위해 디오뉘소스와 어울릴 아프로디테가 당도했다는 소문이 온 사방으로 퍼졌다.

• 『안토니우스와 클레오파트라』, 로렌스 알마-타데마(Sir Lawrence Alma-Tadema), 1883년.

• 안토니우스와 클레오파트라가 새겨진 동전. 기원전 32년.

그리하여 안토니우스는 클레오파트라를 만찬에 초대했다. 그러나 클레오파트라는 안토니우스가 자신에게 오는 것이 적절하다고 생각했다. 그러자 정중하고 친근한 태도를 보이고자 했던 안토니우스는 클레오파트라가 바라는 대로 했다. 안토니우스를 맞이한 것은 빈곤한 말로는 설명할 수 없는 광경이었으나 무엇보다 그는 수많은 불빛에 넋이 나갔다. 수많은 불빛이 동시에 온 사방에서 내려왔으며 갖가지 다양한 위치와 기울기로 배치되어 직사각형을 그리고 원을 그렸는데 그처럼 아름답고 값진 광경은 어디에서도 볼 수 없었다고 한다.

• 『클레오파트라의 만찬』, 지오반니 바티스타 티에폴로(Giovanni Battista Tiepolo).

XXVII.

　다음날 안토니우스는 클레오파트라를 만찬에 초대해 보답했다. 클레오파트라의 만찬보다 더 눈부시고 우아하기를 원했지만, 이 두 가지 모두에서 뒤처지다 못해 패하고 말았다. 보잘것없고 촌스러운 만찬 준비에 가장 먼저 분노한 사람은 안토니우스 자신이었다.

　클레오파트라는 우스갯소리를 늘어놓는 안토니우스를 지켜보며 그가 군인다우며 평범한 남자에 지나지 않음을 깨닫고 같은 태도로 그를 대했다. 어느새 거리낌 없이 과감해진 모습이었다. 클레오파트라의 미모로 말할 것 같으면 비할 데가 없다고 말할 수는 없고 만나는 사람을 단번에 매혹할 정도는 아니었으나 대화를 시작하면 거부할 수 없는 매력을 느낄 수 있었다. 설득력 있는 화법, 주변 사람에게 두루 퍼지는 기품이 어우러진 클레오파트라의 태도에는 어딘가 자극적인 구석이 있었다.

　목소리도 달콤했으며 무엇보다 클레오파트라의 혀는 마치 여러 현이 달린 악기 같아서 원하는 언어로 서슴없이 향했으므로 바깥 나라 사람들을 접견할 때 통역이 필요한 경우는 매우 드물었으며 상대가 트로글로뒤타이 족이든 헤브라이오이*유대* 족이든, 아이티오피아, 아라비아, 쉬리아, 메디아, 파르티아 사람이든 상관하지 않고 도움 없이 직접 대답하곤 했다. 심지어 그 밖의 여러 다른 민족의 언어도 잘 알고 있었다. 반면 클레오파트라 이전의 왕들은 아이컵토스 말을 배우려고 노력조차 하지 않았고 일부는 마케도니아 말도 포기할 정도였다.

XXVIII.

　클레오파트라가 이처럼 안토니우스를 완전히 사로잡은 동안 아내 풀비아는 카이사르와 함께 지아비의 이익을 위해 로마에서 전쟁을 벌이고 있었고 파르티아 군대는 메소포타미아에서 얼쩡거리고 있었다. 왕의 장군들은 라비에누스를 파르티아 군대의 사령관으로 앉히고 쉬리아를 침략할 준비를 하고 있었다. 그런데도 안토니우스는 클레오파트라가 자신을 서둘러 알렉산드리아로 데려가게 내버려두었다. 그곳에서 한가한 젊은이가 누릴 수 있는 온갖 놀이와 향락에 빠진 안토니우스는 안티폰이 가장 값비싼 소비품이라고 부르는 것, 즉 시간을 쾌락에 낭비했다. 가령 '추종을 불허하는 자들'이라는 모임을 만들어 매일 서로를 만찬에 초대했는데 이를 위해 상상을 초월하는 비용을 들였다.

암핏사 출신의 의사 필로타스는 람프리아스, 즉 나의 조부께 알렉산드리아에서 의학 공부를 하던 시절에 대해 곧잘 이야기하곤 했다. 하루는 필로타스와 가까워진 안토니우스의 요리사가 호화로운 만찬 준비를 구경시켜 주겠다고 했다. 젊은 혈기의 필로타스는 여기 동의했다. 그렇게 주방을 구경하게 된 필로타스는 넘치는 음식, 그리고 멧돼지 여덟 마리가 구워지는 광경을 보고 나서 손님이 참 많겠다며 놀라움을 표시했다. 그러자 요리사가 웃음을 터뜨리며 말했다.

"손님은 많지 않아요. 고작 열두 명 정도. 하지만 모든 음식을 완벽한 상태로 내가야 하고 한순간만 지나도 완성도는 떨어집니다. 집정관이 바로 식사를 내오라고 할 수도 있고 잠시 후에 내오라고 할 수도 있다는 말입니다. 먼저 포도주 한 잔을 먹겠다고 할 수도 있고 누군가와 대화를 하는 도중일 수도 있죠. 그래서 음식은 여러 가지를 준비합니다. 정확한 순간에 내어가기가 쉽지 않으니까요."

필로타스가 즐겨 하던 이야기다. 세월이 흐르고 필로타스는 안토니우스와 풀비아의 맏아들의 건강을 관리하는 의료진에 들어갔다. 이 청년은 아버지와 식사를 하지 않을 때에는 의료진과 함께했다. 하루는 어느

254

의사가 지나치게 건방진 태도로 식사하는 사람 모두의 심기를 불편하게 하고 있었다. 그러자 필로타스가 그자의 입을 막으려 궤변을 늘어놓았다.

"열이 높은 사람에게는 찬물을 주어야 합니다. 그런데 열이 있는 사람은 모두 열이 높습니다. 따라서 열이 있는 사람에게는 찬물을 주어야 합니다."

건방진 소리를 늘어놓던 자는 혼란에 빠져 말문이 막혔고 그러자 안토니우스의 아들이 즐거워하며 웃었다. 그러고는 여러 커다란 술잔으로 뒤덮인 식탁을 가리키며 말했다.

"이걸 다 선물로 드릴게요.

필로타스는 청년의 호의는 받아들였지만, 그처럼 젊은 청년에게 그만한 재물을 나눠줄 자격이 있다고는 추호도 생각지 않았다. 그러나 얼마 후 한 노예가 자루에 술잔을 담아 가져왔고 받아달라고 간청했다. 그러나 겁이 난 필로타스는 사양했고 노예가 말했다.

"참으로 딱하십니다. 무엇 때문에 망설이십니까? 집정관님의 맏아들께서 내리신 선물입니다. 이렇게나 많은 금잔을 내리실 자격이 있으신 분이라는 말입니다. 하지만 제 말을 들으시고 술잔 대신 돈으로 가져가십시오. 집정관님께서 술잔을 찾으실까 걱정이 되어서 그렇습니다. 오래전에 제작된 물건들이고 귀중한 예술품에 다름 아니니 말입니다."

나의 조부는 필로타스가 틈만 나면 이런 이야기를 늘어놓았다고 내게 말씀하셨다.

XXIX.

그러나 클레오파트라는 플라톤이 말하는 네 가지 형태의 아첨을 통해

서가 아닌 훨씬 더 다양한 형태로 그를 추켜세웠으며 안토니우스가 진지하든 명랑하든 한결같이 새로운 기쁨과 즐거움을 제공함으로써 그를 항시 보살폈고 낮에도 밤에도 놓아주지 않았다. 주사위 놀이를 하기도 하고 술을 마시거나 사냥을 함께 하기도 했으며 그가 무기를 들고 훈련하는 모습도 지켜보았다. 안토니우스가 평민의 집 문간이나 창밖에 서서 안에 있는 자들을 비웃으면 클레오파트라는 시녀 차림으로 안토니우스와 함께 어리석은 난동을 벌이곤 했다. 이럴 때는 안토니우스도 하인 행색을 했다. 그 행색으로 온갖 욕을 듣기도 했고 가끔 매를 맞고 귀가하기도 했다. 그러나 대부분의 사람들이 그의 정체를 알고 있었을 것이다.

그러나 알렉산드리아 사람들은 안토니우스의 세련되지 못한 익살을 재미있게 여겼으며 고상하고 교양 있는 방법으로 그의 놀이에 가담했다. 그들은 안토니우스가 로마인 앞에서는 비극 가면을 쓰지만, 그들 앞에서는 희극 가면을 쓴다고 말하곤 했다.

안토니우스가 저지른 아이 같은 장난을 다 논하는 것은 허튼짓이다. 그러니 한 가지만 예로 들겠다. 하루는 낚시를 하고 있었는데 통 잡히지 않았다. 클레오파트라가 지켜보고 있었기 때문에 더욱 신경이 쓰였다. 따라서 안토니우스는 어부를 물속으로 들여보내 미리 잡아놓은 물고기를 낚싯바늘에 몰래 끼우게 했다. 그렇게 안토니우스는 두어 마리를 끌어올렸다. 그러나 클레오파트라는 안토니우스의 속임수를 간파하고는 연인의 실력에 놀라는 척하면서 친구들에게 이야기했고 다음 날 구경을 오라고 초대했다.

그리하여 친구들 여럿이 함께 낚싯배에 탔고 안토니우스가 낚싯줄을 내렸을 때 클레오파트라는 자기 시종을 시켜 안토니우스의 낚싯바늘에 소금 간을 한 폰토스 청어를 끼우게 했다. 입질을 느낀 안토니우스가 물고기를 끌어올리자 자연히 모두가 폭소를 터뜨렸고 클레오파트라는 말했다.

"임페라토르, 낚싯대는 파로스와 카노보스의 낚시꾼들에게나 넘기시고 도시와 영토와 대륙의 사냥을 취미로 삼으시지요."

XXX.

안토니우스가 이 같은 놀이와 유치한 장난에 빠져 있을 때 두 곳에서 놀라운 소식이 도달했다. 하나는 로마에서 온 소식으로 동생 루키우스와 아내 풀비아가 다투다가 이내 옥타비우스 카이사르와 전쟁을 벌였으나 패배해 이탈리아 밖으로 도망치고 있다는 내용이었다. 또 다른 소식역시 불편하기는 마찬가지였다. 파르티아 군대의 우두머리 라비에누스가에우프라테스와 쉬리아에서 뤼디아와 이오니아에 이르는 아시아 땅을점령했다는 소식이었다. 그러자 마침내 안토니우스는 폭음 후 잠을 자다가 깨어난 사람처럼 파르티아로 행군했고 포이니키아까지 전진했으나 풀비아로부터 비탄이 가득한 편지를 받은 뒤 이탈리아로 진로를 바꿀 수밖에 없었다.

그러나 길 위에서, 이탈리아를 빠져나오던 동료들과 만난 안토니우스는 전쟁의 원인이 풀비아에게 있으며 천성이 간섭을 좋아하고 고집이 센풀비아가 안토니우스를 클레오파트라와 떼어놓기 위해 이탈리아에서 분란을 일으켰다는 사실을 알았다. 게다가 안토니우스를 만나러 배를 타고 오던 풀비아가 마침 시퀴온에서 죽고 말았다. 그러자 안토니우스에게는 카이사르와 화해할 좋은 명분이 생겼다. 안토니우스가 이탈리아에 당도하자 카이사르는 공격하지 않겠다는 뜻을 분명히 밝혔고 안토니우스도 자신을 향한 비난을 모두 풀비아의 탓으로 돌릴 준비가 되어 있었다. 그러자 두 사람의 동료들은 서로서로 변명을 검토할 기회를 주지 않고 둘을 화해로 이끌었으며 제국을 절반으로 나누어 이오니아 해의 동쪽을 안토니우스에게, 서쪽을 카이사르에게 배정했다. 그들은 또한 레피두스에게 아프리카를 주었고 세 사람 가운데 하나라도 집정관직을 내려놓고 싶다면 세 사람의 동료가 돌아가며 집정관이 되는 데 합의했다.

XXXI.

이는 대체로 공정한 합의라고 여겨졌으나 확실한 보장이 필요했고 운명의 여신이 이를 제공했다. 카이사르에게는 이복 누나 옥타비아가 있었다. 옥타비아는 안카리아의 딸이었고 카이사르의 어머니는 후처 아티아였다. 카이사르는 경이로운 여인으로 여겨지기까지 하는 이 누이를 몹시 아꼈다. 당시 옥타비아는 남편 가이우스 마르켈루스를 갓 여의고 미망인이 된 상태였다. 안토니우스 또한 풀비아가 죽고 홀아비가 된 직후였다. 그는 클레오파트라와의 관계를 숨기지는 않았지만, 아내로 인정하지도 않았다. 그런 면에서 그의 이성은 여전히 클레오파트라에 대한 사랑에 대항해 투쟁을 벌이고 있다고 할 만했다.

모두가 안토니우스와 옥타비아의 결혼을 성사시키려고 노력했다. 아름다울뿐더러 지적이고 품위있는 옥타비아가 안토니우스와 결합하면 틀림없이 안토니우스의 사랑을 받을 것으로 생각했으며 다시 화합이 이루어지고 모든 문제가 해결될 것 같았다. 카이사르와 안토니우스가 결혼에 동의하자 모두가 로마로 가서 옥타비아의 결혼을 축하했다. 법에 따르면 여자는 남편이 죽은 지 10개월이 지나야 재혼을 할 수 있었지만, 이 경우에는 원로원에서 특별법을 통과시켜 시간제한을 면제했다.

XXXII.

한편 섹스투스 폼페이우스가 시켈리아를 손에 넣고 이탈리아를 짓밟고 있었으며 그가 메네크라테스와 해적 메나스에게 지휘를 맡긴 수많은 해적선으로 인해 바다는 항해하기 위험한 곳이 되어 있었다. 그러나 폼페이우스는 안토니우스에 대해서만큼은 좋은 감정이 있다고 여겨졌다. 안토니우스의 어머니가 풀비아와 함께 로마로 도피했을 때 두 사람에게 피난처를 제공한 적이 있었기 때문이다. 따라서 안토니우스 측은 폼페이우스와 협정을 맺기로 했다. 양측은 바다로 길게 뻗은 미세눔 곶에서 만났다. 폼페이우스의 함대가 닻을 내리고 있었고 안토니우스와 카이사르의 병력도 정렬되어 있었다. 폼페이우스가 사르디니아와 시켈리아를 지배하고 바다를 해적으로부터 지키며 곡물을 정해진 양만큼 로마로 보낸다는 데 동의한 양측은 서로를 만찬에 초대했다.

제비뽑기를 통해 폼페이우스가 상대방을 먼저 초대하기로 결정되었다. 안토니우스가 만찬이 어디에서 열릴 예정이냐고 묻자 폼페이우스는 노가 여섯 겹인 해군 대장의 전함을 가리키며 말했다.

"저곳입니다. 폼페이우스 문중에 남은 집은 저것뿐이니까요."

이것은 폼페이우스 마그누스가 소유했던 집을 차지한 안토니우스를 원망하는 말이었다.

폼페이우스는 전함의 닻을 내리고 곶과 배를 연결하는 일종의 다리를 만들었으며 배 위에서 손님을 반가이 맞이했다. 화기애애한 분위기가 절정에 이르고 안토니우스와 클레오파트라에 관한 농담이 한창일 때 해적 메나스가 폼페이우스에게 다가와 남에게는 들리지 않는 소리로 말했다.

"지금 닻줄을 끊고 장군님을 시킬리와 사르디니아뿐만 아니라 로마 제국 전체의 주인으로 만들어 드릴까요?"

폼페이우스는 이 말을 듣고는 잠시 생각에 잠겼다가 말했다.

"메나스, 나에게 묻지 않고 저질렀다면 모를까, 지금은 지금으로 만족하세. 난 서약을 어기는 사람은 아니네."

이어서 폼페이우스는 안토니우스와 카이사르가 벌인 만찬에 참석한 뒤 시켈리아로 돌아갔다.

XXXIII.

이 협정이 있은 뒤 안토니우스는 벤티디우스를 아시아로 보내 파르티아 군대가 더 이상 전진하지 못하도록 막는 한편 자신은 카이사르의 부탁을 들어주기 위해 아버지 카이사르가 맡았던 대사제장직에 오르게 되었다. 그 밖의 중요한 정치적 결정은 친선적인 분위기에서 함께 내렸다. 그러나 기분전환을 위한 놀이에서 경쟁 상대가 되면 언제나 카이사르가 우세했으므로 안토니우스는 이것이 못마땅했다. 마침 아이귑토스에서는 운수를 보는 점쟁이가 와 있었다. 그는 클레오파트라에 대한 호의 때문이었는지 안토니우스를 진심으로 대했기 때문인지는 몰라도 숨김없이 말을 했다. 안토니우스의 운수는 더할 나위 없이 훌륭하고 눈부시지만, 카이사르의 운수에 가려졌다는 것이다. 그는 안토니우스가 젊은 카이사르와 가능한 한 멀리 떨어져야 한다고 조언했다.

"그대의 수호 정령은 카이사르의 정령을 두려워합니다. 혼자 있을 때는 기운이 넘치고 당당하나 안토니우스의 정령이 가까이 오면 위협을 느끼고 사기가 꺾입니다."

실제로 여러 사건들이 이 점쟁이의 말을 뒷받침하는 듯했다. 두 사람이 재미로 제비뽑기를 하거나 주사위를 던져 특정 문제에 대해 결정을 내리려고 할 때 언제나 안토니우스가 졌다고 한다. 두 사람은 수탉이나 메추라기를 싸움 붙이기도 했는데 카이사르가 언제나 승리했다.

안토니우스는 드러내지 않았지만 이 모든 것이 불편했다. 그리하여 아이귑토스 점쟁이의 조언을 귀담아듣고 이탈리아를 떠났다. 사적인 일은 카이사르에게 일임했다. 딸을 낳아준 옥타비아는 헬라스까지 동행했다. 아테나이에서 겨울을 보내는 동안 벤티디우스의 승리 소식이 처음 전해졌다. 그가 전투에서 파르티아 군대를 무찌르고 라비에누스를 죽였으며 휘로데스 왕의 가장 유능한 장군 파르나파테스도 죽였다는 소식이었다. 이 승리를 축하하기 위하여 안토니우스는 헬라스 인들과 만찬을 벌였고 아테나이 사람들의 귐나시아르코스˙로 활동했다. 그는 사령관 표장은 집에 두고 귐나시아르코스의 지팡이를 들고 다녔으며 헬라스 의복을 입고 흰 신을 신었다. 또한, 겨루기를 하는 선수들의 목을 잡고 떼어놓는 역할도 했다.

XXXIV.

안토니우스는 전쟁에 나가기 전 신성한 올리브 나무에서 가지를 꺾어 관을 만들었으며 특정 신탁을 받들어 클렙쉬드라에서 물을 길어 지니고 다녔다. 한편 파르티아 왕의 아들 파코로스는 파르티아 대군을 이끌고 다시금 쉬리아를 향해 전진했다. 그러나 벤티디우스가 파코로스와 맞붙어 퀴르레스티케에서 패주시켰으며 수많은 적병을 쓰러뜨렸다. 파코로스도 초반에 숨졌다. 이 업적은 이후 가장 칭송받는 업적 가운데 하나가 되었으며 로마인들은 이를 크랏수스 집권 당시 겪었던 재앙에 대한 만족스러운 보상으로 느꼈다. 파르티아 인들은 연이은 세 번의 전투에서 참

• 귐나시온을 담당하는 관리. 귐나시온은 체육 활동, 운동선수들의 훈련 등이 이루어지던 공공시설로 신체의 단련을 중시한 헬라스 문화권에서 매우 중요한 자리를 차지했다.

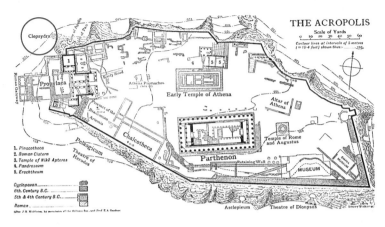

THE ACROPOLIS

1. Pinacotheca
2. Roman Cistern
3. Temple of Niké Apteros
4. Pandroseum
5. Erechtheum

* 클렙쉬드라는 아크로폴리스의 입구 바로 밑에 있는 신성한 샘으로 1911년 출판된 브리타니카 백과사전에 실린 아크로폴리스의 지도에 그 위치가 표시되어 있다.

패한 뒤 다시금 메디아와 메소포타미아의 경계 안쪽으로 물러났다.

그러나 벤티디우스는 파르티아 군대를 더 이상 추격하지 않기로 결정했는데 이는 안토니우스의 시기를 염려했기 때문이다. 대신 로마의 지배에 맞서 들고 일어난 민족을 공격하고 잠재웠으며 사모사타에서 콤마게네의 안티오코스를 포위 공격했다. 안티오코스가 1천 탈란톤을 내고 안토니우스의 명령에 복종하겠다는 제안을 내놓자 벤티디우스는 제안을 안토니우스에게 직접 보내라고 지시했다. 근방에 다다른 안토니우스는 벤티디우스가 안티오코스와 협정을 맺도록 허락하지 않고 있었다. 그는 이 한 가지 과업만은 자신의 이름으로 남기고 싶었고 모든 성공을 벤티디우스의 덕으로 돌리고 싶지 않았다. 그러나 포위 공격은 쉽게 끝나지 않았고 협정 가능성이 없다는 사실에 좌절한 적은 격렬히 방어했다. 결국, 안토니우스는 아무 성과도 얻지 못했으며 수치와 후회 속에 안티오코스에게 3백 탈란톤을 받고 협정을 맺는 데 만족해야 했다. 쉬리아에서 사소한 문제를 해결한 뒤에는 아테나이로 돌아갔고 벤티디우스에게 적절한 영예를 안긴 뒤 고향으로 보내 개선행진을 즐기게 했다.

파르티아를 상대로 싸우고 개선행진을 한 사람은 오늘날까지 벤티디우스가 유일하다. 그는 태생은 미천했으나 안토니우스와의 우정을 통해 위업을 달성할 기회를 얻었다. 그는 이 기회를 최대한 활용함으로써 안토니우스와 카이사르에 관한 일반적인 의견, 즉 두 사람이 자신보다는 남이 지휘한 원정을 통해 더 큰 성공을 누렸다는 의견을 뒷받침했다. 안토니우스의 부하 지휘관 숫시우스 또한 쉬리아에서 여러 일을 했고 안토니우스가 아르메니아로 보낸 카니디우스는 아르메니아 민족뿐만 아니라 이베리아와 알바니아의 왕들도 정복했으며 카우카소스까지 밀고 나갔다. 이 결과 안토니우스의 영향력은 외국인들 사이에서 널리 이름을 날리게 되었다.

XXXV.

그러나 안토니우스는 몇 가지 비방을 듣고 다시금 카이사르에 대한 불만을 갖게 되었으므로 함선 3백 척을 이끌고 이탈리아로 항해했다. 그러나 브룬디시움 사람들이 병력을 받아들여 주지 않자 해안을 따라 타렌툼으로 이동했다. 헬라스에서 안토니우스와 함께 건너온 옥타비아는 남동생에게 가겠다고 자처했고 안토니우스는 이를 허락했다. 이미 안토니우스에게 두 딸을 낳아준 옥타비아는 셋째를 임신 중이었다. 옥타비아는 중간에서 카이사르를 만났고 그의 두 친구 아그립파와 마이케나스를 먼저 설득했다. 그리고는 자신을 누구보다 행복한 여인에서 누구보다 불행한 여인으로 만들지 말아 달라고 카이사르에게 수차례 애원하고 간청했다.

"지금 온 세상의 눈은 한 임페라토르의 아내이자 한 임페라토르의 누이인 나를 주목하고 있습니다. 최악의 사태가 벌어져 두 사람이 전쟁을 벌인다면 누가 정복하고 누가 정복을 당할 것인지는 확실하지 않습니다. 그러나 그 어느 경우에도 나의 운명은 비참하기 짝이 없겠지요."

누이의 말에 마음이 움직인 카이사르는 유화적인 자세로 타렌툼에 도달했다. 타렌툼의 주민들은 그 무엇보다 고귀한 광경을 목격했다. 육상에서는 거대한 병력이 움직이지 않고 있었고 바다에는 수많은 함선들이 떠다녔으나 두 지휘관과 동료들은 반갑게 인사하며 서로를 맞이한 것이다. 먼저 안토니우스가 카이사르를 위해 만찬을 준비했고 카이사르는 누이를 봐서 여기 응했다. 이어서 카이사르는 파르티아 전쟁에서 싸울 안토니우스를 위해 2개 군단을 주기로 했고 안토니우스는 카이사르에게 청동 뱃머리가 달린 전함 1백 척을 건네기로 합의했다. 옥타비아는 이에 추가로 남동생에게 줄 소형 범선 20척을 남편으로부터 받아냈고 남편에게 줄 병사 1천 명을 동생으로부터 받아냈다. 이렇게 헤어진 뒤 카이사르는 시켈리아를 빼앗고자 단번에 폼페이우스와의 전쟁에 돌입했고 안토니우스는 옥타비아, 그리고 풀비아가 낳은 자녀들을 카이사르의 보호아래 둔 뒤 아시아로 건너갔다.

XXXVI.

오랜 시간 동안 잠자고 있던 불길한 재앙, 즉 안토니우스가 더 큰 일을 위한 계산 끝에 길들이고 잠재웠다고 여겨졌던 클레오파트라를 향한 열정이 그가 쉬리아에 근접할수록 새로운 힘을 얻어 불타올랐다. 마침내, 플라톤이 말하는 고집스럽고 버거운 짐승 같은 영혼처럼 안토니우스는 유익하고 고결한 조언들을 죄다 물리치고 폰테이우스 카피토를 시켜 클레오파트라를 쉬리아로 데려왔다. 클레오파트라가 당도하자 안토니우스는 클레오파트라에게 적지도 보잘것없지도 않은 영토, 즉 포이니키아, 코일레 쉬리아, 퀴프로스, 그리고 킬리키아 상당 부분을 안겼다. 뿐만 아니라 유다이아 중에서도 향유가 나는 지방, 또한 아라비아 나바타이아 중에서도 바깥 바다를 향해 비스듬히 기울어지는 지방이 클레오파트라에게 주어졌다.

이 같은 선물이 특히 로마인들의 심기를 건드렸다. 그럼에도 안토니우스는 여러 테트라르키아*와 위대한 민족의 영토를 개인에게 주는가 하면 여러 군주로부터 왕국을 빼앗았다. 그 예로 유대인 안티고노스를 끌고 나와 참수했는데 일찍이 그런 처벌을 받았던 왕은 없었다. 그러나 클레오파트라에게 주어진 여러 치욕적인 특권이 가장 큰 불쾌감을 주었다. 뿐만 아니라 안토니우스는 클레오파트라가 가진 두 자녀를 인정함으로써 추문을 키웠다. 아들은 알렉산드로스, 딸은 클레오파트라라고 불렀

---

* 네 우두머리가 공동으로 다스리는 영토를 말함.

으며 아들의 별명은 태양, 딸의 별명은 달이라고 지었다. 그러나 수치스러운 일을 그럴듯하게 꾸미는 데 능했던 안토니우스는 로마제국의 위대성이 로마인들이 받은 것보다는 건넨 것을 통해 드러난다고 말하곤 했다. 또한, 여러 왕을 이어서 낳을수록 왕족의 가문이 확장된다고도 말했다. 자신의 시조 역시 바로 이런 방법으로 헤라클레스의 아들로 태어났다는 주장이었다. 헤라클레스는 자신의 핏줄을 하나의 자궁에 묶어두지 않았으며 수태를 규제하는 솔론의 법과 같은 규칙을 두려워하는 대신 본성을 자유롭게 내버려둠으로써 여러 가문의 시작이자 기틀을 마련했다고 안토니우스는 말했다.

XXXVII.

한편 프라아테스가 선왕 휘로데스를 죽이고 왕국을 손에 넣자 파르티아 인들은 대거 안토니우스 측으로 몰려왔고 그중에서도 명망 있고 세력이 컸던 모나이세스가 주목할 만했다. 안토니우스는 망명자 모나이세스의 불운을 테미스토클레스에, 자신의 풍족한 물자와 아량을 페르시아 왕들에 견주며 그에게 라릿사, 아레투사, 그리고 한때 밤뷔케로 불리기도 했던 히에라폴리스 세 도시를 주었다. 그러나 파르티아 왕이 모나이세스에게 친선 협정을 제안해오자 안토니우스는 기꺼이 모나이세스를 돌려보냈다. 평화를 약속할 것처럼 프라아테스를 속일 작정이었다. 그는 또한 크랏수스가 원정 당시 빼앗긴 표장, 그리고 여전히 생존해 있는 포로들의 반환을 요구했다.

한편 안토니우스 자신은 클레오파트라를 아이귑토스로 보낸 뒤 아라비아와 아르메니아를 가로질러 동맹국 왕들과 함께 병력이 집결해 있는 곳으로 갔다. 왕들의 수는 매우 많았지만 가장 세력이 큰 왕은 아르메니아의 아르타바스데스로 기병 6천과 보병 7천을 제공했다. 여기서 안토니우스는 군대를 사열했다. 로마 병사는 보병이 6만이었고 로마 병사로 분류된 이베레스와 켈토이 족 기병이 1만이었다. 그 밖의 나라에서 모인 기병과 경무장 보병은 합이 3만이었다.

그러나 박트리아 저편의 인디아 인까지 공포로 몰아넣고 온 아시아를 떨게 만든 이 모든 전쟁 준비와 병력도 안토니우스에게 도움이 되지 못했는데 바로 클레오파트라 때문이었다고 한다. 클레오파트라와 겨울을 보낼 생각이 너무나 간절하여 적절한 시기가 오기 전에 전쟁을 시작했고 모든 일을 엉망으로 추진했다. 그는 제 한 몸도 가누지 못했고 마치 어떤 약에 취하거나 마법에 홀린 듯 늘 간절히 클레오파트라만을 바라보았고 적을 무찌르는 것보다 클레오파트라에게 서둘러 복귀하는 데 더 관심이 많았다.

XXXVIII.

안토니우스는 무엇보다 아르메니아에서 겨울을 보내며 8천 스타디온이 되는 거리를 행군하느라 지친 병사들에게 휴식을 주었어야 한다. 그리고 파르티아 인들이 겨울나기를 끝내기 직전인 봄의 시작에 메디아를 점령했어야 한다. 그러나 안토니우스는 그동안을 기다리지 못하고 군대를 이끌고 아르메니아를 왼쪽으로 둔 채 아트로파테네의 가장자리를 따라 올라가며 이 지역을 약탈했다. 한편 포위 공격에 필요한 병기는 수레 3백 대가 실어 나르고 있었는데 그중에는 성벽을 파괴하는 용도로 쓰인, 길이가 80푸스나 되는 병기도 있었다. 그러나 병기가 하나라도 부서진다면 제때에 맞추어 대체할 길이 없었다. 북쪽 지방의 나무는 길이나 강도가 충분하지 않았기 때문이다.

마음이 급했던 안토니우스는 속도가 늦어진다는 이유로 병기를 놓아 두고 이동하기로 했다. 대신 수레를 지킬 병사들을 상당수 배치하고 스타티아누스에게 지휘를 맡겼다. 그동안 자신은 메디아 왕의 부인들과 자녀들이 있는 대도시 프라아타를 공격했다. 그러나 그 즉시 병기를 두고 온 것을 후회하게 만드는 상황이 벌어졌고 결국 안토니우스는 성벽에 바짝 접근하여 성벽을 공략하기 위한 흙무더기를 쌓아올리게 되었다. 더디고 힘겨운 작업이었다.

그러나 이 와중에 프라아테스가 대군을 이끌고 내려왔으며 병기를 실은 수레가 뒤에 남겨졌다는 소식을 들은 프라아테스는 기병 상당수를 보내 공격을 명령했다. 스타티아누스는 기병대에 포위되어 죽임을 당했으며 그 밖에도 1만 병사가 전사했다. 뿐만 아니라 적은 병기를 빼앗아 불태웠다. 또한, 수많은 사람이 포로로 잡혔는데 폴레몬 왕도 그중 하나였다.

XXXIX.

시작부터 예기치 않은 타격을 입은 안토니우스 측은 당연히 몹시 괴로웠다. 뿐만 아니라 아르메니아 왕 아르타바스데스는 로마가 이길 가망이 없다고 여기고 자신이 전쟁의 주원인이었음에도 병력을 이끌고 떠나버렸다. 어느새 파르티아 병사들이 포위 공격을 하는 로마군 앞에 찬란하게 도열하더니 모욕과 협박을 퍼부었다. 그러자 군대를 움직이지 않을 경우 병사들의 불안과 좌절이 굳어지고 가중될까 염려한 안토니우스는 10개 군단과 중무장 보병으로 이루어진 호위대 3개 코호르스*, 기병 전부를 데리고 약탈을 나갔다. 이렇게 하면 적이 정식으로 전투를 벌이러 나오리라 예상한 것이다. 하루간의 행군을 마친 안토니우스는 파르티아 군대가 포위를 시작했음을 깨달았다. 적은 로마군이 행군을 시작하기를 기다렸다가 공격할 작정이었다. 안토니우스는 진영에 전투 신호를 내건 뒤 마치 전투가 아닌 후퇴가 목적인 듯 막사를 철수했다.

안토니우스는 초승달 모양을 한 파르티아 군대의 전열을 비껴가기 시작했다. 적의 최전방 병사들이 군단병의 사정거리에 들어오는 순간 기병대를 출동시키라는 명령을 내려둔 뒤였다. 나란히 선 파르티아 병사들의 눈에 비친 로마군의 기강은 기가 막힐 정도였다. 병사들은 일정한 간격을 두고 떨어져 아무런 혼란도 없이 침묵 속에서 투창을 꼬나들고 스쳐 지나갔다. 그러나 신호가 떨어지고 로마 기병대가 방향을 돌려 고함과 함께 달려들었을 때 적군은 활을 쓰기에는 적이 지나치게 가까웠음에도 공격을 맞받아치는 데 성공했으며 기병대를 물리쳤다. 그러나 이어서 군단병이 무기를 부딪치고 소리를 내지르며 공격에 가담하자 파르티아 기병대는 겁을 먹고 물러섰으며 나머지도 접근전을 시도하지 않고 후퇴했다.

안토니우스는 적을 바짝 뒤쫓았고 이 한 차례의 전투가 전쟁을 완전히, 혹은 거의 다 끝내주리라는 큰 희망을 품고 있었다. 보병대는 50스타디온이 되는 거리를 추격했고 기병대는 그 세 배를 갔다. 그러나 전사한 적병과 포로의 숫자를 세어보니 포로는 30명, 전사자는 80구에 지나지 않았다. 아군은 하나같이 낙담하고 좌절했다. 병기 수레 앞에서 그토록 수많은 아군을 빼앗겼지만 승리한 전투에서 그토록 소수의 적병만을 죽였다는 사실이 끔찍스러웠다.

다음 날 안토니우스의 군대는 짐을 싸서 프라아타에 있는 진영으로 향했다. 행군을 시작했을 때는 적병 소수가 그들을 방해하더니 점점 그

• 장군을 호위할 목적으로 구성된 단위로 호위대 코호르스 1개는 약 1천 명이었다.

수가 많아졌고 마침내 적의 군대 전체가 마치 패배를 당한 적이 없는 것처럼 넘치는 기운으로 온 사방에서 도전하고 공격해왔다. 몹시 힘겹고 고생스러웠으나 그래도 안토니우스의 군대는 무사히 진영으로 돌아왔다. 그러자 이번에는 메디아 군대가 성안에서 뛰쳐나와 언덕을 지키던 병사들을 패주시켰다. 격분한 안토니우스는 비겁하게 후퇴한 자들에게 이른바 데키마티오라는 처벌을 안겼다. 전체를 열 명 단위로 나눈 다음 제비뽑기로 그 열 명 가운데 한 명을 죽인 것이다. 나머지 아홉에게는 밀 대신 보리를 식량으로 지급했다.

XL.

양쪽 모두에게 고난이 가득한 전쟁이었고 앞날은 더욱 두려워할 만했다. 안토니우스는 굶주림이 찾아올 것을 예상했다. 여러 병사의 부상과 죽음을 담보로 하지 않고 식량을 구하기란 더 이상 불가능했다. 프라아테스 또한 파르티아 병사들이 겨우내 노숙하며 고생을 하니 어떤 짓도 마다하지 않을 것을 알고 있었다. 만약 로마군이 계속해서 남아 저항한다면 파르티아 병사들의 이탈이 이어질 터였다. 추분이 지나자 공기는 벌써 싸늘해지고 있었다. 따라서 다음과 같은 전략을 짰다.

로마인을 가장 잘 아는 파르티아 병사들은 식량을 구하러 나온 로마군을 만났을 때, 혹은 다른 일로 로마군과 충돌했을 때 어느 정도 사정을 봐주면서 공격했다. 물건을 가져가도록 놔두기도 하고 용기를 칭찬하기도 했으며 그들이 뛰어난 투사이며 파르티아의 왕의 존경을 당연히 받아야 한다고 했다. 그런 다음 한층 가까이 접근해서 로마 병사와 나란히 말을 몰며 안토니우스를 헐뜯었다. 프라아테스가 협정을 통해 수많은 뛰어난 로마인을 살리고자 하는데도 안토니우스는 기회를 거부하고 있을 뿐더러 굶주림과 추위라는 극악하고 강력한 적을 기다리고만 있다고 그들은 말했다. 그리고 추위와 굶주림이 시작되면 아무리 파르티아 군대가 호위를 한다고 해도 되돌아가기는 힘들 것이라고 덧붙였다.

여러 사람이 안토니우스에게 이 같은 내용을 보고했고 희망이 생긴 안토니우스는 협정을 맺는 쪽으로 마음이 기울었다. 그러나 전령을 보내기 전에 먼저 호의를 보이고 있었던 파르티아 병사들에게 그들의 말이 왕의 뜻을 반영하고 있는지 물었다. 파르티아 병사들은 왕의 뜻이 그러하다고 확인해주었고 두려움이나 불신을 가질 필요가 없다고 했다. 그러자 안토니우스는 동료들을 보내 포로와 표장의 반환을 새로이 요구했다. 무사히 파르티아를 빠져나갈 수 있다는 사실만으로 감지덕지하고 싶지 않았던 까닭이다.

그러나 파르티아 왕은 반환 문제를 강요하지 말라고 요구했으며 철수를 시작하자마자 평화와 안전을 보장하겠다고 안심시켰다. 그러자 며칠 안으로 안토니우스는 짐을 꾸리고 진영을 철수했다. 안토니우스는 대중을 설득하는 데 뛰어났고 언변으로 군대를 이끄는 타고난 능력이 당대의 누구보다 뛰어났지만, 이때만은 수치와 절망에 빠져 차마 부하들 앞에서 평소처럼 격려 연설을 할 수가 없었으므로 도미티우스 아헤노바르부스에게 이를 맡겼다. 몇몇 병사는 이에 발끈했고 안토니우스에게 무시를 당했다고 생각했다. 그러나 대부분은 그 까닭을 이해했으므로 오히려 감동했다. 그리고 사령관에게 더 큰 존경과 복종심을 보여주어야겠다고 생각했다.

XLI.

안토니우스는 군대를 이끌고 온 길을 되짚어 갈 참이었다. 나무가 없는 평지를 가로지르는 이 길에 들어서기 직전 파르티아 풍토에 밝은 마르디 족 사내가 안토니우스를 찾았다. 병기 수레를 두고 벌어졌던 전투에서 이미 로마에 대한 충성심을 증명한 사람이었다. 그는 안토니우스에게 오른편에 있는 언덕에 붙어 전진할 것을 조언했다. 텅 빈 허허벌판으로 가면 짐이 많은 군단병이 수많은 말 탄 궁수의 표적이 된다는 설명이었다. 프라아테스가 우호적인 회담을 통해 포위 공격을 거두도록 유도할 때 바로 이런 계략을 염두에 두고 있었다고 사내는 말했다. 그리고 로마군을 식량이 더 풍족한 지름길로 안내하겠노라고 했다.

그러자 안토니우스는 고민에 빠졌다. 협정을 맺은 이상 파르티아를 불신하는 것처럼 보이고 싶지 않았다. 그러나 사람 사는 마을을 지나는 지름길로 이동하는 편이 낫다는 사내의 생각에는 동의했다. 안토니우스는 사내에게 선의를 입증할 것을 요구했고 사내는 군대가 무사히 아르메니아에 도착할 때까지 족쇄를 차겠다고 나섰다. 그리고 족쇄를 찬 채 이틀 동안 문제없이 군대를 안내했다. 그러나 사흘째 되는 날 파르티아 군을 머릿속에서 완전히 지운 안토니우스가 자신감에 넘쳐 산개 대형으로 행군을 이끌고 있을 때 마르디 족 사내는 강둑 일부가 최근 뜯겨나갔으며 이곳에서 흘러나온 대량의 물이 행군길을 가로막고 있다는 사실을 눈치챘다. 사내는 파르티아 군이 로마군의 행군을 막기 위해 물길을 바꾸었음을 깨닫고 안토니우스에게 적이 근처에 있으니 주의할 것을 조언했다.

안토니우스는 군단병을 배열하고 투창병과 투석병이 군단병 사이로 뚫고 나올 수 있도록 대열을 정비했다. 곧이어 파르티아 군이 시야에 들어왔고 로마군 주변으로 말을 몰기 시작했다. 로마군을 에워싸고 사방에서 혼란을 일으킬 작정이었다. 로마군의 경무장 보병이 전진하여 공격할 때면 파르티아 병사들은 화살로 적에게 여러 부상을 입혔지만, 로마군의 납덩이와 투창으로부터 더 큰 부상을 감수해야 했기 때문에 이내 후퇴하곤 했다. 그러다가도 다시 돌아오곤 했는데 마침내 켈토이 족 기병이 한데 모여 달려들자 적은 흩어졌고 날이 저물 때까지 다시 나타나지 않았다.

XLII.

이렇게 방법을 깨달은 안토니우스는 후방뿐만 아니라 양 측면도 투창병과 투석병으로 뒤덮고 병력을 속이 빈 사각형 모양으로 만들어 이끌었다. 그리고 기병대에 적이 공격해오면 패주시키되 더 이상 추격하지 말라고 명령했다. 그 결과 파르티아 군은 나흘 연속 적군에게 끼친 피해보다 더 큰 피해를 당했고 사기가 꺾였으며 겨울을 핑계로 철수를 고려하게 되었다.

그러나 다섯째 날 유능하고 재기 넘치는 군인이자 지휘관이었던 플라비우스 갈루스가 안토니우스를 찾아와 후방에서 경무장 보병을, 전방에서 기병을 지원해준다면 커다란 공을 세우겠다고 자신 있게 주장했다. 안토니우스는 갈루스에게 병력을 주었고 갈루스는 공격해오는 적을 물리친 직후 전처럼 군단병들 쪽으로 물러나지 않았고 저항하며 더욱 위태롭게 교전을 벌였다. 후방 수비대의 지휘관들은 갈루스가 나머지 병력과 분리되는 것을 보고 병사를 보내 불러들였으나 갈루스는 말을 듣지 않았다. 이어서 재무관 티티우스가 갈루스의 표장을 빼앗아 들고 병사들을 되돌리려 애쓰면서 수많은 용감한 병사들의 목숨을 버리려는 갈루스를 비난했다. 그러나 갈루스는 되려 티티우스를 비난하며 부하들에게 꼼짝도 말 것을 지시했고 이에 티티우스가 물러났다.

이어서 갈루스는 앞의 적을 가르며 억지로 나아갔는데 그 사이 수많은 적병이 뒤를 에워싸고 있다는 사실을 눈치채지 못했다. 그러나 사방

팔방에서 화살이 날아오자 갈루스는 사람을 보내 지원을 요청했다. 바로 이때, 안토니우스에게 중대한 영향력을 행사하고 있었던 카니디우스를 포함한 군단 지휘관들은 결코 사소하지 않은 실수를 했다. 전선 전체를 적을 향해 돌려도 모자랄 판에 한 번에 소수의 병사만을 갈루스에게 보낸 것이다. 이렇게 파견된 병사들이 패하면 추가로 다른 병사들을 보내는 과정을 반복하면서 지휘관들은 미처 모르는 사이 군대 전체를 패배와 도망의 길로 몰아넣을 뻔했다. 그러나 안토니우스가 신속하게 전방에 있던 휘하 군단을 이끌고 도주하는 병사들을 막았고 그 사이로 제3군단이 빠르게 나아가 적과 맞서 싸움으로써 그 이상의 추격을 막았다.

XLIII.

전사자는 3천이 넘었고 부상자 5천이 막사로 실려 갔다. 그 가운데 화살을 네 군데나 맞은 갈루스도 있었다. 갈루스는 결국 회복하지 못했으나 안토니우스는 다른 부상병을 찾아가 동정 어린 눈물을 글썽이며 기운을 북돋으려 애썼다. 그러나 부상자들은 해맑은 얼굴로 안토니우스의 손을 부여잡고는 걱정하지 말고 물러가 몸을 챙기라고 당부했다. 그리고 안토니우스를 임페라토르라 칭하며 그가 무사하면 자신들도 멀쩡하다고 했다. 간단히 말하면 당시 안토니우스만큼 용맹하고 끈기 있고 젊은 활력이 넘치는 군대를 조직한 임페라토르는 없었다. 실로 명예의 유무, 지위의 고하를 막론하고 모든 병사가 동일하게 제 목숨과 안위보다 안토니우스로부터 받는 영예와 호의를 중요히 여겼다는 사실로 보나, 지휘관 안토니우스에 대해 병사들이 가졌던 경외심, 복종심, 그리고 선의로 보나 안토니우스는 고대의 그 어떤 로마군 지휘관보다 뛰어났다. 그 이유에는 앞서 말했듯 고귀한 태생, 뛰어난 언변, 수수한 태도, 선물을 베풀기 좋아하는 성격, 선물의 크기, 쾌락과 연애를 가볍게 여기는 태도 등이 있었다. 당시에도 불운을 당한 자들의 고난과 괴로움을 함께 나누면서 그들이 원하는 모든 것을 베풀어주었던 안토니우스였기에 병에 걸리고 부상을 당한 자들은 건강하고 힘 있는 자들보다 안토니우스를 받드는 데 더욱 적극적이었다.

XLIV.

그러나 지칠 대로 지쳐 임무를 내팽개치기 직전이었던 적은 승리하자마자 신이 나서 로마군을 우습게 보기 시작했다. 심지어 로마 진영 근처에서 밤새 야영을 하기도 했는데 얼마 안 가 로마군의 텅 빈 막사와 이탈자들의 짐 꾸러미를 약탈할 수 있으리라는 기대에서였다. 동이 트자 더 많은 병사가 공격을 위해 집결했는데 기병이 적어도 4만이었다고 한다. 확실하고 명백한 승리를 확신한 왕이 근위대의 기병들까지 내보낸 까닭이었다.

그러자 안토니우스는 연설을 통해 병사들의 사기를 돋우고자 어두운 외투를 가져오라고 지시했다. 병사들의 눈에 애잔한 모습으로 비추어지길 원했던 탓이다. 그러나 동료들이 이에 반대했고 안토니우스는 로마 장군이 착용하는 자줏빛 외투를 입고 연설을 했다. 연설에서 그는 승리를 이끈 병사들을 칭송하고 도주했던 병사들을 꾸중했다. 그러자 승리를 도운 병사들은 안토니우스를 격려했고 도주했던 병사들은 반성하는 의미에서 데키마티오든 무엇이든 안토니우스가 원하는 그 어떤 처벌도 달게 받을 테니 제발 괴로워하거나 초조해하지 말아 달라고 부탁했다. 이에 안토니우스는 두 손을 들어 신들에게 기도하기를 자신이 지금까지 이룬 성공에 대해 어떤 응보가 따라야 한다면 제 자신에게만 그 응보를 내리고 나머지 병사들에게는 승리와 안녕을 내려달라고 빌었다.

XLV.

다음 날 로마군은 방비를 강화하고 진군했다. 로마군을 공격한 파르티아 군대는 적잖이 당황했다. 전투가 아닌 약탈을 할 줄로만 생각했던 파르티아 군은 막상 기운차고 박력 있고 적극적인 로마군을 접하고 보니 다시금 전쟁이 귀찮아졌다. 그럼에도 로마군이 가파른 언덕을 내려갈 때 이들을 덮쳤고 느릿느릿 이동하는 병사들을 향해 활을 쏘았다. 그러자 방패를 든 병사들이 방향을 돌려 무장이 비교적 가벼운 병사들을 둘러쌌고 한쪽 무릎을 고이고 앉아 방패를 앞으로 내밀었다. 그 뒷줄에 늘어선 병사들은 방패를 앞줄 병사의 머리 위로 치켜들었고 그 뒷줄도 마찬가지로 했다. 그 결과 마치 지붕을 얹은 듯한 놀라운 광경을 연출했다. 이렇게 하면 날아오던 화살이 미끄러져 떨어지므로 화살에 대응하는 가장 효과적인 방어법이다. 그러나 파르티아 병사들은 로마군이 한쪽 무릎을 고이고 앉는 모습을 보고 피로와 체력 고갈이 원인이라고 생각했으므로 활을 내려놓고 창의 중간을 잡은 뒤 가까이 접근하기 시작했다. 그러자 로마 병사들은 목소리 높여 전투 함성을 외치며 튀어 올랐고 투창을 던져 전방의 파르티아 병사들을 무찌르고 나머지를 패주시켰다. 다음 날에도 같은 방식으로 적을 무찌르며 로마군은 조금씩 전진해나갔다.

로마군은 굶주림의 공격도 받았다. 전투를 하고도 곡식을 얻을 수 없었고 곡식을 빻을 도구도 변변치 않았다. 짐을 나르는 짐승들 가운데 일부가 폐사했고 남은 짐승은 병자와 부상자를 날라야 했기 때문에 곡식을 빻을 도구는 버려두고 갈 수밖에 없었던 것이다. 따라서 1앗티케 코이닉스* 분량의 밀이 50드라크메에 달했고 은화가 있어야 보리빵이라도 살 수 있었다. 따라서 채소와 뿌리에 의지해야 했으나 익숙한 종류가 없어서 생전 처음 맛보는 것들을 시험 삼아 섭취해야 했다. 그러다가 광기를 유발하고 죽음에까지 이르게 하는 독초를 먹기까지 했다. 이 독초를 먹으면 기억이 지워지고 오로지 한 가지 행위에만 집중하게 되는데 돌이 보일 때마다 몹시 중대한 일을 수행하듯 이를 움직이거나 뒤집는 행위가 그것이다. 벌판은 웅크리고 앉아 돌 주위를 파거나 돌을 들어내는 사람들로 가득했다. 그러다가 마침내 담즙을 토해내고 죽었는데 유일한 치료약이었던 포도주가 없었기 때문이다. 많은 사람들이 이처럼 죽어 나갔고 파르티아 군은 물러서지 않았으므로 안토니우스는 곧잘 이렇게 외쳤다고 한다.

"1만 병사들이여!"

이는 크세노폰의 군대를 향한 존경심의 표현이었는데 이 군대는 바빌론에서 해안으로 가는 훨씬 긴 행군을 했을 뿐만 아니라 몇 배나 많은 적을 상대했음에도 무사했다.

XLVI.

로마군을 혼란에 빠뜨리는 데 실패하고 대열을 흩트릴 수조차 없었으며 오히려 여러 차례 패배하고 퇴각했던 파르티아 군은 꼴이나 곡식을 찾아 나온 로마 병사들과 다시 한 번 평화로이 어울리기 시작했다. 시위를 푼 활을 가리키며 곧 귀향할 예정이라고 말하는가 하면 보복은 이제 끝났다고 말하기도 했다. 여전히 소수의 메디아 병사들이 로마군을 따

• 약 1리터.

라 하루 이틀 행군하기도 했는데 로마군을 괴롭히지는 않았고 다만 외딴 마을들을 보호할 목적이었다. 파르티아 병사들이 인사를 건네고 친근한 행동을 하자 로마군은 다시금 용기로 가득 찼고 그 소식을 들은 안토니우스는 벌판을 가로질러 가는 쪽으로 마음이 기울었다. 산속에는 물이 없다고 알려져 있었기 때문이다.

그러나 안토니우스가 벌판을 가로질러 가려고 할 찰나 적진에서 온 미트리다테스라는 사내가 안토니우스의 진영을 찾았다. 안토니우스와 함께 지낸 적이 있으며 그로부터 세 개 도시를 선물로 받았던 모나이세스의 사촌이었다. 미트리다테스는 파르티아 혹은 쉬리아 말을 할 수 있는 사람을 요청했으므로 안토니우스의 가까운 친구인 안티오케이아 출신 알렉산드로스가 나섰다. 미트리다테스는 자신을 소개하고 모나이세스 대신 호의를 베풀고자 왔음을 설명했다. 이어서 알렉산드로스에게 저 멀리 높은 산이 보이는지 물었다. 알렉산드로스가 보인다고 대답하자 미트리다테스가 말했다.

"저 산 아래 파르티아 군대가 잠복 중이며 로마군을 기다리고 있습니다. 이 너른 평지는 저 산 아래로 이어집니다. 파르티아 군은 로마군을 꼬드겨 산속으로 난 길보다는 벌판 쪽으로 유도할 작정입니다. 산속 길로 가면 마실 물도 없고 고생스럽겠지만 새삼스러운 일도 아니지 않습니까? 그러나 벌판으로 행군할 경우 안토니우스는 크랏수스와 운명을 같이하게 된다고 전해주십시오."

XLVII.

미트리다테스가 이 같은 정보를 전달하고 진영을 떠나자 안토니우스는 새로운 소식에 몹시 혼란스러워졌으므로 동료들과 마르디 족 사내를 불렀다. 사내는 미트리다테스와 같은 의견이었다. 적이 없다고 해도 평지에는 길이 없었으므로 괴롭고 눈먼 방황을 하게 될 터였다. 사내는 산속으로 난 험로를 택한다면 하루 동안 물을 만날 수 없다는 점 이외에 다른 어려움은 없다고 설명했다. 그리하여 안토니우스는 부하들에게 물을 담아 지니라고 지시한 뒤 밤새 산속 길로 군대를 이끌었다. 그러나 병사들 대개는 물을 담을 통이 없었으므로 일부는 투구에 물을 채워 가기도 하고 일부는 가죽에 담가 가기도 했다.

안토니우스가 움직이기 시작했다는 소식이 파르티아 군에 가 닿자 적은 그동안의 관습을 깨고 날이 밝기도 전에 추격을 시작했다. 적은 동이 틀 무렵 로마군의 후방 수비대와 맞닥뜨렸다. 수비대는 잠도 못 자고 고생하느라 녹초가 되어 있었다. 뿐만 아니라 적이 그토록 빨리 공격하리라고 생각지 못했으므로 낙담했다. 게다가 싸움은 갈증을 심화시켰다. 적을 물리치는 동시에 앞으로 전진해야 했기 때문이다. 이 와중에 행렬의 선두는 어느 강에 이르렀는데 물은 맑고 차가웠지만 짠맛이 나고 유독했다. 이 물을 마시면 그 즉시 고통스럽고 배가 아프면서 갈증이 더욱 불타올랐다. 마르디 족 사내가 이 강에 대해서 역시 경고한 바 있었으나 그럼에도 일부 병사는 만류하는 병사들을 제치고 강물을 마셨다. 안토니우스는 부하들 사이를 누비며 조금만 더 버티어 달라고, 멀지 않은 곳에 마실 수 있는 물이 흐르는 강이 있다고 말했다. 그리고 남은 길은 기병대가 갈 수 없는 험한 길이므로 적이 돌아갈 것이라고 설명했다. 이와 동시에 전투 중이던 병사들을 불러들인 안토니우스는 막사를 치라는 신호를 내림으로써 병사들이 적어도 그늘에 들어가 쉴 수 있게 했다.

XLVIII.

　로마군은 지시대로 막사를 치기 시작했고 파르티아 군대는 관례대로 그 즉시 물러나기 시작했다. 이 시점에 미트리다테스가 또 한 번 찾아와 안토니우스에게 조언하기를 군대를 너무 오래 쉬게 하지 말고 서둘러 강을 향해 움직이라고 했다. 그리고 파르티아 군대는 이 강이 나올 때까지 로마군을 뒤쫓겠지만, 강을 건너지는 않을 것이라고 장담했다. 알렉산드로스는 안토니우스에게 이 소식을 전했고 안토니우스가 내린 수많은 황금 술잔과 대접을 미트리다테스에게 전달했다. 미트리다테스는 옷 속에 숨길 수 있을 분량만을 받아서 진영을 떠났다.

　로마군은 날이 어두워지기 전에 막사를 철수하고 다시 행군을 시작했다. 적은 더 이상 로마군을 괴롭히지 않았지만, 로마군은 스스로 그날 밤을 가장 괴롭고 두려운 밤으로 만들었다. 금은을 가진 자들이 강도를 당하고 죽임을 당했으며 짐을 나르는 짐승들에 실려 있던 물건이 약탈을 당한 것이다. 마지막으로 안토니우스의 짐꾼들이 공격을 받았고 술잔과 값비싼 식탁이 동강 났는가 하면 여러 사람에게 분배되었다.

　그러자 적의 습격에 아군이 패주를 당하고 흩어졌다고 생각한 로마 군대는 심각한 혼란에 빠져 허둥지둥 댔다. 안토니우스는 해방 노예이자 호위병이었던 람누스를 불러 명령이 떨어지는 즉시 칼로 안토니우스를 찌르고 머리를 자르겠다는 맹세를 받아냈다. 살아서 적의 포로가 되는 것을 방지하고 죽은 뒤 아무도 알아볼 수 없게 하기 위함이었다. 안토니우스의 동료들은 울음을 터뜨렸으나 마르디 족 사내는 강물이 머지않았다며 안토니우스를 안심시키려고 애썼다. 촉촉한 바람이 불어오고 있었고 얼굴에 와 닿는 시원한 공기에 호흡도 편안해지고 있다고 했다. 사내는 또한 밤이 얼마 남지 않은 만큼 행군해온 시간으로 미루어 볼 때 강이 멀지 않은 게 확실하다고 했다. 뿐만 아니라 밤새 벌어진 소란은 아군 병사들이 서로에게 부당하고 탐욕적인 짓을 저지른 결과임이 밝혀졌다. 방황과 혼란을 겪은 부하들을 정돈하고자 안토니우스는 진영을 치라는 신호를 내렸다.

XLIX.

날이 밝아오고 로마군에 어느 정도의 질서와 고요가 찾아오기 시작할 무렵 파르티아 군의 화살이 후방으로 날아왔고 경무장 보병들에게 교전 신호가 내려졌다. 중무장 보병들은 전과 같이 다시 한 번 방패로 서로를 뒤덮었으며 적이 감히 접근하지 못하게 막고 버티어냈다. 이런 식으로 선두에 늘어선 병사들은 슬금슬금 전진했으며 마침내 강물이 시야에 들어왔다. 강둑 위로 기병대를 정렬시켜 적과 대항하게 한 안토니우스는 먼저 병자와 부상자를 건너게 했다. 얼마 가지 않아 전투 중이던 병사들에게도 물을 마실 여유가 생겼다. 강물을 본 파르티아 군대가 활시위를 늦추고 로마군을 향해 겁내지 말고 강을 건너라고 격려했기 때문이다. 그들은 로마군의 용맹을 칭송하기도 했다. 그리하여 로마군은 방해받지 않고 강물을 건넜으며 체력을 되찾자마자 행군을 계속했다. 파르티아 군을 조금도 신뢰하지 않았던 까닭이다.

파르티아 군대와 마지막으로 전투를 치른 지 엿새째 되는 날 로마군은 메디아와 아르메니아 사이를 흐르는 아라크세스 강에 다다랐다. 강물의 깊이와 세찬 물결 때문에 건너기는 쉽지 않아 보였다. 뿐만 아니라 도강을 시도하는 순간을 노리며 잠복 중인 적군이 있다는 제보도 있었다. 그럼에도 마침내 무사히 강을 건너 아르메니아 땅에 도달한 로마 병사들은 마치 육지에서 바다를 본 사람들처럼 아르메니아를 반겼고 눈물을 흘리며 서로를 껴안았다. 그러나 심각한 굶주림을 견디다가 갑자기 풍요로운 지방에서 모든 것을 넉넉히 즐기게 된 로마 병사들은 몸이 붓고 설사가 멈추지 않아 앓아누웠다.

L.

이곳에서 군대를 사열한 안토니우스는 보병 2만과 기병 4천이 사멸했음을 깨달았다. 절반 이상은 적의 손이 아닌 질병에 의하여 죽은 것이다. 프라아타를 떠나 스물일곱 날을 행군하는 동안 열여덟 번의 전투에서 파르티아 군을 물리쳤으나 승리는 완전하지도 지속적이지도 못했는데 적을 멀리 효과적으로 추격하지 못한 탓이었다. 이 모든 것은 아르메니아의 아르타바스데스 때문에 안토니우스가 전쟁을 끝마칠 수 없었다는 사실을 명백하게 드러냈다. 그가 메디아에서 이끌고 돌아간, 파르티아와 동일한 장비를 갖고 있으며 파르티아와의 전투에 익숙했던 기병 1만 6천이 있었다면, 로마군이 적을 패주시킬 때 그들이 도주하는 적병을 차단했다면 적군은 패한 뒤에도 그토록 쉽게 회복하여 재공격을 일삼지 않았을 것이다.

분노에 휩싸인 군대 전체는 안토니우스에게 아르타바스데스를 응징하라고 부추겼으나 신중하지 않을 수 없었던 안토니우스는 그의 배신을 꾸중하지 않았으며 그에게 늘 보이곤 하던 친밀감과 존경을 거두지도 않았다. 로마군의 숫자가 적었던 데다 물자도 부족했기 때문이다. 그러나 이후 재차 아르메니아를 침략했을 때 안토니우스는 여러 번의 초대와 약속 끝에 아르타바스데스를 불러들이는 데 성공했고 그를 사로잡아 사슬로 묶은 뒤 알렉산드리아로 가서 개선행진을 했다. 로마 사람들은 특히 이 일을 불쾌히 여겼는데 조국의 귀중하고 엄숙한 의식을 클레오파트라를 위해 아이귑토스 인들 앞에서 집행한 까닭이었다. 그러나 그것은 나중의 일이다.

LI.

한편 어느새 다가온 추위 속에 끊이지 않는 눈보라를 헤치고 서둘러 행군하느라 안토니우스는 추가로 병사 8천을 잃었다. 그러나 안토니우스 자신은 크지 않은 일행을 데리고 베뤼토스와 시돈 사이에 있는 "하얀 마을"이라는 장소로 가서 클레오파트라가 오기를 기다렸다. 클레오파트라가 늦어지자 그는 괴로움에 정신을 차리지 못했으며 술에 절어 지냈다. 그러나 술자리에 오래 앉아 있지는 못하고 술을 먹다가도 종종 일어서거나 벌떡 뛰어올라 항구를 살폈다. 마침내 항구에 당도한 클레오파트라는 로마군을 위한 옷가지와 돈을 잔뜩 내어놓았다. 클레오파트라가 옷가지를 가져온 것은 사실이나 돈은 안토니우스의 사적인 금고에서 나왔으며 클레오파트라가 주는 선물처럼 꾸몄을 뿐이라고 말하는 사람들도 있다.

LII.

곧이어 메디아의 왕이 파르티아의 프라오르테스와 다투기 시작했다. 다툼은 로마군으로부터 빼앗은 전리품을 두고 벌어졌다고 전해지지만 어찌 됐든 메디아 왕은 제 영토를 빼앗길 걱정과 두려움에 빠지게 되었다. 이런 이유에서 메디아의 왕은 안토니우스에게 전갈을 보내 원정을 와달라고 부탁했으며 자신 또한 부하들을 데리고 전쟁에 참여하겠다고 약속했다. 그러자 안토니우스는 기대에 차올랐다. 그는 파르티아 원정시 적을 굴복시키는 데 실패한 원인으로 기병과 궁수의 부족을 꼽고 있었다. 그러나 이번에는 메디아의 왕이 병력을 약속했고 로마군은 부탁하는 쪽이 아니라 받는 쪽에 있었다. 따라서 안토니우스는 다시 한 번 아르메니아를 가로질러 아라크세스 강에서 메디아 왕과 합류한 다음 전쟁을 벌일 차비를 했다.

LIII.

그러나 로마에서는 옥타비아가 안토니우스를 만나러 가기 위해 항해를 준비하고 있었고 카이사르도 이를 허락한 상태였다. 옥타비아에게 호의를 베풀고자 해서가 아니라 안토니우스가 옥타비아를 무시하고 업신여길 경우 전쟁을 벌일 구실이 생길 터였으므로 허락했다는 의견이 대체적이다. 아테나이에 당도한 옥타비아는 안토니우스가 보낸 편지를 받았다. 원정을 떠난다는 사실을 알리며 아테나이에 머물러 있기를 요청하는 내용이었다.

옥타비아는 안토니우스의 원정이 핑계에 지나지 않음을 꿰뚫어보았고 몹시 심란했으나 그럼에도 안토니우스에게 편지를 써서 가져가려고 했던 물건이라도 보낼 테니 어디로 보낼지 물었다. 옥타비아는 병사들을 위한 옷가지 상당량과 짐을 나르는 짐승들 수 마리, 안토니우스의 부하 지휘관과 동료들을 위한 현금과 선물을 준비해 놓고 있었다. 이뿐 아니라 눈부신 갑옷으로 무장한 근위대 병사 2천 명도 선발해놓고 있었다. 이 모든 사실은 한 니게이르 사람이 안토니우스에게 전달했는데 이 사람은 옥타비아가 보낸 안토니우스의 동료로 옥타비아에게 적절하고 마땅한 여러 칭송의 말도 덧붙였다.

한편 클레오파트라는 옥타비아가 경쟁 상대라는 사실을 깨달았다. 고귀한 성품에 카이사르의 권력까지 가진 옥타비아가 안토니우스와 어울리며 그를 기쁘게 하고 세심하게 배려하기까지 한다면 옥타비아는 무적의 상대가 되어 안토니우스를 완전히 손에 넣을 것 같았다. 이를 염려한 클레오파트라는 안토니우스를 열렬히 사랑하는 척하고 가벼운 식사만을 하며 몸매를 가다듬었다. 안토니우스가 다가오면 황홀한 표정을 하고 떠나가면 혼절할 듯한 슬픈 표정을 했다. 또한, 종종 눈물을 짜내기도 했는데 안토니우스가 이를 눈치채면 마치 들키지 않으려는 듯 재빨리 눈물을 닦았다. 이 모든 수법은 안토니우스가 메디아 군과 합류하기 위해 쉬리아를 출발할 무렵에 행해졌다.

클레오파트라에게 아첨하던 사람들도 클레오파트라를 대신해서 부지런히 움직였다. 그들은 안토니우스가 무정하고 쌀쌀맞으며 오직 안토니우스만 바라보는 연인을 파멸로 몰고 가고 있다고 말했다. 오라비를 위해 정략적으로 혼인한 옥타비아가 본처의 자격을 즐기고 있었던 반면, 수많은 백성을 거느린 클레오파트라 여왕은 안토니우스의 애인으로 불리면서도 안토니우스를 바라보고 그와 함께할 수 있는 한 애인이라는 이름도 마다치 않고 떳떳하게 여기고 있다고 했다. 그러나 안토니우스가 클레오파트라를 멀리한다면 클레오파트라는 살아남지 못하리라고도 했다.

마침내 이들은 안토니우스를 누그러뜨리고 불안하게 만드는 데 성공했고 안토니우스는 클레오파트라가 스스로 목숨을 끊을까 두려워 알렉산드리아로 돌아갔다. 파르티아가 내분으로 앓고 있다고 전해졌음에도 여름철이 올 때까지 메디아 왕의 요청을 미룬 것이다. 대신 메디아로 올라가 왕과의 친분을 다시 한 번 확인하고 클레오파트라가 낳은 아들을 아직 어린 왕의 공주에게 약속한 뒤 돌아왔다. 어느새 안토니우스의 생각은 내전으로 향해 있었다.

LIV.

한편 옥타비아는 멸시를 당했다고 여겨졌고 카이사르는 아테나이에서 돌아온 옥타비아에게 옥타비아 자신의 집에 머물 것을 지시했다. 그러나 옥타비아는 남편의 집을 떠나지 않았고 오히려 카이사르에게 간청하며 안토니우스를 상대로 전쟁을 벌일 작정이 아니라면 아내에 대한 안토니우스의 태도를 못 본 척해달라고 부탁했다. 한 여인을 대신하여 키운 증오심과 한 여인에 대한 열정 때문에 세상 누구보다 위대한 두 임페라토르가 로마를 내전에 빠뜨린다면 그처럼 불명예스러운 일은 없으리라고 했다.

그리고 옥타비아는 제 말을 행동으로 뒷받침했다. 남편의 집을 자기 집 삼아 머물며 자녀들을 돌보았는데 직접 낳은 자녀들뿐만 아니라 전부인 풀비아의 자녀들까지 고결하고 숭고한 태도로 돌본 것이다. 또한 관직을 찾아서, 혹은 용건이 있어서 로마로 찾아온 안토니우스의 동료가 있으면 카이사르를 통해 바라는 것을 얻도록 도와주었다. 그러나 옥타비아는 의도와 다르게 자신의 행실로써 안토니우스에게 해를 입히고 있었다. 옥타비아와 같은 여인을 푸대접한 안토니우스에 대한 미움을 키운 것이다.

안토니우스는 또한 알렉산드리아에 있는 자식들에게 영토를 나누어준 일로 미움을 받았다. 로마의 증오를 불러일으키기 위한 오만하고 과장된 행위로 여겨졌기 때문이다. 안토니우스 은으로 제작한 단상 위에 클레오파트라와 자신을 위한 황금 왕좌 두 개를 놓고 그 밑으로 세 아들을 위한 좌석을 준비한 뒤 굄나시온을 관중으로 채웠다고 한다. 그런 다음 클레오파트라를 아이귑토스와 퀴프로스, 리뷔아, 코일레 쉬리아의 여왕으로 선언하고 카이사리온과 왕좌를 공유하도록 했다. 카이사리온은 율리우스 카이사르가 클레오파트라에게 남긴 아들이라고 알려져 있었다. 나아가 클레오파트라가 낳아준 자신의 두 아들을 왕 중의 왕으로 칭하고 알렉산드로스에게는 아르메니아, 메디아, 그리고 미처 정복도 하지 않은 파르티아를, 프톨레마이오스에게는 포이니키아, 쉬리아, 킬리키아를 배정했다. 이어서 두 아들을 선보였는데 알렉산드로스는 왕관과 곧추선 머리 장식을 포함한 메디아 복식을 하고 있었고 프톨레마이오스는 장화와 짧은 외투 차림에, 왕관을 얹은 챙이 넓은 모자를 쓰고 있었다. 프톨레마이오스의 복장은 알렉산드로스 대왕에 복종했던 왕들의 차림새와 같았고 알렉산드로스의 복장은 메디아와 아르메니아 식이었다. 이어서 부모와 포옹한 두 아들은 호위대를 부여받았는데 각각 아르메니아와 마케도니아 사람들로 이루어져 있었다. 물론 클레오파트라는 여느 때와 마찬가지로 이시스에게 봉헌된 신성한 예복을 입고 대중 앞에 섰고 사람들은 클레오파트라를 새로운 이시스 여신이라고 칭했다.

LV.

카이사르는 이 같은 소식을 원로원에 보고하고 시민들 앞에서 빈번하게 안토니우스를 비난하면서 군중이 안토니우스에 맞서 들고 일어나도록 부추겼다. 안토니우스 또한, 카이사르에 대한 비난으로 대응했다. 비난의 요점은 첫째, 카이사르가 폼페이우스로부터 시켈리아를 빼앗은 뒤 안토니우스에게 일부를 배정하지 않았다는 것이었다. 또한 카이사르가 전쟁을 벌이기 위해 함대를 빌려 가고도 돌려주지 않았다고 했다. 셋째, 동료 레피두스를 관직에서 밀어내고 좌천시킨 다음 레피두스에게 배정되었던 병력, 영토, 그리고 세금을 카이사르 자신이 차지했다고 비난했다. 마지막으로 이탈리아의 거의 전 지역을 제 부하들에게 배분하고 안토니우스의 부하들에게는 아무것도 남기지 않았다고 말했다.

카이사르는 안토니우스의 비난에 답변하기를 레피두스가 관직을 남용하고 있었으므로 좌천시킨 것뿐이고 전쟁에서 획득한 영토로 말할 것 같으면 안토니우스가 아르메니아를 나누어준다면 자신도 영토를 나누어주겠다고 했다. 또한, 안토니우스의 부하들은 임페라토르의 휘하에서 고귀한 투쟁을 벌인 끝에 로마의 영토로 편입된 메디아와 파르티아를 가졌으므로 이탈리아 땅에 대한 권리를 주장할 수 없다고 말했다.

LVI.

안토니우스는 아르메니아에서 지체하는 동안 이 소식을 듣고 곧장 카니디우스에게 16개 군단을 이끌고 바다로 갈 것을 명령했다. 그러나 자신은 클레오파트라를 데리고 에페소스로 갔다. 바로 이곳으로 안토니우스의 해군 병력이 온 사방에서 몰려들고 있었기 때문이다. 전함과 상선이 8백 척에 달했는데 이 가운데 클레오파트라가 2백 척을 제공했다. 그밖에도 2만 탈란톤과 전쟁 동안 군대 전체가 쓸 물자도 클레오파트라가 제공했다.

그러나 안토니우스는 도미티우스와 여러 다른 사람들의 조언을 듣고 클레오파트라에게 아이귑토스로 돌아가 전쟁이 끝나기를 기다리라고 지시했다. 그러자 클레오파트라는 옥타비아가 다시 한 번 전쟁을 멈출까 염려스러웠으므로 카니디우스에게 상당한 뇌물을 주어 안토니우스 앞에서 제 편을 들어 달라고 부탁했다. 엄청난 기여를 한 여인을 전쟁에서 제외하는 일은 부당하거니와 해군 병력의 상당 부분을 차지하는 아이귑토스 병사들의 사기를 꺾어서 안토니우스에게 도움이 될 리 없다는 것이 클레오파트라의 논리였다. 뿐만 아니라 원정에 참여한 다른 군주들에 비해 클레오파트라의 지력이 떨어진다고 보기 힘들었다. 클레오파트라는 오랫동안 홀로 거대한 왕국을 다스려왔고 안토니우스와 길게 교제함으로써 중차대한 사건 또한 관리하는 법을 익힌 터였다. 안토니우스는 이러한 클레오파트라의 논리에 넘어갔다. 모든 것이 결국 카이사르 손에 들어가도록 운명 지워져 있었던 것이다. 이리하여 클레오파트라와 안토니우스는 연합군을 이끌고 사모스로 갔으며 거기서 흥겨운 시간을 보냈다.

쉬리아와 마이오티스 호수, 아르메니아, 일뤼리아 사이에 있는 모든 왕과 지배자, 테트라르코스*, 민족과 도시가 전쟁 장비를 보내거나 가지고 오라는 명령을 받았듯 모든 예인들도 사모스에 모여야 했다. 이리하여 주변 세상이 거의 전부 신음 소리와 비탄에 가득 찬 가운데 사모스에서는 피리 소리와 현악기들의 연주가 나날이 울려 퍼졌다. 극장은 만원이었으며 합창단은 서로 경쟁했다. 도시들은 또한 빠짐없이 희생 제물로 쓸 수소를 보냈으며 왕들은 서로 더 많은 볼거리와 선물을 제공하려고 다투었다. 그러자 온 세상 사람들이 묻기 시작했다.

"전쟁을 하기도 전에 이처럼 값비싼 축제를 벌인다면 승리하고 난 뒤에는 대체 어떻게 축하할 작정인가?"

LVII.

축제가 끝난 뒤 안토니우스는 예인들을 프리에네로 보내 살게 하는 한편 자신은 아테나이로 항해했다. 그리고 이곳에서 다시 온갖 경기와 연극 관람에 정신을 빼앗겼다. 한편 아테나이 시민이 특별히 사랑했던

• 영토를 공동으로 다스리는 네 우두머리 중 하나를 일컫는 말.

옥타비아가 이곳에서 누리고 있었던 명망을 시기한 클레오파트라는 여러 호화로운 선물을 내려 민중의 마음을 사고자 했다. 그러자 민중은 투표를 거쳐 클레오파트라에게 영예를 안겼으며 이 영예를 전달하고자 클레오파트라의 집으로 대표단을 보냈는데 안토니우스도 대표단의 한 사람이었다. 그도 아테나이 시민이 아니었던가. 그리하여 안토니우스는 클레오파트라 앞에서 아테나이를 대표해 연설했다.

그러는 한편 로마로 사람을 보내 옥타비아를 집에서 쫓아내도록 했다. 옥타비아는 풀비아가 낳은 맏아들을 제외한 안토니우스의 자녀 모두를 데리고 나갔다고 한다. 풀비아의 맏아들은 아버지와 함께 있었다. 옥타비아는 자신이 전쟁의 원인으로 여겨지고 있다는 사실에 괴로워하며 눈물을 흘렸다. 그러나 로마 시민이 불쌍히 여긴 사람은 옥타비아가 아닌 안토니우스였다. 특히 클레오파트라가 옥타비아보다 젊지도 아름답지도 않다는 사실을 보아서 알고 있는 사람들이 그러했다.

LVIII.

안토니우스가 보여주고 있는 전쟁 준비의 속도와 규모에 대해 들은 카이사르는 몹시 불편했다. 여름이 가기 전에 승패를 보게 될까 염려했던 것이다. 카이사르는 여러 면에서 미비한 상태였고 시민들은 부과된 세금 때문에 성이 나 있었다. 시민들은 일반적으로 수입의 4분의 1을 세금으로 내야 했고 해방 노예는 재산의 8분의 1을 내야 했다. 두 계급 모두 카이사르에 반대하는 목소리를 냈고 이 때문에 이탈리아 전역이 동요했다.

따라서 사람들은 안토니우스의 가장 큰 실수 가운데 하나가 전쟁을 연기한 일이라고 말한다. 카이사르가 전쟁을 준비하고 민중의 동요를 가라앉힐 시간을 주었기 때문이다. 세금을 걷을 당시 민중은 분노했지만 걷은 뒤에는 다시 잠잠해졌던 것이다. 뿐만 아니라 안토니우스의 동료이자 집정관을 지낸 적이 있는 티티우스와 플란쿠스가 클레오파트라에게 모욕을 당하고 카이사르 측으로 넘어왔다. 클레오파트라가 원정에 참여하는 데 가장 반대했던 두 사람이었다. 두 사람은 안토니우스의 유서의 내용을 이미 알고 있었고 이에 대해 카이사르에게 말했다.

이 유서는 베스타 여사제들이 맡고 있었는데 카이사르가 요청해도 넘겨주지 않았다. 다만 찾아와 가져갈 테면 그러라고 했다. 결국 유서를 가져온 카이사르는 먼저 혼자서 유서 내용을 읽고 비난할 만한 구절을 표시했다. 그런 다음 원로원을 소집하여 그 앞에서 소리 내어 읽었다. 원로원 의원 대부분은 이러한 카이사르의 행동을 불쾌히 여겼다. 죽어서 행해지기를 바랐던 일들에 대하여 살아서 책임을 지운다면 이상하고 가혹한 처사라고 여겼기 때문이다. 카이사르는 무엇보다 안토니우스가 유서에 자신의 장례 절차에 대해 추가한 조항을 강조했다. 로마에서 죽더라도 포룸에서 정식으로 장례 행렬을 마친 뒤에는 아이귑토스에 있는 클레오파트라에게 보내달라는 내용이었다.

나아가 카이사르의 동료 칼비시우스는 클레오파트라를 위해 안토니우스가 범한 여러 잘못을 고발했다. 안토니우스가 클레오파트라에게 20만 장서가 있는 페르가몬의 도서관을 내어준 일도 여기 포함됐다. 또 안토니우스는 여러 손님이 와 있는 만찬장에서, 클레오파트라와 한 어떤 약속에 따라서인 듯 자리에서 일어나 발을 문질러 주었다고 한다. 에페소스 사람들은 클레오파트라를 안토니우스의 아내로 칭하는 데 동의하기도 했으며 안토니우스는 법관으로서 여러 왕과 테트라르코스에게 판결을 내리는 중에도 클레오파트라가 보낸 마노, 혹은 수정 서판에 적힌 사랑 편지를 받았다. 로마에서 추앙받는 가장 뛰어난 연설가 푸르니우스가 연설을 하는 도중 클레오파트라가 가마를 타고 포룸을 가로질러가자 안토니우스가 자리에서 벌떡 일어나 재판을 중단한 뒤 클레오파트라의 가마를 붙잡고 동행한 일도 있었다.

LIX.

그러나 칼비시우스의 고발 내용은 대부분 거짓이었다. 그럼에도 안토니우스의 동료들은 로마를 돌아다니며 시민들 앞에서 안토니우스를 변호했으며 같은 편인 게미니우스를 안토니우스에게 보내 그가 탄핵을 당하거나 로마의 적으로 선포될 행위를 하지 못하도록 말리게 했다. 그러나 게미니우스는 헬라스로 건너간 즉시 클레오파트라의 의심을 받았는데 그가 옥타비아를 위해 일한다고 여겨졌기 때문이다. 게미니우스는 만찬장에서 언제나 조롱의 대상이었고 말석에 배정되었으나 이 모든 것을 버티어 내고 안토니우스와 면담할 기회만을 노렸다.

어느 날 만찬장에서 안토니우스는 게미니우스에게 헬라스로 온 까닭을 물었고 게미니우스는 맨정신으로 해야 할 말이 더 많지만 취했든 취하지 않았든 변치 않는 한 가지는 클레오파트라를 아이귑토스로 돌려보내야 한다는 사실이라고 했다. 그러자 안토니우스가 격분했고 클레오파트라는 말했다.

"고문을 당하지도 않고 사실을 고백하다니 잘하셨습니다."

이리하여 게미니우스는 며칠 뒤 로마로 도망을 쳤다. 뿐만 아니라 클레오파트라의 아첨꾼들은, 취중에 벌어지는 장난과 상스러운 행태들을 견딜 수 없었던 안토니우스의 여러 동료도 쫓아버렸다. 마르쿠스 실라누스와 역사가 델리우스도 그런 경우였다. 델리우스는 의사 글라우코스를 통해 클레오파트라가 자신을 해칠 궁리를 하고 있다고 전해 듣고 두려움을 표시하기도 했다. 델리우스가 말 한마디로 클레오파트라의 심기를 거스른 적이 있었기 때문이다.

"우리가 신 포도주를 대접 받는 동안 로마의 사르멘투스는 팔레르누스 산 포도주를 마시고 있지요."

사르멘투스는 카이사르가 아끼던 젊은이로 로마인들은 그를 델리키아^{애인}라고 불렀다.

LX.

카이사르가 전쟁을 위해 만반의 준비를 마치자 클레오파트라를 상대로 전쟁을 벌이고 안토니우스가 클레오파트라에게 넘겨버린 통치권을 압수하는 안이 투표로 통과되었다. 카이사르는 덧붙여 안토니우스가 약에 취한 상태이며 자기 자신도 돌보지 못한다고 말했다. 로마가 내관 마르디온과 포테이노스, 클레오파트라의 몸종 에이라스, 그리고 주요 나랏일을 관리하는 카르미아스와 전쟁을 벌이게 될 것이라고 주장한 것이다.

전쟁이 벌어지기 전에는 여러 징조가 나타났다. 먼저, 안토니우스가 식민지로 만든 아드리아 해 근방의 도시 피사우룸을 땅에 난 균열이 삼켜버렸다. 또 알바 근방에 있는 안토니우스의 대리석상에서 여러 날 동안 땀이 흘렀다고 하며 닦아도 멈추지 않았다고 한다. 안토니우스가 파트라이에 머물 동안에는 헤라클레스 신전이 벼락에 맞아 파괴되었고 아테나이에서는 거인과의 전쟁을 그린 조각 속 디오뉘소스가 바람에 날려 떨어졌으며 극장까지 내려왔다고 한다. 앞서 말했듯 안토니우스는 혈통으로는 헤라클레스, 삶의 방식에서는 디오뉘소스와 자신을 연관시켰고 새로운 디오뉘소스라고 불리기도 했다. 동일한 폭풍이 아테나이의 거대한 에우메네스와 앗탈로스 상에 불어닥쳤다. 안토니우스의 이름이 새겨져 있던 이 두 조각상은 바람을 맞아 바닥에 쓰러졌으나 다른 조각은 멀쩡했다. 이뿐이 아니다. 클레오파트라 휘하 해군 대장이 타는 전함은 이름이 안토니우스였는데 이 전함에서 심각한 징조가 나타났다. 배의 고물 아래 제비가 둥지를 틀었으나 다른 제비들이 공격하여 쫓아냈으며 새끼들을 죽인 것이다.

LXI.

전쟁을 앞두고 병력이 결집했을 때 안토니우스에게는 전함이 적어도 5백 척 있었다. 이 중에는 노가 여덟 겹, 열 겹인 배가 여럿이었으며 이들은 축제에 나갈 듯 으리으리한 모습으로 배치되어 있었다. 10만 보병과 기병 1만 2천도 준비되어 있었다. 안토니우스 휘하의 왕 중에는 리뷔에 왕 복코스, 상 킬리키아 왕 타르콘데모스, 캅파도키아의 아르켈라오스, 파플라고니아의 필라델포스, 콤마게네의 미트리다테스, 트라키아의 사달라스가 있었다. 한편 폰토스의 왕 폴레몬은 군대를 보냈고 아라비아의 알코스, 유대 족의 헤롯, 뤼카오니아와 갈라티아의 왕 아뮌타스도 병력을 보냈다. 메디아 왕 또한 원군을 보냈다.

카이사르는 전함이 2백50척, 보병이 8만이었고 기병은 적이 가진 만큼 있었다. 당시 안토니우스의 지배를 받는 땅은 에우프라테스 강과 아르메니아에서 시작해서 일뤼리아와 이오니아 해로 이어졌다. 카이사르의 지배권은 일뤼리아에서 시작해서 서쪽 바다까지 그리고 튀르레니아와 시켈리아 해까지 이어졌다. 나아가 이탈리아 건너편에 펼쳐진 리뷔에 땅, 갈리아, 헤라클레스의 기둥에 이르는 이베리아 땅이 카이사르의 것이었고 퀴레네에서 아르메니아까지 이어지는 지역은 안토니우스에게 속해 있었다.

이베리아

일뤼리아

아르메니아

튀르레니아 해

이오니아 해

시켈리아 해

리뷔에

•퀴레네

LXII.

　그러나 안토니우스는 어느새 클레오파트라의 부속물에 지나지 않았기에, 육상에서 훨씬 더 우월했음에도 클레오파트라를 기쁘게 하기 위해 해전으로 승부를 내고자 했다. 노가 3겹으로 달린 전함의 사령관들은 선원이 부족했던 나머지 헬라스에서 한참을 방황하던 나그네, 나귀 몰이, 농부, 어린 생도들을 긁어모으고 있었고 그럼에도 선원은 충분하지 않았으며 있는 선원들마저도 능력이 형편없어 배를 제대로 몰지 못하는 상황이었다.

　반면 카이사르의 함대는 선원과 장비를 철저히 갖추고 있었으며 높이나 크기를 자랑하기 위한 용도로 만들어진 함선보다는 쉽게 조종할 수 있는 빠른 배들로 이루어져 있었고 선원도 충분했다. 카이사르는 이 함대를 타렌툼과 브룬디시움에 배비했으며 안토니우스에게 시간이 아까우니 어서 함대를 이끌고 건너오라고 요청했다. 그리고 방해받지 않을 수 있는 정박소와 항구를 제공하겠으며 안토니우스가 무사히 상륙해 진영을 칠 수 있도록 기병이 해안으로부터 하루를 달려야 닿을 수 있는 위치로 육군 병력을 물리겠다고 제안했다.

안토니우스는 카이사르의 이처럼 자신만만한 제안에 맞서 카이사르보다 나이가 많았음에도 일대일 승부로 끝을 내자고 주장했다. 만약 이를 거절한다면 카이사르와 폼페이우스가 과거에 했듯 파르살로스에서 결말을 짓자고 했다. 그러나 안토니우스가 오늘날 니코폴리스가 있는 악티움 앞바다에 닻을 내리고 있는 동안 카이사르가 선수를 쳐서 이오니아해를 건너 에페이로스로 갔다. 그리고 토뤼네, 즉 국자라는 이름이 붙은 장소를 차지했다. 안토니우스와 동료들은 보병대가 늦어지는 상황에서 이 소식을 듣자 불안해했다. 그러자 클레오파트라는 장난스럽게 말했다. "카이사르가 국자에 앉아 있다는데 뭐가 두렵습니까?"

LXIII.

안토니우스는 동이 틀 무렵 적의 함대가 다가오자 배 위에 전투병이 없는 상태에서 아군의 함대가 사로잡힐까 두려웠다. 따라서 노 젓는 선원들을 무장시켜 잘 보이도록 갑판에 세워두었다. 또한, 함대를 악티움과 가까운 만의 입구에 집결시키고 노를 들어 올려 저을 태세를 갖춘 뒤 뱃머리는 적을 향하게 함으로써 함대가 선원과 병사들로 꽉 차 있으며 싸울 준비를 마친 것처럼 보이게 했다. 카이사르는 안토니우스의 꾀에 넘어가 후퇴했다. 안토니우스는 또한 마실 수 있는 물을 울타리로 에워싸 적이 쓸 수 없게 하는 꾀를 부렸다고 한다. 그 주변에 있는 물은 적었고 질도 나빴다고 한다. 안토니우스는 클레오파트라의 판단에 반하여 도미티우스에게 대단한 아량을 베풀기도 했다. 열병을 앓고 있던 도미티우스가 작은 배를 타고 카이사르 측으로 넘어갔을 때 안토니우스는 심히 원통했음에도 도미티우스에게 동료들과 하인, 짐까지 보내주었다. 도미티우스는 자신의 부정과 배신이 알려지자 마치 후회하듯 곧장 죽었다고 한다.

카이사르 측으로 넘어간 왕들도 있었고 아뮌타스와 데이오타로스도 넘어갔다. 뿐만 아니라 안토니우스의 해군은 늘 불운과 맞닥뜨렸고 굼뜬 나머지 도움이 되지 않았으므로 안토니우스는 다시 육군 병력으로 눈을 돌릴 수밖에 없었다. 육군 대장 카니디우스 또한 위험 앞에서 마음을 바꾸더니 안토니우스에게 클레오파트라를 떠나보낸 다음 트라키아 혹은 마케도니아로 군대를 물린 뒤 지상전을 벌일 것을 조언했다.

게타이 족 왕 디코메스도 큰 병력을 이끌고 도우러 오기로 약속되어 있었고 시켈리아 전쟁을 통해 해전에 능해진 카이사르에게 바다를 내어주는 일은 불명예가 아니라고 카니디우스는 설득했다. 그러나 지상전에 가장 익숙한 안토니우스가 수많은 군단병의 힘과 무기에 의지하지 않고 병사들을 배 위에 분산시켜 전력을 낭비한다는 것은 터무니없다고 말했다.

그러나 해전에서 승부를 보아야 한다는 클레오파트라의 생각이 결국 이기고 말았다. 그럼에도 클레오파트라는 이미 도주를 생각하고 있었으므로 자신의 병력을, 승리에 가장 도움이 될 위치에 놓는 대신 승산이 없을 때 가장 쉽게 도주할 수 있는 위치에 두었다. 한편 진영과 해군 기지를 잇는 장벽이 두 개 있었는데 안토니우스는 이 장벽 사이로 아무 의심 없이 다니곤 했다. 그러자 한 노예가 카이사르에게, 안토니우스를 붙잡으려면 그가 장벽 사이를 걸을 때를 노리라고 했다. 카이사르는 사람을 보내 잠복을 하게 했다. 그러나 이들이 습격을 서두르는 바람에 안토니우스보다 앞서 걷던 사람은 사로잡혔으나 안토니우스 자신은 뛰어서 가까스로 빠져나갔다.

LXIV.

해전을 벌이기로 한 안토니우스는 60척을 남겨두고 아이귑토스 전함 모두를 불태웠다. 그러나 가장 크고 좋은 전함, 노가 세 겹에서 열 겹까지 되는 배에는 병사들을 태웠다. 중무장 보병이 총 2만 명, 궁수가 총 2천 명이었다. 이때 안토니우스 휘하에서 여러 전투에 임했던 보병대의 어느 백부장이 지나가는 안토니우스에게 한탄했다고 한다.

"임페라토르, 왜 이 흉터와 이 검을 믿지 못하시고 저 형편없는 통나무 몇 개에 희망을 거십니까? 아이귑토스와 포이니키아는 바다에서 싸우라고 하십시오. 하지만 저희에게는 땅을 주십시오. 적을 무찌르든 그러다 죽든 땅을 딛고 싸우게 해주십시오."

안토니우스는 아무 대답도 하지 않고 손짓과 눈짓만으로 부하를 격려한 다음 지나갔다. 안토니우스 자신도 큰 희망을 가진 것 같지 않았다. 배의 선장들이 돛을 내려놓고 출항하겠다고 하자 안토니우스는 이를 싣고 가도록 했기 때문이다. 그리고 적이 한 명이라도 도주하게 내버려두어서는 안 된다고 둘러댔다.

LXV.

그날, 그리고 뒤따른 사흘 동안 바다는 강한 바람에 뒤척이며 전투를 막았다. 그러나 닷새째 날이 갰고 바다가 잔잔해지자 양측은 교전을 시작했다. 안토니우스는 푸블리콜라와 함께 우측 날개를 맡고 있었고 코일리우스가 좌측을 맡았다. 중앙에는 마르쿠스 옥타비우스와 마르쿠스 인스테이우스가 있었다. 카이사르는 아그립파를 좌측에 두었고 자신은 우측 날개를 맡았다. 지상에서는 카니디우스가 안토니우스의 육군 병력을 지휘했고 카이사르의 병력은 타우루스가 맡았다. 타우루스는 병력을 해안가에 배치하고 움직이지 않았다. 한편 안토니우스는 노 젓는 배를 타고 모든 전함을 돌며 지시를 내렸는데 배의 중량이 크므로 위치를 바꾸지 말고 마치 지상에서처럼 싸우라는 명령이었다. 또한, 선장에게 적의 공격을 받아낼 때 닻을 내린 듯 움직이지 말라고 지시했으며 만의 좁고 험한 어귀에서 이동하지 말 것을 명령했다.

카이사르는 날이 밝기도 전에 막사를 나서 전함을 돌아가며 찾았는데 그 도중 나귀를 몰고 있는 남자를 만났다고 한다. 카이사르가 남자에게 이름을 묻자 남자는 카이사르를 알아보고 대답했다고 한다.

"제 이름은 번영, 나귀의 이름은 승리입니다."

이 때문에 카이사르가 훗날 뱃머리로 이 지역을 장식할 때 나귀와 남자의 동상을 세우게 했다고 한다. 전열의 검토를 마무리한 뒤 작은 선박을 타고 우측 날개로 간 카이사르는 적의 배가 좁은 지역에서 움직임 없이 버티고 있는 모습을 보고 경악했다. 마치 닻을 내리고 있는 것 같았다. 한동안 카이사르는 적이 실제로 닻을 내리고 있다고 생각했으며 아군의 함대를 적으로부터 약 8스타디온 가량 떨어뜨려 놓았다.

그러나 여섯 시간 째 바람이 거세지자 안토니우스의 병력은 전투가 지체되는 것을 더 이상 참을 수 없었으며 높고 육중한 아군의 전함을 난공불락으로 여기고 왼쪽 날개를 이동시켰다. 카이사르는 이를 보고 기뻐하며 우측 날개를 뒤로 물렸다. 적을 만의 좁은 어귀에서 조금 더 끌어낸 다음 아군의 재빠른 전함으로 에워싸고 접근전을 벌이려 했던 것이다. 안토니우스의 전함은 거대한 규모와 선원 부족으로 느리고 비효율적이었기 때문이다.

LXVI.

전투가 좀 더 근접한 거리에서 벌어졌으나 함대가 서로를 향해 돌격해 부수는 일은 벌어지지 않았다. 안토니우스의 거대한 전함은 너무 커서 가속도가 붙지 않았는데 가속도가 없이는 뱃머리로 상대 전함을 들이받아도 아무런 소용이 없었기 때문이다. 반면 카이사르는 안토니우스 측 전함의 거칠고 단단한 청동 무장을 들이받을 생각조차 하지 않았다. 측면도 마찬가지였는데 쇠로 고정한 거대한 사각 목재에 배를 들이댔다가는 뱃머리가 쉽게 부러져나갔을 터였기 때문이다.

따라서 전투는 마치 지상전처럼 진행되었다. 더 정확히 말하자면 공성전처럼 벌어졌다. 카이사르의 전함 서너 척이 안토니우스의 전함 한 척과 교전을 벌였는데 선원들은 갈대로 만든 방패와 창, 상앗대, 불화살 등으로 싸웠다. 안토니우스의 병사들은 목재로 만든 탑 위에서 투석기로 공격하기도 했다.

이윽고 아그립파가 적을 에워싸기 위해 왼쪽 날개를 전개했으며 푸블리콜라는 이에 맞서 전진하지 않을 수 없었으므로 중앙에서 멀어졌다. 중앙 또한 혼란에 빠지며 카이사르 측 아르룬티우스과 교전을 시작했다. 이때 해전의 승부는 확실치 않았으며 어느 쪽도 이길 수 있는 상황이었는데 갑자기 클레오파트라의 전함 60척이 돛을 펼치더니 싸움을 벌이는 전함들 사이로 도주하는 광경이 펼쳐졌다. 클레오파트라의 함대는 큰 전함들의 후방에 위치해 있었으므로 앞으로 빠져나가는 과정에서 모두를 혼란에 빠뜨렸다.

적은 클레오파트라의 함대가 바람을 타고 펠로폰네소스로 향하는 모습을 경탄하며 바라보았다. 바로 이때 안토니우스는 자신이 어떤 감정에 흔들리고 있는지 온 세상에 숨김없이 드러냈다. 그 감정은 지휘관이나 용맹한 남자의 감정이 아니었고 심지어 자기감정도 아니었다. 누군가 우스갯소리로 사랑에 빠진 사람의 영혼은 사랑하는 대상의 육체에 깃들어 있다고 말했듯 안토니우스는 마치 사랑하는 여인과 한몸이 되어 어디든 따라갈 수밖에 없다는 듯 클레오파트라에게 이끌려간 것이다. 클레오파트라의 배가 떠나가는 것을 본 안토니우스는 모든 것을 잊어버렸으며 자신의 목적을 위해 대신 싸우고 죽어가고 있는 부하들을 배신하고 달아났다. 쉬리아 사람 알렉사스, 그리고 스켈리우스만을 데리고 노가 다섯 개 달린 돛배에 오른 안토니우스는, 그를 파괴했고 그의 파멸을 더욱 완전하게 만들어줄 여인을 서둘러 뒤쫓아갔던 것이다.

LXVII.

클레오파트라는 안토니우스를 알아보고 배에서 신호를 올렸다. 덕분에 안토니우스는 클레오파트라가 탄 배에 오를 수 있었지만 클레오파트라를 보려 하지 않았고 클레오파트라도 안토니우스를 외면했다. 안토니우스는 대신 뱃머리로 가서 두 손으로 머리를 감싸 쥔 채 침묵 속에 홀로 앉아 있었다. 이때 카이사르 함대의 수색선이 추격해왔으나 안토니우스가 적을 향해 뱃머리를 돌리라고 명령하자 적은 물러갔다. 그러나 라코니아 사람 에우뤼클레스의 전함만은 격렬히 공격해왔고 에우뤼클레스는 마치 안토니우스에게 던질 양 갑판 위에서 투창을 꼬나들었다. 뱃머리에 서 있던 안토니우스는 물었다.

"안토니우스를 추격하는 넌 누구냐?"

그러자 대답이 돌아왔다.

"나는 카이사르의 행운 덕분에 아버지의 죽음을 복수할 수 있게 된, 라카레스의 아들 에우뤼클레스다."

라카레스는 강도질을 한 혐의를 받고 안토니우스에게 참수를 당한 사람이었다. 그러나 에우뤼클레스는 안토니우스의 배는 건드리지 않고, 해군 대장이 둘이었으므로, 다른 해군 대장의 전함을 청동 뱃머리로 들이박아 돌려세웠다. 전함이 회전하며 측면을 노출하자 사로잡았고 값비싼 가재도구를 실은 다른 배들도 사로잡았다.

에우뤼클레스가 사라지자 안토니우스는 다시 한 번 같은 자세로 웅크린 뒤 움직이지 않았다. 이렇게 사흘간을 뱃머리에서 홀로 지냈다. 클레오파트라에게 화가 나 있었기 때문이거나 보기 부끄러웠기 때문일 것이다. 배는 타이나론에 정박했다. 그러자 클레오파트라를 수행하던 여인들이 먼저 두 사람이 서로 대화를 하도록 도왔고 나아가 함께 먹고 함께 자도록 설득했다.

전투가 패배로 끝나고 얼마지 않아 육중한 수송선 몇 척과 동료 일부가 안토니우스 주위로 모여들기 시작했다. 동료들은 함대가 섬멸되었다는 소식을 전했지만 육군 병력은 여전히 그대로 남아 있을 것으로 추정했다. 안토니우스는 카니디우스에게 전령을 보내 군대를 이끌고 가능한 신속하게 마케도니아와 아시아로 물러날 것을 지시했다. 그러나 자신은 타이나론에서 리뷔에로 건너 갈 작정으로 화폐 상당량, 왕실의 매우 귀중한 금은 집기 등이 실린 수송선을 동료들에게 선물했다. 재물을 나누어 갖고 각자 살 길을 찾으라고 부탁한 것이다. 동료들은 선물을 거부하고 눈물을 흘렸으나 안토니우스는 넘치는 호의와 애정을 실어 간곡히 부탁했고 마침내 동료들을 보낼 수 있었다. 코린토스에 있는 집사 테오필로스에게 편지를 써서 동료들이 카이사르와 화해할 때까지 안전하게 숨겨두라고 지시한 뒤였다.

LXVIII.

안토니우스가 처한 상황이 이러했다. 그러나 악티움에서 안토니우스의 함대는 카이사르에 대항해 꽤 오랫동안 버텼다. 파도가 심해져 함대에 심각한 피해를 입히고 난 뒤에야 어쩔 수 없이, 열 시간 째 싸우다 포기한 것이다. 전사자는 5천이 채 되지 않았으나 전함 3백 척이 사로잡혔다고 카이사르는 기록하고 있다. 안토니우스가 달아났다는 사실을 아는 사람은 소수에 지나지 않았다. 소식을 들은 사람도 처음에는 믿지 않았다. 그가 패배하지 않은 19개 군단의 중무장 보병과 기병 1만 2천을 버려두고 마치 운명의 부침이나, 셀 수 없이 많은 전쟁과 전투의 역전을 경험해보지 못한 사람처럼 달아났다는 사실은 믿기 힘들었다. 병사들도 안토니우스를 몹시 그리워했고 그가 어느 진영에서든 문득 모습을 드러내리라고 기대했다. 병사들이 보여준 신의와 용기가 얼마나 대단했는지 안토니우스의 도주가 기정사실이 된 뒤에도 그들은 카이사르가 보내오는 전갈을 무시한 채 이레 동안 흩어지지 않았다. 그러나 카니디우스가 밤새 진영을 버리고 도주하자 빈털터리에 지휘관들로부터 버림받기까지 한 병사들은 승자의 편으로 넘어갔다.

이제 카이사르는 아테나이로 배를 몰았고 헬라스 인들과 협정을 체결했으며 전쟁을 마치고 남은 곡식을 헬라스 도시들에 분배했다. 돈과 노예, 가축까지 빼앗겼던 헬라스 도시들은 곤궁에 처해 있었기 때문이다. 나의 증조부 니카르코스도 이야기했듯 시민들은 어깨에 정해진 분량의 밀 한 자루를 메고 해안 도시 안티퀴라로 내려가야 했으며 늦장을 부리면 채찍 세례를 맞았다. 이런 식으로 한 자루를 옮기고 두 번째 자루를 담는데 안토니우스가 패배했다는 소식이 들려왔고 도시는 구원을 받은 것이나 마찬가지였다. 그 즉시 안토니우스의 재산 관리자와 병사들이 달아났으며 시민들은 곡식을 나누어 가졌기 때문이다.

LXIX.

리뷔에 해안에 다다른 안토니우스는 파라이토니온에서 클레오파트라를 아이귑토스로 보내고 난 뒤 혼자만의 시간을 원 없이 갖게 되었다. 그는 두 동료, 즉 헬라스 출신의 수사학자 아리스토크라테스와 로마인 루킬리우스와 함께 이리 저리 방황했다. 루킬리우스에 대해서는 이미 이야기했다*. 필립포이에서 싸웠던 루킬리우스는 브루투스의 도주를 돕기 위해 브루투스인 척했고 이 덕분에 안토니우스의 용서를 받았던 사람이다. 이후 언제나 안토니우스에게 충성했고 마지막 결정적인 순간까지 흔들리지 않았다.

한편 리뷔에에서 안토니우스의 병력을 관리하고 있던 장군이 병력을 이끌고 적의 편으로 넘어가 버리자 안토니우스는 자살을 시도했으나 동료들이 이를 막았고 그를 알렉산드리아로 데리고 갔다. 그는 이곳에서 클레오파트라가 크고 위험한 일을 벌이고 있다는 사실을 깨달았다. 아이귑토스 앞의 지중해와 홍해를 가르는 지협은 아시아와 리뷔에의 경계로 알려져 있는데 두 바다가 가장 가깝고 지협이 가장 좁은 위치는 폭이 3백 스타디온밖에 되지 않는다. 이 지점에서 함대를 상륙시킨 클레오파트라는 배들을 끌고 지협을 건너 아라비아 만에 띄울 생각이었다. 상당한 자금과 거대 병력을 동원해 아이귑토스 밖에 정착함으로써 전쟁과 예속을 벗어나고자 한 것이다.

그러나 페트라 근방의 아라비아 인들이 선두에 있던 함선 몇 척을 불

• 「브루투스」편 I.

태웠고 안토니우스는 악티움의 육군 병력이 여전히 버티고 있다고 생각했으므로 클레오파트라는 일단 멈추고 아이귑토스로 가는 길목을 지켰다. 한편 안토니우스는 친구들과의 교제도 마다하고 알렉산드리아를 떠나 파로스에 집을 지었다. 바다에 둑을 쌓아 거기 집을 짓고 은둔한 것인데 티몬과 같은 일을 겪은 사람으로서 티몬의 삶을 모방하게 되어 기쁘다고 선언했다. 티몬처럼 친구들에게 배신을 당했고 배은망덕한 대접을 받은 탓에 인간을 혐오하고 불신하게 되었다는 생각이었다.

LXX.

티몬으로 말할 것 같으면 아테나이 사람으로 아리스토파네스와 플라톤의 작품에서 추정해 볼 때 펠로폰네소스 전쟁 당시 살았던 사람이다. 두 작가의 희극에서 티몬은 고집불통에 인간을 싫어하는 사람으로 그려진다. 그러나 티몬은 다른 모든 사람과의 교제는 피하고 거부했을지언정 알키비아데스는 기꺼이 만나주었다. 당시 젊고 고집이 셌던 알키비아데스는 티몬을 만나면 아낌없이 입맞춤을 해댔다. 이를 보고 놀란 아페만토스가 이유를 묻자 티몬은 알키비아데스가 아테나이에서 온갖 불화를 일으킬 것을 알기 때문에 그를 사랑할 수밖에 없다고 말했다.

이 아페만토스라는 자는 티몬이 유일하게 함께 시간을 보내곤 했던 사람인데 아페만토스 또한 티몬과 비슷했고 티몬의 삶의 방식을 닮고자 노력했기 때문이다. 하루는 디오뉘소스 축제의 이튿날 두 사람이 식사를 하고 있었고 아페만토스가 말했다.

"정말 즐거운 향연이 아닙니까?"

"즐겁겠지. 그대만 없다면."

티몬의 대답이었다.

하루는 아테나이에서 민회가 열렸는데 티몬이 연단에 올랐다고 한다. 이 특별한 사건에 시민은 숨을 죽이며 엄청난 기대를 했다. 티몬이 말을 시작했다.

"시민 여러분, 저한테는 집을 지을 대지가 하나 있습니다. 그 대지에는 무화과나무가 한 그루 자랍니다. 그런데 이 나무에 이미 여러 동료 시민이 목을 매달아 죽었습니다. 저는 이 대지에 집을 지을 예정이니 목을 매달 분이 계시면 무화과나무를 베기 전에 하시라고 시민들 앞에 공표하러 나왔습니다."

티몬은 죽은 뒤 바다 근처 할라이에 묻혔는데 무덤 앞에 있는 흙이 쓸려나가면서 물이 무덤을 에워쌌고 사람이 접근하기 불가능하게 되었다. 묘비에는 이렇게 적혀 있었다.

가엾은 인생의 실은 끊기고 나 여기 누웠다.
그대에게 내 이름을 알려줄 수 없지만, 나의 저주는 그대를 따라다닐 것이다.

이 비문은 티몬 자신이 작성했다고 하는데 칼리마코스가 쓴 비문이 더 널리 알려져 있다.

인간을 싫어했던 나 티몬이 여기 누웠으니 머물지 마시라.
얼마든 욕해도 좋으니 머물지만 마시라.

LXXI.

이는 티몬에 관한 여러 일화 가운데 소수에 지나지 않는다. 한편 안토니우스에게 카니디우스가 직접 찾아와 악티움의 육군 병력이 사라진 소식을 전했고 유대 왕 헤롯 역시 수많은 군단과 코호르스 단위를 이끌고 카이사르에게 넘어갔다고 말했다. 뿐만 아니라 다른 지배자들 또한 안토니우스를 배신하고 있으며 아이귑토스 밖에서 안토니우스의 세력은 찾아볼 수 없다고 했다. 그러나 안토니우스는 어떤 소식에도 크게 동요하지 않았으며 불안을 접기 위해 희망마저 기꺼이 접어버린 듯했다. 이어서 그는 티모네움이라고 이름 붙인, 바다에 지은 집을 떠났다.

클레오파트라는 안토니우스를 궁전으로 받아들였고 안토니우스는 도시를 만찬과 주연의 장으로 만들었다. 뿐만 아니라 선물을 뿌려대는가 하면 클레오파트라와 카이사르 사이에서 난 아들을 군사 학교에 입학시켰다. 또한, 풀비아의 아들 안틸루스에게는 가장자리가 자줏빛이 아닌 성인을 위한 토가를 입혔고 알렉산드리아는 이를 축하하기 위한 연회와 볼거리, 만찬에 여러 날 동안 전념했다.

클레오파트라와 안토니우스는 또한 '추종을 불허하는 자들'이라는 유명한 모임을 해산하고 새로운 모임을 만들었는데 취향이 까다로우며 씀씀이가 호화롭고 사치스럽기가 전보다 못하지 않았다. 이 모임의 이름은 '죽음의 동반자'였다. 동료들은 기꺼이 함께 죽겠다고 자진하며 이 모임에 들어왔고 만찬을 함께 하며 즐거운 시간을 보냈다.

뿐만 아니라 클레오파트라는 온갖 치명적인 독약을 모으고 있었는데 고통을 주지 않고 작용하는 독약을 찾기 위해 사형수를 상대로 독약을 시험했다. 그러나 빠르게 작용하는 독약은 날카로운 고통을 유발하는 반면 아픔이 덜한 독약은 작용이 더딤을 알게 되었다. 그리하여 클레오파트라는 독을 가진 짐승을 시험하기 시작했고 사형수가 짐승의 독에 연이어 죽어 나가는 모습을 직접 지켜보았다. 하루같이 이 일을 하면서 거의 모든 짐승을 시험했는데 아이귑토스 코브라의 독만이 수면과 같은

나른함과 가라앉는 느낌을 준다는 사실을 발견했다. 발작이나 신음을 유발하지도 않았으며 얼굴에 땀이 맺힐 뿐이었고 감각 기관은 서서히 풀리고 희미해지면서 이를 깨우거나 회복시키려는 모든 시도에 저항했는데 깊은 잠에 빠질 때와 다르지 않았다.

LXXII.

한편 두 사람은 아시아에 있는 카이사르에게 사절을 보냈다. 클레오파트라는 자식들에게 아이귑토스의 지배권을 남겨줄 수 있게 해달라고 부탁했고 안토니우스는 아이귑토스에서 살 수 없다면 아테나이에서 평범한 시민으로 살아가게 해달라고 요청했다. 두 사람은 자녀들의 스승 에우프로니오스를 사절로 보냈는데 친구가 얼마 남아 있지 않았고 친구들의 배신으로 인해 불신이 커져 있었기 때문이다.

그 예로 헤롯왕의 변절을 막고자 파견된 알렉사스가 있다. 안토니우스가 로마에서 티마게네스를 통해 알게 된 라오디케이아 사람 알렉사스는 어느 헬라스 인보다 안토니우스에게 커다란 영향력을 행사했으며 클레오파트라가 안토니우스를 다루는 데 가장 효과적이었던 도구로서, 안토니우스의 생각이 옥타비아에게 호의적으로 바뀌려고 할 때 이를 뒤집은 사람이었다. 그러나 알렉사스는 헤롯왕과 머물며 안토니우스를 배신한 뒤 헤롯왕을 믿고 뻔뻔스럽게 카이사르를 찾았다. 그러나 헤롯왕은 그를 도울 수 없었고 배신자는 즉각 수감되었으며 족쇄를 찬 채 고향으로 보내졌고 카이사르의 명령에 따라 처형됐다. 안토니우스가 살아 있는 동안 알렉사스는 이같이 배신의 대가를 치른 것이다.

LXXIII.

카이사르는 안토니우스를 위한 부탁은 듣지조차 않았으나 클레오파트라에게는 답신을 보내 만약 안토니우스를 죽이거나 쫓아낸다면 정당한 대우를 받게 해주겠다고 말했다. 또한, 전령과 함께 해방 노예 튀르소스를 보냈는데 평범한 사람은 아니었다. 도도한 데다 미모에 자부심이 엄청난 여인에게 보내는 젊은 장군의 전갈을 설득력 있게 전달하기에 적격인 사람이었다. 튀르소스는 다른 사람들보다 오래 클레오파트라와 면담했으며 클레오파트라는 튀르소스를 티가 나게 칭송했으므로 이를 수상쩍게 여긴 안토니우스는 튀르소스를 붙잡아 채찍질했다. 그러고는 카이사르에게 편지를 써서 불운에 처해 심기가 불편한 자신을 무례하고 건방진 튀르소스가 더욱 건드렸다고 말했다.

"그래도 마음에 들지 않으면 내 해방 노예 힙파르코스를 보내니 붙들어 매놓고 채찍질을 하시오. 그러면 피장파장 아니오."

이후 클레오파트라는 안토니우스의 불만과 의혹을 뿌리 뽑기 위해 엄청난 정성을 쏟았다. 자신의 생일은 처지에 맞게 검소하게 축하했으나 안토니우스의 생일이 되자 넘치도록 호화롭고 사치스러운 만찬을 벌였으므로 가난한 몸으로 만찬장에 와서 부자가 되어 간 사람이 적지 않았다. 한편 아그립파는 카이사르에게 귀국을 권유하고 있었다. 그는 로마가 카이사르를 몹시 필요로 한다는 편지를 곧잘 쓰곤 했다.

LXXIV.

그리하여 전쟁은 당분간 중단되었다. 그러나 겨울이 지난 뒤 카이사르는 다시 한 번 적에 맞서 쉬리아를 가로질러 행군했고 부하 지휘관들은 리뷔에로 전진했다. 펠루시온이 함락되었을 때 셀레우코스가 이 도시를 포기했으며 클레오파트라의 동의가 없지 않았다는 소문이 퍼졌다. 그러나 클레오파트라는 안토니우스로 하여금 셀레우코스의 처자식을 처형하게 허락했다. 한편 클레오파트라는 이시스 여신의 신전 근처에 대단히 크고 아름다운 무덤이자 기념물을 지었으며 여기에 가장 귀중한 왕실의 보물, 금, 은, 에메랄드, 진주, 흑단, 상아, 계피를 보관했으며 그 밖에도 엄청난 양의 땔감과 삼㈜ 부스러기를 쌓아 두었다. 그러자 카이사르는 보물이 염려되기 시작했다. 절박해진 클레오파트라가 이 보물을 태워 없애버릴까 염려했기 때문에 카이사르는 계속해서 너그러이 대우해주겠다는 막연한 희망을 심어주면서 동시에 군대를 이끌고 도시에 접근했다.

그러나 카이사르가 경마장 곁에 자리를 잡았을 때 안토니우스가 군대를 이끌고 나와 눈부신 활약을 펼치면서 카이사르의 기병대를 패주시키고 진영이 있는 위치까지 추격했다. 승리에 도취된 안토니우스는 궁전으로 돌아가 갑옷 차림으로 클레오파트라에게 입을 맞추었으며 가장 열심히 싸운 부하 한 명을 클레오파트라에게 선사했다. 클레오파트라는 이 병사의 용맹을 치하하기 위해 황금 흉갑과 투구를 내렸다. 병사는 당연히 선물을 받아들었고 밤을 틈타 카이사르 편으로 넘어갔다.

LXXV.

안토니우스는 다시 한 번 카이사르에게 일대일 결투를 신청했다. 그러나 카이사르는 안토니우스에게 죽는 방법에는 여러 가지가 있다고 대답했다. 그러자 안토니우스는 전장에서 죽는 것보다 더 좋은 방법은 없다고 생각하고 육상과 해상에서 동시에 공격하기로 했다. 이날 저녁 안토니우스는 노예들에게 술을 넉넉히 따르고 먹을 것도 실컷 갖다 달라고 요청했다. 그는 노예들이 다음 날에도 같은 일을 하게 될지 아니면, 자신이 죽어 미라가 되고 아무것도 아니게 된 뒤 새 주인을 모시게 될지 알수 없다고 한탄했다. 안토니우스가 이같이 말하자 친구들이 눈물을 흘리기 시작했고 안토니우스는 친구들을 이끌고 전장에 나가지 않겠다고 선언했다. 오직 자신의 명예로운 죽음을 위해서 전투를 하려고 했지 동료의 안전이나 승리는 생각하지 않았음을 깨달았기 때문이다.

같은 날 한밤중 성안이 고요하고 앞일에 대한 두려움과 염려로 가라앉아 있을 때 갑자기 온갖 악기들이 연주하는 조화로운 음악이 들려왔다고 한다. 뿐만 아니라 군중의 고함 소리와 박쿠스 축제가 벌어진 듯한 외침, 사튀로스가 날뛰는 소리가 소란스럽게 들려왔고 이는 도시 밖으로 향하고 있었다. 도시 중앙에서 시작해서 적과 마주한 바깥쪽 성문으로 이어진 소란은 성문에서 가장 커졌다가 밖으로 나가면서 잠잠해졌다. 이 징조를 해석하려고 시도한 사람들은 안토니우스가 언제나 스스로 닮았다고 생각했으며 연결 지었던 신이 이제 그를 버리고 떠났다는 의미로 받아들였다.

LXXVI.

동이 틀 무렵 안토니우스는 몸소 성 앞의 언덕에 보병 부대를 배치하고 함대가 항구를 떠나 적의 함대를 향해 전진하는 광경을 지켜보았다. 안토니우스는 함대가 대단한 활약을 보여주기를 기대하면서 숨을 죽였다. 그러나 배의 선원들은 적의 함대 근처에 가자마자 노를 들어 카이사르의 선원들에게 경례를 했으며 적이 경례로 응답하자 적의 편으로 넘어갔다. 두 함대는 한편이 되어 뱃머리를 돌리고 항구로 다가왔다. 안토니우스가 이 광경을 목격하자마자 이번에는 기병대가 배신하고 적에게 넘어갔다. 보병대를 데리고 싸웠으나 패배한 안토니우스는 일단 성안으로 복귀한 다음 클레오파트라를 위해 적과 싸웠는데 클레오파트라가 도리어 적의 손에 자신을 넘겨주었다고 소리를 질렀다.

안토니우스의 분노와 광기가 두려웠던 클레오파트라는 무덤 속으로 몸을 피했고 문을 내려달은 뒤 걸쇠와 빗장으로 굳게 잠갔다. 그런 다음 안토니우스에게 사람을 보내 클레오파트라가 죽었다고 전하게 했다. 안토니우스는 전갈을 믿었고 혼잣말을 하면서 방 안으로 들어갔다.

"뭘 더 기다리는가, 안토니우스? 삶에 매달릴 유일한 이유마저 운명은 이제 빼앗아갔다."

안토니우스는 흉갑을 풀고 옆에 내려놓았다.

"클레오파트라, 그대를 잃었어도 슬프지 않네. 곧 함께하러 갈 테니. 그러나 임페라토르 주제에 여인보다 용기가 없었다는 점은 괴롭기만 하군."

안토니우스에게는 믿음직한 노예 에로스가 있었다. 오래전부터 안토니우스는 필요할 경우 자신을 죽여 달라고 에로스에게 요청해놓은 바 있었으므로 이제 그가 약속을 지키기를 요구했다. 에로스는 검을 꺼내어 주인을 칠 것처럼 들어 올렸으나 이내 고개를 돌리고 스스로를 죽였다. 그가 주인의 발치에 쓰러지자 안토니우스가 말했다.

"훌륭하도다, 에로스! 이제껏 스스로 할 수 없었으나 해야만 하는 일을 네가 가르쳐주었다."

안토니우스는 검으로 배를 꿰뚫고 침상 위에 쓰러졌다. 그러나 상처는 신속한 죽음을 가져오지 못했다. 그가 눕자 피는 멎었고 정신을 차린 안토니우스는 지켜보는 사람들에게 마지막 일격을 부탁했다. 그러나 모두 방에서 도망쳤고 안토니우스는 몸을 비틀며 소리를 질렀다. 이윽고 클레오파트라가 보낸 서기 디오메데스가 안토니우스를 데리고 오라는 명령을 받고 도착했다.

LXXVII.

클레오파트라가 죽지 않았다는 사실을 알게 된 안토니우스는 기운을 차리고 하인들의 부축을 받아 일어났으며 클레오파트라의 무덤 앞까지 갔다. 그러나 클레오파트라는 문을 열지 않았고 창가에 나타나 밧줄을 내렸다. 안토니우스의 몸에 이 밧줄이 묶이고 클레오파트라는 무덤으로 데리고 들어온 단 두 시녀의 도움을 받아 안토니우스를 끌어올렸다. 목격자들의 증언에 따르면 그처럼 딱한 광경이 없었다고 한다. 피에 젖은 채 죽음과 사투하며 끌어올려지던 안토니우스는 공중에 매달려서도 두 팔을 클레오파트라를 향해 펼쳤다고 한다.

게다가 여인들이 쉽게 할 수 있는 일이 아니었다. 클레오파트라는 두 손으로 밧줄을 꼭 부여잡고 잔뜩 찡그린 얼굴로 겨우 밧줄을 당겨 올렸고 아래에 있는 사람들은 클레오파트라의 고통을 함께 나누며 응원의 말을 던졌다. 마침내 안토니우스를 끌어올린 클레오파트라는 그를 눕히고 옷을 찢어 덮어주었다. 또 두 손으로 가슴을 치며 안토니우스의 피를 제 얼굴에 묻히고는 그를 주인이자 남편, 임페라토르라고 불렀다. 안토니우스에 대한 연민에 자신의 처지마저 잊을 뻔했다.

그러나 안토니우스는 애통해 하는 클레오파트라를 멈추더니 술을 달라고 했다. 목이 말랐기 때문이거나 더 신속히 죽음을 맞고 싶었기 때문이었을 것이다. 술을 마신 뒤 그는 클레오파트라에게 수치를 겪지 않고 무사할 방법을 생각해보라고 했으며 카이사르의 동료 가운데 프로클레이우스가 가장 믿을 만하다고 말했다. 또한, 제 뒤집힌 운명을 슬퍼하는 대신, 최고의 명망을 누리고 권력을 휘둘렀으며 로마인으로서 로마인에게 굴복했으니 행복한 사람이었다고 여겨달라고 했다.

LXXVIII.

안토니우스가 죽자마자 카이사르가 보낸 프로쿨레이우스가 당도했다. 안토니우스가 저를 찌르고 클레오파트라에게 실려 갈 때 호위병 데르케타이오스가 안토니우스의 검을 숨기고 몰래 빠져나갔던 것이다. 그는 카이사르에게 달려가서 안토니우스가 죽었다는 소식을 전했고 피가 잔뜩 묻은 검을 보여주었다. 카이사르는 이 소식을 듣고 막사로 들어갔다. 그리고 사돈이었으며, 동료 공직자이자 동료 지휘관이었고, 여러 과업과 전쟁의 동반자였던 안토니우스를 위해 눈물을 흘렸다. 그런 다음 두 사람이 주고받은 편지를 챙겨 친구들 앞에서 이 편지를 소리 내어 낭독함으로써 자신의 편지가 합리적이고 정당했던 반면 안토니우스의 답변이 얼마나 무례하고 오만했는지 보였다.

이어서 프로쿨레이우스를 보내 가능하다면 무엇보다 클레오파트라를 생포하라고 지시했다. 클레오파트라가 시신을 불태우기 위한 장작더미와 함께 쌓아놓은 보물이 염려되었을뿐더러 개선행진을 할 때 클레오파트라를 끌고 갈 수 있다면 더욱 영광스러우리라 생각했기 때문이다. 그러나 클레오파트라는 프로쿨레이우스의 손안으로 들어가려 하지 않았다. 그럼에도 프로쿨레이우스가 무덤으로 다가와 지상과 맞닿아 있는 문밖에 서자 클레오파트라는 그와 논의를 시작했다. 문은 빗장과 걸쇠로 굳게 잠겨 있었으나 목소리가 오가는 데는 문제가 없었다. 그렇게 두 사람은 이야기를 나누었으며 클레오파트라는 자녀들에게 왕국을 넘겨주게 해달라고 부탁했다. 프로쿨레이우스는 클레오파트라에게 염려하지 말고 모든 것을 카이사르에게 맡기라고 당부했다.

LXXIX.

무덤을 살펴본 프로쿨레이우스는 카이사르에게 보고했고 카이사르는 이번에는 갈루스를 보내 여왕과 면담을 하게 했다. 갈루스는 문 앞으로 가서 일부러 대화를 길게 끌었다. 그동안 프로쿨레이우스는 사다리를 이용해 클레오파트라가 안토니우스를 끌어올렸던 창문을 통해 무덤으로 들어갔다. 그리고는 순식간에 문 뒤에서 갈루스의 말을 듣고 있던 클레오파트라에게 갔다. 프로쿨레이우스는 하인 두 명도 거느리고 있었다. 그러자 클레오파트라와 함께 무덤에 갇힌 시녀가 외쳤다.

"불쌍한 우리 여왕님, 산 채로 붙잡히시네."

이 소리를 듣고 고개를 돌린 클레오파트라는 프로쿨레이우스를 보자마자 칼을 들어 자결을 시도했다. 허리춤에 강도들이 차는 것과 같은 단검이 있었기 때문이다. 그러나 프로쿨레이우스가 재빨리 클레오파트라에게 다가가 두 팔로 붙잡으며 말했다.

"이렇게 하면 그대와 카이사르 모두에게 잘못입니다. 카이사르 장군으로부터 그대에게 넘치는 친절을 베풀 기회를 빼앗는 일이며 누구보다 온화한 장군께 신의가 없고 무자비하다는 오명을 안길 수 있는 일입니다."

동시에 클레오파트라의 단검을 빼앗은 프로쿨레이우스는 클레오파트라의 옷을 털어 독약을 숨기고 있지 않은지 확인했다. 뿐만 아니라 카이사르는 해방 노예 에파프로디토스를 보내 여왕을 엄격하게 감시함으로써 살려두도록 지시했으나 여왕을 더 편안하고 즐겁게 만들 수 있는 것이라면 무엇이든 허용하게 했다.

LXXX.

이윽고 카이사르가 성안으로 들어왔다. 그는 철학자 아레이오스에게 오른손을 맡기고 그와 대화를 나누면서 들어왔다. 카이사르는 아레이오스에게 뚜렷한 존경을 표함으로써 그가 알렉산드리아 시민의 주목과 존경을 받기를 바랐다. 이어서 굄나시온으로 들어가 그곳에 마련된 법관석에 앉았고 두려움에 넋이 나간 시민들은 그 앞에 넙죽 엎드렸다. 그러나 카이사르는 시민들을 일으켜 세운 뒤 시민들에게 아무 잘못도 묻지 않겠다고 했다. 그 이유는 첫째, 도시의 창건자가 알렉산드로스였다는 사실 때문이며 둘째, 그가 알렉산드리아의 거대한 규모와 아름다움을 우러러보았기 때문이었다. 그리고 마지막으로, 친구 아레이오스를 기쁘게 하기 위함이었다.

카이사르는 아레이오스를 이같이 대접했으며 아레이오스의 부탁에 따라 여러 사람들을 사면해주었다. 그 가운데 필로스트라토스도 있었다. 그동안 살았던 그 어느 소피스테스보다 즉흥 연설에 능했던 필로스트라토스였지만 자신을 아카데메이아 학파의 일원으로 잘못 내세우곤 했다. 카이사르는 이런 필로스트라토스의 방식을 혐오하며 그의 간청을 들어

주지 않고 있었던 터였다. 그래서 희고 긴 수염을 가진 필로스트라토스는 검은 겉옷을 입고 아레이오스의 뒤를 따르며 끊임없이 다음 시구를 외우곤 했다.

"현명한 자는 현명한 자를 도우리니. 현명하다면."

카이사르는 이 소식을 듣자마자 필로스트라토스를 사면해주었는데 필로스트라토스를 두려움에서 구하기보다 아레이오스를 비난으로부터 구하기 위함이었다.

LXXXI.

안토니우스의 자녀들 가운데 풀비아가 낳은 안틸루스는 가정교사 테오도로스에게 배신을 당하고 죽임을 당했다. 병사들이 안틸루스를 참수한 뒤 테오도로스는 안틸루스가 목에 걸고 다니던 보석을 빼앗아 허리춤 속에 바느질을 해 넣었다. 이후 혐의를 부인했지만 결국 죄인으로 밝혀져 십자가에 매달려 죽었다. 클레오파트라의 자녀와 시종들은 감시에 부쳐졌으며 보다 너그러운 대접을 받았다. 그러나 율리우스 카이사르와 클레오파트라 사이에서 태어난 것으로 알려진 카이사리온은 상당한 재물을 받아들고 어머니가 보내주는 대로 아이티오피아를 거쳐 인디아로 갔다. 거기서 테오도로스 같은 또 다른 가정교사 로돈이 카이사리온을 설득하기를 카이사르가 왕국을 주겠다고 제안했으니 돌아가라고 했다. 실제로 카이사르가 이 문제에 대해 고민하고 있을 때 아레이오스는 말했다고 한다.

"카이사르가 많아서 좋을 것이 없지요."

LXXXII.

결국, 카이사리온은 클레오파트라가 죽은 뒤 카이사르에게 죽임을 당했다. 한편 여러 장군과 군주가 장례를 치르고자 안토니우스의 시신을 요구했음에도 카이사르는 시신을 클레오파트라로부터 빼앗지 않았고 클레오파트라는 왕에 어울리는 호화로운 방식으로 장례를 치러주었다. 클레오파트라가 안토니우스의 장례를 목적으로 요청한 모든 사항이 허락된 것이다.

어마어마한 슬픔과 고통에 클레오파트라는 열병에 걸려버렸다. 얼마나 때렸으면 가슴은 멍이 들고 부어 있었다. 열병에 걸린 클레오파트라는 병을 핑계로 음식을 먹지 않았으며 방해받지 않고 생을 놓아버릴 기회라고 생각했다. 뿐만 아니라 측근 중에 올림포스라는 의사가 있었는데 클레오파트라는 그에게 진실을 말했고 죽음을 꾀하는 데 조언과 도움을 받았다. 올림포스는 이후 출간한 역사적 기록에서 이를 증언하고 있다. 그러나 클레오파트라를 수상쩍게 여긴 카이사르는 클레오파트라의 자녀들을 언급하며 위협하거나 공포를 조성했으므로 클레오파트라는 마치 전쟁 병기 앞에 선 것처럼 손을 들 수밖에 없었으며 어쩔 수 없이 제 몸을 필요한 보살핌과 음식에 내어주었다.

LXXXIII.

며칠 뒤 카이사르가 직접 클레오파트라와 이야기를 나누고 안심시키고자 찾아왔다. 클레오파트라는 긴 홑겹 옷만을 걸친 채 지푸라기를 넣은 보잘것없는 침대에 누워 있다가 카이사르가 들어오자마자 벌떡 일어나 발치에 엎드렸다. 클레오파트라의 머리와 얼굴은 끔찍할 정도로 흐트

318

• 「클레오파트라와 옥타비우스」, 구에르치노(Guercino).

러져 있었고 목소리는 떨렸으며 눈은 퀭했다. 가슴에는 사정없이 때린
자국이 여러 군데 남아 있었다. 다시 말하면 클레오파트라의 몸은 마음
보다 나은 구석이 없어 보였다. 그러나 딱한 몰골이었을지언정 클레오파
트라의 유명한 매력과 당당한 미모가 아주 사라진 것은 아니었고 내부
에서 빛줄기처럼 새어나왔으며 이목구비를 통해 드러났다.

　카이사르가 클레오파트라에게 누울 것을 권하며 그 옆에 앉자 클레오
파트라는 자신이 택한 길에 대해 변명했다. 필요에 따라서였으며 안토니
우스에 대한 두려움도 있었다고 설명했다. 그러나 카이사르가 하나하나
따지고 반박하자 클레오파트라는 어조를 바꾸었고 간절한 기도로 카이

사르의 동정을 사려고 했다. 무엇보다 살아남고자 애쓰는 기미가 역력했다. 마지막으로 클레오파트라는 가진 모든 보물을 기록한 목록을 카이사르에게 주었다. 여왕의 재물 관리인 셀레우코스는 이 목록을 보더니 클레오파트라가 몰래 가져가려고 숨겨놓은 보물이 있다고 말했고 클레오파트라는 벌떡 일어나 셀레우코스의 머리채를 잡고 얼굴을 수차례 가격했다. 카이사르가 웃음 가득한 얼굴로 클레오파트라를 말리자 클레오파트라는 말했다.

"장군께서 이 끔찍한 몰골을 한 저를 황송하게도 만나러 오시고 제 말을 들어주시는데 이 노예는 제가 여인네들의 노리개를 좀 숨겼다고 절 비난하는군요. 이미 나락으로 떨어진 저 자신을 위해 숨겼을 리 있겠습니까? 옥타비아와 장군님의 리비아에게 사소한 선물이라도 바치고자, 그분들의 도움으로 제가 장군님으로부터 더 자비롭고 너그러운 처분을 받고자 그리 한 것뿐입니다."

카이사르는 클레오파트라의 말을 기분 좋게 들었고 클레오파트라가 살고 싶어 한다는 생각을 굳히게 되었다. 따라서 숨겨둔 물건은 알아서 하라고 했고 그 밖의 모든 면에서는 기대할 수 있는 수준 이상의 훌륭한 대우를 해주겠다고 말했다. 카이사르는 클레오파트라를 속였다고 생각하고 발길을 돌렸으나 사실은 속은 터였다.

LXXXIV.

한편 카이사르의 측근 가운데 지위가 높은 한 젊은이가 있었는데 이름은 코르넬리우스 돌라벨라였다. 돌라벨라는 클레오파트라에게 어느 정도의 연민이 없지 않았다. 따라서 클레오파트라의 부탁을 받고 비밀리에 답신을 보냈다. 답신에 따르면 카이사르는 육군 병력을 이끌고 쉬리아로 행군할 차비를 하고 있었고 사흘 안에 클레오파트라와 자녀들을 로마로 보낼 계획이었다. 클레오파트라는 이 소식을 듣자마자 카이사르에게 안토니우스를 위해 헌주를 하도록 허락해달라고 간청했고 허락이 떨어지자 가마를 타고 안토니우스의 무덤을 찾았다. 그리고 두 팔로 안토니우스의 유해가 든 단지를 껴안고 언제나 함께하는 시녀들이 지켜보는 가운데 이렇게 말했다.

"사랑하는 안토니우스, 내가 불과 얼마 전에 자유의 두 손으로 그대를 묻었는데 오늘은 포로의 몸으로 그대를 위해 헌주합니다. 얼마나 삼엄한 감시 속에 있는지 이 몸이 아프도록 때릴 수도, 눈물을 흘릴 수도 없습니다. 내 몸은 노예의 몸이고 그대를 누른 자의 승리를 돋보이게 할 수 있도록 감시를 당하고 있으니까요. 이 이상 어떤 경의도 술도 그대에게 바칠 수가 없습니다. 포로 클레오파트라가 드리는 마지막 술입니다.

살아 있을 때 그 무엇도 우리를 떨어뜨려 놓을 수 없었지만 죽은 다음 우리는 자리를 바꾸겠군요. 그대는 로마인으로 이 자리에 묻히고 불운한 이 여인은 그대의 고향 땅 이탈리아에서 그만큼의 흙을 내 몫으로 차지할 테지요. 그러나 우리를 버린 우리 고향의 신들과 달리 그대 고향 땅의 신들에게 힘과 권세가 있다면, 살아있는 안토니우스의 아내를 내팽개치지 마시고 그대를 정복한 자들의 개선행진을 빛내게 하지 마시며 나를 이곳에 그대와 함께 숨겨주고 묻어주세요. 내게 찾아온 수도 없이 많은 불행 중에 그대와 떨어져 지낸 이 짧은 시간만큼 극심하고 지독한 불행은 없었답니다."

LXXXV.

애도의 말을 마친 클레오파트라는 단지에 꽃을 두르고 입을 맞춘 다음 목욕물을 준비하라고 지시했다. 목욕을 마친 뒤에는 음식 앞에 기대어 누워 호화로운 식사를 했다. 곧이어 시골에서 한 남자가 바구니를 들고 클레오파트라를 찾아왔다. 보초병들이 남자에게 바구니에 무엇이 들었는지 묻자 남자는 바구니를 열고 이파리를 치운 다음 안에 든 그릇을 가득 채운 무화과를 보여주었다. 병사들은 무화과가 어찌나 크고 보기 좋은지 놀라움을 표했고 남자는 웃으며 몇 개 가져가라고 했다. 이리하여 병사들은 의심하지 않고 남자를 무화과와 함께 들여보냈다. 한편 식사를 마친 클레오파트라는 글을 적어 봉인해두었던 서판을 카이사르에게 보냈으며 충성스런 두 시녀를 제외한 다른 모든 사람을 물리고 문을 닫았다.

서판을 열어본 카이사르는 안토니우스와 함께 묻어달라고 애원하는 클레오파트라의 애처롭고 간절한 글을 읽고는 재빨리 무슨 일이 벌어졌는지 깨달았다. 처음에는 직접 찾아가 도움을 주고 싶었으나 마음을 바꾸고 전령을 보내 신속히 알아보도록 했다. 그러나 클레오파트라가 한발 빨랐다. 카이사르의 전령들이 달려갔을 때 보초병들은 아무것도 모르고 있었으나 문을 열자 클레오파트라가 여왕의 복장을 하고 황금 침상 위에 죽어 있었다. 두 시녀 중 에이라스는 클레오파트라의 발치에서 죽어가고 있었고 의식이 몽롱한 카르미온은 비틀거리며 여왕의 이마를 감싼 왕관을 매만지고 있었다. 누군가 화를 내며 외쳤다.

"참 잘한 짓이다, 카르미온!"

그러자 카르미온이 대답했다.

"참 잘한 일이 맞지요. 수많은 왕의 후예에게 이보다 어울리는 행동이 있겠습니까."

여기까지 말한 카르미온은 침상 곁에 쓰러져 죽었다.

LXXXVI.

무화과와 잎이 들었던 바구니 밑에 코브라가 숨겨져 있었으며 이는 클레오파트라가 지시한 대로였다고 한다. 클레오파트라가 자신도 모르는 사이 뱀에게 물리고자 했기 때문이다. 그러나 막상 무화과를 덜어낸 자리에 뱀이 보이자 클레오파트라는 팔을 드러내 내밀었다고 한다.

"여기 있다. 잘 보이지."

• 클레오파트라, 귀도 레니(Guido Reni).
•• 클레오파트라의 죽음. 장 밥티스트 르노(Jean-Baptiste Regnault).

그러나 다른 이야기에 따르면 코브라는 물병에 단단히 보관되어 있었으며 클레오파트라가 황금 지팡이로 물을 저으며 뱀을 자극하자 튀어 올라 팔을 물었다고 한다. 사실이 어떠했는지는 아무도 모른다. 클레오파트라가 속이 빈 빗에 독약을 담아 머릿속에 숨겨놓았다는 설도 있다. 그러나 몸에는 반점도 없었고 독약을 마셨다는 다른 어떤 표시도 없었다. 심지어 클레오파트라가 죽은 방에서 뱀을 찾을 수도 없었다. 사람들은 클레오파트라의 창가에서 내다보이는 바닷가에서 뱀의 흔적을 발견했다고 말하기도 한다. 클레오파트라의 팔에 작고 희미한 구멍 두 개가 보였다고 말하는 사람도 있다. 카이사르도 이 이야기를 믿은 것으로 보인다. 독사에 물리고 있는 클레오파트라의 모습을 담은 그림이 개선행렬에 포함되었기 때문이다. 클레오파트라의 죽음에 관한 다양한 일화는 이 정도이다.

카이사르는 클레오파트라가 죽자 난처하기는 했어도 클레오파트라의 높은 기상을 존중했다. 이어서 시신을 안토니우스와 함께 묻어주고 화려하고 왕다운 장례를 치러주었다. 클레오파트라의 시녀들을 위해서도 명예로운 장례가 치러졌다. 클레오파트라는 마흔이 되기 한 해 전에 죽었고 그중 22년 여왕으로 살았으며 그 가운데 14년 이상을 안토니우스와 권력을 나누어 가졌다. 안토니우스가 죽을 당시 56세였다고 하는 사람들도 있고 53세였다고 하는 사람들도 있다. 이후 안토니우스의 조각상은 전부 철거되었지만, 클레오파트라의 상은 무사했다고 한다. 친구 알키비오스가 클레오파트라의 조각상이 안토니우스의 조각상과 같은 운명을 맞는 사태를 방지하기 위해 카이사르에게 2천 탈란톤을 준 덕분이었다고 한다.

324

LXXXVII.

안토니우스는 세 아내와 자녀 일곱을 남겼다. 맏이 안틸루스는 유일하게 카이사르의 손에 죽었고 나머지는 옥타비아가 데려다 제 자식들과 함께 키웠다. 옥타비아는 클레오파트라의 딸 클레오파트라를 누구보다 업적이 뛰어난 유바 왕과 혼인시켰다. 그리고 풀비아의 아들 안토니우스를 얼마나 훌륭하게 키워냈는지 카이사르가 아그립파를 가장 아끼고 둘째로 리비아의 아들들을 아꼈다면 셋째로는 안토니우스를 아꼈다고 여겨졌으며 실제로 그러했다. 옥타비아와 마르켈루스 사이에는 두 딸과 아들 마르켈루스가 있었는데 카이사르는 마르켈루스를 아들이자 사위로 삼았으며 두 딸 중 하나는 아그립파에게 주었다. 그러나 마르켈루스가 결혼한 지 얼마 안 가 죽자 다른 동료들 가운데 믿을 수 있는 사위를 찾기란 힘들었다. 옥타비아는 아그립파가 자신의 딸과 이혼하고 카이사르의 딸과 혼인할 것을 제안했다. 먼저 카이사르가 설득당했고 이어서 아그립파가 설득을 당했다. 그러자 옥타비아는 아그립파와 이혼한 딸을 안토니우스와 혼인시켰고 아그립파는 카이사르의 딸과 결혼했다.

안토니우스와 옥타비아 사이에는 두 딸이 있었는데 하나는 도미티우스 아헤르노바부스와 결혼했고 아름답고 정숙하기로 소문난 안토니아는 드루수스와 결혼했다. 드루수스는 리비아의 아들이자 카이사르의 양아들이었다. 이 결혼에서 게르마니쿠스와 클라우디우스가 태어났다. 둘중 클라우디우스가 왕좌를 차지했고 게르마니쿠스의 자손 중에서는 가이우스가 이름을 떨쳤으나 잠깐뿐이었고 처자식과 죽임을 당한 반면 아그립파나는 아헤노바르부스와 결혼해 루키우스 도미티우스를 낳은 뒤 클라우디우스 카이사르의 아내가 되었다. 클라우디우스는 아그립파나의 아들을 입양했고 네로 게르마니쿠스라고 이름 지었다. 우리 시대에 황제에 등극한 바로 그 네로다. 어머니를 죽였으며 어리석고 광기 어린 행동으로 로마 제국을 멸망 직전까지 끌고 간 네로는 안토니우스의 5대손이었다.

I.

두 사람 모두 심각한 인생 역전을 경험했으므로 먼저 두 사람의 권력과 명성을 살펴보자면 한 사람은 아버지로부터 이를 물려받았다. 안티고노스가 알렉산드로스의 후계자들 가운데 가장 힘이 셌던 덕택에 데메트리오스는 성인이 되기도 전에 아시아 대부분을 공격해 점령할 수 있었다. 반면 안토니우스의 아버지는 재능이 많았지만, 투사는 아니었고 안토니우스에게 딱히 대단한 명성을 물려주지도 않았다. 그럼에도 안토니우스는 카이사르의 권력을 찾아 나설 용기가 있었다. 태생적으로 아무런 권한이 없었으나 카이사르가 쌓아놓은 모든 업적의 정당한 후계자가 된 것이다. 안토니우스가 자신만의 힘으로 성취한 세력이 얼마나 컸으면 제국을 둘로 나눈 뒤 하나를 차지할 때 더 좋은 쪽을 가질 수 있었다. 또 부재중에도 동료나 부하 지휘관을 통해 파르티아를 여러 차례 굴복시켰고 카우카소스 주변의 민족들을 카스피아 해까지 몰아냈다.

뿐만 아니라 안토니우스에게 불명예를 가져온 일들마저 그의 위대함을 입증한다. 안티고노스는 아들 데메트리오스가 안티파트로스의 딸 필라와 결혼할 때 필라의 나이가 많았음에도 혼인을 반겼다. 필라가 데메트리오스보다 더 훌륭하다고 여겼기 때문이다. 반면 안토니우스와 클레오파트라의 관계는 안토니우스에게 불명예였다. 아르사케스를 제외하고 클레오파트라의 권세와 탁월함을 이길 자는 없었음에도 안토니우스가 자신을 얼마나 훌륭한 인물로 키웠으면 사람들은 안토니우스가 자신이 욕망하는 것보다 더 훌륭한 것들을 가져야 한다고 생각했다.

II.

제국을 넓히겠다는 의지를 비교할 때 데메트리오스는 흠잡을 데가 없었다. 그는 왕과 왕에 대한 복종에 익숙한 사람들을 왕으로서 굴복시키고 다스리고자 했다. 반면 안토니우스의 경우 가혹하고 독재적일 수밖에 없었는데 카이사르의 지배에서 막 빠져나온 로마 시민을 정복하고자 했기 때문이다. 뿐만 아니라 그의 가장 위대하고 빛나는 업적, 즉 캇시우스와 브루투스를 상대로 한 전쟁을 생각해 볼 때 조국과 동료 시민으로부터 자유를 박탈하는 것이 그 목적이었다. 그러나 데메트리오스는 불운의 제약을 느끼기 전까지 계속해서 헬라스에게 자유를 주었고 헬라스의 도시에서 수비대들을 몰아냈다. 반면 안토니우스의 자랑은 로마에 자유를 준 사람들을 마케도니아에서 죽였다는 사실이었다.

한편 선물을 주기 좋아하는 성격과 그 선물의 크기에 대해 말하자면 안토니우스가 이와 관련해 칭송을 받았지만 실제로는 데메트리오스가 이 방면에서 그를 넘어섰다. 그는 안토니우스가 친구들에게 준 것보다 훨씬 더 많은 선물을 적에게 주었다. 브루투스의 시신에 옷을 입히고 매장한 일이 안토니우스의 명성을 드높인 것은 사실이다. 그러나 데메트리오스는 적의 모든 전사자를 위해 장례를 치러주었고 포로에게 돈과 선물을 주어 프톨레마이오스에게 돌려보냈다.

III.

두 사람 모두 풍족함 속에서 거만했고 사치와 쾌락에 빠졌다. 그러나 데메트리오스는 온갖 즐거움과 정사를 만끽하면서도 행동할 시기를 놓치지 않았다. 여가 시간이 상당할 때에만 쾌락을 즐겼다. 라미아 또한 설화 속 존재처럼 그가 놀고 싶을 때, 혹은 나른할 때만 그와 함께했다. 그러나 전쟁을 준비할 때에는 창끝에 담쟁이덩굴이 걸려 있지 않았으며 투구에서는 몰약 향기가 나지 않았다. 여인의 방에서 매끄럽고 꽃다운 모습으로 나와 곧바로 전장으로 나서는 일도 없었다. 박쿠스의 환락과 주연을 잠재우고 멈춘 뒤, 에우리피데스의 말에 따르면 "숭배받지 않는 아레스의 대리인"이 되었으며 게으름이나 방종으로 인해 단 한 번도 미끄러지거나 넘어진 적이 없었다.

반면 그림 속에서 옴팔레가 헤라클레스의 몽둥이를 가져가고 사자 가죽을 벗기듯 안토니우스도 종종 클레오파트라의 손을 빌려 갑옷을 벗었으며 클레오파트라의 마법에 매료되었고 카노포스와 타포시리스 근방의 해안에서 클레오파트라와 배회하고 어울리기 위해 중대한 임무와 필수적인 원정을 포기하기도 했다. 그러다 마침내 파리스처럼 전장에서 달아나 클레오파트라의 가슴에 얼굴을 묻었다. 그러나 정확히 따지자면 파리스는 패배한 뒤 헬레네의 침실로 달아났지만, 안토니우스는 클레오파트를 좇아 전장을 벗어났고 그로써 승리를 내팽개쳤다.

IV.

뿐만 아니라 데메트리오스는 여러 번 혼인했지만, 이는 금지된 행위가 아니었고 필립포스와 알렉산드로스가 마케도니아의 왕에게 허용한 관습이었다. 그는 뤼시마코스와 프톨레마이오스가 하던 대로 했고 모든 아내를 존중했다. 반면 안토니우스는 동시에 두 아내를 둠으로써 먼저 그 어느 로마인도 감히 시도하지 않았던 행위를 했다. 나아가 불법으로 함께 살고 있던 외국 여인을 기쁘게 하려고 법적으로 혼인한 로마인 아내를 내쳤다. 그 결과 결혼 생활은 데메트리오스에게 어떤 피해도 입히지 않았지만, 안토니우스에게는 최대의 불행을 가져다주었다.

한편 안토니우스의 음탕한 행위들은 데메트리오스의 행위들처럼 불경스럽지 않았다. 역사가들은 암캐가 아크로폴리스로 들어올 수 없다고 말하면서 개들이 드러내놓고 교미를 하기 때문이라고 지적한다. 그러나 파르테논은 데메트리오스가 창녀들과 살며 여러 아테나이 여인까지 유혹하는 광경을 지켜보아야 했다. 또한, 이러한 방탕한 향락과 연관 지어 생각하기 힘든 악덕, 즉 잔인함이라는 악덕이 데메트리오스의 쾌락 추구에 동반되었다. 누구보다 아름답고 누구보다 정숙한 아테나이 인들이 데메트리오스의 치욕스러운 대접을 벗어나기 위해 비통한 죽음을 맞았고 데메트리오스는 이런 일을 내버려둔 것, 아니 초래했던 것이다. 다시 말해 안토니우스가 방탕한 행위를 통해 자신에게 피해를 입혔다면 데메트리오스는 남에게 피해를 주었다.

V.

데메트리오스의 부모에 대한 태도에는 흠잡을 데가 없다. 반면 안토니우스는 키케로를 죽일 권한을 갖기 위해 외삼촌을 포기했다. 한편 키케로의 살인은 그 자체로 극도로 혐오스럽고 잔인한 짓이었으므로 안토니우스가 외삼촌의 안전을 확보할 목적으로 키케로를 죽였다고 해도 용서받지 못했을 것이다.

나아가 두 사람이 맹세와 협정을 어긴 사례를 살펴보자. 한 사람은 아르타바스데스를 붙잡았고 다른 한 사람은 알렉산드로스를 죽였다. 그러나 안토니우스의 경우 납득 가능한 구실이 있다. 아르타바스데스가 메디아에서 그를 먼저 배신하고 떠났다는 사실이다. 그러나 데메트리오스는 거짓 혐의를 꾸며내 거기 대응했고 자신이 해를 입히고도 상대를 비난했다. 알렉산드로스의 암살은 데메트리오스가 입은 피해에 대한 보복이 아니었던 것이다.

한편 데메트리오스는 제 승리를 제 손으로 썼다. 반면 안토니우스가 거머쥔 가장 크고 훌륭한 승리들은 그의 부재중에 부하 지휘관들이 쟁취한 것이었다.

VI.

방식은 달랐지만 두 사람 모두 스스로 파멸을 초래했다. 데메트리오스는 버림을 받았다. 마케도니아 인들이 그를 두고 떠난 것이다. 반면 안토니우스는 남들을 버렸다. 그를 위해 목숨을 걸었던 사람들을 두고 달아난 것이다. 데메트리오스에게는 병사들이 그를 적대시하게 만든 책임이 있고 안토니우스에게는 병사들의 명백한 호의와 신뢰를 내팽개친 책임이 있다.

두 사람이 죽음을 맞이한 방식은 모두 칭송할 게 못 되지만 데메트리오스의 죽음이 더 비난받아 마땅하다. 그는 포로로 잡히는 데 저항하지 않았고 감금 상태에서 3년을 연명하는 데 불만이 없었다. 날짐승처럼 음식과 술에 길들여진 것이다. 반면 안토니우스는 비겁하고 처참하고 수치스러운 방식으로 자결했지만 적어도 적의 손에 넘어가기 전에 죽음을 맞았다.

PLUTARCH
LIVES